诗对新编

田松青　胡真　主编

上海古籍出版社

图书在版编目(CIP)数据

诗对新编/田松青,胡真主编. —上海:上海古籍出版社
2002.6(2018.5 重印)

ISBN 978-7-5325-3191-2

Ⅰ.诗… Ⅱ.①田…②胡… Ⅲ.律诗—名句—中国—选集 Ⅳ.I222.72

中国版本图书馆 CIP 数据核字(2002)第 034045 号

诗 对 新 编

田松青　胡　真　主编

上海世纪出版股份有限公司
上 海 古 籍 出 版 社 出版、发行

(上海瑞金二路 272 号　邮政编码 200020)

(1) 网址:www.guji.com.cn

(2) E-mail:gujil@guji.com.cn

(3) 易文网网址:www.ewen.co

新华书店上海发行所发行经销　上海展强印刷有限公司印刷

开本 850×1156　1/48　印张 10　插页 2　字数 339,000

2002 年 6 月第 1 版　2018 年 5 月第14次印刷

印数 38,301-41,400

ISBN 978-7-5325-3191-2

I·1545　定价:20.00 元

的形式排列，只有极少数的诗对虽不符合上述原则，但因对仗工巧而予以保留。同时需要提请读者注意，在写作古诗时，应根据古诗格律的原则，灵活使用诗对，包括上下句的排列和字面的排列。

六、书后所收的附录包括清李渔编撰的《笠翁对韵》、清无名氏编撰的《时古对类》和清车万育编撰的《声律启蒙》，都是古人为写作古诗对句编写的启蒙读物，对我们现代的古诗写作者同样有一定的参考意义。

凡　例

一、本书是专门为古诗爱好者特别是爱好古诗写作的读者编写的古诗对仗词典。

二、本书共收诗对12000余对,24000余条。

三、因写作古诗通常为五言和七言,故本书所收诗对为二字对、三字对和四字对。一般来说,根据诗律,写作五言诗可直接参用二字对和三字对,写作七言诗可直接参用二字对、三字对和四字对。但写作者可以根据具体情况灵活运用。比如,写作五言诗时,可以在四字对中加一字,即可成为五言诗中的一联。

四、为了方便读者查阅诗对,同时也为了方便与已出版的《诗典新编》配套使用,本书所收的诗对根据其内容,按照天文、时令、地理、人伦、人体、动物、植物、武备、九流、宫室、音乐、文教、器用、服饰、饮食、政事、人事和其他共18个部排列(与《诗典新编》略有不同)。每个大部再分若干小部和细类,如天文部中又分天体、气象两个小部,天体中再分列天文总、天、日月等15个细类。这样,读者可以很方便地查找到所需诗对。

五、根据古诗格律的一般原则,本书所收的诗对基本上以上句末字为仄声、下句末字为平声

目　录

凡例 …………………… 1

一、天文部

（一）天体

1. 天文总 …………………… 1
2. 天 …………………… 2
3. 日月 …………………… 3
4. 日 …………………… 3
5. 春日 …………………… 4
6. 夏日 …………………… 4
7. 秋日 …………………… 4
8. 冬日 …………………… 5
9. 月 …………………… 5
10. 新月 …………………… 6
11. 残月 …………………… 6
12. 月桂 …………………… 6
13. 中秋月 …………………… 7
14. 星 …………………… 7
15. 银河 …………………… 8

（二）气象

1. 风雨 …………………… 8
2. 风 …………………… 8
3. 春风 …………………… 9
4. 夏风 …………………… 10
5. 秋风 …………………… 10
6. 冬风 …………………… 10
7. 雨 …………………… 10
8. 夜雨 …………………… 11
9. 喜雨 …………………… 11
10. 春雨 …………………… 11
11. 夏雨 …………………… 12
12. 秋雨 …………………… 12
13. 冬雨 …………………… 12
14. 雨霁 …………………… 12
15. 雪 …………………… 13
16. 瑞雪 …………………… 13
17. 春雪 …………………… 13
18. 雹 …………………… 14
19. 霜 …………………… 14
20. 露 …………………… 14
21. 云 …………………… 15
22. 霞 …………………… 16
23. 雷 …………………… 17
24. 电 …………………… 17
25. 虹 …………………… 17
26. 雾 …………………… 18
27. 烟 …………………… 18

二、时令部

（一）总说

1. 时令 …………………… 20

2.律历 ………………… 21

(二)季节

1.春 ………………… 21
2.立春 ………………… 23
3.春分 ………………… 23
4.春晴 ………………… 23
5.春阴 ………………… 23
6.早春 ………………… 24
7.暮春 ………………… 24
8.游春 ………………… 24
9.送春 ………………… 24
10.夏 ………………… 24
11.立夏 ………………… 26
12.夏至 ………………… 26
13.初夏 ………………… 26
14.残夏 ………………… 26
15.秋 ………………… 27
16.立秋 ………………… 28
17.秋分 ………………… 28
18.新秋 ………………… 29
19.秋色 ………………… 29
20.秋声 ………………… 29
21.秋夜 ………………… 29
22.暮秋 ………………… 30
23.冬 ………………… 30
24.立冬 ………………… 31
25.冬至 ………………… 31
26.初冬 ………………… 32
27.暮冬 ………………… 32
28.冬夜 ………………… 32

(三)节令

1.元旦 ………………… 33
2.人日 ………………… 33
3.元宵 ………………… 34
4.社日 ………………… 34
5.中和节(二月初一)… 35
6.花朝(二月十五) …… 35
7.寒食 ………………… 35
8.清明 ………………… 35
9.上巳 ………………… 36
10.端午 ………………… 37
11.伏日 ………………… 37
12.七夕 ………………… 38
13.中元(七月十五) … 38
14.中秋(八月十五) … 39
15.重阳(九月九日) … 39
16.腊日 ………………… 39
17.除夕 ………………… 40

(四)年月

1.丰年 ………………… 41
2.闰月 ………………… 41

(五)气候

1.炎热 ………………… 41
2.酷寒 ………………… 42
3.干旱 ………………… 42
4.水涝 ………………… 42

三、地理部

(一)总说

1.地理 ………………… 44
2.山水 ………………… 45

(二)土石

1.地 …………………… 46
2.泥 …………………… 47
3.沙 …………………… 47
4.尘 …………………… 47
5.石 …………………… 47
6.野 …………………… 48
7.平原 ………………… 49
8.洞 …………………… 49
9.穴 …………………… 49
10.窟 ………………… 49

(三)山

1.山 …………………… 50
2.丘 …………………… 51
3.峡 …………………… 51
4.山谷 ………………… 51
5.春山 ………………… 52
6.秋山 ………………… 52
7.东岳泰山 ………… 52
8.西岳华山 ………… 53
9.南岳衡山 ………… 53
10.北岳恒山 ……… 54
11.中岳嵩山 ……… 54
12.昆仑山 ………… 55
13.终南山 ………… 55
14.庐山 …………… 55
15.假山 …………… 56

(四)水流

1.水 …………………… 56
2.春水 ………………… 57
3.秋水 ………………… 58
4.川泽 ………………… 58
5.河 …………………… 58
6.江 …………………… 59
7.江浦 ………………… 60
8.湖 …………………… 60
9.海 …………………… 61
10.溪涧 ……………… 61
11.泉 ………………… 62
12.温泉 ……………… 62
13.潮 ………………… 63
14.陂塘 ……………… 64
15.池 ………………… 64
16.冰 ………………… 64
17.瀑布 ……………… 65
18.井 ………………… 66
19.沟壑 ……………… 67

(五)城建

1.道路 ………………… 67
2.径 …………………… 68
3.桥 …………………… 68
4.市 …………………… 69
5.田里 ………………… 69
6.郊 …………………… 70
7.渡口 ………………… 71
8.渠 …………………… 71
9.京城 ………………… 71
10.州郡 ……………… 72
11.关险 ……………… 72
12.边塞 ……………… 73

四、人伦部

(一)总说

(二)君臣

1. 君臣 …………… 74
2. 君 …………… 75
3. 臣 …………… 75

(三)亲眷

1. 宗族 …………… 76
2. 父母 …………… 77
3. 父 …………… 77
4. 母 …………… 77
5. 后母 …………… 78
6. 子 …………… 78
7. 父子 …………… 79
8. 母子 …………… 79
9. 教子 …………… 80
10. 夫妻 …………… 80
11. 妻 …………… 81
12. 寡妇 …………… 83
13. 儿媳 …………… 83
14. 祖孙 …………… 83
15. 外祖孙 …………… 84
16. 兄弟 …………… 84
17. 堂表兄弟 …………… 86
18. 姊妹 …………… 86
19. 舅姑 …………… 87
20. 叔侄 …………… 87
21. 姑侄 …………… 87
22. 姨 …………… 88
23. 舅甥 …………… 88
24. 嫂叔 …………… 88
25. 翁婿 …………… 89
26. 友婿 …………… 89
27. 奴婢 …………… 90

(四)婚育

1. 媒妁 …………… 90
2. 婚姻 …………… 90
3. 离婚(休妻) …………… 91
4. 怀孕 …………… 91
5. 生育 …………… 91
6. 生子 …………… 92
7. 生女 …………… 92

(五)师生

1. 师生 …………… 92
2. 师 …………… 93
3. 师兄弟 …………… 94

(六)朋友

1. 朋友 …………… 94
2. 荐友 …………… 95
3. 思友 …………… 95
4. 患难 …………… 95
5. 择友 …………… 95
6. 绝交 …………… 96
7. 丧友 …………… 96
8. 故旧 …………… 96

(七)宾主

1. 宾主 …………… 96
2. 好客 …………… 97
3. 薄客 …………… 97

(八)女子

1. 女子总 …………… 97
2. 闺秀 ……………… 98
3. 艳丽 ……………… 98
4. 闺情 ……………… 98
5. 节妇 ……………… 99
6. 妒妇 ……………… 99
7. 丑妇 ……………… 99
8. 女工 ……………… 99
9. 乳母 ……………… 100
10. 伎女 …………… 100

五、人体部

1. 人体总 …………… 101
2. 头 ………………… 101
3. 面 ………………… 102
4. 头发 ……………… 102
5. 眉 ………………… 102
6. 眼 ………………… 103
7. 耳 ………………… 103
8. 鼻 ………………… 104
9. 口 ………………… 104
10. 牙齿 …………… 104
11. 舌 ……………… 105
12. 胡须 …………… 105
13. 心 ……………… 105
14. 胸 ……………… 106
15. 胆 ……………… 106
16. 手 ……………… 106
17. 足 ……………… 106
18. 形貌 …………… 107
19. 仪容 …………… 107
20. 高大 …………… 107
21. 矮小 …………… 107
22. 驼背 …………… 108

六、动物部

(一)飞禽

1. 飞禽总 …………… 109
2. 凤凰 ……………… 110
3. 鸾 ………………… 110
4. 鹏 ………………… 111
5. 鹰 ………………… 111
6. 孔雀 ……………… 112
7. 鹤 ………………… 112
8. 鹳 ………………… 113
9. 翡翠 ……………… 114
10. 杜鹃 …………… 114
11. 鹊 ……………… 114
12. 燕 ……………… 115
13. 莺 ……………… 115
14. 鸧鹒(黑枕黄鹂)… 116
15. 鹦鹉 …………… 116
16. 白鹦鹉 ………… 117
17. 红鹦鹉 ………… 117
18. 百舌 …………… 118
19. 鸿雁 …………… 118
20. 鹄(天鹅) ……… 119
21. 鸥 ……………… 119
22. 鸡 ……………… 120
23. 雉 ……………… 121
24. 鹧鸪 …………… 121
25. 鸠 ……………… 122

26. 乌鸦 …………… 122
27. 雀 …………… 124
28. 鹭 …………… 124
29. 鹅 …………… 125
30. 鸳鸯 …………… 125
31. 凫(鸭) …………… 126

(二)走兽

1. 走兽总 …………… 126
2. 麒麟 …………… 127
3. 驺虞 …………… 127
4. 狮 …………… 128
5. 象 …………… 128
6. 虎 …………… 128
7. 豹 …………… 129
8. 熊罴 …………… 130
9. 犀牛 …………… 130
10. 狼 …………… 130
11. 鹿 …………… 130
12. 马 …………… 131
13. 驴 …………… 133
14. 骆驼 …………… 133
15. 猿 …………… 134
16. 猴 …………… 134
17. 狐狸 …………… 134
18. 兔 …………… 135
19. 猪 …………… 135
20. 犬 …………… 136
21. 牛 …………… 137
22. 羊 …………… 138
23. 猫 …………… 139
24. 鼠 …………… 139

(三)鳞介

1. 鳞介总 …………… 140
2. 龙 …………… 140
3. 蛟 …………… 141
4. 蛇 …………… 142
5. 龟 …………… 143
6. 鳖 …………… 144
7. 鼋 …………… 144
8. 鼍(扬子鳄) …………… 144
9. 蛙 …………… 145
10. 鱼 …………… 145
11. 虾 …………… 146
12. 蟹 …………… 146
13. 蚌蛤 …………… 146
14. 鲎 …………… 147
15. 螺 …………… 147
16. 蜃 …………… 147

(四)虫豸

1. 虫豸总 …………… 147
2. 蟋蟀 …………… 148
3. 蚕 …………… 148
4. 蛾 …………… 149
5. 蜂 …………… 149
6. 蝶 …………… 149
7. 蝉 …………… 150
8. 萤 …………… 150
9. 蜻蜓 …………… 151
10. 蜘蛛 …………… 151
11. 螳螂 …………… 151

12. 蚁 …………………… 152
13. 蚓 …………………… 152
14. 蝇 …………………… 152
15. 蚊 …………………… 153
16. 虱 …………………… 153
17. 蝗 …………………… 153

七、植物部

(一)总说

(二)木本

1. 木本总 ……………… 157
2. 松 …………………… 158
3. 柏 …………………… 159
4. 桧 …………………… 159
5. 槐 …………………… 160
6. 梧桐 ………………… 160
7. 桑 …………………… 161
8. 榆 …………………… 161
9. 柳 …………………… 162
10. 秋柳 ……………… 163
11. 枫 ………………… 164
12. 杉 ………………… 164
13. 荆 ………………… 164
14. 落叶 ……………… 165

(三)草本

1. 草本总 ……………… 165
2. 芝 …………………… 166
3. 兰 …………………… 167
4. 萱 …………………… 168
5. 菖蒲 ………………… 168
6. 苔 …………………… 169
7. 萍 …………………… 169
8. 藤 …………………… 169
9. 茅 …………………… 170
10. 蕉 ………………… 170

(四)花卉

1. 花卉总 ……………… 170
2. 落花 ………………… 172
3. 梅 …………………… 173
4. 水仙 ………………… 174
5. 山茶 ………………… 174
6. 桃花 ………………… 174
7. 杏 …………………… 175
8. 李花 ………………… 176
9. 梨花 ………………… 177
10. 海棠 ……………… 178
11. 牡丹 ……………… 178
12. 芍药花 …………… 179
13. 虞美人 …………… 180
14. 蔷薇花 …………… 181
15. 紫薇 ……………… 181
16. 玉蕊 ……………… 182
17. 玉兰 ……………… 182
18. 荼蘼 ……………… 183
19. 辛夷 ……………… 183
20. 木槿花 …………… 184
21. 瑞香 ……………… 184
22. 凌霄花 …………… 185
23. 素馨 ……………… 185
24. 绣球 ……………… 186
25. 玉簪 ……………… 186

26.鸡冠花 …………186
27.凤仙 …………187
28.石榴花 …………187
29.荷花 …………188
30.荷钱 …………189
31.莲花 …………189
32.并蒂莲 …………190
33.茉莉花 …………190
34.石竹花 …………190
35.芙蓉 …………191
36.葵 …………191
37.桂花 …………192
38.菊 …………193
39.芦荻 …………194
40.蜡梅花 …………194
41.月季花 …………195
(五)禾本
1.禾本总 …………195
2.谷 …………196
3.禾 …………196
4.秧苗 …………197
5.秧马 …………197
6.稻粱 …………197
7.黍稷 …………198
8.粳 …………198
9.米 …………199
10.粟 …………199
11.麦 …………200
12.麦浪 …………200
13.豆菽 …………201
14.蚕豆 …………201
15.胡麻 …………201
16.竹 …………201
17.笋 …………203
(六)瓜果
1.瓜果总 …………203
2.桃子 …………204
3.李子 …………205
4.梅子 …………205
5.杏子 …………206
6.樱桃 …………206
7.杨梅 …………207
8.枇杷 …………208
9.石榴 …………208
10.龙眼 …………208
11.荔枝 …………209
12.葡萄 …………210
13.藕 …………210
14.莲子 …………210
15.菱 …………211
16.芡 …………211
17.甘蔗 …………211
18.柿子 …………212
19.枣子 …………212
20.梨子 …………213
21.栗子 …………213
22.银杏 …………214
23.橘子 …………214
24.橙子 …………214
25.柑 …………215

26. 佛手柑 …………… 215
27. 橄榄 …………… 215
28. 山楂 …………… 216

八、武备部

(一)总说

(二)军旅

1. 将领 …………… 217
2. 名将 …………… 219
3. 偏将 …………… 219
4. 女将 …………… 219
5. 士兵 …………… 219
6. 军队 …………… 220
7. 阵 …………… 220
8. 训练 …………… 221

(三)战争

1. 征伐 …………… 221
2. 军容 …………… 222
3. 兵势 …………… 222
4. 交战 …………… 222
5. 水战 …………… 223
6. 计谋 …………… 223
7. 料敌 …………… 224
8. 营垒 …………… 224
9. 伏兵 …………… 224
10. 边防 …………… 224

(四)兵器

1. 刀 …………… 225
2. 剑 …………… 225
3. 弓 …………… 226
4. 箭矢 …………… 227
5. 甲胄 …………… 228
6. 戈戟 …………… 228
7. 盾 …………… 229
8. 马鞍 …………… 229
9. 鞭 …………… 229
10. 旌旗 …………… 229

九、九流部

(一)宗教

1. 佛教 …………… 231
2. 菩萨 …………… 233
3. 僧 …………… 233
4. 尼 …………… 234
5. 寺庙 …………… 234
6. 道教 …………… 235
7. 道士 …………… 236
8. 女道士 …………… 237
9. 道观 …………… 237
10. 典籍 …………… 238
11. 神仙 …………… 238
12. 鬼怪 …………… 240

(二)技艺

1. 技艺总 …………… 240
2. 射术 …………… 241
3. 弹 …………… 242
4. 御术 …………… 242
5. 数学 …………… 243
6. 弈棋 …………… 244
7. 赌博 …………… 245
8. 投壶 …………… 245
9. 蹴踘 …………… 246

10. 秋千 …………… 246
11. 竞渡 …………… 246
12. 风筝 …………… 246
13. 杂技 …………… 247

(三)行业

1. 农 …………… 247
2. 樵 …………… 248
3. 渔 …………… 248
4. 猎 …………… 249
5. 百工 …………… 249
6. 桑蚕 …………… 250
7. 纺织 …………… 250
8. 商贾 …………… 250
9. 屠夫 …………… 251
10. 牧 …………… 251
11. 制陶 …………… 251
12. 医 …………… 251

(四)卜筮

1. 星占 …………… 252
2. 看相 …………… 253
3. 占卜 …………… 253
4. 巫术 …………… 254
5. 杂占 …………… 254

十、宫室部

1. 宫室总 …………… 255
2. 宫殿 …………… 256
3. 观阙 …………… 259
4. 苑囿 …………… 259
5. 楼 …………… 259
6. 阁 …………… 260
7. 第宅 …………… 261
8. 堂 …………… 262
9. 室 …………… 262
10. 斋 …………… 263
11. 轩 …………… 263
12. 台 …………… 263
13. 亭 …………… 264
14. 园圃 …………… 265
15. 门 …………… 266
16. 窗 …………… 267
17. 墙壁 …………… 267
18. 阶砌 …………… 268
19. 栏槛 …………… 268
20. 废宅 …………… 268
21. 官府 …………… 268
22. 驿馆 …………… 269
23. 旅舍 …………… 270
24. 村居 …………… 270
25. 渔家 …………… 270
26. 酒家 …………… 270
27. 庖厨 …………… 271
28. 粮仓 …………… 271
29. 墙洞 …………… 271
30. 篱笆 …………… 271
31. 墓冢 …………… 272

十一、音乐部

(一)总说

(二)乐器

1. 琴 …………… 275
2. 瑟 …………… 276

3. 钟 …………………… 276
4. 鼓 …………………… 277
5. 磬 …………………… 278
6. 箫管 ………………… 278
7. 笙竽 ………………… 279
8. 筝 …………………… 279
9. 笛 …………………… 279
10. 簧 ………………… 280
11. 琵琶 ……………… 280
12. 箜篌 ……………… 281

(三)歌舞

1. 歌 …………………… 281
2. 舞 …………………… 283

十二、文教部

(一)总说

(二)学识

1. 好学 ………………… 286
2. 博学 ………………… 286
3. 幼学 ………………… 287
4. 从学 ………………… 287
5. 废学 ………………… 287

(三)经典

1. 经 …………………… 288
2. 诗经 ………………… 289
3. 尚书 ………………… 289
4. 礼记 ………………… 289
5. 周易 ………………… 290
6. 春秋 ………………… 290
7. 史 …………………… 291
8. 子 …………………… 292

(四)诗文

1. 文字 ………………… 292
2. 著述 ………………… 292
3. 文章 ………………… 292
4. 书籍 ………………… 294
5. 诗赋 ………………… 294

(五)书画

1. 书法 ………………… 295
2. 绘画 ………………… 297

(六)文具

1. 笔 …………………… 299
2. 墨 …………………… 299
3. 纸 …………………… 300
4. 砚 …………………… 301
5. 文玩 ………………… 301
6. 印章 ………………… 301
7. 玺 …………………… 302

十三、器用部

(一)总说

(二)舟车

1. 舟 …………………… 305
2. 筏 …………………… 306
3. 车 …………………… 306

(三)日用

1. 杖 …………………… 307
2. 扇 …………………… 308
3. 镜 …………………… 309
4. 香炉 ………………… 310
5. 香 …………………… 310
6. 灯 …………………… 311

7. 烛 …………………… 311
8. 屏风 ………………… 312
9. 帘 …………………… 313
10. 几案 ……………… 313
11. 床榻 ……………… 314
12. 枕 ………………… 314
13. 席 ………………… 315
14. 簟 ………………… 315
15. 帐 ………………… 316
16. 帷幕 ……………… 316
17. 被褥 ……………… 316
18. 箕帚 ……………… 317
19. 火 ………………… 317
20. 薪 ………………… 318
21. 炭 ………………… 318
22. 灰 ………………… 319
23. 如意 ……………… 319
24. 麈尾 ……………… 319

(四)盛器

1. 瓶 …………………… 319
2. 壶 …………………… 320
3. 杯碗 ………………… 320
4. 盘 …………………… 321
5. 酒器 ………………… 321
6. 箱箧 ………………… 321
7. 筐 …………………… 321
8. 笼 …………………… 322
9. 筒 …………………… 322
10. 釜鼎 ……………… 322
11. 瓯 ………………… 323
12. 瓮 ………………… 323
13. 盆 ………………… 323
14. 囊 ………………… 323

(五)工具

1. 尺度 ………………… 323
2. 斗量 ………………… 324
3. 权衡 ………………… 324

十四、服饰部

(一)总说

(二)服装

1. 衣 …………………… 326
2. 裘 …………………… 327
3. 袍 …………………… 327
4. 外衣 ………………… 328
5. 衫(单衣)………… 328
6. 衣带 ………………… 329
7. 裳 …………………… 329
8. 裙 …………………… 329
9. 裤 …………………… 330
10. 头巾(帻) ……… 330
11. 手巾 ……………… 330

(三)鞋帽

1. 鞋 …………………… 330
2. 履(可同鞋) ……… 330
3. 屦(可同鞋) ……… 331
4. 屐(可同鞋) ……… 331
5. 靴(可同鞋) ……… 332
6. 袜 …………………… 332
7. 冠帽 ………………… 332
8. 冠巾 ………………… 333

9. 弁 …………………… 333
10. 冕 ………………… 333
(四)织品
1. 织品总 ……………… 334
2. 布 …………………… 334
3. 帛 …………………… 335
4. 葛 …………………… 335
5. 丝罗 ………………… 336
6. 锦绣 ………………… 336
7. 绢 …………………… 337
8. 绫 …………………… 337
9. 绡 …………………… 338
(五)饰品
1. 首饰 ………………… 338
2. 发髻 ………………… 338
3. 簪 …………………… 339
4. 钗 …………………… 339
5. 珰珥 ………………… 339
6. 钏环 ………………… 339
7. 指环 ………………… 339
(六)珍宝
1. 珍宝总 ……………… 339
2. 珠 …………………… 340
3. 玉 …………………… 341
4. 金 …………………… 342
5. 银 …………………… 343
6. 铜 …………………… 343
7. 钱 …………………… 344
8. 圭璋 ………………… 345
9. 佩饰 ………………… 345
十五、饮食部
(一)总说
(二)饮品
1. 茶 …………………… 348
2. 酒 …………………… 349
(三)食品
1. 饭 …………………… 350
2. 羹 …………………… 351
3. 粥 …………………… 351
4. 饧 …………………… 352
5. 菜 …………………… 352
6. 肉脯 ………………… 353
7. 脍 …………………… 353
8. 炙 …………………… 354
9. 鲊(腌鱼) …………… 354
10. 粽子 ………………… 354
11. 糕 …………………… 354
12. 饼 …………………… 355
(四)调料
1. 蜜 …………………… 355
2. 盐 …………………… 355
3. 醋 …………………… 356
4. 酱 …………………… 356
十六、政事部
(一)帝后
1. 帝王 ………………… 357
2. 皇后 ………………… 358
3. 太子 ………………… 358
4. 妃嫔 ………………… 358
5. 外戚 ………………… 358

(二)官吏
1.官吏总 …………… 358
2.宰相 …………… 359
3.吏部 …………… 359
4.户部 …………… 360
5.礼部 …………… 360
6.兵部 …………… 360
7.刑部 …………… 360
8.工部 …………… 360
9.台谏 …………… 361
10.馆阁 …………… 361
11.太守 …………… 361
12.县令 …………… 361
(三)政术
1.论政 …………… 362
2.善政 …………… 362
3.宽政 …………… 362
4.德化 …………… 362
5.方正 …………… 363
6.廉洁 …………… 363
7.威严 …………… 363
8.称职 …………… 364
9.礼贤 …………… 364
10.遗爱 …………… 364
(四)讼狱
1.刑法 …………… 364
2.牢狱 …………… 365
3.冤狱 …………… 365
4.囚犯 …………… 365
5.法官 …………… 366
6.听讼 …………… 366
十七、人事部
(一)总说
(二)德性
1.圣 …………… 368
2.贤 …………… 369
3.德 …………… 370
4.儒 …………… 370
5.修儒 …………… 370
6.天真 …………… 371
7.品行 …………… 372
8.节操 …………… 372
9.高洁 …………… 373
10.仁 …………… 374
11.忠 …………… 374
12.义 …………… 376
13.孝 …………… 376
14.悌 …………… 378
15.信 …………… 378
16.刚强 …………… 379
17.勇猛 …………… 379
18.雄壮 …………… 380
19.聪明 …………… 380
20.幼聪 …………… 381
21.愚笨 …………… 382
22.正直 …………… 382
23.奸佞 …………… 383
24.诈伪 …………… 383
(三)情感
1.离别 …………… 383

2. 哀伤 …………… 384
3. 恐惧 …………… 384
4. 羞耻 …………… 384

（四）言行

1. 言语 …………… 385
2. 巧言 …………… 386
3. 嘲戏 …………… 387
4. 笑 …………… 387
5. 哭泣 …………… 387
6. 睡 …………… 388
7. 违离 …………… 388
8. 游览 …………… 388
9. 羁旅 …………… 389
10. 恭敬 …………… 389
11. 谦让 …………… 390
12. 谨慎 …………… 391
13. 公平 …………… 391
14. 修整 …………… 392
15. 宽恕 …………… 392
16. 勤劳 …………… 393
17. 节俭 …………… 393
18. 施馈 …………… 394
19. 隐逸 …………… 394
20. 风流 …………… 396
21. 狂放 …………… 396
22. 纵逸 …………… 396
23. 骄傲 …………… 397
24. 奢侈 …………… 397
25. 负债 …………… 397
26. 机智 …………… 397
27. 博物 …………… 398
28. 赠答 …………… 400
29. 言志 …………… 400
30. 游侠 …………… 400
31. 报恩 …………… 400
32. 报仇 …………… 401

（五）命遇

1. 老寿 …………… 401
2. 疾病 …………… 402
3. 死丧 …………… 403
4. 富 …………… 403
5. 贵 …………… 404
6. 贫穷 …………… 405
7. 低贱 …………… 406

十八、其他

1. 颜色对 …………… 408
2. 数目对 …………… 408
3. 卦名对 …………… 410
4. 干支对 …………… 410
5. 姓名人物对 ……… 411
6. 虚字对 …………… 412

附录

一. 笠翁对韵 ……… 414
二. 时古对类 ……… 432
三. 声律启蒙 ……… 440

一、天文部

（一）天体

1. 天文总

太乙　五纬　鹤露　杏雨
长庚　三台　鹰风　槐烟

槿露　顿雨　怪雨　干雨
芦风　痴云　顽云　湿烟

膏雨　电女　飓母　风脚
油云　星娥　云师　雨拳

霞脚　风爪　月魄　雨练
电腰　云鳞　烟魂　云罗

月珥　雪带　雷斧　雨剪
烟鬟　云衣　星弧　风梭

风驷　月浪　河鼓　雨力
雷鞭　星波　天船　风威

日嫩　月瘦　风脆　列缺
风娇　风尖　雨香　丰隆

云帐　云锁　谷雨　瑞霭
霓裳　风缫　梅风　香霞

月姊　月眼　云锦　霜练
风姨　星眉　霞衣　雾绡

云盖　烟瘦　云怒　桂月
风轮　月肥　风诃　榆星

花洞雨　蟏蛸月　歌扇月
石楼霞　蛱蝶风　酒旗风

桐叶雨　迎梅雨　催诗雨
稻花风　擎柳风　醒酒风

赵衰日　三竿日　三径雪
傅说霖　一线天　一程云

廉纤雨　天开子　云布甲
料峭风　月建寅　月逢庚

云作使　泼火雨　封姨剪
雪为媒　养花天　织女机

惠风畅　三尺雨　红杏雨
化日舒　一声雷　绿柳烟

芭蕉雨　红杏雨　童女电
杜若烟　绿柳烟　美人虹

千条露 霏微露 半规月
九点烟 偃匝云 五两风

巫云洛月 露松霜瘠
蜚雨蛮风 雨骤风狂

星连月合 从星配日
雨别云离 子雨友风

云包露裹 剪云裁月
霆扫风移 祝露谈风

黑云翻墨 滕六降雪
白雨跳珠 巽二起风

曰雨而雨
若烟非烟

2. 天

剑倚 亲善 鳌极 寥廓
管窥 益谦 蚁盘 鸿濛

大冶 补石 刚健 毂接
洪钧 戴盆 高明 弓张

下济 碧落 紫落 八纪
左旋 青冥 苍垠 七襄

助顺 铜柱 八柱 折柱
依形 金阶 九重 绝维

启魏 风驷 设位 得一
命虞 云车 张弓 生三

灵造 不息
神功 该高

白瑶宫 女娲补 红云观
紫禁城 南正司 白玉楼

分清气 张衡论 屈原问
仰至仁 邹衍谈 秦穆观

壶中客 披云睹 黄金阙
瓮里虫 坐井观 白玉京

共工触 秦宓答 行日月
盘古分 杞国忧 开雾云

无心成化 无声无臭
不见为元 至圣至虚

名参四大 行犹流矢
德冠三才 道似张弓

若夽仰水 悠哉博厚
似卵含黄 倬彼昭回

圜丘父事 域中为大
南郊就阳 得一而清

汤王仰舔　一中造化
邓后曾扪　万物根源

韩琦手捧　近南近北
陶侃翼飞　为德为刑

3. 日月

素魄　素女　久照　盈仄
朱羲　黄人　贞明　升沉

玉兔　合璧
金乌　重环

临下土　生少海　昼夜代
丽中天　浴咸池　往来推

光有曜　冬可爱　月几望
照无私　秋最明　日初升

炎炎红镜
穆穆金波

4. 日

复旦　五色　驹过　寸晷
再中　重轮　乌飞　分阴

轮涌　测影　明媚　可畏
镜开　惜阴　冲融　如焚

两珥　暖阁　晦昧　绳系
半规　烘窗　遮蒙　线量

返照　金伏　黄道　气足
末光　火流　红轮　朔虚

出地　三舍　阳德　蒙谷
丽天　再中　火精　麹陵

建木　飞燕　沉彩　射九
拒松　浴鸦　驰晖　分三

揣籥　吐气　无影　龙照
闻钟　施光　有光　鸡鸣

远车毂　似骐步　司徒测
近长安　类凫飞　宫女揆

小儿辨　五色备　黄琬对
仙子呼　万国明　淳风占

非所哭　黄绵袄　平四气
不为灾　赪玉盘　正两仪

群阴伏　出旸谷　径千里
太阳宗　浴咸池　行九州

黄金镜　暖物物　夹赤乌
赤玉盘　烛生生　贯白虹

虞剑指　珠耀火　西谷饯
鲁戈挥　镜磨铜　东门朝

经细柳　羲和国
拂扶桑　不夜城

夸父弃策　仰夫久照
羲和振鞭　观乎丽天

行度惟一　东郊以祭
在天无双　元端而朝

阴阳寒暑　流金铄石
君父夫兄　树表陈圭

桑榆迟暮　惜光君子
葵藿倾依　齐明圣人

熙宁正旦
景祐纯阳

5. 春日

沙暖　帘影　杲杲　饰柳
泥融　柳阴　迟迟　烘花

花心绽　红杏坞　晴飞燕
柳眼明　绿杨堤　睡暖烟

影迟红杏　晴烘柳眼
光转绿杨　暖逼花唇

乱鸦争树　烟林日涨
红杏压墙　麦垅风香

玻璃草色
翡翠山光

6. 夏日

烁石　火炽　盾日　畏景
烧空　金流　尧曦　骄阳

槐影密　炎可畏　藿叶转
柳阴浓　景偏长　葵心倾

行南陆
经中街

稻针刺水　榴红喷火
麦浪翻云　荷绿迎风

风回解愠
雨急催诗

7. 秋日

片白　景短　爽气　丹桂
微红　天高　清晖　碧梧

桐阴薄　芙蓉径　残叶乱
柳影疏　菊花篱　晓霜寒

华承露掌　纱厨竹簟
影逐霜蹄　柳影桐阴

夕浮江练　三竿皜皜
朝散露珠　百卉腓腓

枝头叶褪　菰蒲正熟
瓦上霜融　芦苇微黄

8. 冬日

过隙　寸晷　南至　岩雪
经檐　分阴　西沉　江梅

冰初冻　涵霁色　光摇玉
草欲苏　夺寒威　影落金

光回寒谷　披裘灞岸
暖入幽窗　拥雪蓝关

窗梅横月　初添一线
檐雪飞花　渐过三竿

9. 月

银界　养魄　金镜　破镜
玉盘　飞光　玉壶　上弦

璧彩　蓂落　透竹　桂影
珠胎　桂残　映阶　蟾华

练洁　丹桂　潘室　离毕
波寒　素娥　庾楼　应潮

水气　合璧　金兔　三珥
金精　破环　瑶蟾　重轮

主夜　入牖　占姓　置袖
应潮　照床　见名　入怀

泛渚　偃瓦　让璧　窃药
登楼　悬弓　烧银　吞精

取水　剪纸　君姊　掷杖
撤灯　读书　月妃　筑台

学扇　击鉴　燋兔
磨镰　修刑　阳蟾

随落日　方澄浴　照潘室
数秋毫　灵娥奔　鉴阮帷

汉东蚌　出东岭　碎荆玉
淮南灰　度南端　卧浮图

七子镜　绿烟灭　开金饼
九秋霜　素晕低　烂银盘

山眼白　银河洗　金镜满
海心明　玉斧修　玉壶清

吴牛喘　眉尖巧　应鱼脑
魏鹊飞　指甲新　验阶蓂

西斋长忆　破环碎璧
南窗借看　玉宇琼楼

金蟾绚彩　兴寻安道
玉兔腾精　词命仲宣

万家盈手　堂前挂镜
千里同心　帘外悬钩

片纸将贴　视义卿士
七宝合成　取象后妃

西园飞盖　庭中爱景
东壁研词　堂上揽辉

圆光似镜　吴宫梦吉
素魄如圭　汉室符祥

影横玉塔
光射金梯

10. 新月

半挂　玉玦　隐隐　学扇
一弯　银钩　纤纤　破环

金波浅　开镜匣　如璧缺
桂影偏　露帘钩　似眉弯

魄斜映树　蛾眉新露
势曲依檐　兔爪斜环

镜分人恨　寒光细细
眉写天愁　玉魄弯弯

先形一曲　魄藏暗树
未满十分　轮上虚弦

开元指甲　云端怯雁
京兆眉尖　水底惊鱼

11. 残月

破镜　蓂薄　光暗　误拜
堕环　桂残　影斜　如新

圆璧合
一钩沉

天涯兔影　纤钩曲抱
窗外鸡声　老桂欹藏

梧桐梢上　四更山吐
杨柳枝头　残夜楼明

浅波泛魄　金波尽泻
疏桂残轮　玉玦还明

12. 月桂

香满　皎洁　不老　灵种
根高　婆娑　长年　清香

清虚府　金粟影　蟠月窟
广寒宫　水晶球　照河山

香随玉宇　一株清影
影弄银河　万古秋香

影高群木
香满一轮

13. 中秋月

似镜　云尽　彻夜　袁渚
如珪　露寒　经年　庾楼

月华满　千里共　灵华重
秋色分　十分圆　桂子飘

红纱可却　桂花有色
匹练方横　星斗无辉

梯云可取　纤云悉净
曳杖以寻　万里长开

何须弦管
恰好幄亭

14. 星

散锦　司夜　珠斗　陨石
列钱　主时　玉衡　连珠

四辅　北斗　米散　银烁
三台　南箕　珠圆　榆光

井聚　武库　婺女　地雁
阶平　文昌　老人　天狼

帝座　连贝　石质　电绕
天阶　编珠　金精　虹流

入月　鼎峙　朱鸟　日照
成天　雁行　金鸡　月离

垂象　助月　东壁　临国
成文　经天　西藩　坠营

坠水　为纪　流渚　五佐
堕怀　有求　照河　七公

郎位　五老
帝车　三公

贤人聚　鲸鱼死　天子座
处士忧　麟兽生　太乙阶

聚东井　犯少微　居帝右
拱北辰　梦长庚　游人间

游河五　千珠络　占太史
在户三　一局棋　应仙郎

中居所
外辨方

光连璧月　好风好雨
影灿银河　象物象官

无私助曜　歌称重耀
有烂垂文　传记夜明

骑尾傅说　德至浮彩
策马王良　时和应躔

三辰纲纪　真人无敌
七政枢机　大将宜当

七人及第　太白饮酒
五星连珠　北斗化人

15. 银河

桥渡　不动　一水　清浅
槎浮　无声　双星　纵横

倒泻　绕塞　左界　晓落
斜倾　含秋　西流　夜清

案户　右界　星石　耿耿
乘槎　南躔　鹊桥　昭昭

让月　南转　银汉
含星　上浮　红墙

渡牛女　淡如扫　迢迢恨
洗甲兵　直若绳　脉脉情

人取石　微云淡　章为汉
鹊填桥　皓月明　监有光

微云疏雨　千砧还响
静夜凉风　一雁横空

银湾一抹　昭昭按户
白练千重　耿耿回天

飞瀑云外　飞流泻水
垂帘户前　委蛇带天

老父赐药　女子授石
少女代炊　壮士洗兵

（二）气象

1. 风雨

灵雨　十雨　风伯　龙雨
祥风　五风　雨师　雀风

丝雨　屏翳
绪风　飞廉

疏疏雨　鸠呼雨　神女雨
淡淡风　鹊避风　楚王风

泼火雨　濯枝雨　榆荚雨
落花风　偃草风　柳条风

留客雨　社翁雨　风似剪
送潮风　花信风　雨如丝

三十六雨
二十四风

2. 风

羊角　少女　猎猎　引笛
鸿毛　孟婆　泠泠　拂琴

解愠 穆若 料峭 皱绿
称雄 凄其 清微 飘红

舞雪 鹢退 善也 袁扇
凝冰 鸾鸣 快哉 陶窗

君子 羊角 萧索 飘粉
故人 鸿毛 怒号 送香

石燕 易水 猎蕙 悬玉
铜乌 汾河 泛兰 缀铃

汉筑 神女 尧日 动竹
虞琴 婴儿 晋年 开花

擘柳 舶趠 折木 飓母
吹花 石尤 偃禾 封姨

制薤 解冻
起蘋 祛尘

列子御 挠万物 终朝速
尹喜占 具四方 五日期

飞燕去 金铃验 分喜怒
丽娟随 玉铎占 辨雌雄

草自偃 乘而破 来水面
条不鸣 御以行 入花心

红叶老 疾如箭
白云飞 利似刀

披可娱客 叩商叩角
坐最宜春 歌北歌南

桂椒振气 荆轲易水
襟袖留香 宋玉兰台

才惊虎啸 悠扬转蕙
复讶鹏抟 飘摇吹萍

曾能猎叶 依依解冻
殊不鸣条 习习扇和

黄帝得梦 破萌开甲
大舜兴歌 养物成功

3. 春风

擘柳 花信 动竹 猎蕙
吹花 草芽 开花 鸣条

鸟碎
雁斜

海棠开靥 潜惊夜柳
杨柳展眉 暗拂晴沙

吹干兰叶
落尽杏花

4. 夏风

解愠　唐殿　吹帽　拂拂
阜财　陶窗　披襟　微微

摇竹影　扬宏扇
送荷香　吹阮襟

凉生轩户　细飘香篆
清入胸怀　轻拂桐阴

蛟龙怒卷
鸟雀惊飞

5. 秋风

雁字　下叶　爽籁　月牖
鹏程　振条　金飙　秋堂

砧韵响　敲败叶　边塞梦
笛声清　散清香　故乡心

吹开篱菊　江东归兴
刮尽江芦　汾上新词

6. 冬风

落木　易水　凛冽　岩响
号空　吴江　严凝　沙飞

水生骨　千岩瘦　疾似箭
地裂肤　万叶飞　利如刀

冻侵短葛　千山积雪
冷逼重裘　万瓦凝霜

7. 雨

以润　时若　必夜　膏黍
其濛　沛然　崇朝　洒枝

留客　解作　泼火　萍破
催诗　屯盈　清尘　荷暄

石燕　鱼噞　润叶　龙穴
土龙　鹳鸣　濯枝　蚁封

暴野　十夜　药水　六月
祷林　片时　醴泉　三时

环艾　伐纣　持盖　如晦
积薪　讨邢　垫巾　若濡

榆荚　垂布　鸣鼓　决沟
豆花　散丝　雨珠　止岩

花头重　河鱼落　占壬子
水面肥　石燕飞　禁丙丁

呵雷母　看梅子　愁洗幕
鞭电公　摘豆花　喜名亭

鸟行洁　和蟋蟀　惊好梦
龙气腥　打芭蕉　感离愁

侵睡幌　催败叶　花脸湿
乱寒更　响高梧　柳耳添

既沾既足　幽闻入竹
不疾不徐　静爱和花

岘山张盖　器间龙状
纹石出津　潭里虎头

湿衣不见　空濛著柳
润物无声　暗淡遮山

石郎戴笠　五政既顺
玉女披衣　十日为期

微若委露　洞中鞭石
密似散丝　鞍上飞云

烦河伯使　漂麦高凤
藉无为君　流粟买臣

武昌石鼓　利物为神
罗岭神龟　零雨有香

仲尼和鲁
傅说辅商

8. 夜雨

响竹　润础　洒竹　孤馆
滴阶　鼓窗　长溪　残灯

漏断　茅舍
钟沉　小楼

天难晓
梦亦惊

凉生枕玉
冷逼窗纱

9. 喜雨

风湿　润物　沛雨　布泽
云阴　洗蕉　油云　知时

青覆陇　欢连屋　江山霁
绿生波　绿满畴　草木柔

花易落　嘉蔬润
稻初肥　谷根苏

10. 春雨

添柳　苔渍　蝶宿　桃浪
催花　菜肥　鸠归　梨花

野润　烟湿　十日　如膏
云低　水生　一犁　无声

挑菜节　轻红软　莺不语
养花天　积翠迟　蝶低飞

一川花气　桃红三尺
万壑松声　鸭绿一湾

蔷薇无力
芍药有情

11. 夏雨

漂麦　却暑
熟梅　生凉

窗不晓　五色洒　酣朝爽
篁先秋　众绿生　失午晴

浓岸柳
战池荷

千峰忽送　润含琴调
万木无声　凉入书声

泼开空翠
滴短落红

12. 秋雨

破晓　枫冷　桐落　落叶
催寒　莼香　谷坚　滴阶

绿涛翻浪　暗添檐溜
翠壁凝云　细逐庭梧

鸦寒偎树　衣披玉女
雁断埋云　梦入吴淞

13. 冬雨

吹雪　作雪　雁湿　酿雪
同云　飘梅　鸥寒　阁云

随风扇
杂雪飘

梅腮滴玉　钟沉远寺
松发连珠　漏断高城

野梅未放
江水添寒

14. 雨霁

玉宇　雷匿　物态　日色
银河　电收　天容　烟光

风暖　蝶舞　清朗　齐社
日高　鸠鸣　开明　荣门

陆赋
嵇诗

人意悦　牛泥尽　数峰出
物化新　燕石还　半江明

檐溜断　云雾卷　花含醉
水痕深　山屏开　草起眠

鞭阴石　牛泥尽
纵阳门　燕石飞

归云如岭　云开雁路
残滴悬枝　风度蝉声

花飞未远
云敛尚低

15. 雪

飞絮　写月　骋巧　蝶粉
散花　从风　潜光　鹤毛

泛柳　访戴　玉线　三白
妆梅　平吴　银纱　六花

班扇　玉叶　梁苑　鹤氅
曹衣　璇花　灞桥　鹅毛

玉马　焦寝　周阙　周雅
铜驼　袁门　齐宫　卫风

黄竹　周咏　金井　云叶
幽兰　郢歌　银峰　雨花

缟带　排玉　犬吠　亘野
银杯　夸琼　鳞飞　载途

银世界　骑白凤　披鹤氅
玉楼台　战玉龙　度龙山

梅逊白　幽兰曲　梅花地
月交光　黄竹歌　粉本天

玉千顷　袁安卧　排玉笋
月半棱　梁父吟　叠银盘

婆娑舞　惠连赋　未盈尺
顷刻花　道韫词　不封条

天不夜
玉无瑕

乾坤不夜　蒋开三径
天地无尘　孙映一编

斜拖阙角　三千银界
淡抹墙腰　十二琼楼

谢女絮起　梁王有苑
侍臣花明　齐国建宫

相如丽赋
姑射皓肌

16. 瑞雪

粉萼　竹满　呈瑞　春酿
琼花　山明　快晴　梅村

三株并树　南华梦好
一瓣添梅　阆苑春闲

17. 春雪

润柳　压竹　燕寂　花晚
妒梅　埋萱　莺愁　柳迟

融曳
缤纷

花铺地
玉满堂

六街柳絮
一树梅花

18. 雹

冰雨　祠井　销石　鸡子
气凝　都泉　流铜　马头

阴伏　折木　寒罚　专气
阳衍　伤稼　雨凝　伏阴

徵动羽　晋元兴
阴胁阳　汉太初

武子问御
季彦对徵

19. 霜

杀木　露结　驷见　挫物
封条　冰坚　钟鸣　休工

铺玉　草白　结玉　仙药
成花　枫丹　叠银　神炉

杀草　驱雁　著瓦　压叶
成花　覆蚕　折绵　缀条

鹧鸪畏　随钟彻　蕉心折
鸿雁飞　逐剑飞　兰蕊开

添月净　凌凌气　银成叠
倚荷香　凛凛威　玉作团

魏葛屦
齐纨扇

华添半白　非宜介树
叶陨深黄　无为槛羊

乌啼山寺　燕系邹衍
人到板桥　尹逐伯奇

员峤寒蚕
丰山洪钟

20. 露

天酒　下地　珠湛　湛湛
神浆　横江　玉垂　瀼瀼

蝉饮　滴草　汉殿　缀柳
鹤鸣　凋枫　韩窗　滋花

晨降　龟饮　在棘　金掌
宵零　蛇游　被兰　铜盘

魏殿　助海　晞薤　取月
汉宫　浚江　托桐　成池

碎玉　金井　授帝　缀叶
垂旒　玉杯　赐臣　凝花

明目
润形

甘如醴　金茎擢　珠错落
洁若脂　琼爵承　玉玲珑

明彻曙　姑射饮　抟蔓草
暗生寒　太真餐　变蒹葭

婺女调蜜　痕沾珠箔
鲛人泣珠　点落玉盘

降于五日　托于桐叶
滋彼三秋　沾彼菅茅

萦纡兰叶　三更鹤警
点缀菊丛　千里蛇游

梧桐叶上　味侔匀蜜
杨柳枝头　色媲渥丹

呈瑞如雪　假言捕雀
因寒为霜　预见沾衣

揭云布紫　吉云五色
毕菝含丹　甘液三危

21. 云

非雾　纷郁　伴月　玉海
若烟　轮囷　因风　银城

尧白　南浦　触石　擘絮
汉黄　西郊　垂天　织裳

蓊郁　纠缦　曳紫　瑞彩
翻绵　昭回　悬华　祥光

翼凤　鹏翼　玉叶　车盖
从龙　鱼鳞　金枝　冠缨

似布　雨具　贯月　鸾舞
如缯　军精　弥天　羊奔

玉叶　出岫　可望　似虎
绿翘　垂天　不兴　如羊

玉马　蔽月　红石　油绢
绛车　随风　赤珠　绛衣

入画　危岫　耸拔　飞岩
排空　奇峰　嵯峨　叠嶂

曜藻　五色　凤翥
流光　六梢　鸾翔

扶日月　金柯丽　符圣治
映山河　玉叶纷　表昌时

彰至德　排玉笋　作华盖
应太平　簇芙蓉　起封中

浮岚滴　美人发　移太华
玉叶开　秦女妆　下阳台

仁杰望　迷野径　山头望
相如凌　罩山峰　岭上多

如危岫　起高岳
遍太虚　归故山

汉王龙虎　聚象乎坎
黄帝花葩　观繇于需

山中草莽　尧祥沉璧
水上鱼鳞　周瑞观河

知王者起　色红似肺
占圣人兴　气白如绵

濯鱼待雨　宋观松上
燃石闻香　汉纪封中

黄为舜瑞　无心出岫
白作汤祥　有意思山

岩间横阵　冰消瓦解
天末奇峰　火灭灰飞

22. 霞

成绮　散紫　野色　捧日
为裳　攒红　山光　照天

红锦　孙赋　映雁　岭冠
绛云　谢诗　分鸦　明川

外聚　风断　咀气　夹月
上蒸　水蒸　流光　照天

五色　仰漱
九光　梦吞

仙人帔　明赤岸　开宿雾
羽客裳　秘青轩　散余文

浮滕阁　和云液　壶中气
灿郾城　照月波　物外华

沉绿绮
散朱晖

海开丽锦　浣纱莫及
楼挂红绡　濯锦不如

能嗽能咀　昆山五色
可餐可含　玉帝九光

洛川神远　丹裳晃漾
会稽王来　青帔徘徊

笼烟宵霁　飞偕孤骛
迎晨日开　映垂彩虹

光流琼室　金光冠岭
标建赤城　文锦凝台

23. 雷

失箸　虢虢　翻燕　引鼓
破山　虺虺　起龙　推车

作解　豫奋　出震　碎磕
动威　震惊　占屯　訇棱

出地　石室　雉雊　入室
发天　金门　蛰惊　挽车

纳麓　龙出　书柱　收麦
动天　虎鸣　轰碑　取书

谢仙火　驱号令　灵长子
阿香车　鼓乾坤　象人君

金门起　震汉寝　击男子
天鼓挝　击齐台　出婴儿

鱼龙睡醒　雷光穿壁
桃李颜开　雨势压山

出地入地　送千峰雨
发声收声　催万物萌

雊雉先觉　敬天之怒
玉虎晨鸣　虽夜必兴

地中为复　太初自若
泽里则随　诸葛无闻

24. 电

照夜　逐雨　照野　走马
烛天　追风　绕枢　为鞭

列缺
雷光

秋日里　红绡闪　金蛇掣
晚云中　火镜飞　银线飞

星少色　奔何疾
月无光　去不留

作王戎眼　阿香开镜
烧李勣须　玉女投壶

玉霞匝地
银练垂天

25. 虹

送雨　饮涧　窈窕　绣带
弥天　垂天　纡余　彩桥

回馆　赤色　围日　入井
拖轩　紫形　竟天　饮溪

玉色 倒海 化玉 截雨
剑光 插空 吐金 依云

助海 含盖
垂天 带楼

太子畏 枢星散 分长汉
小人祥 华渚流 媚清渠

浮极浦 迷汉殿 山市暗
霭层穹 掩秦楼 晓城昏

卜风雨 横雨脚 飞若鸟
为沴祥 束天腰 降似龙

迷柳色 随雨密 围三日
暗花阴 带烟浮 起半天

绮窗远辟 红蓝百尺
锦帐斜褰 缥缈双桥

韩公祷庙 刘猗负玺
张女得仙 张女浣衣

清明始见 溪边神女
小雪后藏 天上美人

栾巴还蜀 吐嗽猛兽
李旷入吴 呼吸郑公

或云挈贰 竟天贯日
又号天弓 绕幄属宫

听猿辨岫 从风疑雨
闻獭知川 映日似尘

亘梁天半 轩拖蝻蝩
回馆云中 桥架长空

终南豹隐 飞烟缥缈
巫峡猿吟 积素霏微

名标造剑 飘风留彩
声应闻钟 暴雨洗光

曹公迷战 披宜乐广
高帝突围 作岂公超

26. 雾

漱水 三里 丹巘 度野
吹沙 半天 银山 拂林

豹隐 水溢 夏井 骑鹿
蛇游 烟回 汉坟 乘龟

如雨如霰
自西自东

27. 烟

罩树 岸曲 轻锁 山市
连云 鳞梢 淡笼 渔村

水灭　去虽　咒枣
火含　噪鸦　召雷

花借色　香雾薄　山腰淡
月笼辉　断雪浮　渡口寒

摇水练　寒夜雨
夺山屏　夕阳诗

二、时令部

(一)总说

1. 时令

九夏　亚岁　子月　夏五
三秋　闰冬　寅春　春三

上九　破夏　元巳　社日
重三　分冬　上寅　农期

蚕月　谷雨　燕社　赐火
条风　花朝　莺春　颁冰

画鸭　彩燕　养日　槐夏
斗鸡　丝鸡　长风　麦秋

艾虎　烹鹜　浓暑　菊月
蒲人　菹龟　嫩寒　兰期

送酒　余岁　霜曙　风夜
题糕　杪冬　雪朝　雨宵

乙夜　梅信　送腊　斗草
丁年　兰期　迎春　流杯

挑菜　浊暑　元日　梅暑
卖饧　清秋　小春　麦天

角黍　冷雨　叙顺　六合
煮梅　盲风　变通　四方

玉烛
土圭

竹醉日　穿针夜　芳菲节
柳眠辰　落帽辰　料峭天

杨柳节　红蓼晚　莲叶晚
海棠春　白蘋秋　菊花期

滋兰日　穿线日　梅迎腊
劚芋天　晒书天　柳别秋

藏冰候　添线日　花落后
酿雪天　护霜天　雁来时

清和节　风破暑　虫促织
艳阳辰　日如年　燕迎秋

山分腊　无休岁
水响冬　不辍冰

夏栽醉竹　论园买夏
春种辰瓜　旨蓄御冬

2. 律历

积黍　含少　六德　佩印
飞灰　昭华　五官　舆棺

千岁　三统　日者
万年　四分　历生

伶伦造　知风雨　十二和
京房知　合阴阳　六十声

汉官尺　辨六气　和六气
王母琯　应八风　协三光

容成作　明时度　正节气
黄帝成　揆天行　审寒温

成万物
通五行

(二)季节

1. 春

宜甲　藉草　陶柳　柳困
卜寅　铺花　潘花　花迟

暖日　疏雨　雨重　社鼓
柔风　淡云　烟浓　饧箫

稚绿　扑蝶　少雪　济淑
老红　闹蛾　余寒　舒和

谷雨　迟日　淑景　三节
条风　和风　鲜云　九阳

玄乙　拂羽　雏雉　玄鸟
仓庚　挥鳞　鸣鹃　苍龙

降燕　麦雉　冰涣　菖叶
来鸿　桑鸤　云滋　杏花

华柱　兰径　荑柳　布德
柔桑　柳衢　夭桃　论功

论赏　帝藉　祭鲔　禁火
效功　神媒　鲜羔　启冰

采艾　绿野　禊洛　油幕
条桑　青逵　浴沂　草裀

卧酒　雕幰　迎富　蚕月
吞花　彩楼　送贫　莺时

上服　献果　望杏　后戊
散衣　种瓜　瞻蒲　上丁

举趾　中气　灸眼　红雨
戒容　上春　结肠　翠烟

选胜　荐鲔
赐衣　书牲

鸭头水　红杏雨　梅破玉
羊角风　绿杨烟　雪融银

风双蝶　柳飞絮　芳草地
雨一鸠　榆落钱　杏花天

冰开镜　留舞袖　风敲竹
草屈钩　驻银鞍　月在花

改秦讳　剖鸟腹　合腾马
行夏时　补天穿　享先蚕

居左个　修蚕器　击土鼓
游外庐　荐鞠衣　赐金钱

稼开五月　太簇司律
蚕长三眠　苍灵奉途

日惟甲乙　雷方出地
时属酸膻　鱼已上冰

乐正习舞　风回解冻
女夷鼓歌　岁适载华

土牛诫候　物方骀荡
木铎规时　虫既昭苏

花心梦醒　水成嫩碧
草脚愁回　花变新红

生香紫笋　莺初学啭
眠候红蚕　蝶欲试飞

百花宿雨　桐华始秀
万井新烟　榆火将然

节逢三月　落花无语
春去七分　芳草有情

行行避叶　遵路徇铎
步步看花　奉职陈诗

含桃始荐　桃花頮面
彩树初颁　神水醲醅

种稑初献　布德行惠
琴瑟方调　聘士礼贤

举衣告瑞　坛名积石
重席讲经　堤号千金

三阳革故　寒收北陆
千里共寻　气变东郊

涧薄犹小　上辛祈谷
庭兰已香　东郊命田

修祭命祀　律中太簇
掩骼埋尸　气至东郊

斗衡东指　柳舒西掖
雁序南回　雷鸣东隅

律中姑洗
日在太星

2. 立春

葭琯　迎暖　腊蚁　剪彩
椒觞　透寒　寒杯　缕银

木德　戴燕　贴字
条风　击牛　进书

钗头燕　留腊雪　物交泰
陌上牛　醉春风　斗建寅

荐生菜　赐幡胜
赐彩花　作辛盘

青幡乍立　寒收北陆
彩仗争迎　气变东郊

风消积雪　条风应律
月动游尘　苍帝司辰

3. 春分

朝日
书云

昼夜等　阳云出　鼓甲动
度量同　雷雨行　发雷声

祭马祖
祀东郊

星曰南极
气出东方

4. 春晴

青霭　云密　沙暖　草醉
绮霞　烟浓　泥融　柳眠

酤酒市　鸟声碎　千绿媚
卖花声　花影重　万花娇

芳草地
杏花天

水边残照
村外晚晴

5. 春阴

流水　花睡　云密　云暗
养花　草肥　烟浓　雾寒

鸠声急　添弱柳　云淡淡
雁影沉　恼迟花　雾沉沉

梨花月
燕子风

轻寒轻暖
似雨似风

6. 早春

莺觉　岁红　花影　新雨
鸭知　嫩寒　柳条　旧寒

先到柳　寒半减
暗通梅　暖初回

三三节近　风光入柳
九九图消　残雪飘梅

7. 暮春

莺老　欲借　绿战　花月
蝶忙　将归　红酣　苔钱

蝉声小　红杏雨
蝶翅狂　绿杨烟

烟迷碧树　花连春去
水送落花　燕带社来

笋尖露角
麦秀捋须

8. 游春

试马　暖日　曲水　倚杖
听莺　香风　垂杨　解貂

醉月
寻花

盈头翠
满手香

9. 送春

绿惨　飞絮　祖道　远别
红愁　落花　观诗　相催

空啼树
惜落花

池塘觉静　一年花事
风雨随归　九十春光

流莺有恨
野水无言

10. 夏

煮茧　莺老　麦浪　荷净
分秧　燕新　荷钱　竹寒

梅雨　葵日　龙见　翔鹓
麦秋　槐风　鹑栖　鸣蝉

荣槿　木蔚　炽日　朱辂
秀葽　草滋　炎风　赤旗

象德　风观　祭黍　均管
封功　冰台　羞桃　颁冰

交扇　漱露　畏日　烈日
环炉　啸风　凯风　清风

联句　沉李　雪藕　布谷 陈谟　浮瓜　调冰　提壶	指星麦 傍林鲜
梅熟　细麦　柳老　竹粉 竹凉　圆荷　梅酸　蒲刀	调冰雪藕　嵇康煅灶 沉李浮瓜　武子囊萤
麦穗　露井　雪槛　冰井 松花　风帘　冰山　雪山	师文飞雪　长风扇暑 邹衍降霜　茂树连阴
羊酪　漂麦　祀灶 虎汤　献瓜　执衡	程晓避客　秧针刺水 嵇含思风　麦陇翻云
桑椹熟　卢橘熟　新笋紫 豆苗肥　芳槿荣　早樱红	丹鱼映水　葛洪入水 黄雀迎风　仲都还炉
荷泛沼　风折笋　德在火 叶翻阶　雨肥梅　斗指南	运七轮扇　禽鸟不度 服六壬符　草木皆干
薰风至　麦天润　蚯蚓出 畏日长　槐夏清　鸤鸠鸣	杨茂为首　樽前暑尽 马援征蛮　屋上泉鸣
居正殿　迎凉草　不动众 处南宫　避暑犀　无出兵	紫龙髯拂　杨妃却暑 冰蚕丝裀　国忠镂冰
澄水帛　抱铁柱　去熟脯 招凉珠　结锦棚　消暑珠	斗维建午　百药可蓄 月次居离　众果具繁
媚蝶草　祈谷实　修鞀鞞 变雀鱼　祭雨师　饰钟磬	萤飞腐草　行爵出禄 暑变温风　继长增高

赞拔杰俊　关市无索
祷祀山川　游牝别群

火云方炽
晷景尤长

11. 立夏

槐夏　首夏　云叠　电见
麦天　正阳　风长　龙升

暑雀叫　麦秋至　救饥渴
布谷飞　楝木华　惠贤良

惠孤寡　飞小燕　三春晚
振贫穷　落残花　九夏初

风初暖　浮麦气　晨气润
露未晞　发荷英　晚凉生

竹木葱翠　早荷心卷
花蝶飞翔　高柳影舒

铜壶促夏　闲窥黠鼠
斗柄南回　静厌飞蚊

蜜房分子　轻刀裁葛
书阁垂帘　小碾试茶

凫翻藕叶　东风今夜
燕拂桐花　芳草明年

新秧刺水
乳燕从人

12. 夏至

宵短　不贺　志静
影长　受粮　身宁

书云物　食麦粽　颁冰酒
献雷车　服松脂　进粉囊

着五彩　物茂盛　鹿角解
陈八音　日漫长　螳螂生

荔枝熟
木槿荣

蚊虻不食
蛤蟆无声

13. 初夏

梅熟　槐绿　朗润
竹凉　兰芳　清和

琴书润　春事了　笋过母
草木荣　雨声多　竹有孙

衣才试葛
扇已裁蒲

14. 残夏

凉至　新雨　火老　露蔓
暑徂　残云　金柔　风荷

潜消暑 催诗雨 三伏尽
欲送凉 解愠风 五更寒

15. 秋

黄落 菊傲 燕去 征雁
白藏 荷枯 鸿来 吟蛩

残暑 叶脱 萤焰 清镜
早凉 火流 蝉声 素商

土王 露下 葭露 凝雾
火流 风高 蓼风 凉烟

曒月 收潦 凄日 凝露
劲风 涤氛 凉风 飞霜

涤暑 珠露 鸟击 木落
收温 金风 虫吟 草衰

露叶 陨叶 迎气 月帐
霜条 落英 逆寒 风帷

风隙 选士 素节 揖月
霜阶 治兵 白商 降霜

荷露 霜月 菊散 阴气
苇风 水天 荷疏 萧晨

玉露 登谷 伐竹 畜菜
缯云 食瓜 作刀 当麻

命社 剥枣 豆雨 考治
为裳 断壶 鹰风 筑城

尝稻 纳火 火老 烧稻
伐薪 肃霜 金柔 合冰

执矩 种麦 务纳
祀门 习吹 亲尝

风冽冽 照帷月 倾枝露
日凄凄 盈幕风 振条风

警露鹤 百草萎 祀夕月
含风蝉 万物衰 戒清风

芦花白 黄花酒 欧作赋
桂子黄 红叶诗 庾登楼

楼头笛 橘包美 寒橘柚
天外舟 豆荚肥 老梧桐

雁横塞 洞庭月 蝉催暑
人倚楼 浙江潮 雁带秋

梧桐雨 祭马祖 七驺驾
菊花天 享寿星 百工休

黄雀雨 宴耆老 衣絺绤
鲤鱼风 谒神翁 插茱萸

击土鼓　习五戎　令将帅
御袷衣　严百刑　缮囹圄

霆收曜　筑场圃　桂枝落
星倾辉　趣收敛　胡桃零

具桎梏　案刍豢
纳材苇　平权衡

水天一色　歌翻落叶
风月双清　曲引凉飔

陶潜松菊　江涵雁影
张翰莼鲈　树卷秋声

蟋蟀在户　络纬夜息
鸿雁来宾　蟋蟀宵征

司裘率职　李陵塞上
青女降霜　子敬山阴

金气方劲　蝉鸣萧瑟
清风戒寒　露凝凄清

登慈恩塔　潦收水洁
泛昆明池　月澹烟沉

陵阳食气　梧楸早脱
匈奴立威　蒲桃先零

天地始肃　客星犯斗
河漠方秋　钱王射潮

众木摇落　庶人荐黍
一苇飘零　天子食鱼

凉风薄体
清气入肌

16. 立秋

落叶　桂白　澹日
化萤　菊黄　清风

祀白帝　鹰鹳击　吞赤豆
署督邮　促织鸣　着白衣

蝉鸣树　莲报谢　折楸叶
蝶绕栏　柳呈疏　起园瓜

迎气西郊　朱明送夏
斩牲东门　少昊迎秋

天改夏色　草静翻燕
木动秋声　波澄露鱼

风前落叶　凉气渐届
天际疏星　溽暑日收

17. 秋分

致月　水涸　风至
书云　禾收　雷收

虫坏户　同量度　祀夕月
龙潜渊　平权衡　戒杀生

鸷鹰击
玄鸟归

18. 新秋

红叶　雨霁　风冷　黄落
绿莎　风清　柳凋　翠微

径冷　叶报
山寒　雁传

云影薄　西风急　无限爽
露华滋　皓月流　有余清

寒雨湿
早凉归

寒垣榆落　水长天远
泽国芦疏　暑退凉生

雨眠落鸭
露宿莎鸡

19. 秋色

蘋白　篱菊　山色　野色
蓼红　涧松　水光　岚光

岸竹　岩桂　翠浪　苔紫
渚莲　井梧　白云　荔红

秋水碧　千林薄
晚霞红　万里明

丹青霜叶　鸟飞烟外
水墨云烟　黄花雨中

一钩新月
千里暮云

20. 秋声

渔笛　残叶　残雨　蛩韵
衣砧　晚蝉　凄风　鹤声

疑疏雨　鸣蟋蟀　枝敲玉
觉寒潮　动梧桐　叶散红

寒杵急
晓钟催

荻风含怒
荷雨带香

21. 秋夜

野月　河影　寒杵　露重
江风　月华　孤灯　星稀

鹤唳
虫声

愁夜雨　敲竹雨　金掌润
怯秋灯　读书灯　玉绳低

闻戍鼓
见渔灯

银釭有烬　疏疏列宿
宝鸭无烟　耿耿银河

22. 暮秋

菊老　鹤瘦　木落　零露
荷枯　鲈肥　水寒　肃霜

菊酒　红蓼
莼羹　紫苔

梧桐雨　萧疏绿　山骨瘦
菊花天　寂寞红　水痕收

安暖阁
熨寒衣

霜溪有蟹　霞翻枫叶
雪树无蝉　雪拥芦花

23. 冬

冷月　雀化　尝稻　挟纩
严霜　鸿藏　破柑　围炉

冰箸　阳月　朗月　玄辔
雪花　小春　上冬　黄钟

北陆　琼雪　坼地　风切
南郊　珠冰　折冰　云严

素雪　霜鹤　鹤语　蛰鸟
玄云　冰鱼　龙吹　潜鳞

讲武　贞岁　爨燧　熊席
论刑　祈年　凿冰　狐裘

伤竹　温席　泣笋　乘屋
凋松　叩冰　分瓜　涤场

讲武　赐袄　食羹　小岁
劳农　祀靴　献豜　一终

舒柳　属水　祀井　气憯
看梅　司寒　醮糟　德寒

貔搏噬　常春木　御兽炭
鹰腾扬　却寒帘　赐貂裘

暖金合　松花酒　备边境
辟寒香　糯糍糕　谨关梁

共刍豢　陈祭器　筑城郭
收薪柴　命酒官　谨盖藏

姜被薄　山容瘦　茅店月
晏裘轻　雁阵寒　板桥霜

貂裘白　山露骨
兽炭红　水生皮

橙黄橘绿　宫女击磬
水落冰凝　凌人斩冰

冷棋三战　黄醅绿醑
温酒一杯　绛帐红炉

梅知春近　槐檀斯改
松耐岁寒　燧灶必修

穷纪穷次　隐之披絮
既暮既昏　越王抱冰

素冰弥泽　桂荣贞质
白云依山　松秀寒姿

恤龟占兆　乾风更肃
乘坎执权　羽律才移

鹅毛御腊　仙翁吐火
犀角辟寒　孝子叩冰

刘殷得堇　食黍与彘
颜斐致薪　器闳以奄

吹纶愧暖　蚯蚓乃结
冻饼知寒　鹖鸟不鸣

尝鱼荐庙
磔犬送寒

24. 立冬

取火　锦络
鸣风　皂衣

户皆闭　魏文帽　桑洗眼
水始冰　天子裘　酒暖身

破柑霜落　菊为霜紫
尝稻雪翻　苔因雨红

炭腾红焰
毡拥紫茸

25. 冬至

畅月　宫线　短晷　阴伏
融风　管灰　微阳　阳升

贺至　献履　正昴　阴谢
冬分　吹葭　升辰　阳归

璧月　视朔　书物　肆乐
珠星　推元　候风　寝兵

水盛　添线　迎日　章月
晷长　闭关　书云　肥冬

荐雁
服貂

半夜子　芸应节　短长日
一分阳　荔迎时　大小年

金堤柳　添弱线　书云物
仙苑梅　戴新貂　荐黍糕

周四极　放关扑　设豆饼
成三光　避贼风　荐黍糕

五纹线
一阳巾

射干方茁　垂帘做节
荔子才苗　候雪占年

贵妃冰箸　风行广漠
宰相火城　日轨巽维

宵长昼短　菁茅作贡
阴极阳生　土炭在悬

玉杓北指　周嵩举酒
金翼南飞　崔浩定仪

26. 初冬

檐雪　炉火　木落　冰骨
池冰　书灯　山寒　霜花

红叶
冷云

斗建亥　千林瘦
日移房　百室盈

园林摇落　疏梅报信
门巷萧条　小雨成寒

27. 暮冬

景短　风劲　小岁　雪霁
阴穷　云浓　一终　春回

舒柳
看梅

坚冰冷　峰峦出　山色淡
乱雪飞　木叶飞　水声低

长松点雪
古木号风

28. 冬夜

榻冷　梅影　霜瓦　吟苦
灯寒　月华　雪窗　眠迟

听雪　炭兽
围炉　瓶笙

云淡薄　烛有焰
月黄昏　雪无声

梅香入梦　冷棋三战
竹影横窗　温酒一杯

（三）节令

1. 元旦

画虎　藏帚　祈谷　正始
悬牛　湔裳　献羔　履端

爆竹　四始　肇祚　索苇
屠苏　三元　开元　折松

放爵　桃梗　读令　列炬
磔鸡　椒觞　说经　鸣钟

列仪状　造华胜　挞如愿
盛庭燎　赐银幡　画钟馗

祝富贵　婪尾酒　椒花颂
鞭聪明　胶牙饧　柏叶铭

调六律　陈禹玉
荐五辛　贡尧蓂

盘横双兔　樽开白兽
泥揭一牛　酒赐绿醽

池冰破玉　翁劝寿酒
园柳垂金　稚试春衣

图描金燕　荆州木屑
家列火城　汉殿花灯

三公奉璧　江淹赏士
百官执珪　华元放囚

木屑衬地　术呼牛马
酺食湔裳　戏造鱼龙

内抚诸夏　气和端月
外接百蛮　位正元阳

觞称万寿　西京水戏
盘号五辛　蜀郡火灾

2. 人日

贴燕　花胜　荆俗　行乐
黏鸡　菜羹　晋风　作缘

剪彩
镂金

蓂七叶　风一信　新饮爵
月半轮　日多阴　旧名山

生菜甲
断水澌

梅花妆额　菜挑七种
竹叶倾觞　饼煎中庭

诗传常侍　七日人日
铭著安仁　灵辰北辰

伤心归雁
极目登高

3. 元宵

撒荔 卜茧 灯市 罗绮
传柑 描凫 火城 管弦

望月 七宝 翠袖 火树
踏歌 九华 坛车 星球

读易 泛粥 西漆 插柳
题灯 祠膏 南油 雨花

面玺 攀幰
火蛾 窃杯

长春国 珠万斛 春富贵
不夜天 月三更 夜风流

三五夜
一重春

千门月朗 金吾弛禁
一夜花开 玉漏停催

尘随马去 祢挝金石
月逐人来 狄破昆仑

紫姑女卜 笛偷宫调
白马经宣 曲按霓裳

或寻鸾镜 龙衔火树
又窃金杯 鸡踏莲花

青藜照夜 郎君芋熟
白粥迎春 帝女巢成

月惟中气 观灯故事
日则上元 祭户遗风

蚕桑百倍
灯火千门

4. 社日

鸣鼓 扶醉 洛水 卜稼
击钱 停针 香山 赛田

商柏 反始 饮福
夏松 报功 洽欢

葱开慧 载桃李 儿斗草
酒治聋 宴鸡豚 翁折条

寻巢燕
唤雨鸠

陈平分肉 共停针线
汉祖治榆 相赠葫芦

影斜桑柘 乍来新燕
花放棠梨 半醉归人

田翁结伴　枫林击鼓
少妇归宁　草岸解鞍

唐年避雪
晋俗放春

5. 中和节(二月初一)

献种
舞衣

遗春服
进农衣

金钱赐宴　囊献生子
玉尺颁亲　里酿宜春

幺琴小鼓　青囊绿草
彩幄翠帏　红镂紫檀

尺赐勋戚
酒祭句芒

6. 花朝(二月十五)

扑蝶　拾翠
鬻蚕　踏青

挑菜节　花竞放
采逢时　春正中

东生老子　原荑绿柳
西现牟尼　囿放红桃

献生村里　赐诗御苑
迎富郊前　劝稼农郊

7. 寒食

禁火　杏酪　冷节　彩索
藏烟　枣糕　佳辰　红球

燧火　芳草　画鸭　传烛
厨烟　垂杨　斗鸡　飞花

内火　饧粥
新烟　餐盘

泼火雨　梨花雨　荾尾酒
养花天　杨柳风　胶牙饧

桃千树　和冷粥　棠梨影
雨一犁　煮新茶　杜宇声

青精饭　花怯雨　遗麦粥
白打钱　柳迎人　祭酪盂

争挑野菜　糕粘团枣
竞买新饧　酒熟酴醾

尘扬蹴鞠　马嘶原草
花逐秋千　人折园花

8. 清明

紫笋　紫燕　改火　插柳
青枫　黄鹂　新烟　试衣

游子 冷灶 走狗
啼鹃 春城 斗鸡

槐烟散 梨淡白 莺斗巧
榆火新 柳深青 蝶飞忙

试新茗 斗指乙 风作意
上春台 日在娄 雨断魂

和冷粥
试新茶

踏青人去 春光旖旎
泼火晴来 草色芊绵

桐花初放 上月灯阁
柳絮将绵 游芳树园

韩翃吟句 拔河戏旧
杜牧诵篇 淘井泉新

9. 上巳

解席 洛饮 采艾 薤露
禊堂 溱诗 握兰 油花

木兔 气朗 赐柳 修禊
钱龙 时和 浮觞 舞雩

元巳 曲水 南涧 疏圃
上除 回流 东堂 华林

帐殿 蚕市 上履
旌门 龙池 听琴

周曲洛 东流水 姑洗月
晋华林 南浮桥 元巳辰

唐天宝 华林赋 祈蚕事
晋永和 曲水歌 集兰亭

年惟一 芳草地
日重三 丽人天

得诗一句 姑洗应月
罚酒三升 勾芒御春

桃花水涨 浮桥争渡
杨柳旗开 曲水流杯

采兰赠芍 王亭谢馆
射兔分朋 晋殿吴宫

春九分九 醉佳人瑟
天三月三 携学馆琴

吴宫碧草 浮枣绛水
谢馆黄鹂 酹酒酴川

水禽骇踊 修林蓊郁
阳侯动波 草莽扶疏

四民并出　点油成凤
八公既登　结钱为龙

过平阳第
会薄洛津

10. 端午

采艾　桃印　筒粽　榴子
浴兰　钗符　粉团　艾人

菰黍　系缕　艾酒　茧白
枭羹　赐衣　兰汤　麦黄

竞渡　祭屈　朱索　角黍
结庐　祠陈　赤符　采术

悬艾　烹鹜　蒲酒　贺扇
浴兰　葅龟　枭羹　夺标

菖蒲酒　百福索　合欢索
琥珀杯　五时图　续命丝

遗益智　续命缕
斗宜男　厌兵缯

香蒲切玉　娥江孝女
角黍包金　湘水忠臣

鸲鹆舌巅　盘分楚粽
蟾蜍角生　扇画秦娥

浣花天过　榴花吐焰
解粽筵开　萱草舒梅

还施刚卯　丸因竹节
或画天师　镜铸江心

守宫蜥蜴　宫人涂臂
避恶蟾蜍　公主剪须

百索绕臂　时当中夏
五丝缠筒　日叶正阳

11. 伏日

徂暑　六月　赐肉　金伏
亢阳　三庚　荐瓜　火炎

金藏　汉择　劳酒
火升　秦祠　荐瓜

筒吸酒　风清暑　云峰起
锦结绷　瓜镇心　火伞张

冰帘却暑　惊风梧叶
雪馆招凉　窥户薇花

风亭水榭　汉朝颁爵
雪鉴冰盘　秦德立祠

棋消永日　麦瓜初熟
扇引清风　汤饼宜陈

石家寒井　莫叹贾鹏
杨氏冰山　且烹杨羔

河朔避暑　紫髯元载
邺下颁冰　粉色何郎

养羊供费　麦瓜荐祖
磔狗御灾　荷叶饮宾

12. 七夕

粉席　新思　月烛　卍字
针楼　旧愁　星桥　花瓜

飞月　乘鹤　天路　汉渚
泛星　奔龙　星河　云川

云辇　曜腹　灵匹　结字
羽车　斋心　瑞光　曝衣

乞巧　获宝　月帐
种生　得梭　云阶

凉风至　穿针榭　晒书客
辰火流　曝衣楼　挂犊人

支机石　一年别　槎浮客
乞巧丝　万劫缘　鹊填河

杨妃语
柳子文

女郎呈巧　明年重见
儿童裁诗　闰月两回

翠梭停织　子晋控鹤
银汉横秋　西母乘鸾

晋师铸镜　麻姑指爪
丁氏得梭　窦后神光

赤龙方去　姮娥随月
绣幄远过　织女逐星

缕羁五色　三秋佳节
车驻七襄　七夕良辰

杨妃私誓
窦后神光

13. 中元(七月十五)

庆月　献果　蜂出　礼佛
法筵　设斋　蚁行　思亲

献佛
供僧

礼安国　槐花露　河灯放
醮玄都　柏子风　花果遗

盂兰设　供大德　将圆夜
宝盖张　奉高真　正早秋

张灯兔苑　地官校籍
射柳球场　天真朝元

僧人解夏
佛氏托生

14. 中秋(八月十五)

玩月　玉彩　酒兴　金饼
观涛　金波　诗豪　银盘

彻夜　玉宇　弦管　秋色
经年　琼楼　杯盘　月华

献镜　掷杖
投钱　出丹

钱投地　三更坐　风侵鬓
杖化桥　万里情　冷透肌

九霄净　月端正　十分月
万景清　日平分　一半秋

文酒宴
水调歌

红纱可却　梯云取月
匹练方横　曳杖登峰

影移殿外　袁宏泛渚
光属林间　庾亮登楼

15. 重阳(九月九日)

菊酒　习射　赊酒　食饵
萸囊　谈经　赋诗　题糕

篱菊　落帽
江枫　佩符

乌纱帽　滕王阁　玄猿啸
绿蚁杯　项羽台　白鹤来

桑落酒　佩赤实　萸系臂
菊花期　服黄华　菊制龄

箭飞沙苑　恩隆薏苡
曲崿文峰　饮设莲花

雷催白雁　宴参明允
人似黄花　诗戏少卿

何人髯紫　栗黄银杏
是处鹃红　瘿木羊肝

丹枫欲变　白衣送酒
黄菊初开　乌帽凌风

愁闻风雨
醉把茱萸

16. 腊日

寻笋　梅破　画虎　祭兽
挑蔬　柳舒　迎猫　荐禽

击壤　观腊　明祀　魏丑
浴蚕　吹豳　嘉平　汉戌

祠彘　晋丑　冬酿　窃食
磔鸡　魏辰　晨炊　赐脂

浴佛　赐药
报神　谨财

羊祀灶　新故接　晋卜丑
虎悬门　阴阳交　魏诹辰

行傩候　催日短　击腰鼓
浴佛天　逼年更　出土牛

尊野服
息田夫

瘦羊博士　萱还凌雪
伏腊侍郎　柳已偷春

馎腊八粥　银罂翠管
卖上元灯　面药口脂

天子祈谷
有司祭禽

17. 除夕

饯亥　催白　闻角　漏促
迓寅　借红　列炉　酒阑

爆竹　宿岁　去故　嫁婢
屠苏　迎年　纳新　驱傩

岁尽　埋砚
斗回　鼓琴

照虚耗　打灰堆　相暖热
卖痴呆　设火山　补精神

隋守夜　蛾眉曲　镜前语
楚驱神　鹊尾香　纸里题

辞年酒　吴分岁　供岁火
压岁钱　楚迎年　作春书

打如愿　朝剪彩　卧笼兔
呼卖痴　夜倾银　赴鳖蛇

岁云尽矣　樽浮蚁绿
夜如何其　烛卷花红

东都埋砚　祭诗才子
西汉藏钩　祈谷农人

炉添商陆　爹迎蛮婢
杖击灰堆　妹随钟馗

香消柏子　钟声欲动
春透屠苏　斗柄初旋

（四）年月

1. 丰年

岁熟　多黍　大有　积九
时和　余粮　即藏　登三

高廪　大有　多稼
崇墉　多余　顺成

穰穰满
陈陈因

三时不害　峰占石廪
百谷用成　时咏茨粱

岁则大熟　三冬瑞雪
农亦有秋　二月惊雷

容鸡乍出　寡妇遗秉
甘草初肥　牧人梦鱼

稷欣彧彧　辛祈望岁
黍乐芃芃　酉熟逢年

农夫望岁　秋成无害
田租祈年　岁计有余

滞穗斯积
余粮不收

2. 闰月

五岁　积算　朝庙　岁定
三年　余分　居门　阳余

作纪
正时

藕节纪
桐叶知

蓂曾益荚　灰余瑶管
凤已添翎　树厄黄杨

一十九载　鲁不告朔
三百六旬　尧以定时

（五）气候

1. 炎热

葵扇　烂石　谢扇　赐露
蕉衣　煎沙　郑瓜　颁冰

羽扇　畏日　霑汗　热坂
纱厨　骄阳　镇心　寒溪

避石室
升山陵

浮瓜沉李　岭云烘日
避暑寻凉　野树无风

赫风灼宇　熙天灼地
炎气燎房　沸海焦陵

六月徂暑
九日重光

2. 酷寒

瓦冻　兽炭　雪粒　水结
帘寒　貂裘　霜花　云愁

挟纩　金乌　雨雪　而耐
解裘　青犀　积冰　不堪

白鹤语　寒折骨　鼋鼍蛰
黄竹诗　风截耳　鳞甲藏

千山雪　冰骨厚　双梅老
一尺冰　雪花新　一鸟闲

愁冰砚　冻破骨　虹蛰火
苦胶杯　寒入肤　龙藏金

袁门拥雪　棱棱霜气
郑榻无毡　蔌蔌风威

冰凝结涧　重衾无暖
气出为凌　薄被知寒

饥寒并至　君子斋戒
衣履不完　小民怨咨

寒野指堕
水泽腹坚

3. 干旱

杲日　八月　铄石　有备
愆阳　七年　流金　无虞

救患策
恤人心

水泉咸竭　既忧狼顾
山陵不收　未睹鹳鸣

欢娱为旱　地财耗斁
愤叹成阴　天厉流行

云积又散　南亩废稼
雨垂复收　西郊云屯

4. 水涝

鼓众　伐鼓　免税　悬釜
班师　御船　用牲　资舟

浩浩　禹浚　捧土　伤稼
汤汤　鲧堙　奉薪　灌城

徙高地　歌瓠子　费无已
出平原　舞商羊　绩弗成

决九川
距四海

败其城郭　岸变为谷
害于粢盛　城复于隍

水方洊至　积灰而止
灾即流行　窃壤以堙

变于鱼鳖　曾甍巢鹳
不辨马牛　臼灶生蛙

上帝不吊
下民怨嗟

三、地理部

（一）总说

1. 地理

交趾　积石　蜀栈　鸡泽
贯胸　流沙　秦关　马陵

蛙浦　鳌石　蟹渚　蛟浪
鼍矶　龟山　鱼潭　鸡潮

蕙田　莎阪　梅岭　枫岸
兰畹　菊泉　竹溪　蓼堤

笠泽　琴峡　砚沼　汤谷
箕山　鼎湖　圭塘　酒泉

苦县　郑谷　赤水　孝水
甘州　严滩　蓝田　贪泉

亥市　甲浦　汉女　涛雪
辛田　申湖　湘妃　瀑雷

滩尾　浪脊　浪态　石走
岭腰　岩腰　山情　崖奔

海立　海镜　楚岫　鸡塞
山飞　岚屏　吴江　雁门

桂岭　梓泽　文井　愁海
莲峰　兰皋　笔沟　怒江

河伯　石鼻　峰涩　荻港
浪婆　冰牙　水腥　菰洲

峡束　剑阁　水抱　浪撼
潮冲　庐峰　峰攒　沙磨

石窍　水啮　冰练　沙背
泉痕　潮吞　峰螺　石鳞

蜃涨　月浦　水骨　水走
鲸涛　烟涛　山眉　澜翻

毛女岫　元亮井　三篙水
玉娘湖　子陵滩　一枕山

聪明井　峰午午　山浮髻
智慧泉　石庚庚　石作鬟

瓜蔓水　沉香浦　丹荔屿
麴尘波　拾翠洲　白蘋洲

明月浦　烟霞国　鸣釜岫
落星矶　日月崖　伏牛潭

吞天水　黄牛渡　鸳鸯浦
拍岸波　白鹿泉　鹦鹉洲

黄鹤浦　闻犬洞　三鳌岛
紫驼峰　唤鱼潭　九鲤湖

羊肠阪　熊耳峡　马蹄谷
鹿角津　虎头岩　莺脰湖

牛儿谷　杨柳渡　荷叶屿
燕子矶　海棠川　菊花山

桃叶渡　沈书浦　藏书洞
蓼花滩　卓笔峰　洗砚潭

三侯石　支琴石　愚公谷
五老峰　洗笔泉　妒妇津

贞女石　貂黄岭　千秋岭
丈人峰　鸭绿波　万岁湖

逍遥谷　丁卯港　参差浪
旖旎山　酉辰溪　熨贴波

蓼洲鸡唱　云涛浩浩
月峡狐鸣　雪海茫茫

山朗石秀　风萦波面
野媚川晴　云束山腰

烟峦雨嶂　杯衔海影
雁塞龙沙　髻矗小山

鸥波雨点　洲翻杜若
鲈屿帆归　浪涨桃花

2. 山水

仁静　鸭绿　一桁　帆影
智流　螺青　三篙　笏形

冈凤　水佩　汇百　贝阙
洛龟　山鬟　呼三　器车

蜂腰断　僧眼碧　堆青黛
燕尾分　佛头青　泻绿油

琉璃界　青罗带　溪花笑
翡翠岩　碧玉簪　谷鸟从

卷帘白　山可学　将绿绕
隐几青　水难为　送青来

枕流漱石　长河九万
樵水渔山　太华五千

径埋槲叶　一规月漾
航碍芦花　千叠云横

苍分极浦　壶中醮绿
翠入高楼　镜里藏青

夜凉雨过
天净云收

（二）土石

1. 地

一撮　两戒　载物　有截
四维　三形　承天　无疆

五物　演络　物祖　大舟
十形　绝维　政本　方舆

金柱　右动　敏树　四野
铜仪　东倾　养材　九阿

得一　蜀沃　不动　地道
生三　韩枢　无疆　坤仪

合帝　道卑　播气　绣错
承天　德方　统形　绮分

禹迹　青陆　息壤　沃瘠
神区　黄炉　弹丸　窳隆

经纬　积块　广大
广纶　成形　刚柔

有六体　广故久　镇五岳
无两形　厚莫如　流百川

土会法　不中矩　环海外
地动仪　无立锥　背方州

起西北　土训诏　三千界
倾东南　火正司　百二州

无私载　不知厚　长房缩
有常形　莫能窥　大章量

竖亥步
张衡仪

长养稼穑　图超白阜
襟带山川　绩定黄舆

咸分三壤　萧何旧籍
还考四游　王母新图

牝马行地　云雨是出
鳌足立枢　河海所流

含弘光大　德方至静
博厚直方　道卑上行

土肉川脉　十州咫尺
石骨草毛　一篑成亏

鸣闻里鼓　义存含养
画引沙锥　道闻滋生

东西为纬　牝为川谷
南北是经　牡则丘陵

2. 泥

印印　掀笋　聚土　数斗
涂涂　种花　封关　一丸

不避
相粘

鸿留爪　饥鹰啄　写鸟迹
虎印蹄　新燕衔　印龟文

豪家五色　交衢蓄潦
壮士一丸　曲浦含淤

花泉行落　不缁白玉
荚雨将余　徒混隋珠

芳树禁苑
凋草郊园

3. 沙

散石　粟益　炊饭
在泥　筹量　置觞

蚩尤食　聚而雨　短狐射
道济量　遇以生　大风扬

西河至　汉王遁　壅潍水
南风吹　袁营依　渡冰河

天子祷　老为石
张良锤　罢作田

4. 尘

蔽扇　滚滚　质弱　凝榭
弹冠　冥冥　行纤　积床

点墨　拭镜　雾贯　野马
吹香　濯衣　烟涵　醯鸡

沾舞袖　隐郊树　细雨息
染征衣　暗江楼　轻风飞

栖弱草　聚还散　拂朱履
载鸣鸢　有若无　结华缨

素衣染　扑三斗　依帷翠
罗袜生　贮一囊　带日红

拂将红袖　回裾流影
障隔晶帘　举扇浮香

濛濛不息
漠漠如流

5. 石

佐岳　亭长　款梓　宋陨
补天　督邮　扣桐　晋言

押马　牛唤　狗状　入海
沉犀　人言　羊文　浮江

试剑　解带　罗汉　虎口
捣衣　排牙　仙君　鱼潭

象跪　蒸饼　天剑　玉履
龙排　丽禾　地符　窳樽

炊鼎　珪化　晒纱　画卦
支机　鞭驱　浣衣　印文

地骨　龟背　乞子　捣帛
云根　猫睛　憩仙　掩扉

鹊噪　鸡冠　挂带　化女
鸡鸣　马蹄　作樽　望夫

纸臼　仙迹　印鹊　饮羽
书研　神鞭　井龟　复书

韫玉　羊起　猪化　山骨
生金　雁飞　燕衔　云根

牛唤　三品　鹦鹉　浮磬
燕衔　五如　鸳鸯　列钱

仙镜　仙博　凿凿　鞭雨
神钲　帝棋　粼粼　落星

击肘　射虎
点头　叱羊

零陵燕　音若磬　声如鼓
昆明鱼　点如星　形若轮

书必字　求云母　龙马迹
言慎声　取流黄　屐齿痕

坚不夺　米颠拜　孙楚漱
响可呼　董威含　刘桢磨

罗汉影　名霹雳　鸳鸯石
仙人礁　似芙蓉　玳瑁栏

千人坐　蓄玳瑁
九子排　映芙蓉

势如立马　乌集云际
形如覆钟　树生月中

状如龙凤　正臣蓄异
文若马牛　僧孺采奇

呼曰文人　恨堪添海
号为贤士　功擅补天

6. 野

广莫　闻鹤　傅筑　死麇
莽苍　获麟　伊耕　遗贤

无草　君子　茫荡　牧外
食苹　同人　宽闲　星分

求失礼
哭所知

7. 平原

集凤　树穗　每每　凤鸟
放牛　游龙　膴膴　鹡鸰

凤集　下湿　试望
虎游　高平　巡行

渊明宅　名石鼓　诸葛逝
亚夫营　曰凉风　买臣司

8. 洞

红杏　松影　水面　大隐
碧桃　藕花　山腰　寒居

引马　金粟　浮石　黄石
呼猿　玉华　流香　白沙

莲子　龙影　枯柳　云鹤
榴花　虎斑　嘉鱼　笙歌

云壑
石坛

透溪谷　青薜匝
兴云雷　白云深

石泉晓镜　窟中蝙蝠
水月帘钩　壁上琉璃

9. 穴

储雨　马户　蛟育　得马
来风　羊门　鱼生　捕鱼

风井　祈雨　马出　铜乳
洞庭　请风　龙潜　金枢

地脉　掷剑　不晦
尾闾　得钟　恒温

文豹伏　探虎子　采钟乳
海鳅居　堕龙宫　出丹砂

千里照　太史探　箕风吐
五岳通　上古居　阴火燃

水溢竭　见龙迹　金牛化
石阴阳　闻浪声　鸟鼠同

武丁墓　求道处
神农生　从学居

荥阳云馆　邯郸得枕
终南玉堂　丰城蛰蛟

10. 窟

掘剑　饮马　夜饮　豪杰
鼓琴　蓄蛟　冬营　神仙

豹死守　养死士　秦州二
鼋潜居　居仙人　狡兔三

有雾气
见电光

玉泉生乳　郑伯酒室
河东得银　孙登隐居

（三）山

1. 山

九子　螺髻　万笏　熊耳
双童　蛾眉　千鬟　虎牙

神阙　霞壁　九室　九坂
仙宫　云峰　五台　千岩

五女　出日　员峤　车盖
两童　落星　方壶　香炉

斗鸡　白马　赤壁　白苎
发鸠　黄牛　蓝田　青城

紫帽　白帝　赤甲　长白
绿萝　乌蛮　青眉　点苍

雷首　子午　玉垒　畏垒
月牙　春秋　铜官　敬亭

鹿起　国主　插汉　载陟
龙眠　山师　隐天　久留

黎母　冶父　鬼谷　五祖
江郎　壶公　仙堂　千佛

梅岭　卑耳　天柱　云际
花岩　折腰　云门　天中

丹穴　设险　国宝　蛟负
青丘　积卑　器车　兽离

不测　无兽　青壁　沧屿
维高　有夔　丹梯　翠微

灵岳　牛渚　雁荡　鸟带
崇丘　马陵　鹅湖　鸡笼

熊耳　滴翠　系马　黄鹤
牛头　送青　钓鱼　碧鸡

龙首　石镜　紫阁　雪窦
牛头　玉台　青城　云门

凤阙　蚊髻
鸾冈　蛾眉

金银溢　始万物　共工触
狐豹栖　见列星　愚公移

聚土筑　项羽拔　千岩秀
著屐登　夸娥移　一径幽

钱买隐　青嶂骨　六鳌戴
屐寻幽　翠微腰　五丁劖

三千仞　神女峡
十二峰　小姑山

凿以为室　米聚形势
刺而出泉　桐生朝阳

镇兹下土　俯视雷雨
节彼南山　上为星精

仕宦捷径　僧述旧径
欲界仙都　渔唱前亭

去天一握　终南一径
仰石万寻　剑阁双门

名崇五岳　光浮草木
秩视三公　影落江湖

楼看四面　石帆孤出
江送六朝　砥柱分流

醉留颠笔　岩花着色
憨写卧游　涧溜分痕

千言饮宿　兰岩鹤唳
云亭封禅　金华叱羊

桂阳话石　华容云母
吴宫采香　天柱仙桃

仙翁种玉
烈女磨笄

2. 丘

高土　九子　群犬　送子
小陵　五陵　众蛇　思贤

云气　步仞　狐死
火光　千年　鼠深

天神出
仲尼生

从长者上
非人力为

3. 峡

石井　百岭　明月　花石
金堂　千峰　琵琶　广溪

虹霓杂　深水暗
锦绣陈　冷山清

横峰碍水　乔松百丈
斜岸通川　飞水千寻

4. 山谷

为牝　守辱　取竹　石馆
无私　入幽　堕花　秦关

公主 天井 子午 无底
郎君 云门 褒斜 为陵

挂甲 白石 遮马 号郑
弹琴 黄金 盘龙 名愚

伐木 取竹
沉珠 种瓜

丝枲出 生甘菊 凄风起
牛马量 产灵芝 寒烟摇

灵草木 李愿隐 日罕照
古衣冠 郑真耕 风浸淫

隐琼草
攒青枫

鹦鹉营第 剥白鸦栗
凤凰建宫 步青牛云

孔子适楚 谦受表德
邹衍在燕 黄金言容

5. 春山

林密 泉韵 戏蝶 绣岭
石横 花香 歌莺 烟溪

横翠 青帐
送青 画屏

白分蝴蝶 千峰雷雨
红点杜鹃 百合花香

白云四面
绿柳前头

6. 秋山

黄叶 碧瘦 朝爽 断壁
白云 清高 夕佳 疏林

云霞现 崖枫老 螺黛浅
风月清 路菊香 画图宽

竹兼露密 削成青玉
藤与风长 截断碧云

7. 东岳泰山

郑祀 钮父 千树 如砺
虞柴 芝童 三宫 出云

三庙 云阙 日观 石间
五祠 天门 天孙 玉几

汉柏 石釜 封禅 卖药
秦松 金鸡 秩宗 拥琴

兖镇 仙间 如砺 作镇
虞柴 日观 出云 配天

下玉女 临渤海 神鞭石
值青童 控河沂 士乘舟

白云阙　览八极　沧海雨
青霞堆　小众山　赤城霞

升日观　齐有事
透云关　鲁所瞻

汉探玉策　讵辞一篑
秦刻石铭　仅纳诸峰

青分齐鲁　齐烟九点
气压恒嵩　海日三更

神房阿阁　雨遍天下
玉几金床　云起封中

五十余盘　宗超三百
七十二封　名镇万千

8. 西岳华山

地载　豫镇　驾鹿　石鼓
神开　秦城　骑龙　玉浆

绣出　石室　柏箭　种玉
削成　瑶池　莲峰　烧丹

天井　归马　金鼎　采药
云台　乘麟　瑶池　饵麻

白谷
青崖

五里雾　通帝座　修羊止
千叶莲　镇秦京　毛女居

扪虱隐　巨灵擘　惊上界
驾鹿登　少皞居　压中区

三峰削　金天户　仙掌露
一朵秾　玉女盆　岳莲风

秦昭博箭　高九千仞
韩愈投书　介二大都

翠屏罗列　松脂可饵
莲蕊纷披　石榻谁支

陈抟修道　峰才披地
王猛隐居　嶂独摩天

泉绅拖白　修羊卧处
石剑攒青　毛女饥时

岚光两向
黛影中开

9. 南岳衡山

荆镇　玉宇　仙宇　月馆
离宫　石书　灵台　雷池

紫盖　宝洞　秀壁　遗字
朱陵　石囷　峻坡　执书

神宅　凤集　风穴　荆镇
仙岩　雁回　雷池　离宫

布雨　鹤舞　禹啸　宛委
开云　雁回　舜歌　岣嵝

四镬
六钟

生锦石　招仙观　朝日艳
集灵禽　驾鹤亭　晓霞红

会仙坛　招仙观　起月馆
栖真峰　洞灵源　入仙宫

祝融祭　结精气　连翼轸
神禹登　撑清空　接荆扬

九向九背　宗炳结宇
一闭一开　李泌置庐

宿当翼轸　丹丘献瓮
度应玑衡　神禹遗碑

长沙烟火
绝壑层云

10. 北岳恒山

坤轴　金殿　临代　燕玉
乾门　玉坛　截燕　赵符

冀镇　帝箓　窟石　折木
虞巡　仙岩　观碑　昴精

神护
率然

撑天起　紫芝峪　安王石
压地蟠　白云堂　聚仙台

五获谷　长桑洞　俯赵国
两头蛇　张果岩　位辰星

飞泉界道　孤峰万仞
古树侵云　绝壁千寻

昌容得道　凝烟含翠
毋衈知符　照日分红

霓裳鹤盖　桂华侵月
兽啸龙腾　松萝挂云

11. 中岳嵩山

金像　二室　汉柏　石室
玉人　三台　秦槐　天池

镇地　坤轴　绝谷　题柱
配天　乾门　烧丹　授书

圣境
仙梯

捣帛石 仙人馆 高低树
弃瓢岩 玉女台 远近花

草五色 藏经室 吹笙乐
树三花 立雪亭 枕襆眠

妆临玉镜 道人步月
醉傍金壶 童子歃云

孤峰万仞 飞泉下冷
绝壁千寻 幽涧冬暄

李渤筑室 王乔控鹤
卢鸿广庐 巢父牵牛

青童罗列
白虎相依

12. 昆仑山

平圃 蕙圃 天柱 玉瑱
下都 芝田 玉楼 金台

光碧 阆苑 五色
琼华 瑶池 三成

王母住 流金阙 许浑梦
陆吾司 碧玉堂 穆王游

河水出
仙人居

穆王勒石 去天数里
黄帝遗珠 增城九重

沙棠不溺
蕡草已劳

13. 终南山

石室 匿绮 张乐 崔崒
玉堂 潜嘉 表都 巍峨

茏苁 岿巀 望阙 玉琯
嵯峨 嶙囷 结庐 金桴

旱藕 碧玉
灵芝 漆船

俯渭水 极天峻 四皓匿
邻华山 镇地雄 卢藏惭

松上连雾 千丈立壁
竹下来风 万仞横峰

奠兹中土 峥嵘下镇
节彼南山 寥廓上浮

镇兹甸服
瞻彼南山

14. 庐山

刻石 石雁 卖杏 山带
升岩 铁船 采芝 炉烟

银阙　金井　双阙　喷壑
石门　玉渊　三宫　挂流

康王谷　峡石起　松淅沥
文殊台　瑶波开　棹参差

千岩阻积　洞窥地脉
万壑萦回　树隐天经

松磴迷密　阴冰夏结
云窦纵横　炎树冬荣

崖断千里　鸡鸣青涧
峰隔半天　猿啸白云

瑶草翕艳
玉树葱青

15. 假山

叠石　装出　整顿　一篑
栽花　削成　安排　层峦

匠智　窗外
天形　望中

疑在野　堆螺势
欲生烟　聚土形

盆池涧古
拳石屏开

（四）水流

1. 水

带地　习坎　滋浊　万顷
包天　盈科　至清　尺波

川上　随器　温洛　碧海
陇头　纪官　荣河　绛河

三泖　圣水　状吉　旌信
千秋　帝浆　象巴　修仁

卜篆　流恨　民狎　鸡浴
舞渝　止淫　人轻　龙吟

粉水　八海　五湖　百脉
锦流　九河　三江　六时

投石　流湿　上善　宜玉
浮天　作咸　至柔　怀珠

酿酒　泻月　漱玉　鸥浪
试茶　浇花　萦沙　露涛

白道　泽国　一勺　莫浚
红泥　波臣　百川　载清

卓锡　穿石　波镜　石缝
投金　流淇　泉绅　山丫

红蓼岸 珊珊玉 红洒洒
白鸥乡 瑟瑟罗 绿差差

三门浪 鸦青浪 红叶渡
七里滩 鸭绿波 白蘋洲

乘瓠叶 妒女泽 德裕辨
浸苞稂 负娘河 易牙尝

小人溺 澡孝水 酿下箬
君子观 酌贪泉 饮上池

彰五色 桃叶浪 狎而玩
替八珍 麴尘波 尊不亲

积成江海 浮天载地
上作雨霖 怀山襄陵

玄灞素浐 积灰而止
清济浊河 窃壤以堙

濠梁最乐 贡东章北
秘省极佳 汀南阒西

龙登获印 慈能气禁
梅鋗封侯 尊请身填

杯浮曲岸 风生斜浪
月射方诸 雨散圆文

峰头千丈 利穿金石
数秒百重 臭过椒兰

琵琶留恨 画扇投席
琴筑关情 出臼覆笼

子瞻符取 风起辄动
鸿渐杓扬 时平乃清

武都泥紫 至人观妙
豳土蛇青 廉士洗心

鸭头春涨 绿含岛树
虎眼纹浮 红映岸花

人耽漱石 臣心是比
客赋鸣琴 下令斯同

许由洗耳
孺子濯缨

2. 春水

桃岸 曳练 红雨 螺点
柳塘 拖蓝 绿波 鸭头

湛碧
残红

侵钓艇 桃花浪
染渔蓑 杜若舟

绿含岛树 潮痕一晕
红映岸花 柳色千条

小桥红谢
前渡青深

3. 秋水

荻岸 苇岸 黛色 波静
枫江 渔矶 蓝光 渊涵

王勃记 云外路 清到底
屈平歌 水中天 绿无痕

雁涵秋影 夕阳千里
人簇暮烟 秋水一天

4. 川泽

为泽 钟水 画地 为稼
疏川 出云 通流 采英

禹治 会海 流血 鱼逝
秦专 涤源 积形 鳞宜

灌注 丽泽 沉酿 饮木
沸腾 障川 煮盐 渔雷

实表 叔在 七薮 藏疾
伪游 物归 九渊 耦耕

无水 为谤
不崇 善谈

以时入 有草木 发逢忌
不使居 蓄兽禽 赐孟诸

怀珠而媚
在地成形

5. 河

沉璧 濔濔 九曲 柏泛
出图 洋洋 两源 苇杭

鼠饮 水伯 贝阙 玉牍
蚷驰 渎宗 龙宫 金绳

龟谶 九曲 休气 开奥
马图 三门 荣光 出图

经渎 秦德
灵源 禹功

九里润 通玉塞 龙鳞活
千年清 接银河 虎眼旋

包砥柱 方叔鼓 沦薄海
冒石门 博望槎 入葱山

桃花泛 寻方叔 三日变
竹箭流 悲申屠 千年清

称水伯 临流叹 道积石
视诸侯 抱石沉 出昆仑

水连三晋　南吞二华
树隔五陵　西控三秦

泉室水府　延世锡爵
鳞屋龙堂　子朝沉珪

中贯清济　延年开岭
上应绛河　张骞穷源

三州负土　成公著赋
五老飞星　王景赐书

溢同江堑　寸胶难治
源先海尊　撮土怎填

应于天汉　鱼鳞紫贝
决彼金堤　玄貉白狐

荣光四塞　贾言三策
人寿难期　汉遗八枝

6. 江

吊屈　濯锦　鹊岸　雾鹭
浮胥　弄珠　鹦洲　云鸿

楚望　四渎　吐贝　萦带
荆池　六川　纳龟　滥觞

萍实　投局　白马　学字
菱华　沉书　青龙　投书

九派　月涌　击楫
双流　风清　观涛

鲛人馆　星辰动　明霞罩
泉客珠　日夜流　白露横

桔柏渡　中郎浦　叹魏帝
茱萸溪　使君滩　笑吴王

清晖漾　激赤岸　合沔水
夜雨来　发黄岑　藏锦城

寒弄月　折芦渡　翻银屋
远浮天　鼓楫歌　走雪山

琴高控鲤　澹台投璧
温峤燃犀　汉武射蛟

灵均任石　源出龙鼻
要离推戈　色如鸭头

波横铁锁　注波析木
浦望黄金　发源岷山

吴扇画水　祖逖为誓
陶局投波　魏文兴嗟

拔剑风止　冰夷倚浪
治讼波清　阳侯鼓波

惜阴沉局　蘼芜瓜步
聚众投鞭　杨柳白乌

交浦丧佩
楚昭得萍

7. 江浦

入溆　溺伎　遗佩　弭棹
率淮　送君　投香　藏舟

碧草　蝉噪
绿波　雁惊

遇神女　名公路　净如洗
望美人　号春申　寂无喧

辞北渚
宿南州

夜闻筝笛　刘郎娶妇
南济鱼龙　孟守还珠

伍胥解剑　白吟独树
黄盖屯兵　李咏新林

风翻水鹤
日闪江豚

8. 湖

红藕　霜镜　花气　青草
绿杨　冰壶　水光　赤沙

笠泽　城陷　鱼出　起雨
芍陂　县沦　龙升　分风

秦矩　五渚　铜斗　赪鲤
范游　三山　石函　白鹅

卖药　积水　浴日　太傅
泛舟　安流　浮天　郎官

饮马　乘鲤　五叶　长荡
瀹鸡　射蛟　三城　短汀

塔影　锦缆
仓基　兰舟

千帆雨　波心月　养武士
一笛风　水面风　溺宫人

千顷练　柳姑庙
万株金　道士庄

狂客诏赐　梦儿亭古
萃老家居　教妓楼新

三秋桂子　气蒸云梦
十里荷花　波撼岳阳

鲈肥脍玉
橘熟分金

9. 海

川长　柱汉　一粟　委水
谷王　桥秦　三山　积流

水伯　蠡酌　鲁蹈　纳汉
波臣　禽填　孟观　吞江

阴火　动地　沧屿　玉阙
红旗　通天　碧津　金宫

鳀壑　善下　鲛石　蓬屿
鹏溟　无为　蜃楼　桑田

丛桂
扶桑

测以蠡　负石入　千里润
拘于墟　乘槎浮　百川同

回地轴　抱板泛
浃天墟　乘桴浮

道盐续赋　吞淮纳泗
煮石充饥　浴日涵星

洄洑万里　流波相薄
倾泻百川　品物类生

秦皇欲渡　树疑枫木
齐景忘归　港号甘棠

拔剑詈水　入海留语
入海寻仙　遇风思愆

积流疏脉　瀛洲蓬岛
翻岸倒云　员峤方壶

熬波出素　开紫石室
乘槎犯斗　耸黄金宫

波臣在辙　河伯自视
马衔当溪　井蛙见拘

10. 溪涧

堆碧　石浅　梅影　漱玉
浴红　潮平　竹阴　浮花

短艇　翠荇　为牝　隐玉
小桥　青萍　守雌　钓璜

访戴　讲道　双月　罨画
送陶　荡尘　七星　浣花

香稻　沐鹤　跃马　磨铁
甘棠　蟠龙　斩蛟　浣纱

黄浦　九曲　厉急　亘石
白洋　四安　考槃　磨针

拜马　采药　垂钓　帆影
饮虹　泛蒲　浣花　泉鸣

磊磊石　种绿柳　拾金饼
泠泠泉　开黄莲　见石囷

漱鸣玉　蒲牙长　千竿竹
羹香芹　苔发生　两岸桃

松郁郁　圆石露　描竹叶
水泠泠　小鱼游　傍花云

斜径僻
朽梁危

刺史牵鼎　太守修禊
茂叔濯缨　仙人投丹

堤分燕尾　桥横小木
浪破鱼鳞　岸接枯藤

村坊上下　沙平石浅
渔夫青黄　山影棹声

四水激射　十溢十竭
双箭合流　一纵一横

一条横野
百尺通流

11. 泉

莫浚　漱玉　穿石　凤跃
载清　藏珠　流淇　龙回

明月　白道　石臼　君子
白云　红泥　谷帘　老翁

剖竹　漱雨　拖练　挂壁
穿林　连云　鸣琴　飞崖

若醴　玉酒　拜井　隐剑
如饴　甘浆　刺山　搠枪

抚掌　卓锡　石罅　注玉
定心　投金　云根　跳珠

保性　竹引
延年　花流

别男女　性温冷
判雌雄　味甘酸

杜康酿酒　穿岩越壑
陆羽试茶　落石萦莎

松添鹤影
石长苔痕

12. 温泉

流恶　灵液　烂鸟　温谷
荡邪　神泉　游鱼　汤山

神井　蠲慝　瀹卵　保性
潮泉　攘寒　汤鸡　痊痾

灼水　炎液　如沸　消疾
暄波　温涛　若汤　蠲痾

白矾澈　濯日月　分寒水
丹砂沉　飞雾烟　会冰泉

龙暖水　洑鱼目　丹井火
虫凝冰　薄虎须　鉴池莲

汤各别
名不播

秦皇余石　桃花俱下
汉帝旧陶　榆荚同流

荧惑莅上　金波月满
烛龙隐中　绣谷春融

焦源沸水　色如碧玉
汤谷扬涛　烟似绮疏

衡赋褒铭　华清驻老
秦游苏咏　天宝遗踪

阶青雁齿
瓦碧鱼鳞

13. 潮

云叠　卷地　雪阵　灵胥
山倾　浮天　银山　阳侯

琼海　没树　鼍吼　翻雪
广陵　化鲲　鲸回　喷花

生灭　鳅穴　束势
往来　鱼毛　骇声

驱白马　灵胥怒　枚乘笔
麾红旗　海若惊　卢肇谈

千山没　万人噪　设醮退
一线来　八月观　投诗消

钱弩射
胥旗招

雄驱岛屿　六鳌翻背
怒战貔貅　万马突围

半江飞雨　随时进退
千里奔雷　与月盈虚

海鳅入穴　尹公叱水
牛鱼起毛　子胥扬波

连山喷雪　军声十万
吼地卷沙　铁甲三千

横吞石堰　势从龛赭
倒泻银黄　声到广陵

14. 陂塘

放鹤 雁鹜 投杖 偃月
畜鸡 鸬鹚 禁鱼 游雷

无漉 红蓼 晴日 春水
不清 紫荷 暖烟 绿阴

翠柳 解缆
红莲 捕鱼

献督亢 霜镜净 春波绿
造钳炉 玉壶清 白鸟飞

名鱼号郑 一篙春水
泛美吟雕 几叶渔舟

15. 池

洗钵 菡萏 菱熟 瑞鹤
流杯 芙蓉 蒲荒 恩鱼

春草 饮马 皓月 承露
秋莲 玩鹅 瑞星 浣云

金斗 圣水 饮马 鸣鹤
玉壶 仙源 跃龙 玩鹅

淬铁 浣笔 桥影 占地
採珠 学书 荷风 偷天

作酒 百子 片石
生盐 双龙 疏杨

涵旭日 浮霜叶 浮文鹢
浸寒星 驻水萤 升采鳞

承河汉 奏广乐 荷钱小
象扶桑 肄舟师 荇带长

风来萍皱 押书蛙部
雨到荷喧 涤墨鹅群

金规濯月 楼台气色
石镜含风 凫雁光辉

水窗月满 积翠诗赋
涧户云飞 凝碧管弦

山骑酩酊 石鲸鳞甲
旭草淋漓 织女机丝

鹢舟草际 翻光瓮牖
渔火沙边 漾影蓬门

波心莲影
岸腹菱花

16. 冰

风壮 鱼负 澄月 珠碎
霜坚 狐听 镂花 星流

未泮 时燠 祭韭 象玉
始冰 朝凝 献羔 比珠

积雪　夕饮　荐庙　敲箸
覆霜　朝餐　为楼　作糜

醒酒
煮茶

拂霜影　东风解　金瓶贮
笼月华　北陆藏　玉壶凝

太真泪　后稷鸟　春鱼上
姑射肌　王祥鱼　夏虫疑

北方鼠　饮月窟
东海蚕　咏玉壶

豳风七月　敲成玉磬
周制三凌　穿取银钲

滹沱河异　藏周用遍
瑯琊井寒　夏颁秋刷

二日乃凿　老病必受
三倍为防　丧祭亦沾

玉壶夏荐　用资清暑
冰室春开　取顺沍寒

千年不释　亟输赵郡
六月犹坚　厚赐汝南

宋招难返　战兢履薄
白取不偿　忧危涉春

闻之五寸　不砻自朗
验以一瓶　向日方燃

17. 瀑布

注壑　白挂　振鹭　云外
奔崖　素垂　飞龙　崖前

溅月　银箭　挂壁　喷雪
飞云　琼珠　飞岩　跳珠

鲛人带　穿云泻　飞玉峡
织女机　带月流　挂碧峰

飞白练　银汉落　喷夏雪
破青山　玉虹悬　吼春雷

风吹不断　一条虹起
月照还空　千丈练飞

溅珠如雨　划开嶂色
喷石似烟　界破云围

珠穿石纽　星梳激浪
花隔晶帘　云锦涵流

半天雨雹　惊山客梦
百尺珠玑　聒野人吟

峦头凝眺
树杪渐听

18. 井

凿饮 玉槛 贾傅 银索
坐观 银床 毛公 金瓶

谷鲋 桃落 投玺 月透
堛蛙 桐生 得钟 苔侵

鸡语 桃落 灵液 二舍
桔香 桐生 寒泉 八家

置器 柴覆 纪圣 不改
得铜 钱飞 通仙 自开

紫沫 镇石 玉女 彭祖
红光 应潮 宝公 崔婆

洗药 浴卓 龙见 云母
炼丹 饮乔 鸠飞 鱼爷

悲废
目眢

耿恭拜 甘先竭 炊香稻
灌婴铭 养不穷 煮新茶

演八卦 仰东宿 梧花落
运五材 倚崇丘 蒨丝沉

景阳辱 东坡凿 廖氏谱
泰岱香 贾傅穿 白家诗

彭祖宅 双角女 苔藓湿
葛洪乡 二乔妆 辘轳声

丹砂续命 象存改邑
白石呈祥 义见羸瓶

华林馈石 投辖留客
豫章洪崖 移书谕神

金人撞杵 河间金罐
织女缫丝 淮南银床

蜀须取火 轩辕百见
秦以凿冰 孔明一窥

彩笺十样 忧彼夷灶
真珠三斛 隘哉望星

甘饮明义 盐煎天水
气望甄宫 火炽临邛

为臼岂塞 於陵螬实
弗凿自成 葛氏鸡毛

考兹射鲋 少室云母
究彼无禽 日支酒泉

19. 沟壑

通谷　宜置　成浦　夙爱
藏舟　可盈　归墟　贞观

降望　欺我　无底　荫竹
争讥　笑公　将之　闻樵

浮千仞　寓耳目　叩虚牝
抱两岑　蟠风霜　平巨量

无人迹
度松声

（五）城建

1. 道路

马迹　九陌　狗铎　交会
鹿蹊　四衢　迎钟　多岐

堆石　九轨　藩竹　立鄙
隐金　三条　树槐　列亭

斩蛇　束马　铜驼　青藓
焚鸠　覆轮　石牛　碧苔

有荡　平易　庄馗　不径
无壅　开通　康衢　必循

掩骼　保路　大路　踧踧
除骴　闭途　中逵　迟迟

古道　水径　鸟道　让道
皇衢　津途　马陵　问途

行色　方轨　走马　坦道
征尘　短碑　斗鸡　畏途

幽寂　夹道　接岭　月冷
萦纡　匝途　沿崖　蛩吟

密绿　拾翠　近水　红叶
疏红　看花　穿林　黄花

失路　秦栈　复道　迢递
迷途　蒋径　夷途　修回

龟背　王路
马蹄　天衢

三义路　山径曲　三条市
四会庄　水程迁　九达逵

当孔道　桑麻映　遵大路
遵微行　桃李成　骋康衢

长安远　达陷绝　青郊俯
蜀道难　掌修除　芝田望

道无列树　旧驿新驿
路不拾遗　长程短程

知阻而达　不争险易
随山以刊　所过粪除

桑麻映道　羊肠九折
桃李成蹊　鸟道千盘

街行玛瑙　单牌双堠
途蹈琳珉　七陌九阡

2. 径

密绿　拾翠　近水　红叶
疏红　看花　穿林　黄花

幽寂　夹道　接岭　月冷
萦纡　匝途　沿崖　蛩吟

青藓　鸟道
碧苔　羊肠

红委地　连花圃　寒芜白
绿连村　接酒家　落照黄

支筇步
带月归

3. 桥

河厉　受履　应宿　饮马
溴梁　举杯　似虹　牵牛

吕母　车马　折柱　半月
张侯　螭龙　击楹　七星

鞭石　飞洛　陷马　白獭
造舟　浮河　潜溪　苍蛟

石渡　飞岸　饮马　鳌背
河梁　卧波　牵牛　虹腰

达阻　必葺　玩月　归老
济津　不修　观灯　销魂

乌鹊　灞水　利涉　鞭石
凤凰　卢沟　济川　驾鼋

浮鱼鳖　晋惠舍　芳柳外
比鼋鼍　汉宣登　水村前

秦金柱　鼍梁架　跨绿岸
汉玉关　雁齿排　俯清风

渡织女
驾彩霓

司马题柱　绿杨新月
留侯受书　朱雀斜阳

石沉以系　琐窗抱阁
水涸而成　植榆置宫

吴江绝景　民不病涉
庐山雄观　治之从时

遥情万里 长虹饮涧
美号千秋 初月出云

三秋鹊度 骑驴灞岸
十月舆成 侧帽天津

何云情尽
直是魂销

驱百役 会商贾 宜僚隐
聚四民 博鱼虾 信陵过

乘驷入 罗鲛客 分厘法
得酒还 幻蜃楼 较刀锥

营连细柳 随价售值
车及蒲胥 以有易无

4. 市

四物 设次 殷室 涤器
五都 开场 齐宫 阅书

百货 传玉 击筑 梅福
万商 悬金 吹篪 韩康

过肆 荆饮 湖里 争利
倚门 聂屠 郊亭 容奸

云曼 质剂 鬻慝 奠价
星繁 敛赊 展成 征厘

生聚 击鼓 中署 争米
贸迁 建标 要津 买薪

百厘 访臼 辐辏 候馆
三家 货钗 嚣尘 旗亭

交易 云晓 竹外
懋迁 日中 山腰

晏子近市 以营升斗
朱公积居 所资锥刀

宝货山积 成都卖卜
士马星繁 槐下论经

丰都榆柳 小隐梅福
郁郡珊瑚 闲居晏婴

帘招沽酒 重泉鲛客
箫唤卖饧 涨海蜃楼

5. 田里

灌稻 桑梓 蚕妇 草屋
栽茶 枌榆 牧童 竹窗

种豆 原隰 共井 禾黍
负薪 沮洳 分灯 桑麻

美产 再易 辨物 敏树
大田 不毛 宜名 自生

土训　霜早　荒茀　旷土
地财　气迟　棘榛　游民

不腆　负郭　多稼　衍沃
既臧　搜渠　有庐　膏腴

不易　野田　陆海　近甸
有期　公畦　周原　自都

故里　衣锦　租税　必式
儿童　读书　征徭　无逾

贤人里　欲更宅　秔稻熟
孝子乡　不下车　畦垄分

表淳卤　仁为美
数疆潦　敬且恭

沟浍脉散　经界可正
畛绳绮分　守望相支

畿辅深厚　山居多堉
豫章膏腴　塞地实寒

京路卑湿　五谷异种
沔汉污莱　九土殊宜

上芜下没　坟衍则大
稊长苗稀　寒温以宜

为邻为比　宋郑隙地
相爱相如　虞芮闲田

俭闻荀氏　松关人语
清擅晏婴　石壁水声

竹篱犊卧　田家傍水
茅店鸡鸣　木叶围村

6. 郊

临水　花馆　花谢　小径
绕城　酒旗　鸟啼　孤村

碧水　麦陇　秋树　微雨
绿阴　桑畦　晚云　淡烟

竹老　红叶　桑柘
花明　黄花　溪山

花扑面　云生陇　鹅黄酒
燕衔泥　水满田　鸭绿溪

浮绁鹕　距百里　游人醉
叫杜鹃　迎四时　丽日迟

供醉眼　双鞋露　遂士掌
涤烦襟　满袖风　同人于

樵歌聒耳　林疏度影
牧笛横云　水远平桥

人耕绿野　峰峦渺渺
犬吠花村　禾黍离离

烟熏柳眼　牛依嫩草
雨沐峰鬟　鸦唤残阳

7. 渡口

画水　羽扇　负石　必笑
乱流　木罂　试船　善游

嫂溺　水禁
女投　川游

少女歌
妒妇投

雷焕佩剑　溺海衔石
陈平刺船　沉湘怀沙

葬于鱼腹　脱挽济洧
问诸水滨　褰裳涉溱

吕望卖食
楚昭触萍

8. 渠

小决　通运　为井　股引
大防　引河　广田　派连

夏禹浚　引泾水　郑国凿
马援穿　泻巩川　李冰开

开漕运
灌农田

涨桃花水　积灰岂址
决瓠子河　窃壤可堙

9. 京城

营洛　三亳　四塞　王室
作丰　二周　三成　帝畿

再徙　天邑　正国　帝宅
五迁　皇州　域民　皇都

伊洛　天阙　佳丽　车斗
崤函　神畿　浩穰　骑拥

二宅　四市　草域　龙跃
五都　九衢　斗城　凤翔

帝宅　天府
天庄　神皋

兼六合　明天意　据函谷
统四方　因民心　挟成皋

建首善　繁华土　襟四塞
居上游　锦绣城　控五原

图王业　方千里　为民极
顺天和　积百同　壮帝居

盘龙虎　天文照　四方极
游凤凰　王气存　八纮中

体国经野　封树险固
建邦设都　申画郊畿

商邑翼翼　宅中图大
周原膴膴　无外称尊

邦畿千里　红尘紫陌
城阙九重　金堤玉渠

唐宋四辅　搤吭拊背
辽金五京　强本弱枝

大相东土　蓄威昭德
乃陟南冈　居重驭轻

三条九陌　金堤翠幰
万庾千箱　绿水珠楼

左右险阻　丰貂长组
表里山河　急管朱弦

星罗棋列　山雄西北
绳直坻平　水绕东南

10. 州郡

百郡　八府　九有　神县
九围　九州　十都　神州

三辅　合类　六辅　四极
五津　殊题　三河　八纮

九道　徐鲁　九牧
三形　凉豳　万区

守五要　星辨地
分三条　石刻图

11. 关险

天险　襟带　函谷　要路
地雄　咽喉　玉门　通津

阨险　四塞　背负　雉堞
固圉　二关　襟凭　金墉

锁钥固　天竺寺　蓝关拥
丸泥封　若耶溪　蜀道难

见能止
履若夷

束其要害　聚石种树
系以安危　引水属城

秦关百二　悬车束马
汉塞三千　被山带河

二崤虎口　楼台夕照
九折羊肠　粉堞朝烟

齐州九点　王公守国
泰岱三峰　司空居民

12. 边塞

毡帐　外镇　柳塞　马邑
貂裘　中权　榆关　龙城

瀚海　剑阁　雁塞　汉垒
流沙　铜梁　鸡田　秦城

晓角　烟障　思启　虎将
寒沙　戍楼　劝耕　狼烽

一障
三陲

列四部　尘沙暗　铜柱界
据两关　风月寒　玉门关

小月障　饮马窟　鸿飞没
大宛城　拂云祠　鸦到难

严刁斗
暗旌旗

日连雪白　雾埋高垒
沙入云黄　月照连营

瀚海登相　鞑鞨七部
天山席箕　渤海一家

神驹放海　中秋雪降
老驼知风　五月草生

对岸沙白　桑麻地废
缘河柳青　草木春寒

山气沉碧
河声带秋

四、人伦部

（一）总说

率乃　择友　宜尔　兰臭
友于　如宾　媚兹　雁行

姜被　五品　鸿案　孝鲤
莱衣　十伦　鲤庭　慈乌

孝笋　长子　越婢　酒媪
忠葵　中丁　燕娥　诗奴

绩女　佳士　琴客　茶户
薪翁　可人　墨娥　酒丞

贤母　琴瑟　视膳　窦妇
令妻　埙篪　含饴　萧娘

曼叟　庭玉
愚公　堂萱

字厥子　忠臣国　丸熊母
宜其家　孝子泉　挽鹿妻

三益友　九重女　英雄主
五经师　一品孙　梗概臣

爪牙吏　诗书将　风骚将
喉舌官　社稷臣　礼乐卿

强项令　雠书客　司花女
折腰官　问字人　拾翠人

无状子　芸阁友　双鬟女
负情侬　竹林贤　五尺童

桃叶女　青琐客　康成婢
花枝娘　紫薇郎　颖士奴

是父是子　人义有十
此舅此甥　民生于三

此母此子　鸠车稚子
难弟难兄　竹马儿童

薛家三凤
荀氏八龙

（二）君臣

1. 君臣

天泽　交泰　一德　各尽
堂廉　和衷　同心　益彰

威福　坐论　捧日
和同　明行　严霜

鱼水得　尊卑定　明恩义
云龙从　上下交　别公私

至舍视
穿壁瞻

诗题喜雨　行意行制
图咏豳风　作恭作孚

不疑不获　贤于梦卜
克明克忠　饯以诗歌

出令行令　安危自任
体元调元　君臣相须

临轩以送　裘帽视事
见像而思　冠带对臣

论语一部　天章召对
军戒三篇　中使遗诗

官供酒馔　益重鲁肃
御赐图书　委任霍光

展尽底蕴　臣无遗力
待以虚心　朕所自知

辞金见义
赐镜况清

2. 君

出震　泰运　天覆　哲后
乘离　乾符　日临　皇王

受箓　执契　安止
膺图　持衡　执中

刑百辟　皇建极　璇玑正
式九围　后绥猷　宇宙清

亲若父母　政敷九有
贵如帝天　德合三无

平章百姓　翕受九德
表正万邦　咸和万民

观民观我　严恭寅畏
作福作威　庆赏刑威

海涵春育　罔使罔事
日镜云绅　为体为心

3. 臣

启乃　松操　书笏　骨鲠
开予　石心　垂绅　鳞批

不避难　为柱石　比稷契
无专成　执干戈　致唐虞

犹事父　回天力
无外交　捧日心

济济多士　夔龙在位
师师百僚　鹓鹭成行

心存南郢　纵归北塞
志在北燕　营葬黎阳

冰霜励志　舟楫霖雨
金石贯诚　麴糵盐梅

功成身退　肱股耳目
居安思危　心腹贤肠

参知政事　嘉其刚正
宣抚军民　谥以文贞

公能戡乱　有功于国
卿有谠言　扞难以身

司徒罢相　疏争南幸
枢密题名　策定北迎

（三）亲眷

1. 宗族

钟鼎　枝叶　华胄　肺腑
衣冠　本根　名门　茑萝

茂姓　别派　睦族　世系
高门　高枝　敬宗　亲疏

百世　御侮　末属　奉廩
九宗　抗宗　齐名　分田

击鼓　给饷
写书　共财

南北郑　泽底李　传轩冕
大小疏　江头卢　嗣弓裘

光德里　无绝爱
百口桥　不独亲

崔卢王谢　裴家三眷
顾陆朱张　王氏两宗

赗赙有正　六世则竭
婚姻不亲　三族不虞

宗称太傅　同谱衔怨
姑称女巫　假荫求官

乞列属籍　先贤后哲
逊还告身　泽底冈头

南郑北郑　乌咸争树
大疏小疏　犬亦共牢

郊原会食　不分母乳
鼎镬作糜　弗听妇言

小斋会食
屏风集书

2. 父母

父母　不寐
严君　有怀

娶妻告
思夫忧

若处朋友　省华命子
如事主君　儒仲惭儿

王阳畏坂　辞学归省
仁杰望云　舍养入京

侍养不仕
作相亲存

3. 父

赐绢　舐犊　诲让　积善
分金　将雏　教忠　止慈

作室　老凤　庭训　觅句
析薪　灵椿　家风　拥书

一经教　勉经史
七业兴　学圣贤

祁奚举子　严若朝典
福畴誉儿　清恐人知

4. 母

欧荻　封鲊　何恃　截发
柳丸　掩钱　靡依　倚门

伏剑　断织　淑训　圣善
埋蛇　拜邻　慈颜　明贤

缝衣密　偿佣米　恩养笃
截肉方　馈士资　抚字隆

蓝田美玉　金花罗纸
绛帐清风　彩服青春

姜鱼出水　隔纱授业
孟笋生篱　投杼下机

绿衣必贵　慈乌送喜
缥被甘眠　萱草兴思

读范滂传　荣公德器
重元驭言　司马勋名

褫衣息众　颍川襦袴
作被招朋　御府帐帷

节义旌母　尽忠死孝
仁恕全身　先国后家

免为宫婢　拔刀逐贼
识是贵人　举秤投儿

蓝田生玉　织纴为业
南越赉车　剪发易书

凝凌方驾
李杜齐名

5. 后母

叱狗　梦虎　夺剑
击蜂　誓羊　敝衣

恩养加笃　孝己见放
抚字益隆　申生待烹

奉事甚谨　诚生梓树
供养不衰　孝出醴泉

莫辨兄弟　鬻衣卖产
不惜赀财　挽车援琴

6. 子

跨灶　问寝　干蛊　劣虎
忘间　趋庭　盖愆　优龙

立竹　传业　庭玉　承考
负薪　克家　掌珠　奉先

赐谷　赠鲤　芣苡　复岁
征兰　梦熊　椒聊　过期

秀草　虎乳　无影　蛇蜕
香兰　马嘘　有文　鹤雏

望气
梦星

骅骝种　三珠树　不凡子
廊庙材　四玉家　最娇儿

万人敌　蓝田玉　充闾庆
千里驹　老蚌珠　如厕生

犬衔卵　鸠宿户
鹿入胎　鹤集庭

河东三凤　五桂五子
荀氏八龙　三槐三公

一经传德　司马犬子
七叶皆通　超宗凤毛

老犹戏彩　承欢菽水
少而破车　歌悲蓼莪

肯堂肯构　树鸣异雀
良冶良工　庭满慈乌

诵诗解带　邻里缀社
去帽导舆　宰相回班

曹王拥笏　白乌集墓
郑尉濡章　朱鸾梦亲

挥拳搏虎
蹦踊毙牛

7. 父子

作室　济美　椿桂　穿壁
克家　象贤　箕裘　趋庭

六顺　堂构　隔座　桥梓
三君　箕裘　制名　楂梨

直馔　八子　五桂　犬子
折笋　五男　三槐　凤毛

令子　劝父　重器
佳儿　侍亲　要人

誉儿癖　牛舐犊　不同席
干父才　蚌生珠　皆异宫

泉名孝　肖乃父　称圣父
竹好慈　大吾门　有佳儿

湛独异　咏尹字
淑不良　累博棋

析薪负荷　道分桥梓
作室塈茨　名号楂梨

才皆经纬　遗安后世
器尽璠玙　接武前芳

循陔大义　有子有父
勤俭家规　止孝止慈

伏庭穿壁　炊饭延客
绁犬放鹰　入门呼宾

号郎君谷　循床求父
避华嵩山　散财施亲

赐食庑下　能交父友
对语幕中　求显亲名

悉知方略　俱至丞相
当有大名　并为司徒

西平有子　继掌诰命
柱国让尊　世有文辞

同日受命　克承骁勇
俱敕行军　并著功名

仲郢风矩
苏氏文章

8. 母子

何恃　置酒　掘地　市马
靡依　鬻纱　驱车　织屩

求扇　啮指　投杼　蒙被
绝裾　扪疮　择邻　焚球

七子　弃井
四珍　掇蜂

归除墓　买猪肉　姜氏恶
徙择邻　还鱼干　舜母嚚

挥拳搏虎　白乌集墓
蹶踊毙牛　朱鸢梦亲

曹王拥笏　邻里辍社
郑尉濡章　宰相回班

诵诗解带　持节侍母
去帽夺舆　设菜留宾

恩赐汤沐　手诏存问
封让夫人　中使迎还

截发待客　隔叶受业
遗鲊增忧　覆烛窥檄

反金百镒　絮羹即叱
掩钱一船　切肉必方

窗间听客　杖习弓矢
坐中识人　宠赐冠帔

读范滂传　敬姜效织
重元驭言　孟母断机

丸熊助读　杀子城北
倾笥易书　弃女堤旁

9. 教子

七业　受地　训子　捐本
四经　危家　教儿　陵人

五子　持役　谩语
一经　分田　保身

邓禹一艺　孙盛执宪
孔明诸章　石碏义方

不就师傅　小斋会食
优于严君　屏风集书

诲儿让路　柳玭戒子
怒子争车　王昶命名

僧虔诲子
文定勉儿

10. 夫妻

种玉　佳耦　正室　静好
陈金　好逑　刑家　和鸣

偕老　二物　反目　捉鼻
同心　一齐　违心　画眉

内子
细君

纱窗忆　商人妇　贾封发
书幌吟　词女夫　薛图形

士罔极　炊臼梦
夫不良　鼓盆歌

礼荣翟茀　起呼侍婢
诗咏鹊巢　堪作夫人

怀恩姿状　诏求故剑
邹忌衣冠　笑著新衣

鱼网鸿离　杯盘笑语
鹊巢鸠居　灯火生平

虫飞同梦　绸缪义切
雁弋与宜　伉俪情深

司晨为索　画眉京兆
戒旦思贤　熨体荀卿

织机中锦　乐昌破镜
弹陌上桑　徐淑宝钗

无论缣素　田居蚕室
宜歌蘋藻　马脯牛头

婚辞宰相　故妻再合
会卜房帏　去妇复还

贾充两妇　重逢浣妇
陈诜二妻　得意饼师

永兴复合　织机题字
梁女重生　卖镜咏诗

故遗鞋履
能重室家

11. 妻

令德　箕帚　贤室　德配
徽音　糟糠　硕人　道成

种橘　窥御　割鼻　织屦
采蘩　解围　齐眉　投畚

郊吊　辞饷　窥友　举案
庭趋　负薪　延师　归茗

断发　投井　束发　告绝
刳肠　守城　渍衣　被伤

劓鼻　妇式　婉娩　先姊
髡头　姆教　窈窕　救夫

织锦
浣衣

议酒食　小妇吏　修枣栗
分丝麻　太常妻　佩茝兰

挽鹿车　咏柳絮　闺中秀
卧牛衣　颂椒花　林下风

戒失学　骂姚苌　忠臣妇
劝立功　杀江充　宰相妻

棋榛同贽　逾城救父
冢介异名　拔围出夫

陕境不雨　代夫留狱
韩市呼天　临危请姑

夫耕妻饷　身先国税
官大家昌　家禁时妆

浣衣被絮　以康为谥
椎髻改妆　送别作诗

粉书扉上　安南节妇
鞋易市中　兰陵县君

二尸同处　石旌烈女
双节一门　诏赠夫人

庐江小吏　铅膏绨彩
渤海夫人　宝带异袍

涧生席草　馈飧置璧
字剪皮金　谢使解环

鸡餐谢客　武龙得免
粟粥待夫　丹阳复还

悉散珠玉　预知虎步
不受衣裳　自戒鸡晨

桓君挽鹿　披香博士
冯媛当熊　长信婕妤

帷车袖剑　皆补果异
肩舆抽刀　特封循忠

与参谋议　诗成纨扇
佐建功勋　句咏金钗

书题雁字　弹筝谱曲
绣作龟形　织锦回文

名垂金石　书成东观
学擅文章　诗约西池

文成女则　乡称阁老
词寄夫君　才著女官

序旌慈母　命卖皂荚
学代严师　怒斫桃花

龙腾井上　文穆四畏
狮吼河东　孝标三同

推婢入墓　礼仪规矩
赐姬出宫　祖德儒风

鸳鸯枝宿
黄鹄成歌

12. 寡妇

同穴　从子
共劳　报仇

柏舟咏　征夫马
黄鹄歌　寡妇歌

尸还阴氏　辞侯郊吊
门号义桓　为夫稽颡

家专丹穴
躬建墓碑

13. 儿媳

尝药　鞭妇　授室　双鲤
献珍　乳姑　馂馀　特豚

勿逆勿怠　传家子妇
必服必尝　请事舅姑

犹有不至　挽车提瓮
而后内和　盥馈执笄

公姑皆贺
娣姒独殊

14. 祖孙

贻厥　石砚　鼻祖　遗笏
绳其　瑶环　耳孙　置书

种德　竹立　瓜瓞　镊白
教书　葛垂　桐枝　含饴

弘业　忝祖
贻谋　名孙

遗清白　薛磐石　孙扶醉
笃忠贞　杜宝田　祖分甘

娇同慰　称大父　缵乃服
老自宽　名小同　兴吾门

谢陈祖德　得生灵运
陆诵先芬　假托段公

手文旧业　封侯著绩
画壁先容　继相称荣

公才公望　批簿迁哲
率祖率亲　点颔子仪

将门勋业　宝田杜氏
奕叶家声　清白杨家

诗规保世　文艺为后
文示戒奢　礼典必先

李公披簿　从传历数
丁凯置书　不置田庄

王父王母　幸登寿考
公望公才　不辨群孙

载车侍祖　皆大父行
镊白问孙　有佳儿称

金篦疗目　得生灵运
磬石兴悲　假托段公

家藏赐诏　入朝见帝
官重祖勋　含饴弄孙

虞翻辞吏　孝通幽显
李密陈情　心系远方

西篱掘粟
大泽哭芹

15. 外祖孙

解其忿讼　如虎而冠
诚以广咨　画龙未成

当绳其祖　感叹自杖
皆逾乃尊　嬉戏扶床

王筠风韵　贵符相宅
袁湛雅操　恩遗补官

16. 兄弟

雁序　既翕　七薛　绰绰
鸰原　孔怀　三杨　怡怡

本性　荆叶　竹笋　营产
因心　棣华　鸾龙　哭麻

麈尾　礼瘦　寻斧　荆树
鹿车　萌肥　阋墙　橘林

梦草　两骥　二陆　二惠
分荆　八龙　三张　五常

八达　两到　寻斧　奴畜
六龙　双丁　散金　火攻

拥马
寄笺

联珠集　梧桐弟　静恭里
花萼编　棠棣碑　廉让江

称五觉　程连璧　谣粟布
号三株　孟双珠　寻干戈

梁王同辇　孔融争死
清河共居　冷平让生

池塘梦草　门排三戟
风雨对床　星聚一堂

张载张协　眉山轼辙
元方季方　宋氏郊祁

河南理学　如手如足
洛州循良　吹埙吹篪

琼花次第　并当嘉选
雁影参差　皆以才呼

事兄如父　汝南二应
推弟以君　洛下三嘏

贾家三虎　阴庆推第
张氏十龙　李孟让田

姚苌授马　卢毓养寡
寿子载旌　仙伟训孤

姜肱同被　封之有庫
李克易衣　逃于荆蛮

闻声乃识　怜兄受挞
唾面自干　质弟给需

射牛不问　孤惸相育
伤犬得羞　逃遁让封

楼名花萼　不私钱帛
树字连枝　唯取图书

名标廉让　聚堂还室
志励清高　让产担金

清白交励　陆家双璧
诗酒相娱　王氏三珠

苏庭连璧　山称二隐
孟氏双珠　秦号两君

为联珠集　汝颖无对
号花萼篇　贡举两收

西州五凤　玉昆金友
北魏九龙　龙驹凤雏

龙文骥子　神思清发
龟驹玉鸿　大器晚成

名相上下　兖西三马
表奏短长　令伯六龙

一门龙友　皆为郡县
二子凤毛　并作台郎

使俱两绶　前后象州
愧无一言　大小上郡

碑称棠棣　人称七薛
第有梧桐　时羡三杨

同官两省　自称仕宦
继美三司　世羡显家

对拥旄节　河东三凤
叠至诏书　辕门二龙

赀财无异　联冠积笏
乡里同称　越俗超尘

17. 堂表兄弟

钟李　老骥　社栎　合计
苏程　孤鸿　涧松　让封

语孝弟　投辖饮
话桑麻　对床眠

共游绝境　凭风共酒
同长外家　藉月同吟

莫辞还往　乞物行惠
相与谈谐　列门同兰

恶闻箈管　荐充侍读
剧话桑麻　泣宥侍郎

奏称李泌
引入王铁

18. 姊妹

袁二　外妹　兰秀　双隗
刘三　内嫔　芝荣　二乔

逾郭　引杖　辍馔　临画
在宫　鼓琴　上书　能诗

慈惠
饥寒

扶辛敞　东阳帖　闺房袖
詈屈原　雷岸书　林下风

微观意
岂求名

味怜益母　当台斗发
花斗宜男　对月夸簪

名齐道韫　妹能临画
才亚左芬　姊解弹琴

文姬养弟　书凭雁翼
班昭救兄　月想蛾眉

哀统与粟　诸妹艳质
抱逵听书　四人美才

事之如母　舍人有礼
奉以为师　刺史无恩

命为妯娌　妹称进士
使备嫔嫱　姊为内官

题门续咏
煮粥燃须

19. 舅姑

舅献　奉盥　妇听　必请
姑酬　执笄　姑从　无私

戏袜履　供双鲤　执浣涤
作羹汤　馈特豚　剪发鬟

勿逆勿怠　如事父母
必服必尝　从尔舅姑

20. 叔侄

玉树　犀角　蜡凤　佳器
竹林　龙文　香囊　明珠

谈易　推宅
焚囊　拔柴

活弟子　马援诫　籍咸逸
弃我儿　王基封　广受贤

乌衣巷
白雪驹

恩先群从　请封兄子
爱过所生　独荐侄才

家驹誉重　但见头角
画虎诫严　勿沦家声

王家痴叔　仲容北道
谢氏诸郎　安石东山

陆家精饭　代为请罪
杨氏铜盘　借以顾名

速归葱肆　知其忧悴
命处竹林　过而寒温

对掌诰命　贫唯自乳
中分家财　爱过所生

授前锋任　仪容伟茂
得伯父称　器宇弘深

征辟三府　居贫磨镜
抚育五人　得返还刀

俱耽老易　布衣蔬食
尽让家财　反居併门

赞招隐寺
献泛湖图

21. 姑侄

手披纱扇　十四官布
身着麻衣　九纸毛诗

但留传舍　谊敦袁蔡
不造门庭　亲缔潘杨

幼从柴后　年同元礼
姑事婕妤　名亚子云

22. 姨

此君座也　以姨继室
大家难之　指妹议昏

重称女婿　不事女主
供奉夫人　遂号痴姨

23. 舅甥

读史　解易　谢舅　投璧
工文　诵诗　韩甥　遗金

思月　通脉　贤舅　渭水
感樽　殊宗　贵甥　西州

咏渚侧　魏舒别　秦怀晋
诵渭阳　殷浩吟　周念齐

传笔意　资训诱　题玳瑁
得诗名　荷矜怜　赐珊瑚

明珠在侧　魏舒宅相
白水同心　阿士文章

酷似其舅　神采江总
焉有此甥　风韵王郎

出封谢邑　自称皇舅
助讨横江　得备弥甥

季元托女　选甥坐贬
萧励爱甥　抵舅致愆

司空立嗣　等于子弟
环卫推官　倚为腹心

甚修甥礼　同为洗马
有似舅形　荐用龙图

五龄受传　称其器识
八岁吟诗　著厥声名

楂梨桔柚　颇如风韵
玳瑁真珠　尽得图书

在官称舅　如睹珠玉
入学以甥　当赐珊瑚

刘家月旦　叹为曾蔺
阿士文章　可语孙吴

24. 嫂叔

市米　前踞　重敬　争地
责钱　后恭　共和　铄金

听讲
让财

将捉杖　厌高祖　饥寒切
不为炊　嫉陈平　通问嫌

隔纱听讲　视为犹子
施帐解围　情若所生

子思为位　药凭食授
马援必冠　溺以手援

童子愈疾　长养方朔
小郎解围　怒杖小郎

卖身营塚
罄囊营资

25. 翁婿

请倩　半子　玉润　封雀
馆甥　丈人　冰清　乘龙

褫带
袒腹

龙门婿　马才学　揖妻父
鹤发翁　吕容姿　敬妇翁

知张耳　庆女婿
奇茂先　挞妇翁

辱乞会稽　不恭妻父
姻为襄阳　当敬妇翁

奋衣坐席　族呼鹳鹊
坦腹卧床　厩有麒麟

师称为快　韦皋疏旷
帝叹其佳　吕范风姿

苏君好酒　绣芙蓉褥
姚合能诗　游青桂宫

恃为心膂　孝基归产
倩作文章　裴颜还钱

受薄彦允　书藏经笥
礼重崔枢　诗得津梁

富商能识　梦为子婿
处士见奇　性似妇翁

文章第一　翁求名士
名位相当　女识大魁

遂牵红线
兼赐绯衣

26. 友婿

作赋　从母
赠图　老姨

一时联袂　叔隗季隗
同日成婚　大乔小乔

家贫受辱　诗称姻亚
党异生隙　雅号同门

缔姻五女
友婿四人

27. 奴婢

织婢　灯婢　赤脚　如愿
田奴　烛奴　长须　有心

锄药　捧钓　绣面　把镜
扫花　添香　鸦头　采薪

晋隶　遗贾　执事　负续
周奚　赐光　陪台　骂兢

家仆　入画　怙势　蓬首
庐儿　执鞭　助劳　长须

易酒　恃爱　化德　执炉
取浆　感恩　爱才　添香

主爨
掌笺

歌团扇　工书疏　庞灶下
背锦囊　知文章　郑泥中

律限多畜　舍人断席
礼有不为　小价提箱

船头吹火　秃顶拨棹
马后肩书　纤手煎茶

静街调马　诉主藏甲
深院吹笙　买奴置田

覆酒就杖　接水酿酒
翻羹污衣　引泉灌蔬

质钱许赎
焚券遣归

（四）婚育

1. 媒妁

月老　掌判　薪斧
冰人　导言　线针

蹇修为理　或号面饼
青鸟传书　亦同桂姜

2. 婚姻

梅实　鸣雁　豹采　玉带
桃花　集鸦　熊祥　银鞍

乃字　秣马　月路　佳耦
于归　结缡　星津　好逑

匪斧
因针

百子帐　求庶士　贞不字
七香车　见良人　待而行

旧瓜葛　九华扇　候玄鸟
新丝萝　五铢钱　梦冰人

周南秾矣　如兄如弟
韩姞烂其　宜室宜家

沟流红叶　箫吹弄玉
路值蓝桥　扇咏何郎

青庐交拜　鱼既得水
白璧相要　丝还系萝

牵羊成礼　剪刀莫弃
卜凤常谐　玉镜为缘

3. 离婚(休妻)

义绝　衰薄　去阁　去室
仳弛　仳离　送畿　下堂

反目　怨耦　放出　三出
同心　失俪　来归　贰行

取枣　背弃
负薪　绝离

叱狗去　上书去　陈平嫂
别鹤操　束组还　王珉妻

呵叱出门　分钗断带
离诀登车　诣涧折芜

镜破丝断
雨散云收

4. 怀孕

梦月　凤集　金席　十月
吞雹　鸦来　玉童　三年

山梁履石　泗滨得石
印绶登楼　铜盆坠星

鹊翔云表　虹流叶瑞
鱼抱日精　铃落凝祥

陈妻绕井　黑猿感孕
窦母渡河　玉燕投怀

5. 生育

赐谷　赠鲤　缓带　芣苡
征兰　梦熊　赐浆　椒聊

复岁　惊母　秀草　虎乳
过期　宜男　香兰　马嘘

无影　蛇蜕　望气　鹗去
有文　鹤雏　梦星　鹤来

立竹
长枝

犬衔卵 充闾庆 鸠宿户
鹿入胎 如厕生 鹤集庭

獾入室 丁卯日 麒麟子
象临门 泗水王 凤凰雏

入口黄气 胞成紫色
隐背赤文 身绕绛霄

树鸣异雀 道称怀玉
庭满慈乌 僧出翠微

锦文龙子 鸢肩牛腹
黄色龟儿 狸色虎毛

提戈取印 剑矢置屋
玉果犀钱 象笏积庭

赤身落地 弃而不死
匹练升天 配乃化生

6. 生子

射矢 赐鲤 鸠户 执手
弄璋 征兰 鹤庭 书名

枫生腹
月入怀

状憎豺虎 入户视下
梦喜熊罴 上堂声扬

七枝秀草 筵开汤饼
五色明珠 门挂桑弧

梦占脱虏
客笑弄璋

7. 生女

窈窕 设帨 闺秀 续训
幽闲 缝裳 女英 听弦

警龙吠 滋兰茂 压金线
恶鼠牙 琢玉成 易绮裳

忧国患 畏多露 左娇女
赎父刑 分余光 蔡文姬

能书紫石 珠围翠绕
莫觅银鱼 李白桃红

周官音义 恨非男子
大雅风诗 得字夫人

何惜一女
爱甚四南

（五）师生

1. 师生

贯箭 负笈 唯诺 立雪
扣门 袪衣 步趋 坐风

蹑屩 监库 献粟
下车 弃车 束脤

执经龙畔 三年不学
听讲壁间 数日辞归

咸称词学 申公弟子
从授春秋 韩豕生徒

必惭礼乐 吟风弄月
不念是非 采玉探珠

欲摧鸾凤 不称官阀
上畏鹰鹯 虽自君恩

诗云梁栋 忘年北面
语曰青蓝 受易东归

教谕款密 担囊负笈
学问渊源 杖策骑驴

2. 师

鸣鼓 有四 主善 北海
叩钟 在三 司成 西河

架庙 南郭 请业 槐市
筑宫 东陵 执经 杏坛

著谱
作箴

聘玉帛 间三席
加金章 立四科

彦真沉静 大修庠序
元览纯和 广聚生徒

鳝蛙充馔 教成进士
鹳雀衔鳣 事若严君

蒲衣八岁 苏张从学
项橐七龄 房杜受书

教传洙泗 吾之师表
道讲河汾 世曰通儒

业传四远 执经数百
学非一师 讲学盈千

分封万户 鼓琴吹笛
翼赞一人 奏雅歌诗

同师北海 学传鹿洞
不坠西河 教隐龙门

开门成市 位迁詹事
讲学结庐 官授太常

一编修礼 阖门教授
万物为师 市宅传经

3. 师兄弟

攻木 立云 绛帐 主善
撞钟 坐风 青灯 司成

槐市 鹿洞 雕宰 入室
杏坛 鹅湖 铸颜 升堂

马氏帐 推先觉 教三德
董子帷 启后贤 受五经

知四失 术有四
举三隅 生于三

执经雪夜 吟风弄月
问字花朝 采玉探珠

诗云梁栋
语曰青兰

(六)朋友

1. 朋友

倒屣 伐木 访戴 戏赋
盍簪 班荆 攀嵇 赠袍

金诺 落月 把臂 兰谱
石交 停云 知心 鸡坛

知己 管鲍 连璧 凤举
忘年 雷陈 断金 鸿轩

结绶 解带 二仲 冥契
弹冠 披襟 两龚 神交

荀李 为訫 让友 款款
尹班 赠言 定交 陶陶

裹饭 標竹 投剑 孙孔
指囷 寄梅 同车 朱陈

班草 产雪 候问
采葵 占星 交游

来旧雨 林中契 文会友
坐春风 世外交 德成邻

胶漆固 谷风弃 赠束帛
金石坚 鸣鸟求 献纻衣

参朝友 通家好
崔孔交 世旧情

方外十友 管华分坐
竹林七贤 李郭同舟

尔神余契 奇文共赏
我怀子情 佳日相呼

白水旌信 望衡对宇
赤松示心 割席分毡

号山林友 交称三隐
称金石交 友号四夔

恨相见晚 岂因白璧
如平生欢 自是南金

告之祖考 延于金谷
引见妻孥 引入华林

交相为传 谊深风雨
谒即诵诗 交缔云霞

种瓜自给 传交让渎
含菽相过 名沉醉川

交陈友范 推怀投款
宗吕攀嵇 倾心定交

遗书赠友 豫章设榻
受诏定交 剡水乘舟

易衣改席
白饭青刍

2. 荐友

王贡
萧朱

荐为仆射 与同分义
擢以拾遗 独赏风标

文举一鹗 感恩访旧
陶洪二龙 让友改官

3. 思友

落月
停云

夏奕奕
思悠悠

歌成黄鹄 几年一面
笺托白云 三载千秋

暮云春树 梦寻高惠
坠雨惊风 思系许询

4. 患难

左杜 看集
殷颜 求医

代行绝域 援琴而鼓
往访循州 寄缣以祠

委书柩上
卖饼市中

5. 择友

异席
闭门

郭诣仇览 不交名士
王拒陈遵 辞友贵人

清身洁己　严遵却友
简质纯彝　傅暇辞交

耻交兵子　必交长者
意薄司空　惟友名流

6. 绝交

卖友　从好　割席
丧朋　流言　署门

嵇康书
朱穆论

徙居合浦　责为郡吏
托契敦煌　恨夺黄门

恐其荐己
讽以绝交

7. 丧友

挂剑　车载
绝弦　驴鸣

哀梁栋
叹山河

越疆迎丧　缌麻三月
修墓种松　善恶一人

为周子舍　赋诗携酒
代亲复仇　废斤辍弦

恤家嫁女
事母抚孤

8. 故旧

遗马　落月　云散　倒屣
脱骖　停云　星离　执鞭

同食　嫁女　覆水
共衣　授官　回车

遗团扇　人中认　三秋想
赠绨袍　马上逢　千里期

附骥尾　歌黄鹄
登龙门　托白云

清风明月　勿遗踦履
春树暮云　不忘蓍簪

几年一面　识韩有素
三载千秋　御李无嫌

赠以绨袍　饭之脱粟
遗之纨扇　赠以生刍

必与均礼　李晟笃义
不听求官　大亮怀恩

（七）宾主

1. 宾主

扫径　就馆　上客　投辖
开筵　迎郊　嘉宾　曳裙

悬榻 弹铗 酬酢 连榻
开樽 造门 款留 卧床

残客
恶宾

进以让 客践席 西园宴
至如归 宾初筵 东阁筵

门左右 来何暮 东道主
阶东西 接以恭 西都宾

光尘左顾 高轩吟咏
玉趾亲临 太史星文

樽空北海 青刍白饭
宴号龙门 倒箧倾筐

食分三客 宾朋分校
名重五侯 主客相忘

东门嘉客 康衢长者
北道主人 涿郡中郎

窗中窥客 玳簪珠履
门下延宾 紫縠缁軿

2. 好客

置驿 率素
开阁 丰华

投辖饮 有车马 蹑珠履
倒屣迎 遗鲤鱼 捧铜盘

连榻坐客 弟兄剧饮
扫径接宾 宾从献酬

喜延宾客 合五侯鲭
帷饰台池 为十人馔

泛江置酒 目为豪友
至府设筵 使其门人

祢衡怀刺
彭羕登床

3. 薄客

拂坐
居家

麦饭葱菜 内厨外膳
浊酒素筝 粟饭菜菹

（八）女子

1. 女子总

西子 夜月 檀口 云髻
南威 朝霞 柳腰 花颜

宋艳 绝代 红叶 碧玉
楚娃 倾城 玄霜 绿珠

纤手　午梦　酒困　谢女
细腰　春心　钗斜　萧娘

兰质　玉碎　咏絮　舞袖
蕙心　珠沉　辨弦　歌喉

解佩　拜月　春瘦　解语
窃香　焚香　夜愁　疗饥

桃犹嫩　白团扇　樊素口
玉未香　红叶诗　小蛮腰

歌金缕　迎风柳　怜孤影
唱竹枝　出水莲　惜落红

桃花面　愁锦瑟　千金笑
柳叶眉　醉瑶觞　双玉啼

梅花体态　三千粉面
杨柳腰枝　十二纤腰

愁形易喻　朝烟翠锁
瘦态难描　春色红酣

2. 闺秀

莱妇　续史
鸿妻　属文

春椒颂　号花蕊　抚乐毅
秋菊铭　进红笺　临兰亭

拜新月
吸彩云

3. 艳丽

莲步　眉月　雾鬓　皓齿
梅妆　脸波　风鬟　朱唇

时样　宝髻
新妆　罗裙

眉倒晕　鸣蝉髻　茱萸帐
颊凝酥　堕马鬟　豆蔻窗

蛾子绿　黄安额
雀头青　绛点唇

画眉窗下　薄施朱粉
织锦梭边　倒插花枝

南朝粉黛
北部胭脂

4. 闺情

恨水　对镜　春瘦　翠减
愁烟　倚楼　夜长　红消

拜月　飞雨　镜破
卜花　落花　针停

花有露　锦书断　家似梦
月当楼　菱镜孤　夜如年

灯孤照　陌头柳　鱼信断
燕双飞　楼上人　雁书迟

蕉心难展　愁临鸾镜
蝶梦未成　懒扫蛾眉

玉阶蟋蟀　魂销碧草
金井梧桐　泪湿红棉

山长水阔　烛啼红泪
花落莺啼　筝怨朱弦

5. 节妇

化石　彤管　金石　劲节
沉湘　柏舟　冰霜　英魂

青松操　湘君竹　鸾镜掩
白碧姿　杞妇城　凤钗飞

潘岳赋
共姜诗

山飞海立　女还谥愍
玉碎珠沉　姬有称贞

金曾剪字
山号磨笄

6. 妒妇

悍虎　四畏
妒鳞　三同

怒狮吼　胭脂虎　刻眉忌
牝鸡鸣　红粉娘　掩鼻谗

见图愈疾
诵赋沉身

7. 丑妇

挛耳　诞女　印臭　勃屑
效颦　亮妻　宿瘤　庞廉

梁鸿聘
许衍惭

伛肩皤腹
猴面鹿头

8. 女工

视薄　分茧　拜簇　夜绩
缫盆　称丝　执筐　春桑

砧杵　积寸　新利　乞巧
剪刀　累分　坚贞　织图

深院　制造　弄杼　裁纻
小楼　裁量　飞梭　剪花

细刺
密缝

鱼肠快　花笺字　开玉匣
燕尾张　金缕衣　落银床

纤纤指
细细丝

丝条贯穿 针端夺化
窍孔玲珑 指下生寒

斡旋阳气
平贴锦香

9. 乳母

为之练冠 所使教子
令取玉环 不令徙边

抱元兼重 慰谕姚坦
蔽射俱亡 密求顾公

亲为墓志
率视窆封

10. 伎女

飞絮 翠袖 月扇 罗绮
落花 罗裙 云衣 管弦

缠头锦 真娘墓 歌金缕
买笑钱 苏小家 醉红裙

桃花脸 敲檀板
柳叶眉 舞柘枝

阙中第一 迷香洞里
都下无双 买笑楼前

吹为兰气
口作莲香

五、人体部

1. 人体总

眉语　尧颡　广野　蝉鬓
手谈　舜瞳　高台　蛾眉

诗骨　老胆　皓齿　智海
酒喉　枯肠　香肌　仁江

性海　心将　意匠　智炬
情渊　舌兵　心师　心灯

意絮　愁发　瘦骨　燕额
腮花　恨眉　肌肠　虬须

心醉　醉颊　绿鬓　意树
耳餐　歌唇　朱唇　心田

意马　青眼　月颊　舌战
心猿　赤心　星眸　新兵

舌本　意蕊　道骨
情原　心花　尘眸

强项令　经纶手　玉为骨
折腰官　锦绣肠　铁作肝

将军腹　三寸舌　书生胆
壮士胸　十围腰　志士膺

桃花面　三折臂　凌云气
柳叶眉　九回肠　捧日心

麻姑爪　昂藏态　权奇骨
玉女眸　自在身　磊落神

模棱手　屠龙手　文在手
芥蒂胸　牧犊身　宿罗胸

澜翻舌　经纶手
竹在胸　锦绣肠

志和音雅　柳如张绪
气茂神清　莲似昌宗

双珠有孟　凝脂杜义
连璧同潘　傅粉何郎

星标玉立
鹄峙鸾停

2. 头

精主　玉枕　奇表　生角
神居　泥丸　高台　伏犀

投棘　在树　沉首　抒首
触屏　悬梁　焦头　缩头

五柱 镬煮
三台 函盛

五柱顶 为四岳
三台君 安昆仑

周王额广 体高而独
贾傅头长 额广自方

梦惊畋猎
睡触屏风

3. 面

大宅 如虎 傅粉 雪面
方田 似驴 凝脂 粉腮

云宅 莲脸 日面
神庭 梅妆 天颜

美如玉 墙喻学 莲委露
色胜花 友论心 桃被风

乱头皆美 观天披雾
侧帽偏佳 点额为花

妆开浅靥 偷霞试点
脸傅斜红 借粉轻匀

4. 头发

蓬乱 凤髻 委地 反首
鸦飞 蜗鬐 堆云 冲冠

一缕 种种 如漆 曲局
两髦 星星 添华 中虚

断发
毁容

蝉影动 三尺髻 麻姑鬓
鸦翅垂 四枝鬟 湘娥鬟

雄黄剂 丝一缕 随钗敛
甘露羹 雪千茎 背额垂

蓬头突鬓 风鬟雾鬓
长发曼鬋 雪顶霜髯

罗敷总发 梢同钗股
弄玉初笄 根比黍苗

一簪秋发 老先成态
七尺春风 愁已生根

龟兹齐项
新罗绕头

5. 眉

却月 柳细 偃月 吐气
横烟 蛾弯 垂珠 含愁

八采 施黛 出玺 怨黛
两星 效愁 增妍 结眉

八字 娥媚 翠羽
三峰 婵娟 远山

拂广黛 象翠翰 茧蛾出
画长蛾 横玉脸 柳叶描

妩如京兆 有伸有俛
媚若文君 宜扫宜描

6. 眼

点漆 银海 作哲 肉眼
悬珠 莲花 思明 木睛

鹗视 秋水 波眼 十视
鹰瞵 曙星 星眸 四明

眇视 眥裂 刮膜 大眼
偏盲 眼方 生蛆 方瞳

眇目 碧目 身镜 侧目
寸眸 青睛 眼泉 横波

触柱 眼语 视日 不两
见星 目成 窥天 无回

英眄 睥睨
清眝 盱衡

外观简 虞四目 望而畏
内视专 楚重瞳 倾则奸

阮白眼 发孤照 扬玉泽
徐青睛 流采章 生紫烟

左丘丧 中流矢 若岩电
张湛嘲 见秋毫 如石棱

如秋水 观天象
多白睛 察渊鱼

出日入月 闪若岩电
上名下清 大如车轮

视瞻不转 矇胧有味
白黑分明 睇眄生光

曰阶曰席 三年视虱
必作必趋 百步观毫

7. 耳

决牖 连颊 主听 多笑
属垣 垂肩 司聪 佯聋

目乐 无侧
言提 至卑

兜元国 治须酒 疾当割
幽静田 塞以棉 劳则鸣

言犹在耳 务光七寸
倾可得闻 老子三门

既云天柱　佯狂画字
亦号齿田　闻谏自提

掩同荀跞
洗似许由

8. 鼻

郢斫　鬼井　气户　山准
郑谗　魂台　心门　天台

动翕　长谷　观白　息主
静嘘　玉庐　出黄　灵坚

黑气
黄胶

掩以教　拂云汉　端出火
拥而吟　等薰莸　息如雷

蔡泽仰
高祖隆

能司出纳　汉高隆准
雅喜芬芳　夏禹虎形

援刀而截
运斤不伤

9. 口

吞海　浮石　黄吻　饮酒
谈天　烁金　绛唇　含香

乌啄　如鼻　出好
鸡鸣　容拳　起羞

樱桃绽　假芳气　掩而对
脂粉香　发妙声　啸也歌

休夸似海　掉三寸舌
复守如瓶　诵百家言

吹嘘飞羽　丹唇外朗
咳嗽活鳞　皓齿内鲜

三缄宜戒　纪宣三五
驷马难追　茹吐刚柔

10. 牙齿

剑崿　编贝　化石　染草
刀锋　瓠犀　辅车　投梭

厉齿　齐贝　拾齿　切齿
护牙　两犀　落牙　謦牙

吟诗落　牢且洁　漱浓液
漱石坚　落更生　养华池

三年未见　形似败屐
一夜尽生　法如治军

衔环漱水　七朝已具
嚼肉咀蔬　一夜频生

温峤成疾　金牙寿象
张苍尽无　玉齿仙谣

刚遂致败
贝可与齐

11. 舌

莺哢　二叠　玉籥　去臭
莲生　七重　电光　取香

击贼　锥刺　难禁　载翕
鼓簧　毛生　尚存　莫扪

锋可畏　芒于剑　掉三寸
驷安追　守似瓶　下万城

飞黄妒白　有味即辨
艳紫凌云　不力能耕

12. 胡须

囊帛　须国　挂矢　过膝
缠绳　髭王　张弓　垂腰

带绿　帛缠　长鬣
编彩　土污　短髯

美如戟　刘方正　朱桓捋
戏号羊　郗参军　华元多

截留一握　离离坡竹
拈断数茎　郁郁春苗

宜夸三尺
莫诮两头

13. 心

不竞　智舍　冰抱　测度
无瑕　灵台　酒怀　包藏

丹府　启沃　形主　乱矣
紫房　涤除　天君　结兮

礼制　支主
道宁　严师

指白水　用若镜　山川险
援青松　悬如旌　金石忠

瓜可镇　狼子野　数片肉
箭方攒　昆玉贞　一根荷

匪石匪席　毋意毋我
如鉴如衡　不将不迎

肃而容敬　楚王禄尽
庄则体舒　徐庶计穷

四十不动　忠如金石
百物皆通　险于山川

颜子不违　主张六志
圣人无常　缄縢七情

至和为性
最灵由心

14. 胸

丘壑　书灌　雪亮　成竹
甲兵　酒浇　风罗　智球

穴胸
抚膺

沉芥蒂　白黑置　伏弩射
剖琳琅　垒块浇　得卵披

光风霁月　束以见使
海阔天空　拆而生壬

15. 胆

水气　似斗　李落
金精　如升　贼寒

秦宫照　语破鬼　忠作伴
越女悬　力过人　勇生威

吐五色气　何须八尺
为六府精　先饮三升

官能决断　或号中正
气贯星辰　亦为满干

16. 手

捧日　纤笋　攀桂　覆雨
扪天　柔荑　散花　翻云

玉麈　毒手　霹雳　打贼
钩文　尊拳　模棱　持盘

争舟掬　圆无节　右俎豆
染鼎尝　生有文　左干戈

抉云汉　扳杨柳　眉心整
揽蛟龙　折樱桃　舞袖回

奉长者　持俎豆
断美人　画圆方

龙文如刻　兜罗倒挂
虎掌生威　玉柱中维

暂凭开物　月前敛拜
小试调元　弦里传声

金杯点喜　腮边曲倚
银鸭添香　枕上横添

17. 足

玉趾　踏月　佛脚　玉笋
弓鞋　凌波　僧趺　金莲

重茧　龙脚　病废
乘舆　龟文　疾辞

瞿昙白　箕踞坐　抱柱立
太尉香　匍匐行　绕廊行

献玉刖
坠车伤

雀头三寸　西厢立月
蟾魄一钩　南陌踏青

莲中花好　接武步武
云里月新　疾行徐行

18. 形貌

骈胁　奇表　虎目　法贵
锐头　德容　龙颜　体方

奇伟　淑貌　纤瘦　端表
魁梧　嘉容　痴狂　合虚

顾步　晋获　潘鬓
随形　匡围　沈腰

肖天地　春月柳　处阴灭
交阴阳　玉笋班　服丹无

如吾面　熊虎状
是后身　豺狼声

体羸禁语　龙犀日角
义胜故肥　河目龟文

伏犀起盖　相与师事
五柱入头　尚有典刑

19. 仪容

为玉　闲雅　峙玉　属目
如钟　白皙　竦神　竦观

整峻　足重　口止　气肃
雍闲　手恭　目端　色庄

夷甫隽
叔宝清

神采轩异
风度高严

20. 高大

秀伟　凭虎　森挺
魁梧　钓鳌　堂皇

迹七尺　一丈佛　有爽气
腰十围　八尺金　非常人

车辚国　眉见轼
波谷山　骨专车

九霄特立　魏阙翁仲
万仞孤生　云中金人

张苍肥白
贾逵长头

21. 矮小

蕞陋　纤小　孅雉　臧纥
尫幺　侏儒　半人　高柴

短主簿　断柯斧　僬侥国
眇大夫　脱柄椎　长安人

身不如面　貌似老妪
智过其躯　形如小儿

周公伊尹
晏子淳于

22. 驼背

伛偻
疲癃

拄杖似乃　戚施成镈
耸肩成山　伛偻承蜩

六、动物部

（一）飞禽

1. 飞禽总

露鹤　风鸽　客燕　石燕
烟鸿　露莺　宾鸿　金鸡

蜡凤　贞燕　紫乙　翠碧
丝鸡　仁鸦　仓庚　鹅黄

望帝　拨谷　逐隐　反舌
唤春　提壶　催归　画眉

内史　巧妇　燕子　闲客
少卿　勃姑　鸦孙　嘉宾

鹤子　燕婢　鸠妇　雁婿
鸦娘　莺翁　雁奴　凫翁

鹤使　雁阵　燕剪　鹭序
鸿宾　鸦兵　莺梭　鹓班

鹤怨　鹊喜　鹤语　凫戏
鸥嗔　莺悲　鸡谈　鹭眠

凫短　燕掠　花鸭　怨鹤
鹤臞　鸦盘　竹鸡　愁鸦

属玉　花豸　鸦母　鹅舅
藏珠　桃虫　鸭儿　雉媒

莺友　雁信　莺诉　择木
鹭朋　鸥盟　鹭吟　窥帘

求友　出谷　闻乐　入帐
惊人　憩岑　衔书　集宫

命起　一目　西去　择木
知还　双飞　南翔　失条

触丝
伤弓

阿阁凤　青田鹤　迎风燕
上林莺　紫陌鸟　带月鸿

摩霄鹤　鸣晴鹤　知更雀
戏海鸿　唤雨鸠　报晓鸡

传书鸽　披锦雀　能言鸭
谈易鸡　吐绶鸡　解语莺

莺求友　鸠夫妇　一鸠雨
雁来宾　雁弟兄　两燕风

鸣亳社
止鲁郊

乌衣公子　鸥盟新老
碧袖娇娃　鹤梦初醒

鸿离雁别　鸳鸯嗔客
燕苦莺愁　鹦鹉詈人

杜鹃北向　函山使者
鹧鸪南飞　西佛妙音

甘虫入画　姑获游女
菘节飞山　长离野君

黄泥野岸　卵既生矣
赤叶枫林　翼而张之

一饮一啄
载飞载鸣

2. 凤凰

记氏　彩翮　风翼　六像
称元　锦毛　云仪　九苞

五采　舞镜　丹穴　览德
四灵　冲霄　紫庭　来仪

食竹　授玺　楼阁　仙翰
鸣冈　衔图　巢桐　羽仪

司历　十子　三母　舞磬
授书　五雏　九雏　仪箫

翔千仞　双鹄引　东南宝
览九州　众鸟陪　仁智禽

巢阿阁　濯弱水　晨贺世
集上林　冲浮云　名归昌

集王谷　五采羽
止帝梧　千金毛

舜韵九奏　朝鸣昆岭
轩律一声　夕饮醴泉

尝游郊薮　画像宫里
讵集藩篱　铸铜殿前

戴德揭义　音同金鼓
履正负仁　鸣若箫笙

扬雄梦吐
萧史善吹

3. 鸾

舞镜　衔穗　舞日　双舞
集车　栖梧　啼云　孤翔

漱朝露　鸣素月　王母驾
唳春云　翔紫云　素娥乘

血入药
胶续弦

山中舞碧　闻歌踏节
月下来青　照水哀鸣

集车唱和　观容裔裔
击磬彷徨　闻言锵锵

歌于沃野　太清红鸟
献自氐羌　洪井鸾冈

4. 鹏

云翼　蔽日　风翮　奋迅
山形　垂云　云程　扶摇

鲲化　变化　运海
风抟　翱翔　拂波

抟九万　耀日月　踏元气
击三千　扇雷霆　摩太清

毛飞雪　九霄翮　吞云梦
气生云　万里飞　遍广寒

逍遥四海　三山如砥
缤翻八荒　五湖若杯

乾旋坤转　泛星浴海
倏阴忽阳　孕日飞虹

楼台蜃气　幻峦奇鸟
云月蛟宫　怪雨盲风

盘礴六合　书名志怪
浩荡八纮　赋比子虚

5. 鹰

弭角　钩爪　绝海　掣电
扬毛　剑翎　摩天　决云

玉立　玉镞　星转　打兔
雪飞　金铃　剑磨　攫狐

屈猛　刚翮　戴角　砺吻
排虚　老拳　题肩　匿形

猛气　春化　鲜食　捕虎
雄姿　秋吟　雄飞　擒猴

羁绊　击殿　避暖　叠尾
刀铍　出笼　得霜　飏毛

金脚
锦毛

入云去　记学习　爪如铁
掠地来　雅飞翚　身若金

栖茂树　耻燕雀　出钟岱
击中原　截鹄鸾　生井陉

司寇比德 腾身万里
将军作倚 侧翅三秋

锦毛金脚 轻抛一点
雪爪星眸 唱杀三声

威同尚父 黄眸金距
名传郢都 点血散花

下鞲命中 僧达驰猎
画壁如真 形父事君

东门黄犬 要离击殿
云梦鹏雏 马融出笼

疾去掣电 金毛玉爪
闪回决云 锦文缬斑

大曲小曲
青唐白唐

6. 孔雀

越鸟 翠角 矜尾 绣颈
文禽 珠毛 爱毛 锦衣

凤首 碧毳 饰盖 玄圃
鸾衿 金花 聚冠 瑶池

绛羽 珥户 常致 梦羽
戴冠 为裘 相存 写貌

饰纛
画屏

金闪灼 叶玉树 拖翠色
翠缤纷 戏兰茗 耸高冠

生遐裔 拖金线 眠红树
戏家禽 团锦轮 听紫箫

裁修尾
焕金华

凤鸾作友 三毛侧弁
云海堪巢 五色圆文

闻歌而舞 开屏择婿
行步能翔 持扇登阶

齐君画羽 杨修献赋
秦女吹箫 武相吟诗

魏王园囿
太尉玉池

7. 鹤

仙客 唳月 警露 疏节
胎禽 凌烟 闻天 茸毛

辽海 舞阁 龙跃 取箭
缑山 乘轩 凤跄 衔珠

识字 砂顶 紫盖 水宿
系书 霜翎 白翎 云飞

阳鸟 玉羽 入帐 素羽
仙禽 金衣 乘轩 黝睛

入鼓 冰质 修趾 嘹唳
衔珠 霜毛 员吭 差池

投鼈 骶耳 洁朗 仙语
引吭 赤精 孤高 丹歌

取箭 识字 野性
觅珠 寄诗 真姿

飞千里 瑶圃月 与凤伍
鸣九皋 海天秋 立鸡群

翘藓径 访逋老 归仙岛
唳松风 梦坡仙 饮瑶池

惊秋老 形骨瘦 临玉砌
怯夜寒 羽毛鲜 憩芝田

翔紫盖 舞吴市 君子化
养青田 入晋琴 仙人乘

食琼蕊 依江海 题寺塔
耻洿池 巢松杉 宠轩墀

梦道士 三尺胫
如长人 千里姿

晴飞碧落 令威为客
露立瑶台 苏武望乡

吴都倾市 兰岩顾步
卫国乘轩 金穴回翔

白非日浴 丰毛疏肉
鸣必露寒 露眼瘦头

凤翼龟背 岂畏罗网
鳖腹燕膺 诚知方圆

饲潭皋粟 赋羡鲍照
驭江夏楼 诗播齐高

8. 鹳

鸣垤 知雨 衔鳣 多立
巢甍 疏风 趁蛇 善旋

喙白 背灶 栖楼
颈红 洒珠 负金

无丹项
不善鸣

绕旋谓井
影抱有风

9. 翡翠

却饰　拾羽　来萃　饰被
聚冠　列巢　相持　如眉

高竹　掠岸
低巢　劈波

生遐裔　兰苕上　濯澄浪
献苍梧　珍木颠　据溪田

封郎娶
太真陪

10. 杜鹃

叫月　春暮　啼血　梦断
啼花　夜深　诉冤　更残

故国　三月　伤别　夜夜
深闺　一声　催归　年年

悬树
涂梅

云啼破　苌弘血　孤臣愤
月催残　望帝魂　少妇愁

凄凉月　陈何事　烟漠漠
断续风　怨阿谁　草萋萋

愁迷草绿　红楼梦破
血染花红　白月轮穿

晓风柳絮　花飞远水
夜雨梨花　雨歇孤村

身常悬树　客愁良苦
口或涂梅　妇思无眠

更无猿替　饲雏百鸟
只有花知　生子他巢

三更怨月　如鸠唤雨
几处染枝　化鹤何时

11. 鹊

化石　帝女　红嘴　绕树
填河　国王　翠衿　成桥

占喜　背岁　择木　补殿
噪晴　顺风　积薪　栖衙

知水　报喜　三匝　乌集
迎风　知风　群鸣　鸠居

饰镜　探觳　补隙　报喜
为扇　忘真　上梁　趋时

声唶唶　公输削　栖古木
行跄跄　方朔占　葺旧巢

南飞月夜　巢知背岁
东向雨晴　立必顺风

锡名神女　霜毛玉羽
比德夫人　缁衣素襟

送风玉户　星飞绕树
传喜妆台　玉立依枝

慧通佛道　抵玉昆岳
行列仙居　堕地燕池

葺乾陵殿　得名神女
巢发石车　共止巢乌

赖国君德
听王母谣

12. 燕

紫领　乃睇　啄草　金屋
红襟　于飞　衔花　珠帘

掠水　度柳　巷口　冒雨
偎风　穿花　堂前　冲风

秋社　画栋　梁上　寻伴
春分　朱楼　花间　安巢

巢幕　表瑞　石化　梦玉
立祠　命官　火焚　服芝

向日　迎絮　宿栋　颉颃
怨春　分梁　入帘　啁啾

乌衣巷　寻旧主　山杏雨
白玉楼　垒新巢　野棠风

和梅雨　秋后别　翻风去
拣杏梁　社前逢　带雨归

仙人履
禖官祠

珠帘十二　帘窥甲帐
玉剪一双　路识丁桥

浑身杏雨　花前早至
一嘴芹泥　社后频来

号乌衣国　汉宫掌舞
栖白玉堂　赵女钗飞

参差送远　轻衫一两
上下于飞　细剪双封

留莺学语　期岁必至
共蝶争香　主贫亦归

王家酒榭
石氏歌台

13. 莺

纤柳　针砭　独立　解语
衔花　鼓吹　双飞　能歌

巧舌　幽谷　簧舌　恰恰
佳音　上林　金衣　关关

名楚雀　啼红树　催柳绽
号商庚　宿紫薇　报花开

声犹止　花底语　歌金缕
羽未调　雨中声　度玉笙

栖红杏　鸣翠柳　千百啭
入绿杨　啭柔枝　两三声

金衣公子　来从金谷
红树歌童　飞度玉楼

花阴蔽日　能随燕舞
树里窥人　更唤蚕生

双柑听去　林疏见影
斗酒携来　花密闻声

花间律吕　濛濛山路
桃外笙簧　淡淡池塘

斜阳欲暮　花梢蹴颤
流水无波　柳色冲开

深黄一点　齐地搏黍
巧舌十声　关中水鸦

趋来桑麦　美人香雾
含去樱桃　公子金衣

碧烟低护
柳色皆香

14. 鸧鹒(黑枕黄鹂)

楚雀　择木　百啭　黑枕
商庚　候时　双飞　黄袍

解语　调舌　睍睆　疗妒
变喧　掷梭　绵蛮　传书

恰恰
喈喈

迁乔木　鸣翠柳　集灌木
鸣高枝　啭柔枝　绕上林

辽帝卜　声犹涩
梁武茹　羽未调

俗耳针砭　迁乔暗木
诗肠鼓吹　写啭清弦

15. 鹦鹉

慧鸟　问主　巧语　细翼
灵禽　诉寒　多机　翠衿

陇客　玉趾　朱喙　红臆
翠哥　金瞳　绿衣　绿襟

玉锁　慧性　丹足　陇树
金笼　好音　紫毛　秦楼

啄蕊　紫颈　赤羽　慧性
择林　绿襟　黝颔　奇姿

殊智
灵言

能识主　感异梦　封使者
学唤人　受真经　呼侍儿

文锦縠　祢衡赋　寻鹦父
韵笙簧　禹锡诗　怕狸奴

辞金殿
寓吴江

珊钩一曲　美人金剪
金目双瞳　君子琼轩

关心画阁　白如玉雪
惊梦湘帘　红比桃花

传来响板　萋萋洲碧
屡唤琵琶　艳艳杯红

仙名自在　舌何须断
儿有阿苏　背且休摩

三升麻子　上皇安否
一卷波罗　通判往来

绿云相和　谢赋独步
白雪长吟　杜诗含愁

翠衿短尽
玉琐闲居

16. 白鹦鹉

雪羽　素服
霜毛　淡妆

雪泻影　啄香稻　疑月浸
月圆光　放雪衣　讶霜侵

乱玉局
诵金经

形迷玉砌　辉寒月魄
色混珠帘　梦入梅花

水晶帘外　金笼调舌
云母屏前　玉槛唤茶

雪衣娘子
白面书生

17. 红鹦鹉

粉如蝶翅　文披鹤顶
色似桃花　血噀鹃魂

照宜银烛　啄残香稻
点长朱衣　泪染夭桃

绿衣非匹
雪女何殊

18. 百舌

万恨　彩羽　宛转　万啭
千愁　绀衣　间关　千般

惊梦　晓月　睍睆　饶舌
牵吟　春风　婉柔　惊人

能缄口　绿杨路　飞卿咏
只报春　红杏村　禹锡诗

一片舌　三春月　毛应翠
百般声　众鸟声　语转新

伤心孝绰　反复称鹍
侍宴休文　圆转如丝

弄花不语　欺凌红杏
唤雨易归　讽刺黄鹂

纷纭谁诉
婉转娱人

19. 鸿雁

遵渚　度雪　越乙　诉月
渐磐　乘烟　楚凫　随阳

春北　接武　整阵　荻岸
秋南　来宾　排行　蓼汀

楚地　映月　报候　水宿
燕云　摩云　寄书　云飞

一画　三折　戏海　有意
半行　八分　书云　传书

逾塞　离网　仰听　拂翼
知门　随轩　相喧　接羽

宜麦　印月
唼莾　度云

千里信　兄弟齿　月横塞
一行秋　稻粱谋　霜满天

游云梦　芦花岸　泥留爪
憩江湘　月夜砧　目送飞

回远浦　一行字　长门晓
落平沙　数点秋　远戍霜

秋写怨　毫蘸水　真兼草
夜书空　墨翻云　整复斜

宾阴岸　过云梦　嬉澄渚
射上林　度塞门　濯清泉

认白露　出高柳　啄蔓藻
背青春　经景山　藏新蒲

影低寒渚　江南水阔
声满秋风　漠北沙寒

汉阳月冷　初离关塞
楚北花晴　远过潇湘

洞庭湖畔　响沉远角
彭蠡矶头　影没寥天

梦随沙漠　随阳飞止
声断衡阳　从风后先

南康浮石　亦称足蹼
上虞治田　或曰驾鹅

分明行列　大夫为贽
纪辨弟兄　女子得时

翔于广泽　衔芦避矰
来自琼边　系帛传书

雪花飞白　纤秾鸟迹
霜草杀青　波折云书

书空碧落　悬针足引
点破青冥　倒薤芦衔

一行横塞　划开湘水
几点入云　写入楚天

塞经投笔　虫篆休拟
江作临池　龙文可扛

笺书秋汉　援琴作操
札寄云乡　为赋寄情

任呼凫乙　蹼足企踵
岂恃毳毛　斜步侧身

20. 鹄(天鹅)

类鹜　菊裳　奋翅　比翼
吞人　金衣　矫翮　摩天

化女　腹毳
变凫　背毛

歌汉帝　斫菱藕　魏文献
呼子安　啄稻粱　桓荣弹

知夜半　举千里　援弓缴
忍饥长　寡七年　献空笼

曾下太液
不集污池

21. 鸥

信鸟　献赋　愿狎　闲似
水鸮　作诗　期盟　静来

知候　泛渚　雪影　掠水
忘机　随潮　风翎　知风

闲似　三品　得趣　水宿
静来　几群　忘机　沙眠

久狎　献赋
同盟　作诗

静浮水　驯可狎　腾沙起
懒避船　信为盟　逐浪漂

翻玉宇　依枝蔓　天浩荡
点春苗　寄蒹葭　态安闲

游烟渚　轻白浪　东海客
伴钓舟　弄夕阳　水乡盟

常拂筵　浮水静　没浩荡
懒避船　泛舟轻　泛春声

一群芦灭　沧洲闲客
数片雪飘　碧海舍人

朝飞湘水　数丛沙草
夜宿洞庭　万顷烟波

云心潇洒　潮生有信
雪羽襹褷　风起知归

晴飞蓼岸　沙间逸致
寒占秋波　物外高踪

22. 鸡

绣颈　报午　戒旦　喔喔
花冠　司晨　候潮　胶胶

听法　善斗　玉羽　带勇
接谈　能言　锦翎　知廉

谈玄　季介　侧睨　怒目
惊梦　郈惊　先鸣　竦身

祝祝　承露　妒敌　伺殆
朱朱　啼云　猜群　矜毫

金距　芥羽　黑羽　翠彩
玉铛　花冠　翠冠　珠光

四翼　舐药　星散　供母
双头　衔珠　露栖　愁予

出诅　求敌　缟翼　上树
用牲　登栖　绣头　登天

雌伏　索斗
雄鸣　专栖

德标五　号开府　舜为善
鸣必三　称将军　文问安

宋窗语 刘项敌 冠照日
秦关鸣 孟韩诗 雨生风

飞海外 丈人化 舋夹室
鸣云中 童子杀 入新丰

鸣高树 乌衣妇
斗东郊 戴冠郎

翰音见号 蜀大荆小
烛夜为名 秦雌汉雄

玉观警敌 锦翅含粉
金爪惊媒 金距曜芒

再接再厉 三郎好胜
一喷一醒 亚子争强

戴红拍翠 高冠沉羽
拖锦碎沙 介甲鍗戈

23. 雉

介鸟 舞影 金绶 化蜃
原禽 呼群 采衣 游鸫

求偶 疏趾 绣翼 升鼎
应媒 翠毛 赪冠 衔环

后讳 为扇 不食 斑尾
官名 离罗 始雊 朱冠

玑象 介鸟 夏翟 勇气
离精 原禽 春翚 姱姿

灭火 入室 哑瑞
知雷 如皋 赤祥

性耿介 贾妻笑 驯麦陇
羽文明 庚妇从 悦山梁

开宫扇 鲜如锦 驯邑令
焚贡裘 丽若丹 集郎官

红绡剪出 一饮一啄
赤玉雕成 载飞载鸣

少昊工正 陈仓嘉瑞
唐帝和羹 梁父奇禽

羽能灭火 越裳远献
尾亦知晴 商鼎祭升

用之为扇 戴而为冕
取以饰车 绘之于衣

执以相见 悔丹砂变
奉之而从 怜翠尾长

24. 鹧鸪

啼晓 锦羽 晓树 翠羽
报晴 斑衣 春山 紫毛

依竹 暮雨 烟树 锦翼
傍山 残晖 云林 圆文

惊客梦 深处宿 啼暮雨
感人心 静中啼 饮晴川

江南江北 秦人歌曲
春后春前 越女画衣

茅岗日晚 管弦声里
竹岭月低 烟雨村中

愁人闻处 山鸡锦翼
游子听时 花豸圆文

珍珠点臆 偏能好洁
赤浪缠身 每爱双啼

畏霜稀出 起而逐月
向日而飞 栖必藏身

25. 鸠

唤雨 布谷 逐妇 啼伴
呼晴 催耕 哺儿 觅群

拂雨 锦翼 拂羽 春晓
入云 斑衣 在桑 秋残

养老
纪官

知晴雨 刻玉杖 苏轼赋
当管弦 化金钩 徐熙图

花簇簇 华冠动 见鹏笑
锦斑斑 绣羽开 集凤讯

玉花碎 食桑葚 惊梦客
檀粉轻 居鹊巢 恼羁人

入御座
集凤池

时因鹰化 食椹易醉
曾占鹊巢 催种何忙

社前社后 集于白水
山北山南 献自邯郸

紫冠彩彩 巢舟已矣
褐羽斑斑 出口何时

周官罗氏 朱目丹趾
虞帝歌辞 霜衣雪襟

26. 乌鸦

孝鸟 画壁 衔鹊 反哺
祥禽 巢门 化鱼 归飞

识养 莫黑 屋角 引路
怀恩 不黔 林端 迓舟

卜岁　牛背　桂殿　报捷
呼名　城头　茅庵　投林

阳乌　衔伞　鹊哺　八子
日禽　萃冠　爵生　九雏

罄罄　性寿　占雨　薄地
提提　气仁　绕烟　踏梢

村号　爱屋　日气　哑哑
弓名　起台　火流　憧憧

依月树　瞻楚幕　三匝绕
绕风竿　候齐城　一枝栖

巢帷幄　扬朝采　三足影
集门楼　伴夜啼　九子呼

催画角　凌晨噪　暗月夜
送残晖　入夜啼　暮雨天

成阵集　催晚照　几群噪
结群飞　报秋寒　数点归

闪金背　翻红树　盘风下
散瑶星　噪翠烟　接翅眠

王母使
太阳精

虞廷告瑞　霜台夕影
姬舍呈祥　日路朝飞

衔花未下　星稀饶树
带火初飞　月落啼霜

集庐作赋　口伤颜乌
借树为诗　头白燕丹

王母传食　瞻之爰止
子推蔽烟　闻于反哺

亭长攫肉　范对皓质
有虞集庭　薛词朱羽

射其必中　为城在境
指之能言　集戟于门

衔圭降社　屋观流火
集枯为弓　台藉相风

一群白颈　呼侣联翼
万点斜阳　绕树惊飞

栖怜古木　归声转切
啼断晨钟　月夜无依

玉环穿项
乌帻剪衣

27. 雀

化蛤　穿屋　争树　翻火
衔禾　巢堂　贺风　知更

黄口　啄黍　化玉　入幕
白翎　负喧　衔书　栖堂

解语　置艾
改年　浴沙

侵莺语　食田粒　带雨下
夺燕巢　饮池泉　穿云飞

乳空井　王祥幕
生灵丘　翟公门

寒归篱落　廉家楼上
暖去蓬蒿　翟氏门前

黄花受哺　王孙挟弹
耐璧来归　童子携环

入水变化　不疑嘉颂
依人集翔　公幹美诗

含章禁闼　化为黄玉
灵宝仙篇　弹以明珠

食以数粒　百炉别铸
栖于一枝　历世遗环

28. 鹭

属玉　雪项　雪发　孤影
带丝　霜翎　霜衣　一行

值羽　立雨　官序　浴水
联拳　眠沙　客容　冲风

水浴　雪客　羽扇　掠浪
篁栖　霜衣　睫襹　张罗

吞鲤
飏丝

荷香里　数声叫　绿玉胫
柳影中　一足拳　素琼裳

散雪彩　傍碧水　食茄下
皎霜容　上青天　出鼓中

入遥碧
起圆沙

白莲塘上　性情闲淡
青草湖边　风格孤高

静眠寒苇　脚翘绿玉
闲立池塘　颈曲银钩

数枝红蓼　亭亭独立
一片白云　片片斜飞

春锄有号　相贻羽扇
鹤子同形　妙传花灯

风前公子　独拳雨里
雪里佳人　飞下滩头

暗栖松叶
群捕鱼儿

29. 鹅

泛渚　玉羽　舞日　川浴
眠沙　霜毛　听经　栏栖

眼绿　红掌　孕月　曲项
喙黄　素翎　应更　垂头

却月
悬鱼

黄似酒　持竿牧　冲微雨
白如云　挥翰邀　拨清波

南郡戏　红霞掌　体丰丽
右军邻　白雪翎　行蹒跚

冢衔刍　书经换
溪出绢　命驾观

陈仲恶用　声乱军旅
郑翩愿为　恼触比邻

毳衣偏暖　听铃渔父
山罽可缝　入笼书生

金鹅堪献　阵鹅宜战
水羽能浮　泉羽弄吭

书还系颈　江淹善啖
梦或衔经　刘毅残羹

傍庙听法
随女潜行

30. 鸳鸯

匹鸟　相偶　红掌　掠水
文禽　于飞　翠翘　眠沙

纹羽　蓼岸　翠鬣　栖树
花毛　兰皋　红衣　在梁

肃肃　被底
雍雍　衣边

文君锦　红丝毳　吟落日
越女妆　白雪花　弄晴晖

宿兰沚　无别恨　湘渚上
戏沙汀　有机心　镜湖中

碧沙上　飞绿岸
紫山岑　栖灵洲

虞姬泪落　更抛莲子
萧史魂迷　莫打鸭儿

双丝绢上　双浮双浴
连理枝头　相逐相呼

浮波弄影　溪头日暖
蹙水生花　渡口风寒

柳塘共浴　魏宫梦断
花坞同栖　汉县鸣余

双双锦翼　浮排荇带
两两珍禽　照拂红菱

门扉化去　七十二列
殿瓦飞来　三十六行

入池五色　蘋洲花屿
碎佩双翔　翠浪玉沙

31. 凫(鸭)

红足　戏藻　刷羽　文翅
绿头　眠沙　衔苔　素缨

丽鸟　丹臆　萍褥　缓步
逸禽　翠襟　金羹　低声

入梦
行庭

眠沙毯　红裙裹　洲渚阔
踏浪梯　碧涧翻　稻粱肥

晒雪羽　浮绿水　畜万只
守冰池　唼泥香　送千头

荒陂船护　须防网罟
春雨萍开　莫信良媒

饭狸甘否　乌衣入梦
刻鹄不成　赤羽行庭

宜铺茵褥　忽成老叟
莫打鸳鸯　或化小童

（二）走兽

1. 走兽总

蜀马　蜀犬　花犬　铜虎
燕犀　吴牛　草驹　铁骢

竹马　廉豹　礼鼠　黠鼠
木牛　寿猿　文狸　疑狐

鼠将　谢豹　两脚　马根
鱼师　商羊　一封　猿羞

伏兕　窘虎　白老　雾豹
游犀　逐羊　乌员　风狸

獐怯　举柱　金犊　狡兔
狐疑　触邪　玉骢　贪狼

山子　虎踞　花马
野宾　熊蹲　草驴

昆阳象　吴亭虎　追风骥
即墨牛　巴浦犀　冲雪驼

奔泉骥　衔花鹿　喧枥马
拔木熊　撼树熊　失林獐

投岩麝　拳毛马　黄耳犬
辟暑犀　秃尾驴　白皮牛

千啼马　千角鹿　千里骥
九尾狐　百花狮　独峰驼

穿林犬　嘶风马　隐雾豹
执爨猿　踏雪驴　听冰狐

豸可触邪　神羊一角
犀能捐忿　灵犀三蹄

狐堪集腋　风猩风母
豹止留皮　山丈山姑

钩吾饕餮
巨海蒲牢

2. 麒麟

金瑞　一角　先兆　抱义
木精　五蹄　不群　含仁

牛尾　肉角　狼额　表瑞
马蹄　花纹　马蹄　呈祥

不至　为畜
可羁　作歌

修鲁史　四灵首　驾芝盖
出周郊　百兽先　吐玉书

吐三卷　在郊薮
驾六飞　饮玉英

狼头马足　音含律吕
牛尾麕身　步中规矩

非时不出　刳胎破卵
有道则游　视明礼修

3. 驺虞

知义　瑞兽　皓质　信德
履仁　珍群　缁文　仁心

乐囿　逾境　扰义
戏朝　居丘　至仁

君子态　围林氏
圣人期　出孟山

狮头龙脚　西伯免难
猊首虎躯　皋陶感生

敛威扬德
外猛内仁

4. 狮

玉爪　目电　系象　铁额
金毛　声雷　吼龙　铜头

食豹　击象　拂尾
布熊　伏狸　箸弦

月支献　毛起焰　兔角力
乌弋生　眼悬星　驴著皮

威虎豹　缕柔毳　耳贴贴
慑熊罴　簇拳毛　毛彨彨

在西海
献月支

圆目仰鼻　一称白泽
钩爪锯牙　亦号狻猊

貔貅股慄　梦中五色
犀兕潜沉　柱头一鸣

鹍弦表异　粪作苏合
蝇拂著奇　乳入玻璃

马闻血溺　尾大如斗
豹遇目瞑　毛浅若彪

5. 象

役鼻　白耳　燧尾　献佛
藏牙　红牙　焚身　随僧

致远　作屋　化石　宝座
代耕　置船　出金　金函

泣子　大客　识水　添迹
哀雌　伽那　感雷　埋牙

胆随月　同马渡　金络首
齿应雷　负猿行　锦垂身

鼻束刃　天竺战　狮子击
尾系燧　苍梧耕　巴蛇吞

垂鼻泣
刻舟称

园开胁上　养之皋泽
河出鼻中　放于荆山

目不逾豕　瞠目愤怒
身倍数牛　垂鼻辚囷

6. 虎

兽长　寅客　雨啸　傅翼
山君　斑奴　风从　蒙皮

出柙　钩爪　履尾　化石
负隅　踞牙　催斑　渡河

人化　射石　蹈尾　狐假
风从　啸风　编须　鼍为

鲜食　哮阚　遗患　英兽
阴精　攫拏　称兔　戾虫

探穴　啸谷　寝木
攀栏　入庐　食牛

目夹镜　大人变　欲逐逐
尾插旌　太公符　视眈眈

状越椒　爪牙伏　点二目
乳子文　金玉精　投千金

文同豹变　镌铜作器
气已牛吞　刻玉留睛

讵能缘木　俯身伏罪
只可生风　摇尾乞怜

吕蒙探穴　僧昭识啸
王戎逼栏　李广射石

或名李耳　三代俱死
又号於菟　七月而生

文岂彩饰
鞹犹犬羊

7. 豹

爱爪　为枕　窥管　炳蔚
惜毛　留皮　名韬　烂斑

似虎　在槛　炮脯
名程　为裘　煮胎

一斑见　君子变　殊鼷鼠
七日藏　太公筹　异犬羊

大夫饰　受北国
天子旌　隐南山

质超羊鞟　隐南山雾
名列虎侯　爱北郭皮

名程生马　称为果下
似虎畏蛇　窥向管中

生雄三子　姿秉艾叶
死擅千金　彩披金钱

为幨为饰　脯堪益智
留皮留名　枕能辟邪

海中有守　为韬可武
赤色可乘　学艺能文

威同鼷鼠
鞹犹犬羊

8. 熊罴

碎掌　攀槛　舐掌　轻捷
食蹯　窥屏　扑膘　雄豪

能火　设席　试赋
蔽泥　为冠　和丸

脂如玉　帝师兆　居大树
胆辟尘　男子祥　咆空林

攀御槛
入寝门

山居野处　丸胆教子
冬蛰春行　割肉赐臣

皮冠识路　织裘充贡
毛席取温　画候分堋

性具巧猛　饮巴西饯
文灿白黄　进昌邑宫

射者简子
格之广陵

9. 犀牛

献纣　辟水　刻石　鬬忿
驱周　却尘　食榆　镇帷

入海　为簟　望月
照渚　戴戈　骇鸡

骇鸡宝　遇巴浦
通天珍　出梁山

10. 狼

钩瑞　当道　善顾　似大
金精　衔衣　慝还　逐羊

卜食
化人

配二女
啮宫人

11. 鹿

嚼柳　戴玉　雪色　麌麌
衔花　舐冰　铜牌　呦呦

食柏　求友　三角　斑锦
饮泉　随仙　七星　角芝

五色　攸伏　茸客　入画
千年　兴游　角仙　随车

四驾　求友　紫缬　不斗
六飞　鸣麑　黄衣　无虞

扰墓　触寇　攸伏　濯濯
踞坟　宴宾　与游　甡甡

俟俟 林兽 仙客 人语
儦儦 角仙 人形 簧声

逐迹 注酒 箭贯 犯树
梦皮 衔花 蛇吞 偿钱

怀符 尾促 千角 居泽
投书 角苍 两头 充庖

走险
择音

缘苔卧 铤走险 王母使
踏花行 即无虞 老子乘

淮南脯 王赠答 寿千岁
石室人 女聪明 赐百金

死树下 千岁白
藏隍中 六月生

先生折角 单衣黄练
道士乘仙 紫缬青裾

怀琼以走 斑龙作友
下寨而栖 林兽呼群

贯环莫识 或腾或倚
带箭无惊 食蒿食芹

12. 马

虎脊 兹白 紫鹿 八尺
龙文 飞黄 朱龙 三花

骥子 银面 踏雪 飞兔
龙孙 玉蹄 戴星 翔麟

冀北 去害 追电 指鹿
宛西 求良 镊云 为龙

白兔 似鹿 喷玉 朱翼
青龙 如龙 流珠 缟身

坤象 追电 翘陆 騄驷
地精 奔霄 奔踶 騂骐

鸡目 骐骥 引重 班政
麟形 骅骝 代劳 作歌

震象 蹋石 金埒 肉矢
房精 过都 玉珂 口钱

泛驾 毛缩 垂耳 勿逐
局辕 齿平 伤骨 既差

纲恶 惜一 骋怒 始驾
旌繁 量三 乘肥 右牵

曳练 复卒 非性 教扰
击钟 还官 其风 务滋

超越 尽疥 恋主 朱鬣
陆梁 善惊 啮人 白颠

蕃庶 玉勒 蹀躞 逐日
疲羸 金羁 权奇 追风

照地 绕日 升甗 火畜
凌空 遗风 渡江 月精

逸虎 如鸭 紫燕 铁獭
毛龙 象龙 朱龙 翠龙

取血 食稼 踣铁 绝影
进肝 嗷盐 吐珠 顿尘

望火 馈友 给驿 解语
惊帆 奉神 助军 能言

立仗 躏柳 小领 银杏
衔杯 看花 枝蹄 黄芝

反睫 駻突 六厩
旋毛 骐雄 八坊

三千列 毛卷雪 换爱妾
十二闲 汗流霞 盟功臣

浮江五 因风逸 上虞坂
同槽三 踣地鸣 走章台

塞上失 求林下 相失瘦
歧下亡 饮厩中 养独肥

不蚤剪 借学士 玉面骍
果先鸣 害圉人 锦膊骢

惊虩突 穷则逸 画图访
试蚁封 惊不前 执经求

投濶水 越賧骏 主所惜
立吴山 于阗龙 臣之师

在空谷 能尽力
嘶冰原 无留痕

若衃若失 龙鳞虺尾
载驰载驱 凤膺麟身

得之赤岸 足有二距
充于黄门 蹄间三寻

能辨优劣 历险超堑
不疑驽良 服轭就犁

蹄翻碧玉 叔敖三岁
领缀银花 晏子一言

黄池喷玉 屈产假道
渭水投钱 纤丽遗吴

燕丹生角　勿矜千驷
荆轲嗜肝　徒说三长

著翰如象　逸足电发
传沃若章　长尾风生

七日超母　受精皎月
四游客驹　弄影星河

走险鹿骇
望云龙骧

13. 驴

额广　笑坠　渡水　雪径
面长　倒骑　冲泥　花村

奇畜　入市　忽死　千里
名驹　至门　常鸣　百金

耳大
形庞

惊蝶梦　子瑜面　冲京兆
舞柘枝　孙楚声　过华阴

行落叶　骑莫觅　续两字
踏秋风　策随行　获千头

养殿上　笑似磨
縶厩中　应参禅

云间骑碧　灞桥风雪
梦里衫红　郑圃草丛

吴子壁上　青衫跨出
张果箱中　素服乘来

落钗为号　出游作赋
宝钿何荣　偷跨罚诗

游华阴县　嗜草触木
造丞相厅　据鞍读书

主簿自控
法掾骑归

14. 骆驼

立雪　角斛　出塞　两脚
知风　缀铃　渡河　一峰

奏事　文豹
取经　飞龙

知水脉　蒙锦帕　鸣远戍
识泉源　驾凉车　惊流沙

足三节　盐三谷　生西域
背两峰　橐一围　出泉渠

实外厩　献珍宝
夹中阳　陈庙堂

耕田回纥　昂头笑吉
卜岁龟兹　疥疾嗤刘

马惊肿背　车师两脚
鬼讶乘龙　回鹘独峰

取经山寺　种花柳氏
奏事王宫　卖饼邹公

遗瑞龙脑
负养鱼函

15. 猿

拾栗　挂月　玉面　獭妇
攀萝　栖云　金丝　山公

肆巧　能啸　献果　拥树
用奇　善援　偷泉　献环

置槛　求木　拔箭　轻趯
犇林　临崖　拥条　飞超

争接
悬垂

啼片白　三声哭　寻红树
掷尖青　百臂连　坐白云

寿五百　饮相唤
鸣三声　晚成群

袁公飞剑　攀藤穿竹
李广弯弧　啸月啼云

红丝认主　接臂可饮
璧玉献僧　拥条而吟

16. 猴

升木　赤足　服鼠　虫质
抱梁　丹唇　骑牛　兽身

猿父　侵黍　缘柱　为鲊
王孙　擘鸢　满山　啖羹

若咳
如拳

17. 狐狸

知雨　拜斗　玉面　健走
号风　听经　雪毛　多疑

据穴　善媚　持火　昏见
凭城　假威　听冰　书藏

安问　向窟
诈鸣　在庭

应夏禹　率幽草　伏岩穴
瑞周文　在淇梁　栖山林

成美女　胡博士
学婴儿　田参军

玄丘校尉　名呼阿紫
皎首书生　姓有白康

青丘奇兽　凭城作固
紫岭飞仙　假虎为威

风嗥雨啸　入张华座
昏见晨趋　诣仲舒帷

18. 兔

承月　舞市　玉骨　含铁
捣霜　入宫　霜毛　孕环

捣药　雪翠　金气　株守
和丹　月精　铁肠　蹄忘

目赤　得髌　扰室　趯趯
背飞　进肩　还山　爰爰

射首　扰墓　扑握
刻毛　入宫　舍迦

里走百　赤标瑞　梁园雪
窟营三　黑纪祥　汉月秋

称趯趯　山东喻　栖月魄
美爰爰　上蔡言　禀星精

狡存三穴　叔林床下
寿永千年　蔡邕室旁

捣药月里　或闻鼻缺
吐子口中　亦以背飞

19. 猪

刚窜　白蹢　喜雨　黑面
艾豭　黑头　涉波　乌金

突户　人立　刚暴　刚鬣
负途　心贪　贪婪　攒锥

青爪　啮脚　千足　宜稷
白头　赐肩　五豵　食糠

字误　当麦　寝槽　食圈
性卑　调糠　入门　舞圂

五尺　祭社
千钧　禳田

遇槐止　斗谷口　四月食
食梓肥　牧苑中　期年生

鲁津伯　长垣泽　为封豕
大兰王　木兰桥　归艾豭

士不杀　牙刚暴　下马搏
人而啼　肠贪婪　与犬交

毛织席　养客舍　畜致富
膏涂身　畜禁中　梦得官

偷毡履
系金铃

屏风图像 豝有称帝
战舰闻声 猪还名王

吴邦封豕 糟糠风味
山海豪豨 长喙将军

郎稍黑面 化鲁津伯
王是大兰 现如来形

宗人说彘 驱之入草
监市履豨 弃而听经

久费五谷
爱食薄荷

20. 犬

白雀 花鹊 宋鹊 惊雪
青鹳 乌龙 韩卢 隔花

迎客 来白 豹耳 吠雪
附书 茹黄 龙形 衔衣

金畜 竦耳 锯齿 白首
斗精 注精 铃蹄 素牙

衔卵 食虎 敝盖 负女
传书 逐麋 重环 升仙

獒毒 不叱 去肾 恋主
诉冤 左牵 宜粱 噬人

猛相 乌喙 有角 噬雪
雄姿 黑膺 生氂 吠云

曳马 衔兔 狸德 扣阁
化龙 咋蛇 豹声 待门

哭市 防库 运水 衔怒
上台 共牢 衔砖 代劳

偿鹿 赤虎 取箭 花鸭
乳猫 白龙 戴冠 小狸

带铃 辟恶 豺跪 禁杀
入衣 御灾 豕交 好屠

抱卧 谢母
赋偷 配人

花边立 眠玉簟 深巷吠
月底看 带金铃 宿客迎

寻漏迹 西园弄 袖税狎
蹑遗踪 东方烹 摇靴呼

迎宿客
吠屠人

狺狺迎吠　投井降雨
累累丧家　礫道止风

晋使啮盾　既名獒献
桀令吠尧　亦号左牵

相骇缁素　牙如交戟
肇祸梅花　目似流星

礼有敝盖　嫁女而卖
诗咏重环　兔死当烹

动不可禁
割之犹蠕

21. 牛

文角　践苇　锄雨　燧尾
花蹄　蹊田　耕云　运粮

舐犊　逐草　荷轭　背稳
角犁　卧花　服箱　鼻柔

紧体　白角　厌白　石刻
促身　青毛　垂青　谷量

资稼　执靷　卖老　不畜
宜稌　衅钟　饭肥　莫尸

啗盗　角美　践苇　用革
宴豪　口伤　犯禾　有皮

秋宜　始驾　游牝　有牧
夜鸣　肇牵　通淫　不蠡

鼻听　还婿　逐兔　执鼠
乳偿　偿甥　灌蛇　问夔

六尺　折角　善触　倒石
十围　骈蹄　易牵　载沙

和市　卧水　资骋　变白
禁屠　当风　犒师　涂蓝

百里饭　背画字　庖丁解
宁戚歌　角挂书　老子骑

桃林野　买乌犍　角和礼
杏花村　生白犊　毛中牲

�十倍　乘将相　牵辕外
亡一毛　祈鬼神　杀塚间

牧泽薮　毛垂地
设福衡　角抵墙

丙吉问喘　田单用火
介葛辨牺　龚遂卖刀

喘惊夜月　风马不及
耕破陇云　鼷鼠忌伤

伤口改卜　涂泥求雨
用犊贵诚　踏石成花

占为军事　角有三色
候示农耕　香称四膏

洗耳为辱　求草令饮
蹊田见夺　断刍置门

头白身黑　骨如履斗
肉美皮温　角若担矛

筋如小竹　粪成肉酪
蹄若莲花　皮化袈裟

黄钟满脰　牧儿舐白
白绶在腰　犊子牵黄

握角合礼
騂毛中牲

22. 羊

羵首　子证　跪乳　短角
长须　士刲　触藩　轻蹄

叱石　细肋　五羖　似雪
啖珠　柔毛　六飞　若丹

土怪　白血　攻虎　千足
岳精　丹毛　将狼　五皮

絜尔　割尾　丧易　毕升
来思　捋须　亡歧　下来

畜扰　火畜　望翼　烧尾
通淫　金精　取脂　悬头

对角　六角　易牧　善斗
剪毛　九头　宜驱　压群

辍肉　化石　格虎　挂角
蒙皮　吐珠　负鱼　断脐

种土　给膳　畏露　远视
出渊　谋羞　喜盐　长生

索帖换　羸其角　舌为族
借书投　麾以肱　鼻号公

亏狐腋　名从兑　相公食
假虎皮　义释祥　学士羹

高三尺　献子执　毛裹雪
重十斤　郑伯牵　角触藩

骨鎔铁　尾如马　碧落洞
脂柔银　角乱犀　金华山

斗海岸
上峭山

一岁曰狣　触藩羸角
三百维群　捋须得珠

时令宜黍　卫玠在洛
周礼饰羔　晋武平吴

竞求竹叶　金华白石
咸观璧人　西岳玉精

持节苏武　妆点芳草
穿井季桓　踏破菜园

具三十物
赐八百蹄

23. 猫

白老　白凤　蒙贵　鼠将
乌员　紫英　雪姑　虎威

献议
制名

搏鹦鹉　穿柳聘　胡书卷
号麒麟　裹盐迎　卧花阴

带金锁　与裴諝
卧锦衾　讽蔡京

洗面有客　呃喉良娣
拱手能言　藏笑奸臣

图形荼肆　奴既名女
征梦堂前　哥还称仙

过江投纸　眼如一线
就洞呼仙　价值数金

四季捉鼠
五德如鸡

24. 鼠

有齿　穴社　烧尾　松狗
无牙　饮河　易肠　社君

家鹿　舐墨　绛帻　衔轴
穴虫　窥灯　白衣　捧珠

食火　衔炷　金室　尾白
饮泉　啮鞍　玉星　毛苍

无骨　腹白　尾短　盗米
有皮　背苍　爪长　啮衣

出穴
横庭

毫制笔　在冰下　缘铃索
皮作球　居大中　击琴弦

寿三百　养会稽　大为硕
肉万斤　见芳林　小是鼷

名地伯
号夜猴

翻盆谁执　吐肠无骨
忌器难投　伏犬食蛇

拱穴而楫　或守在室
凭社以居　亦舞于门

衣褐而谒　鸱衔空吓
乘马以行　驾化何常

射得三子
算减一升

（三）鳞介

1. 鳞介总

蛙鼓　白蟹　鱼沫　月蛤
鼍梁　红虾　蜃涎　风鱼

鱼尺　鼍吼　贝阙　蟹稻
龙梭　蛇吟　龙堂　鱼秧

月蚌　佛蛤　海马　竹蛤
云螺　神螺　江豚　芦虾

鲨虎　锦鲤　蜃甲　雪片
豚鱼　珠虾　鱼丁　银花

珠蛤　鱼枕　翠蜃　螺斗
石虾　蟹筐　琼鱼　鲎帆

鲛室　蛤柱　海月　蜃穴
蜃楼　鼍梁　沙虹　螺房

海扇　珠母　吐铁　吠蛤
江瑶　蛎奴　吹沙　飞鱼

斑蛤　鱼妾　鱼婢　稻蟹
癞鼋　蟹奴　虾姑　梅虾

无肠蟹　万年蛤　芦根蟹
缩项编　九吼螺　藿叶鱼

长须国　藏珠蚌　拳丁蟹
多足儿　拥剑螯　屈乙鱼

金色鲤　团脐蟹
玉花鲈　巨口鲈

汉阳献蛤　刘纲吐鲤
龙伯钓鳌　毕卓持螯

詹公钓鲤　琴高乘鲤
子羽斩蛟　董父豢龙

2. 龙

在沼　赐氏　风举　衔烛
止郊　纪官　云从　负图

阶木 乘水 赤带 投杖
跃渊 腾云 翠鳞 挂梭

宿属 矫首 莫智 行雨
云从 存身 无求 乘云

奋翼 易骨 解角 威骨
跃鳞 变形 取肝 采鳞

守藏 割耳 畏铁
听经 点睛 吐金

类天马 葛陂杖 四灵首
疑长虹 雷泽梭 五位中

鳞错落 角司听 甲藏雨
首蜿蜒 目弥精 领带风

骑黄帝 生山泽 子明钓
迎安公 在宫沼 方士吹

蟠玉渊 寄窑下 依积水
御素云 隐镜中 困泥沙

萦马足 投虎骨
育蚌胎 出燕巢

配乾有象 允称神物
作解无形 既号智虫

九色随驾 董父见扰
五彩负图 朱氏学屠

盘桓温室 助隋骧首
卧南阳庐 为禹负舟

鳞既成字 六即卞氏
膏亦为灯 八为荀家

渍以复活 针而见负
吹之即长 觌之不求

见兰陵井 窥叶公牖
献武功池 登李膺门

子先茅狗 马师治病
方朔布裳 夏后藏漦

张华食鲊 骨在栋上
汉帝赐羹 蜕于树间

华阳劚耳 珠在颔下
鲛人织髯 盐出鳞间

化如蚕蛹 人莫学御
视犹蝘蜓 德不妄为

3. 蛟

细颈 交尾 食虎 枕石
小头 连眉 化龙 裂山

得水
萦天

枕桥卧　蟠石瓮　成美女
率鱼飞　蛰污泥　化小童

骨青无角　寒藏秋水
瘿白成围　怒起拏云

发洪蛇雉　澹台投璧
祷过鸳鸯　汉武射江

未畏雷击　为鲊方喂
堪投董符　得珠奈何

4. 蛇

眼听　大泽　乘雾　食鹿
胎生　常山　腾风　化蛟

肥遗　游雾　饮露　黑螟
钱龙　吐云　怜风　青蜂

赤颈　龙类　铁甲　乌翼
黄喉　鳞虫　金星　鸡冠

山蚓
茅鳝

画添足　衔珠报　头角露
击先头　打草惊　甲鳞成

玄俗下　啖童女　含土蛰
华佗医　化老翁　伏地行

君谟凭鼓　黄公术制
周询垂栏　董奉符诛

断而后续　出乎象骼
蛰以存身　乘彼龙星

毛若彘豪　逐鼠惊士
音如磬声　留箧扰民

绕柱肇祀　黄帝采药
盘帐旋师　五丁拔山

叔敖转祸　刘秀不惧
薛浚考祥　乐广解疑

李密衣带　方渠异泉
冯绲绶笥　途云珍珠

偃师牛吼　横斜谷岭
仙谷犬飞　陷武强渊

恚怒受报　秦瞻脑内
暴酷化形　士禹鼻中

杀之被震
祷而得泉

5. 龟

置室　朱字　金线　锡范
支床　绿毛　锦文　披图

曳尾　离象　三足　六室
刳肠　坎居　六眸　十朋

五总　北斗　黝服　食竹
九畴　南辰　绣裳　巢莲

象地　四品　养气　白若
法天　十朋　含神　赤灵

升木　朱字　神室　元绪
巢莲　黝文　督邮　大蒙

爰契　不告　杞骨　游焰
先知　有知　负图　辟尘

耳息　食蟒　负阁
胃鸣　呷蛇　戴山

出江水　助衰老　游草叶
在嘉林　明吉凶　食竹萌

上春衅　戏衣袖　青玉匣
季秋登　畜盆池　琉璃瓶

传科斗　旋卷耳　悟孔愉
见天文　处嘉林　寿黄安

蓍下伏　决硕画　宅深水
莲上游　稽大疑　出灵池

居鹊尾　化女子　投淮水
解人言　挑宫人　放银坑

寿考物
先知君

玉灵夫子　怀星拖月
洞幽先生　负字衔图

法和画地　报德毛宝
张仪筑城　呈瑞魏文

形分俯仰　玄衣督邮
寿别神灵　缁服大夫

元逊糜溃　文成列宿
余且网罟　名曰时君

卜洛斯食　赤文朱字
比筮为长　青纯苍光

王琼画瓦　留京免溺
子融咒杯　郄俭不饥

镜照则溺　绿衣使者
泥里而肥　洞幽先生

内肉外骨
背阴负阳

6. 鳖

挟弹　浮沫　穹脊　破足
吐珠　爬沙　大腰　伸头

无耳　影伏　解怒
有群　思生　补阴

傍玄圃　戴乌帽　畏马溺
随钓台　曳罗襦　应鼍鸣

长沙贡　在山上　能飞跃
颍水亡　放沟中　使跳梁

把箸笠
渡篆桥

动则随日　朱钱若血
静而伏渊　黝垩如周

渔傍玄圃　妖能击鼓
献随钓台　奇堪衔赋

醉死何苦　颔如龟状
把箸堪哀　蛇化鳖形

叩头流血　金丸丞相
昂首长吁　裙栏大夫

7. 鼋

负岛　九肋　抃舞　染指
为梁　三足　蹒跚　穿缸

攻岸　啮虎　连肋
饮江　致鳖　癞头

河伯使　大一亩
醉舌公　重千斤

或能啮虎　见屠古冶
反畏潜蛟　示谶桓温

休贪饼饵　穹脊连胁
枉号将军　随月属阴

号河伯使
封醉舌公

8. 鼍（扬子鳄）

攻岸
为梁

鼓堪彝　鳞如铠
枕尤长　鸣应更

性偏嗜睡　八风乐律
形似守宫　十二肖肉

长鸣识雨　雪城图岛
吐水向阳　夜月乘航

假官李鹬　谣同龟背
见魅武昌　龙号猪婆

与鲛同取
由鳄而生

9. 蛙

井底　惊梦　两部　锦袄
池中　聒人　六更　绿衣

纡紫　月下　生釜　制蚤
拖青　雨馀　游池　去蚊

青草岸　无理闹　土底鸭
绿莎洲　不平鸣　水中鸡

徒自闹
为谁嗔

惊吟草梦　努眼胀腹
唤惜花心　接腋持颐

背生芝草
颔有丹书

10. 鱼

在藻　伏矣　纵壑　莲戏
依蒲　悠然　吞舟　萍开

游泳　濯锦　守夜　贯柳
噞喁　寄书　知更　忘筌

掉尾　小白　赤骥　九尾
矜鳞　王馀　白骐　双环

吹絮　记月　玉尺　玉鲙
唼花　戴星　金梭　银鳞

有翼　若兽　青目　虾尾
无鳞　如蛇　黑身　虎形

白腹　锯齿　毒尾　秋化
斑文　霜牙　珠文　春来

片立　象獭
双游　似牛

千丝网　庄生乐　濠上乐
独茧纶　张翰思　镜中春

溉之釜　辛策策　临渊羡
丽于罶　庚堂堂　结网求

金作屑　水中箭　北溟化
玉成堆　盎里梳　南海飞

不反白　胆如石
如抹朱　目成珠

詹何能钓　或钓于渭
宿沙善渔　亦观乎棠

昆明刻石　燃膏作烛
浪水凌云　坠眼为珠

得书加饭
通梦延龄

11. 虾

好跃　钺鼻　蝗化　海马
善游　磔须　芦生　沙虹

无血
长须

须如戟　张网漉　须作杖
脚有钳　编竹捞　壳为灯

附水母　乘霁暴　肆大海
比江瑶　绕岸摇　号长须

稻花变出　能成丹石
草履捞来　似着青绡

衫披白角　一双红箸
身作水晶　几股花簪

12. 蟹

被甲　拥剑　玉质　多足
拳丁　横戈　金膏　无肠

退壳　敌虎　奔火　食土
易螯　夹蛇　附明　如钱

湖解甲　肥过稻　螯斫雪
海输芒　饱经霜　壳含黄

螯如钺　含黄伯　双螯黑
壳似筐　夹舌虫　一背红

广千里　黄金甲
直百钱　胭脂斑

作江湖使　似鹦哥嘴
居草泥乡　矜虎豹文

樽前风味　一灯水浒
口里雌黄　九月清霜

方经稻熟　跻随秋水
来伴菊黄　舍伴渔庄

膏胜凤喙　壳若鬼状
花贴金笼　行有琴声

13. 蚌蛤

吸月　玉洁　箝鹬　赤蚌
筒珠　花斑　斗龙　玉珧

晞曜
含浆

沙田种　陋蛟室　侵灯影
泥蚌捞　掩鳌山　攒锦囊

白似雪　颍川石　游五岳
细如鳞　东海潮　出双珠

龙蟠留迹　孕珠彩焕
罗汉潜形　明水流津

作金珂饰　海中挂席
生锦绣洲　水上张帆

14. 鲎

翠甲　脆壳　激箭　为酱
惠文　巨螯　为樽　爬沙

瓶罂忽至　霜冷龟壳
江海卷来　雾掩珠胎

仙衣使者　入吴都赋
典酱大夫　注郭璞书

山形赑屃
帆影虚无

15. 螺

居坎　饰镜　吹角　紫贝
象离　为杯　含香　鹦螺

测海　入蛭　形锐　畏雪
行沙　变虻　性寒　吐光

名君子　休测海　台可筑
号长生　学闭门　舟自沉

花下酌　似鹦鹉　遍呼蚬
寺中吹　出蓬莱　却近蜗

鲦镜背
为酒杯

或红或紫　曾惊素女
亦青亦文　自说泉神

头旋似髻
掌细如纹

16. 蜃

雪晓
雨来

疑贝阙　狂吐气
近海门　每迎潮

盈虚随月
变化成楼

(四)虫豸

1. 虫豸总

竹虱　风蝶　花贼　绀蝶
蒲虫　露蝉　黍民　锦蜂

喧蚁　蝇虎　天马　土鸭
战蜗　蜗牛　春驹　木骡

灶马 螂斧 蚁睫 蜗角
醯鸡 萤灯 虱心 蝶须

梦蝶 蚁市 委黍 歌女
囊萤 蜂衙 守瓜 活师

舆父 脉望 负版 即炤
网公 鞠通 守宫 伊威

庄蝶 冷蝶 水马 蚓笛
曹蝇 饥蝉 天鸡 蝉琴

蚁梦 豹脚
蜂情 马头

穿书蠹 知雨蚁 花作蝶
爱墨虫 冒霜萤 草为萤

双眉蝶 金翼使 花里活
两角蜗 玉腰奴 雨中燃

依井蝶 蛾时术 封户蚁
夜潮蜂 蠖求神 课衙蜂

含沙射影 蝼蛄表瑞
奋臂挡车 大螟为祥

啮桑为蠹 喓喓草虫
守瓜以餐 趯趯阜螽

蜂虿有毒 楚王食蛭
蚯蚓无心 太宗吞蝗

有足无足
纡行仄行

2. 蟋蟀

泣露 居壁 懒妇 系紫
吟秋 在堂 王孙 抱黄

草根 促织 惹恨 月冷
床下 悲秋 牵愁 风清

金丝额 轩窗冷 解人意
白马头 机杼忙 识天时

旅人断肠 豳风历历
思妇心惊 士心瞿瞿

入笼性忌 蓑衣锦色
代管音清 束带金装

写琴声苦
悲菊梦长

3. 蚕

成茧 马首 虎色 缀簇
吐丝 蛾眉 龙精 出筐

风戾 斗茧 五色 分茧
火生 冰蚕 三眠 缫盆

饲柘 不帛
食矾 既蚕

乡贡八 栖香草 声如雨
宫缫三 食柔桑 蜕若蝉

中琴瑟 苑窳氏
覆雪霜 马头娘

二十七日 种疑龙女
一百廿枚 祭是马娘

巧娘别号 桑林化女
大士前身 香草飞蛾

弥罗碧色 蛾飞治茧
曲靖精缫 蜂多卜丝

4. 蛾

触焰 留影 粉面 忍死
附炎 候明 锦袍 轻生

细于黄睫 宫女艳魄
渺尔慕光 园客香茎

5. 蜂

洒蜜 露酒 酿蜜 输国
带花 花粮 垂芒 供王

玉室 趁暖 腰细 作蜡
金房 报衙 身轻 饮香

蚴蜕
蠓蜹

翼汲水 分户牖 花黏股
股负香 别君臣 粉上须

吐饭戏 集岩壁 军旅诫
缀衣谗 食田苗 怀袖惊

随风舞 朝露出 房纳卵
镇日忙 别烟归 窠似钟

贾萌车上 建安逐贼
袁谦船中 平逢结庐

身如赵后 海门潮上
腰比宓妃 花屋香残

6. 蝶

凤子 薄翅 玉屑 傅粉
春驹 修眉 金钱 偷香

舞巧 访绿 粉翅 依草
飞高 搜红 香须 绕篱

庄叟 红醉 薄命 柳幕
韩生 绿眠 多情 花房

入梦 如燕 过蔓 依桨
戏园 随蜂 穿花 绕篱

粉翅
玉腰

滕王画　花晒粉　愁燕接
谢逸诗　玉飞钱　怕莺捎

庄周梦　飘兰径
韩凭魂　舞花丛

窃香韩寿　香随妙妓
傅粉何郎　捉放宫人

三春及第　叶化为蝶
五彩相谐　木蠹生虫

宿花争絮
傅粉窃香

7. 蝉

饮露　高柳　牵恨　爽月
含风　绿槐　感愁　斜阳

心净　翳叶　说露　嘶月
音清　抱枝　谈风　吟云

翔水　噪柳　五德　壳蜕
嘒庭　鸣榆　八名　螃鸣

鸣柳
噪林

双翅薄　惊楚客　村墅侧
一身轻　怨齐王　柳荫中

风作使　一树碧　春梦觉
柳为都　五更疏　午阴圆

不知雪
徒吸露

空庭人静　荷花香晚
小苑日长　柳絮风轻

乘风翾翥　幺麽无力
应露鸣嘶　采章有緌

王充不捕　耀而见获
少孺沾衣　鸣不失时

掇之有道　何戢画扇
黏其靡遗　宋异集冠

翼为魏鬓
緌入赵冠

8. 萤

照书　草腐　点点　露湿
隔幕　星流　荧荧　烟温

星乱　昼伏　破瓦　穿幔
雨燃　宵征　颓垣　藏烟

化草　晖夜
流金　景天

吹不灭　宵行客　添个个
洗还明　夜照珠　弄辉辉

入帘巧　随风堕　纱笼拾
映水飞　带雨明　罗扇招

曝衣楼上　微沾仙液
承露台前　乱拂香裙

抛残夜珠　景华宫里
点碎秋磷　车胤囊中

9. 蜻蜓

承露　池畔　点水　上下
啄蚊　园中　舞风　往来

独立　不定　翅薄　款款
双飞　自由　腰轻　亭亭

食尾
埋头

踏萍叶　钓丝立　悲秋雨
傍汀花　金线笼　立晚凉

红香内　轻于蝶　云母翅
绿影中　瘦似蝉　碧玉睛

芳名白宿　绀幡海味
少字青亭　赤弁丈人

埋头起舞
食尾弥甘

10. 蜘蛛

雨后　机巧　垂户　报喜
檐前　轻微　巡檐　吐丝

络妇　裂网
网宫　断丝

吐纤绪　挂蜓尾　杂花幔
罥落花　黏蝶须　傍珠帘

花乱锦　挂枝上　啮寺僧
露垂珠　收腹中　哈幼儿

绩无求蟹　恢恢不漏
结若羡鱼　札札有声

晋君称智　翟尉托讽
太昊拜师　杨姬借嘲

11. 螳螂

有勇　拒斧　长颐　青臂
无声　当轮　轻身　红绡

当辙
捕蝉

吸风饮露　趯趯槿杜
隐竹窥篱　翘翘萝架

秋蝉遭捕
异雀相寻

12. 蚁

队伍　依垤　拾笠　趋秽
君臣　穴槐　渡芦　慕膻

戴笠　列阵　撼树　徙穴
穿珠　成行　溃堤　成峰

娱意
弃知

惊若象　行磨上　经古藓
听为牛　入砚中　上枯犁

荐俎豆　占雨至　郭璞赋
漏山阿　验水灾　应璩思

力举铁
翅若金

罗密见获　黄应西魏
道在何亏　赤象南齐

聚如营洛　进疑旅雁
散似居邠　止拟群羊

辨其蚼蟓　槊端刺肉
分此蠬虰　砚里观鱼

兼弱微识
时术自资

13. 蚓

蟮屈　雨见　宛转　善引
蛇行　暑鸣　夤缘　苦长

诘屈　鸣砌　孤韵　吐壤
呻吟　饮泉　壮声　穿堤

深藓里　歌女怨　腔长短
落花中　水龙吟　穴浅深

吟来孤枕　戟门槐穴
篆到深堂　螺壳菖蒲

形同画柳
声可煎茶

14. 蝇

鼓翅　扑面　搅寐　骥尾
摇唇　穿裳　戒谗　鹰头

蜩翼　渍酒　传赦　染白
蜂冠　点屏　刺谗　点缁

点玉　隐字
负金　乱声

抛豆击　集瓜上　钻故纸
拔剑驱　萃笔端　生积灰

茅根化
稻草祛

常污白璧　呼朋引类
若负黄金　逐气寻香

青衣童子　交足摇翅
白发麻翁　喜暖恶寒

联诗愈疾
集群鸣冤

15. 蚊

一粒　运扇　扑面　昼伏
通宵　熏烟　露筋　宵飞

佛子　吆喝　虫化　长喙
天驹　贪婪　火攻　细腰

成市
聚雷

难见影　樱桃饱　足有文
总闻声　柳絮饥　嘴生花

麻叶逼
艾烟熏

投闲抵隙　焦螟巢睫
乘暗幸昏　豹脚群飞

负山无力　碧绡轻隔
作市徒劳　丹鸟能吞

知礼不食　草生虫化
啮肤难堪　昼伏夜飞

16. 虱

指殖　扪撮　气孕　蚕出
牙攻　爬搔　胎成　蚁缘

反得蚤　投床下　絮毛脚
俄成牛　斗衣中　垢腻身

解衣觅
对客扪

形渺一黍　须游相国
质无半铢　腻念阿房

撮亡一爪
扪得两头

17. 蝗

责己　免税　蟊贼
去官　害田　螟虫

捕使者
随督邮

募民易粟
诣吏受钱

七、植物部

（一）总说

风桂　雨藓　禁柳　坞竹
雪芝　烟荷　井梧　篱风

椽竹　厨蓮　官柳　女草
瓦松　砌蓂　帝萝　郎榆

尧韭　鹿竹　龙竹　凤竹
舜梧　牛芸　虎蒲　龙松

羊韭　孝草　仁草　寿柏
鹿葱　贞松　义松　贞桐

毛竹　苦竹　涩勒　蛇祖
刺桐　甘棠　扶留　凤仙

虎仗　蝭母　竹母　竹祖
蛇床　鼠姑　松公　桐孙

竹弟　芝友　松友　槐爪
松兄　竹君　草兵　槿心

枫骨　桐乳　兰眼　槐瘿
藓皮　柏脂　柳眉　竹胎

柳颊　藓骨　松鬣　草眼
梅须　花须　竹毛　柳腰

藤骨　松髓　竹手　竹乳
柳腰　竹肤　花膺　苔须

花骨　葵足　兰魄　竹泪
藓鳞　竹头　竹魂　梅魂

花梦　柳意　枫缬　楸线
柳魂　花情　柳绵　柘丝

柳絮　萍锦　荇带　柳带
蕉丝　桃珠　苔衣　藤衣

柳线　竹粉　蒲笔　芝箭
茅针　松钗　菊钱　芦锥

荷盖　柳老　松健　篁媚
蓬房　莲肥　菊贞　柳娇

花睡　柳卧　竹啸　梅觉
草苏　松吟　松鸣　柳知

柳拜　竹撼　关柳　人柳
花牵　藤缠　市槐　女兰

鼠梓　虎葛　福草　苔锁
鸡桐　凫葵　祥桑　藓缝

鼠耳　桂子　梅子　柳眼
乌头　枫人　竹孙　梅腮

菊靥　柳脸　柳脚　花乳
蕉心　兰心　莎髯　箨鳞

菊脚　榴锦　兰甲　蒲剑
松肩　草珠　草袍　棘针

柳浪　松妒
松涛　花嗔

春月柳　经月藓　迎凉草
晓霜枫　耐霜莎　纪闰桐

屏风草　过墙竹　缘坡竹
萎露荷　对户梅　挂树藤

淇澳竹　南涧藻　长亭柳
峄阳桐　上宫兰　上苑梅

新甫柏　高堰柳　君子草
景山松　小篱梅　大夫松

公孙竹　王孙草　居士竹
姊妹花　帝女花　羽人枫

先生柳　仙人桂　渊明柳
处士梅　隐士松　和靖梅

益母草　宜男草　云母桂
抱娘蒿　侍女花　月精芝

金线柳　金铃菊　僧鞋菊
玉簪花　黛笠松　佛手蕉

裙腰草　书带草　断肠草
磬口梅　酒杯藤　卫足葵

浑心竹　无心草　多情草
大眼桐　没骨花　巧笑花

和事草　相思柳　忘忧草
养神芝　称意苔　解语花

连理木　龙公竹　龙脑菊
合欢花　虎子桐　芸胎芝

鸡头竹　人面竹　凤尾草
鼠耳槐　象蹄花　鹿胎花

藏鸦柳　三眼柳　三花树
覆鹿蕉　百尺桐　九节蒲

平安竹　雌雄竹　檀栾竹
灵寿花　富贵花　偃蹇松

颠狂絮　参差荇　玲珑竹
稳重花　散聚萍　窈窕萝

花欲语　花作伴　梅作客
柳如痴　竹相邻　竹为朋

(二)木本

1. 木本总

祖竹　虎梓　浅黛　艮节
孙桐　虬松　浓阴　坎心

苍翠　鸟择　柏麝　径筱
青葱　莺迁　松羔　庭梧

交让　御柳　门柳　带雨
长生　宸枫　井梧　经霜

凤首　孝竹　枫子　衣锦
龙鳞　贞松　桐孙　流红

拳曲　合抱　青士　如醉
玲珑　参天　苍官　欲燃

碍日　平雨　并枕　连理
摩天　聆风　成帷　三围

干庶　春德
条枝　震方

仙人桂　桑八百　三眠柳
隐士松　柳三千　百尺松

名贞女　淇园竹　苍髯叟
号隐夫　江岸枫　碧玉君

龙孙竹　合欢树　两窗竹
虎子桐　连理枝　一庭松

银塘柳　垂露叶　松偃蹇
金井梧　拂云枝　竹平安

树君子　飞蛱蝶
坐将军　化鸳鸯

将军汉坐　性抱曲直
大夫秦封　名被荏苒

安能释鸟　金刀剖食
只可从绳　玉膏泽根

棁榱丽饰　甘棠听讼
桂兰芬芳　温室无言

慈竹孝竹　榖宜作纸
姑榆郎榆　柘可为弓

不灰或见
返魂难期

2. 松

马鬣　翠粒　筇节　攫兽
龙鳞　苍鳞　藤瘿　蟠螭

雪友　雪干　影小　盖凤
兰兄　风标　翠浓　藏蛟

瘦甲　本性　飘蕊　顽干
苍髯　坚心　凝香　古根

系马　鹤骨　披露　侵井
栖鸾　虬枝　舞风　入楼

鹤影　风碎　劲节　郁郁
琴声　石蟠　贞容　森森

玉骨　傅粉　高节　负雪
仙风　养和　奇文　排烟

夏社　挂剑　霜老　鱼甲
秦封　礼茶　岁寒　龙牙

带月　胜友　青实　龟伏
迎风　大臣　紫茸　鹤栖

鸾倚　鱼甲　东向
龙盘　龙牙　西靡

霜雪操　栖五凤　龙蛇老
栋梁才　集九仙　风雨生

干霄势　涛声吼　山中色
构厦材　月影欹　洞里春

君子树　停华露　丁君职
大夫松　扇飞云　叔夜村

凌云直　三冬绿　条如柳
望岭齐　六月寒　子似珠

紫烟集　擎日月　如插柳
清露沾　撼风雷　似枯槎

超五王　霜皮紫　舟楫器
贯四时　烟叶稠　冰雪姿

百木长　声清耳
千岁材　露滴身

脂凝琥珀　枝通猿路
韵奏笙簧　叶断禽踪

芝名飞节　花幢雪压
石号康干　翠盖烟笼

李膺烈烈　嘉隐辩对
和峤森森　彭城赋诗

树于驰道　古藤把节
封之泰山　穹石埋根

燃节读书　庾肃为赞
闻响赏心　蔡孚赋篇

本伤末槁　花飘僧扫
等地齐天　子落鹤闻

3. 柏

殷社　积雪　赤实　麝食
汉台　凌云　黄肠　乌栖

香叶　蓊郁　鹤骨　节劲
苦心　森罗　龙姿　皮枯

溜雨　落子　藏蛇　绀叶
经霜　流肪　化石　紫鳞

龙嗅　侧叶　拂席　佛性
雁冲　横柯　抽簪　苍官

后凋质　声疑雨　受甘露
不老身　影类云　含古香

青不改　三十丈　龙应蛰
绿偏浓　四十围　鹤更盘

殷人社　苍龙伏
卫国舟　赤燕飞

霜皮溜雨　皮缠鹤骨
黛色参天　顶转熊腰

清荫苒苒　根拿怪石
绿雾纤纤　节驭苍苔

长廊夜静　寒声入夜
古殿秋深　翠影笼秋

仙家之饮　汉宫饮酒
山人为居　邶国泛舟

蝠插则死　殿后立鹊
麝食而肥　府中集乌

4. 桧

老干　雁翅　鹤骨　婆娑
灵根　龙筋　龙腰　夭娇

柏叶　埋雪　朝日　耸壑
松身　凌霜　升龙　参天

根拿石　临月殿　翠为盖
节驭苔　入风檐　石作身

梁栋选　青麈尾　名御爱
风雨声　黑龙鳞　号白公

昂霄干　经千古　声疑雨
傲雪姿　倚五云　影胜云

阙里鼻祖　将军帐外
濑乡耳孙　仙客洞前

叶垂鹤发　阴笼白鹤
干耸龙皮　影动苍龙

森罗映日　太清左纽
偃蹇卧云　灵坛再生

备松柏体
散风雨声

5. 槐

夹道　鼠耳　巢雀　蚁梦
守宫　龙鳞　藏鸦　蝉鸣

月挂　叶绿　蓊郁　连市
云屯　花黄　扶疏　荫途

良木　学市　北陛　翠影
老根　官街　南柯　浓阴

荫殿
被宸

尼父梦　郎中识　覆灵沼
晋公栽　举子忙　蔽高岑

凭华殿　惊长荫　众木长
峙端门　响寒音　虚星精

风影乱　龙旗影　根贯石
午阴清　豹尾枝　叶礌空

一天雪碎　老而生火
十里阴凉　伤以被刑

仙方补脑　孝宽表路
药箓轻身　肩吾目明

酒泉有赋　驰道而伐
长安见歌　士冢常栽

玄音翳荟　士雄纯孝
白雀徘徊　官侯怀来

6. 梧桐

楚室　知月　青玉　银井
峄阳　成云　绿云　金床

风叶　鸾集　圭叶　履素
月枝　凤翔　凤条　题红

清响　一叶　影直　得地
好阴　三株　阴浓　凌霄

枝婀娜　裁作室　拂碧瓦
叶扶疏　削成圭　据苍岑

鸣夜雨　秋色老　依玉井
带晨霞　雨声疏　映龙门

先占月　横小阁　双凤宿
不禁风　坠寒砧　一蝉鸣

材难为弩　黄钟奇律
乳可为巢　玄雨灵滋

气淳独异　骠国缉毳
空中易伤　华阳绩花

农黄雅器　庄子据瞑
东南孙枝　成王戏封

玄溪托险　乘火而茂
齐地为宫　用贤则生

临平石鼓　愈轻愈重
南海鹓雏　半死半生

7. 桑

陌上　变海　沃若　重绿
墙头　通泉　菀然　柔青

紫椹　结幄　夹道　驯雉
柔条　凝阴　连畦　鸣蜩

蚕食　蚕月　玉笋　似盖
妇工　莺春　金刀　如云

逾实　沃叶　藏地　昢日
怀音　丑条　烘煁　知风

绿烟遍　仙人食　异器取
春日迟　帝女名　执筐求

五亩宅　青女脆　垂垂黑
千户侯　绿云团　续续青

双袖湿　迷春雾　倚飞观
满筐春　透夕阳　染柔蓝

西河社
南阳巢

暖风习习　绿阴徐度
晴霭油油　翠幄初张

千林雨足　野虞勿伐
三径云浮　戴胜方来

名传三辅　变海时暮
贡美青州　知风已枯

叶叶相辅　异器而取
两两同根　执筐以求

戏乘羽葆　五重羽盖
令探金环　六寸菩提

8. 榆

夹道　扇地　成荚　叠砌
裸民　为篱　辞柯　满庭

似铸　雨洗　悬履　铺地
难穿　风熔　食皮　隔墙

仙家近　供静景　露磨洗
倒影垂　买残春　春陶熔

星符天上　轻飞三月
火钻林中　薄缀五铢

铺排富贵　铸经新火
装点繁华　穿倩游丝

枝非贯朽　荷青同选
翠岂同腥　苔碧共鲜

种分赤白　性能扇地
类判雄雌　材可为篱

天上历历　采叶受赐
人间飞飞　居树得官

知心最善　食之长睡
比白更奇　茹则不饥

作羹而滑　为医色白
酿酒则馨　取火烟青

济阳六驳　白粉夹道
舍北九株　赤仄盈津

蝉鸣奋翼
雀啄举头

9. 柳

青眼　夹水　结带　拂马
绿腰　缘堤　染衣　藏鸦

学舞　牵恨　嫩绿　摇浪
呈妆　送人　深黄　惹尘

龙彩　干耸　妒蕙　眉细
凤文　荑生　欺梅　腰轻

袅袅　带雨　鸦穿　客舍
依依　含烟　蝉噪　歌楼

青眼　舞袖　织雨　搓绿
翠眉　宫腰　缫风　捻青

摇曳　飞絮　五柳　遮水
风流　游丝　三杨　拂溪

百尺　官道　鸭绿　醉眼
三眠　御沟　鹅黄　舞腰

赤叶　梁馆
绿条　隋堤

眉双敛　黄金缕　京兆市
手小垂　碧玉芽　曲江衙

大夫姓　红板路　花似雪
先生名　白门潮　叶如眉

留春色　经宿雨　黄袅娜
系落晖　逐香尘　碧婆娑

添愁色　千条露　青罗被
换旧条　一色春　金缕衣

烟外叶　深映月　虞兮舞
暖前枝　暗藏春　白也狂

因风起　三径雪　香满店
逐水流　一池萍　白铺毡

东门叶　荫清沼
北郭枝　蔚通衢

亚父营里　龙池带雨
苏小门前　上苑初晴

三千宫女　池塘细雨
十五纤腰　陌上和风

飘零扑絮　章台走马
离别折枝　洛里吟诗

独摇为号　嵇生煅灶
交让之枝　李氏蓝衣

树犹如此　荑抽浅绿
笛不须吹　芽点嫩黄

好风管领　红墙东侧
皓露沾濡　碧沼西头

晓烟卷去　朱门日日
夜月含来　流水年年

眼青过客　江南江北
眉锁长川　半雨半烟

汉南抛掷　武昌旧恨
灞上攀牵　少妇新愁

黄金色满　衣藏燕剪
碧玉光齐　管听笙簧

东君青眼　展禽家植
南国瘦腰　女娲坟生

含烟带雨
蘸笔缀巾

10. 秋柳

半翠　飞絮　凤翼　古道
疏黄　流丝　龙鳞　长堤

古树　阴薄　风老　影瘦
残蝉　枝疏　雨寒　夜啼

枝谁折　乌啼急　烟淡淡
花已残　客鬓疏　雨浓浓

树头蝉咽　淡烟疏雨
江上笛愁　叶落黄沙

渭城旧恨　客惊岁晚
白下新愁　人惜流年

清溪渡冷　萧萧马去
红桥板寒　点点鸦归

愁随风阵
暗逐雨声

11. 枫

霜晓　红叶　凤集　叶密
露凋　青林　鸦翻　山寒

楚岸　猿集　碎锦　露染
吴江　鸟群　馀霞　风飘

汉殿植　羽人化　三棱剪
骚人称　蜀锦翻　万千摇

枝干耸　化琥珀　致灵异
树脂馨　幻人形　刻鬼神

烟深千里　吴江冷落
红剪一林　巫峡萧森

浑如野火　叶无留碧
恍若晴霞　林半染红

晚霜方肃　节输篱菊
新雨才收　枝伴井桐

涧水千丈　秋林红蝶
华林三株　深坞翠霞

悬卵刺积　花放二月
翻锦朱殷　叶绚九秋

越巫愿得
术士共珍

12. 杉

老干　凌刹　虎爪　雉斑
贞心　攫池　虬身　鲸髯

掷枪杆　缩地势　凫舄影
束戟枝　拔山资　龙剑魂

七星排岭
孤树名池

13. 荆

齐杖
汉幡

廉颇负　试道次　花似雪
声子班　生门中　色如金

欢同干　黄鸟止
辞故枝　车毂生

14. 落叶

刻楮　逐水　霜剪　舞日
题诗　敲窗　风干　随风

点岸　寄怨　树秃　芳径
遍山　添愁　山空　斜阳

暮山紫　猿声急　三更雨
夕阳黄　鹤梦寒　五夜风

封樵径　兼萤度　坠竹径
铺石床　带雁飞　逐芦塘

阴全薄　飘摇舞　声瑟瑟
影半空　历乱飞　影萧萧

枝头霜冷　村添寒色
林下声干　涧碍浅流

入诗入画　郑公拾纸
禁雨禁风　坡老寻樽

湘波月冷　停车诗客
汾曲云飞　写怨宫人

虚窗入耳　琉璃剪就
曲径迷踪　翡翠铺成

一庭谁扫
几处频堆

（三）草本

1. 草本总

斗菊　向日　绛脸　玉蕊
迎梅　披云　锦苞　瑶枝

龙枣　翠羽　醒醉　嫩色
虎蒲　青袍　迎凉　柔香

带雨　起鹿　指佞　羊刺
凝烟　息鸡　护门　龙刍

解节　南浦　成蜜　积雪
渐苞　西塘　合丹　依阴

指佞　茀道　酿酒　结叶
表端　护门　煎汤　连枝

生户　积雪　向暗　树艺
映阶　迎风　依阴　夷茇

荟蔚
夭乔

如有意　知旬朔　渔舟岸
不知名　纪岁时　牧笛洲

映阶碧　连楚阔　啮五叶
入帘青　入秦迟　陋三花

红袖舞　攀红日　青节瘦
翠眉颦　照残霞　绿花圆

金盏小　色如玉　红穗满
道冠攲　形似簪　绿茎香

行水利
生池塘

姑苏台下　诗人梦断
金谷园中　离客魂销

细铺春色　青辉帘里
冷设烧痕　绿满窗前

分红间白　齐纨张野
拜雨揖风　楚练照川

檀心成晕　使之骑走
翠叶有芒　留与醉眠

秋悲塞外　菌芝彰瑞
春思江南　蕴藻通神

墙茨不扫　讶其兵状
道茀难行　骇于人形

邦生君子　文如鹝绶
德喻小人　色似青袍

池塘得梦　能使驰走
蓬蒿侵居　与留醉眠

生而成带
结以酬恩

2. 芝

翠羽　凤脑　紫笋　含气
朱柯　燕胎　玉茎　延年

红玉　蟠落　云气　玉殿
紫金　蝉联　夜光　琼田

红草　赤箭　雪母　泽漆
金兰　紫藤　月精　水精

商岭　蜜藕　凤翥　五色
谢田　玉脂　龙兴　九茎

三秀　两日
九茎　万年

松子服　似桂树　白云覆
汉代歌　如莲花　浮云翔

木威喜　如龙虎　科名兆
石桂英　成阙宫　年寿延

九华盖　涵德殿　合欢树
六英通　长乐宫　玉灵诗

龙兴凤翥　九龄坐侧
蟠错蝉联　博宁宅中

光芒萤火　苍然七色
屈曲龙仙　秀若三花

九光团聚　樊桃出渚
五德氤氲　石柱擎空

茅君三秀　独摇无耦
处士双麟　连理多枝

铜池异颖　符知石象
宝剑祥光　印悟金色

白莩冒雪　紫藤赤箭
朱宝光宵　云母月精

3. 兰

作操　入室　风泛　秋佩
赋诗　当门　露滋　国香

灵德　九畹　纫佩　素淡
高标　三春　洒衿　孤高

燕梦　绿叶　风汜
谢庭　紫茎　秋芳

善人室　养绮石　似君子
王者香　荫玉池　如美人

悲秋月　阶露叶　风吹乱
照春晖　径连香　雨引长

同心臭　郎官握　骚客佩
竞体芳　孝子循　郢人歌

君子折　供诗卷　溪涧碧
美人愁　入卧屏　箭砂红

发玄麝　灵风荐　影入浪
凝紫檀　清露溥　香拂衣

刈而卒　既穷谷
香自焚　生深林

根移楚畹　去疑仙子
开付东君　来是女郎

紫玉奇色　起林独秀
龙虎嘉名　固本丛生

琴台见识　翠羽群集
绮李逢知　彤霞竞然

花开浅碧　王维绮石
芽吐小红　霍定金钱

墅用以号　英浮汉酒
亭因之名　雪洒楚琴

还同莒赐　隔仓置水
耻学艾荣　按月培根

芳名鱼子　浓氲甚远
小字真珠　细穗偏疏

郎官在握
孝子循陔

4. 萱

翠叶　欢客　雅艳　绕蝶
朱花　宜男　清香　引蜂

近砌　忘忧　绿叶　仙骨
匝栏　解思　黄花　道妆

贵品　养性　细叶　嫩绿
佳名　娱情　长条　微香

欺草绿　含日丽　拥新翠
笑莲红　舞风长　明夕阳

阶前映　与菊乱　跗六出
堂北依　共葵倾　叶四垂

充盛饰　入风雅　同蠲忿
登内庭　应祯祥　呼疗愁

花绽凤爪　幽庭丹粉
叶分鹦翎　夏日金英

蜜香尤美　花名儿女
石畔弥稠　味荐俎羞

5. 菖蒲

表瑞　拜竹　叶瘦　石上
辟邪　吞花　根盘　涧边

鹭戏　剑叶　老节　风邋
鱼依　茶芽　孤根　烟磨

制扇　荐脯　岸侧　坚瘦
为裳　织帆　泽陂　辛温

文好食　生九节　好颜色
仙欢餐　感百阴　益聪明

香不散　碧节吐　状如竹
色常新　紫茸含　散为珠

盘龙骨瘦　五更弹雨
耸虎须长　两岸含烟

碧凝一寸　为书可截
青逾四时　匹柳宜春

金刀细切　玉衡散彩
玉斝清浮　尧韭敷荣

以之泛酒　濯泥常洁
见而始耕　渍水不污

形为狮凤　泽去数仞
列于石泉　盆生九花

药细金粉　离离苍翠
花形棒杆　两两鸳鸯

织之成席　秦皇系马
采以为菹　太守编鞭

溪边烟剑　轻帆送客
水上蠙珠　细履赴途

6. 苔

石发　点点　绿痕　印屐
水衣　鳞鳞　翠晕　依墙

钱满　满壁　生阁　鹤迹
金铺　半弓　满阶　蜗涎

绿毯　垢草　匝地　书佩
青琴　藓花　堆阶　卧枪

水仙发　浮鹅眼　春工巧
玉女鬟　织翠毛　夜雨零

青荏苒　花织锦　生穷巷
绿蒙茸　草成茵　远豪门

青肤转腻　新笋破绿
乌韭长封　落花收红

天台路滑　金光可鉴
石匮峰苔　理纸何工

蠙衣拂拭　文阶镂瓦
石发蓬松　碧地青垣

松封艾纳　若耶承溜
地布重钱　土马侵门

石葵翠艳　清芬可啜
海藻青痕　柔滑难言

7. 萍

翻紫　鸭褥　泛水　泛泛
浮青　水帘　约风　悠悠

千点　随岸　有实　鹤食
半池　拥槎　无根　鱼藏

犹卉植　清池寄　茵泛鸭
似菱浮　止水生　罽遮鱼

三分春色　听鹂桥上
一夜柳花　斗鸭栏边

一夕九子
面紫背青

8. 藤

弱影　野鹿　石合
纤条　地龙　金棱

寄乔木　抽晚翠　依松磴
掣斜风　挂悬花　长石台

草书字　数条远　蛇盘屈
结绳文　千朵垂　绳萦纡

弱蔓依石　神农尝药
繁英照潭　质子寄书

香凝岛屿
艳迎莓苔

9. 茅

为藉　苴土
连茹　赋蓑

燃五丈　会人献
卷三重　甸师供

小巫拔弃　微子请罪
吕尚坐渔　陆逊烧营

尧帝不剪
殷汤身婴

10. 蕉

新叶　战雨　凤尾　界纸
灵苗　翻风　书缄　抽书

绿扇　倒插　绿旆　洒洒
翠旗　斜欹　双旌　亭亭

着服　开扇　猎猎　听雨
脱衣　缄书　亭亭　披风

凉生榻　窗前绿　添午荫
色映书　庭外红　作秋声

鸣夜雨　和烟绿　棋声碎
战秋风　映日丹　扇影闲

风暗折　怀素纸　叶外叶
竹轻弹　坡老樽　心中心

障夏日
怯秋风

半床月色　叶垂鹦翅
连夜雨声　花挟凤冠

(四)花卉

1. 花卉总

解语　金粟　松棉　刺客
羞人　冰丝　醉粉　离娘

江绿　浮素　庭菊　人柳
海红　刺红　市槐　女兰

菊婢　荷鼻　菊面　兰眼
梅妻　蓼牙　兰腮　眉柳

菊脑 兰魄 杏缬 荷伞
梅头 梅魂 荷衣 菊球

菊傲 杏妒 梅怨 菊笑
桃顽 梅欺 桃羞 荷喧

梅觉 葵足 柳老 桐乳
柳知 蕉心 桃肥 桂脂

桂子 松健 杏雨 红药
桐孙 菊贞 梨云 紫蓉

金焰 不言 高烛 铃护
丹华 相映 重台 帐蒙

盖紫 罗剪 分种 卧酒
藏红 鼓催 寄生 洗妆

重叠 山馆 照水 珠树
交加 水村 临风 琼英

沅芷 山客 柳颊 兰翠
江梅 凤仙 梅须 菊珠

蕙媚 杏靥 蕉葛 巧笑
莲愁 荷身 芦绵 合欢

潘县 西子 檀板 姹紫
隋堤 杨妃 金樽 嫣红

红踯躅 香世界 深浅色
白芙蓉 锦官城 淡浓妆

桃叶渡 彭泽菊 千叶影
杏花村 武陵桃 百枝然

擎雨盖 珊瑚朵 兰名楚
傲霜枝 金线丛 菊姓陶

千灯焰 妍外净 胭脂萼
百和香 暑中寒 琴轸房

凌风桂 翻阶药 占风楝
避日槐 贴水荷 纪闰桐

玉山桂 重阳菊 高堰柳
香水兰 谷雨萍 小篱梅

先生柳 仙人桂 将军柳
处士梅 隐士松 罗汉松

渊明柳 桃花菊 僧鞋菊
和靖梅 柳絮萍 佛手蕉

五侯馆 河阳县 漏霞雪
四娘蹊 洛邑城 隔波云

合欢枝上 玉真未老
须蔓花中 笑靥频看

文官锦带　钵囊连理
姊妹罗襕　鼓子阑珊

红深指甲　鹭鸶艳迹
白衬蘋阳　蛱蝶芳容

数群金雀　玉蝉五出
千岁石兰　白鹤孤飞

春生龙骨　翩翩凤翼
风落象蹄　呖呖莺歌

千株红绶　金灯无义
一种青囊　宝相多妆

荧煌烛夜　燕子飘荡
艳冶迎春　莎罗旖旎

羞寒自蔽　金茎易老
含笑将翔　铁树未芳

2. 落花

燕蹴　坠白　风妒　积翠
莺捎　飘红　雨摧　堆红

鸟散　春减　月冷　绿暗
蜂黏　阴浓　烟空　香销

狼藉　蝶怨　坠粉　惹草
凄凉　燕怜　舞红　遮苔

莺啼树　回风舞　余香歇
蝶过墙　半面妆　几瓣斜

埋芳草　肌削玉　蜂蜜尽
上舞筵　脸销红　燕泥香

无人扫　春涧底　红雨乱
有鸟衔　晓风前　锦茵张

沉蝶梦　随流水　一溪乱
断人肠　逐晚风　三径迷

余香细细　谢娥堕翠
疏雨潇潇　西子遗芳

飘零蕙径　一帘红雨
吹入琴床　千树绿云

梨妆褪雪　东风楼阁
桃靥飞烟　流水池塘

武陵人去　一团蝴蝶
长乐春回　几处鹧鸪

金谷步幛　香沾屐齿
马嵬香囊　红腻廊腰

白句足咏　楚台云散
杜诗堪吟　汉殿香销

流莺惜别
流水无情

3. 梅

破腊　韵胜　冰蕊　绿萼
传春　格高　月波　紫华

雪后　疏影　东阁　玉颊
水边　暗香　西湖　檀心

香雪　玉色　雪骨　篱落
冷云　铁心　冰魂　水迢

春信　索笑　映月　绛雪
花魁　搜诗　舞烟　红云

轻晕　羌笛　春早　曲巷
嫩红　宫妆　诗新　短篱

清兴　隐士　冠岁　冷淡
嫩寒　癯仙　凌霜　清癯

竹外　酣酒　琼碎　驴背
墙头　饵丹　玉销　岩隈

枝横玉　寒彻骨　桃杏色
萼点珠　淡无言　雪霜姿

隙月观　仙姬步　倚修竹
凌风台　处士家　映清溪

雪为友　凌波子　广平赋
霜作媒　姑射仙　何逊吟

偏宜月　丹换骨　和雪折
不待风　酒凝脂　为诗寻

拂罗幌　三分白　铅粉退
下瑶台　一段香　蜡脂融

风无赖　无双品　葩五出
雪有香　第一春　蕊一攒

百花头上　动摇腊信
三友图中　勾引春情

冰池照影　瘦同杜甫
雪岸闻香　高抵袁安

孤山处士　园丁二本
绿萼仙人　驿史一枝

罗浮梦断　寿阳额点
艳歌曲成　玉照堂开

冰肌玉骨　胭脂一抹
月地云阶　玉蝶群飞

道人铁脚
相国石肠

4. 水仙

女史 梅后 淡白 汉女
仙娥 桃前 轻黄 洛神

仙骨 金盏 翠带 玉面
道装 玉盘 瑶簪 檀心

白凤 金皱 剪雪 宿月
翠虬 雪香 凌波 幻云

琴心冷 冰绡薄 犹带酒
酒面融 玉佩凉 不沾尘

翠羽帔 沉湘客 七宝贮
白玉箱 捉月仙 六铢轻

水中仙子 金卮照雪
波上灵妃 绿带拖云

露浓见影 冰心雪貌
风细闻香 道骨仙风

银台金盏 三山春梦
矾弟梅兄 一剪微痕

采菱何处 桃源漫问
鼓瑟谁家 萍水休嗟

冰心粉色
金盏玉台

5. 山茶

绛艳 玉磬 蜡带 玛瑙
黄香 宝珠 雪妆 杨妃

犀角 冷蝶 茉莉 赤玉
鹤头 寒蜂 珍珠 丹砂

宫粉 绿叶 滇艳
锦窠 红苞 海红

凌霜折 凋红玉 红百叶
带雨开 翦绛绡 玉一丛

绿裁犀甲 银丝金粟
红染猩唇 玉洁冰寒

春枝艳艳 花深少态
雨叶鳞鳞 叶厚有棱

枝繁似桂 苍枝老树
味胜名茶 劲节芳姿

6. 桃花

照水 绛雪 无主 销恨
临风 红云 不言 助娇

夹岸 玉佩 似笑 锦浪
成蹊 茜裙 无言 红霞

微雨 唐苑 村落 雨濯
暖风 武陵 仙园 烟滋

明媚　剪锦　红萼　电采
纤秾　裁绡　芳心　霞光

素颊　翠幕　叠彩　红脸
红腮　华池　重绯　丹唇

甘实　青色　红萼　缃核
秾华　紫文　青花　绶花

宜五沃　生玉岭　洛阳路
已三偷　植霜园　武陵源

红心玉　落红雨　艳外艳
淡生香　乱碧溪　花中花

沅水色　含晓露　迎风笑
武陵春　笑春风　带雨浓

微醉日　蜂蝶使　无双艳
渐流霞　绮罗丛　第一花

日休赋　深兼浅　儿醶面
禹锡诗　绿间红　女专房

络丝白
过雁红

玄都观里　去宜流水
金谷园中　来是仙源

风凝笑脸　半开半落
露泣啼妆　乍雨乍晴

施朱施粉　十分春色
倾国倾城　一种天香

离魂倩女　妖姬唇点
新寡文君　李女颜开

去年崔护　情伤紫陌
前度刘郎　肠断东风

泥丸布锦　折花娇女
醉墨成花　簪髻太真

花笺特异
丝履偏轻

7. 杏

裴墅　唐苑　红脸　粉薄
董林　孔坛　绛唇　红轻

高艳　野店　蝶恋　绣野
幽香　山桥　莺迷　烧林

娇翠　霞卷　遮柳　南阳
艳红　云舒　间梅　午桥

祠夏
占秋

红影碎　含章殿　冰绡叠
绿阴繁　碎锦坊　绛蜡融

枝头闹　羞春暖　翠英绽
日边栽　怯暮寒　红艳新

小桃谢　临水畔　轻裁锦
双燕来　出墙头　烂拥霞

范蠡宅
董奉林

香来酒店　轻颦浅笑
色出邻墙　活色生香

半侵僧舍　柳间深映
斜拂酒旗　竹外斜穿

欲红还白　蓬莱文采
露粉凝脂　东海仙姿

争春太守　曲江高宴
红杏尚书　二月新晴

探花游遍　铜陵花堰
插帽盈头　丰县杏林

8. 李花

淑态　银簇　羽盖　脉脉
清姿　雪堆　缟衣　盈盈

有根　雪色　云碎　入画
不言　霜容　绡轻　引吟

翠质　龙血　作会　愈目
青皮　鼠精　无蹊　如拳

荐碧　思戒　同咏
沉朱　防嫌　独明

元同咏　雪羞比　齐纨薄
卢共看　月交加　吴贮新

琼为萼　薰翠幄　琼花结
玉作肌　暗朱栏　白雪香

伴桃艳　和烟暝　琼点缀
笑杏芳　带露鲜　雪鲜明

沉寒水
采春山

雨中堕泪　食之未半
花下成蹊　秾矣方华

自明月夜　素云低亚
强笑风天　碎锦不飞

润沾晓露　寒沉瓜水
困倚东风　苦代桃僵

玉枝琳国　一林潇洒
红实员丘　几树轻盈

月带烟润　减粉同箨
粉含露痕　分香等莲

南居先熟
东苑已朱

9. 梨花

玉颊　淡白　月影　剪雪
冰肌　冷香　雨容　裁冰

潇洒　缟袂　浥露　夜色
轻盈　琼肤　笼烟　暗香

雪态　清艳　洛下　院落
玉容　淡妆　廊西　亭台

真定　御宿　带雨　津润
广都　灵关　送春　甘香

可口　压帽
同心　洗妆

清无染　梅共色　凝霰落
淡不妆　月为邻　乱蝶飞

照流雪　云漠漠　送春候
映繁星　月溶溶　酿酒时

高低翠　蜂衙闹　红处白
远近青　蝶阵迷　冷时香

英叠玉　冰魂冷　秋千地
叶堆金　雪色新　蝴蝶来

生玄圃
种青田

香痕粉白　一枝带雨
酒晕轻红　几树含风

光摇溪馆　水仙态度
香惹梦魂　青女精神

香风有信　玲珑玉刻
影月无痕　烂漫雪香

寻香似蝶　碧纱笼素
啄雪疑鸦　白雪含香

闭门寒食　趁花酿酒
带泪送春　买树洗妆

能诗可饮　红英千叶
损帽何妨　黄落犹芳

玢棠雪浪
冷艳靓妆

10. 海棠

栖凤 花海 绛雪 蜀锦
聘梅 锦窠 红云 唐妆

红萼 照水 绛萼 春睡
紫棉 含烟 红腮 晓妆

红瘦 香少 红影 锦帐
绿肥 妍多 香风 秀衾

仙品 睡思 雨泣 夹岸
乡人 醉容 烟愁 绕园

神仙格 妆初罢 高下萼
富贵姿 睡未醒 浅深红

交让比 纱映肉 染猩血
棣华联 酒生颜 衬马蹄

贮金屋 烧烛照 香销骨
傍绣帘 卷帘看 醉入肌

千点赤 妃子困 迎日丽
半开红 西施酣 带风开

渊材有恨 绿肤掩碧
子美无诗 啼脸销脂

梦中花蕊 云鬟绿盛
诗内锦鸡 醉脸红匀

雨疑锦烂 碧鸡坊里
晴夺霞红 濯锦江头

有时淡粉 霏霏细雨
无力垂丝 漠漠春阴

标名贴梗 西府嘉种
斗艳垂丝 南海芳枝

香霏阁上 折枝小景
定惠院中 没骨真容

似红如白 清淑凄惨
有色无香 艳丽妖娆

11. 牡丹

魏紫 金缕 锦萼 国色
姚黄 云裳 檀心 天香

腻体 富贵 细脉 金粉
酡颜 风流 鲜肤 紫檀

散碧 紫腻 玉版 雪魄
分黄 红娇 朱砂 蟾精

双魏 鹿韭 醉露 绿艳
二乔 鼠姑 倚风 红衣

瑶圃 醉艳 玉骨 新巧
琼花 暖香 仙妆 妖红

无双艳　雕玉佩　霞千片
第一香　郁金裙　锦一端

延宝赏　鹦鹉白　容似玉
带笑看　杜鹃红　臭如兰

吴苑艳　胭脂脸　惊地赤
汉宫香　腻粉腮　觉衣红

金世界　如欲语　迎珠露
玉楼台　不胜情　倒银杯

倾国艳　杨妃舞　风留住
返魂香　西子妆　日炙销

边鸾写　漂鸭绿　春风髻
罗邺吟　簇鹅黄　日暮魂

霞绮烂　金缕歇　包金彩
月淡融　紫云翔　结绣囊

煎酥食
作香烧

沉香亭畔　莺织齐裳
妆镜台前　蜂涂汉蛾

香开玉合　花王花后
粉泥金盘　陪酒陪歌

猩唇鹤顶　暮烟情态
榴萼梅腮　晓露精神

四香阁上　图称贵客
百宝栏边　谱列真王

标名谢客　欧阳难记
醉盛洛阳　乐天长歌

美人一捻　蜡封置驿
学士三章　酥煎分遗

鹿衔径去　锦窠仙髻
马蹴堪伤　彩凤霞冠

12. 芍药花

相谑　醉粉　没骨　低黛
将离　狂香　旋心　亸鬟

覆玉　傍砌　金鼎　并蒂
欹云　翻阶　玉盘　重台

妆点　翻锦　入画　带雨
剪裁　萃霞　题诗　含烟

醉粉
娇红

花折口　桐君录　娇如雨
舞招腰　郑国诗　醉欲眠

广陵种　魏金带　折腰重
婪尾香　苏玉盘　垂手舒

翻蜀浪　浴黄鹄　金屏倚
散赤城　栖紫霞　玉碗空

为侍坐　镂金碗　微之赏
列上公　香锦囊　乐天吟

三月见　同药使　迎风媚
百花惭　亚花王　映日鲜

玉盘盂　为近侍
金带围　如幻身

名参素间　叶妆翡翠
色映朱明　花晕胭脂

春留新谱　芳心愁雨
韵动小栏　媚态笑风

浴余困态　绿披风瘦
酒后憨情　红挹露肥

扬州红日　粉妆瑞玉
汉苑紫云　冠缕真金

玉茎抽钗　花欹浓露
股蕊扑金　蕊蹙红绡

梢头弄句　忽惊韩愈
叶上题诗　闲赋子虚

旋心弱体
浩态狂香

13. 虞美人

深艳　万叶　竞秀　向日
浅红　千苞　争容　倚栏

楚宫态　红袖舞　一曲唱
夜帐歌　翠眉颦　满园春

迎风舞　春心辫　方度曲
带雨颦　剑血神　苦翻身

月悬汉镜　恨留千载
姿带楚妆　泪忆重瞳

红颜殒命　雨垂舞袖
芳草传神　风起歌声

丽春别种　美人逝矣
素奈同姿　小字虞兮

深红浅色　香闻十步
弱体柔枝　血染千年

佳人幽恨　歌台风涩
小草春心　舞帐烟销

腰肢未老　春风默默
怨恨何穷　秋雨凄凄

湘妃泪血　深丛晕碧
玉女魂香　艳朵啼红

浓如醇酒　绶黄绶绿
淡似清歌　衣紫衣绯

微微香韵　名征罂粟
淡淡红花　花字米囊

14. 蔷薇花

攒紫　绣伞　猩血　百叶
霏红　罗帷　麝香　重台

买笑　牛棘　妖艳　浥露
题诗　鸡苗　淡香　笼烟

深绿　接夏　画屏　石绿
醉红　连春　锦帐　雌黄

当户　矮架　浓麝　染素
倚墙　闲屏　断霞　凌空

湘红染　香满径　逢春发
蜀锦裁　艳迷轩　当昼开

彤云涌　胭脂脸　迷舞袖
赤雨翔　翡翠茎　拂朝衣

芳芬袭　红英堕　悬高架
粉白团　绿刺攒　覆小堂

光凝蝶翅　文君濯锦
粉著蜂须　汉女啼妆

枝愁燕坐　横枝绾袖
刺碍莺飞　嫩叶牵裙

碧排千萼　日照帷淡
朱染万房　烟笼帐轻

轻于燕燕　枝含雨重
浓似猩猩　花带霞鲜

一茎独秀　光凝素锦
四面垂条　枝比葡萄

画屏自展　春归寂寂
锦字谁挑　后约迢迢

居然醉佛　红须绿刺
岂止牵人　艳色繁香

15. 紫薇

凝露　金缕　映水　栏下
向风　紫茸　窥墙　月中

淡白　霞艳　阁下　明艳
拖蓝　锦英　堂前　繁柔

绛雪　深谷　旖旎　绶紫
晴霞　禁庐　低昂　蕤芳

伴桂子　星垣树　红霏雪
接黄花　宫样花　碧笼裙

碎叶剪　丝纶阁　庆云集
嫩肤搔　虚白堂　威凤飞

露点缀　宫里锦　占夏景
烟溟濛　洞中霞　表秋芳

楚云掩映　摛霞舒艳
蜀锦参差　凝露垂珠

一池月浸　香飘花省
三殿花香　月映玉堂

风轻弄影　光凝垂露
露溽传香　色借高烟

16. 玉蕊

素彩　琪树　金粟　玉树
清芳　琼枝　冰丝　雪英

翠蕊　碎月　刻玉　玉面
奇葩　飞花　飞琼　檀心

堆玉盏　落英舞　分月姊
插银花　密叶低　献玉皇

尘不杂　参差玉　玩碎月
月争光　烂熳香　吹好风

新霞洞里　径传相国
明月阶前　馨引玉仙

观里入出　叶似桑柘
寺中放游　蔓如荼蘼

吴人不识　香来夜觅
李氏始传　英落日斜

白云离叶　花乱满地
皓雪辞枝　色轻盈池

17. 玉兰

玉树　近雪　玉佩　素艳
银花　迎春　香鳞　紫房

弄粉　瑶萼　瑶圃　粉腻
调红　琼葩　蕊宫　红轻

瑶台月　风吹舞　胜素柰
玉殿春　雨净妆　艳木莲

辛夷质　洗烦浊　玉山洁
薝蔔光　发清明　杏溪香

神女捐佩　高凝汉掌
宫姬试香　艳胜唐昌

檀心倒卷　参差飞玉
玉面低回　烂漫飘香

霓裳片片　香楼玉宇
琼佩姗姗　雪貌冰姿

姑射神女　辛夷寄体
广寒素娥　蜜饵加餐

18. 荼蘼

稚艳　粉面　白雪　玉蕊
奇香　冰肌　琼酥　银花

雪颗　酒韵　白玉　珠蓓
云条　宫妆　素缯　玉缨

韵友　挂雨　满架　泣露
雅人　临风　点衣　笑风

成春酒　舞飞燕　真珠索
入枕囊　泣萧娘　白玉囊

婵娟态　蟾魄净　飞英会
淡净妆　麝脐香　寒食杯

樽前赏　舞霓白　深压架
架上看　染鹅黄　艳留香

开最晚　檀心小　霜苞密
韵绝伦　玉面娇　玉叶同

醉红缭乱　午风轻泛
浓绿扶疏　晓露淡匀

一枝缟色　花寒入韵
百卉含羞　影动微香

泪啼珠露　梦思洛浦
绣簇罗裙　愁记瑶台

晴烘玉雪　横钗数朵
暖迸蛇龙　扑酒余香

柳花狂絮　青条粉面
桃艳红腮　妙质繁香

盈盈点点
簇簇层层

19. 辛夷

红焰　弄粉　烟晕　濡露
紫苞　调红　风吹　书空

云笺　泛羽　造化　尖锐
彩毫　挥金　天生　纤长

映日　倚树　密叶　朱槛
先春　攀条　繁枝　宣台

描竹色　胭脂雪　如濡墨
画波纹　紫粉毫　似写笺

疑握管　界蕉叶　非人力
若含锋　濯盆池　有化工

盆池砌畔　枝横折管
蕉径丛边　心锐攒台

既名木笔　微之乞折
亦号侯桃　杜甫兴嗟

卫公手植
员外家开

20. 木槿花

紫蒂　翠叶　吸艳　似柰
红葩　素茎　含丹　调羹

君子之国　时维仲夏
华林之园　气动上元

木丽中唐　千里供食
诗称舜英　四时敷荣

丰露滋藻　粉榆异味
列星吐辉　杨柳易生

一朵榻上　白华可爱
群柯篱边　红颜易零

多名何益　低茎若倒
五出争新　叠萼疑擎

深悲庄子　骚人失藻
空歌颜君　雅什未名

露晞红燥
雨洗翠添

21. 瑞香

旖旎　龙脑　冷艳　露湿
纤秾　麝囊　幽香　烟凝

霞绮　粉面　清影　别派
罗裳　芳心　浓芳　孤芳

天香发　鸡舌紫　成春睡
霁月生　麝脐香　见晚妆

楚臣佩　熏笼小　冠薝卜
天女襟　锦帕围　疑素馨

花称祥瑞　干摇欲舞
杂号风流　花攒如球

借风萼破　麝囊芬馥
浇水芽抽　锦被绸缪

繁枝竞美　汴黄江紫
数种敷荣　洛白杨红

枇杷叶似　又名串子
杨梅色同　或表蛮枝

椒花具体　浓薰沉水
茉莉通家　貌似素馨

外着霞倚　团团锦帕
中裁玉纱　郁郁金莲

风微日淡　簇笼短短
色浅意深　束笋森森

湘兰还堪　一日见知
幽兰非同　四方矜奇

玉英金实
紫袖琼肤

22. 凌霄花

细叶　照日　屈曲　百尺
孤标　透云　连延　一条

九夏　翘翘　曳锦　翠叶
半空　袅袅　缠丝　绛葩

柔蔓引　彤云蕊　凌云志
高树凭　碧玉枝　捧日心

攀红日　猗猗绿　照槛红
晚照霞　朵朵红　映阶绿

凭高树
生迮池

孤芳秀擢　性工托丽
密叶阴稠　体甚纤柔

遽作云势　须掀翠粒
上攀树头　蕊绽苍虬

苕生匝地　蝇附骐骥
种似牵牛　萝施乔松

23. 素馨

羞姿媚　香可掬　浓阴密
爱孤高　绿成田　碧影遮

花田袅娜　西域嘉卉
卉渡清芬　南汉美人

铅华不御　盈盈白体
真色天成　郁郁清香

稔称绿鬓　花开四瓣
雅近翠簪　质备众馨

辟暑暑去　解酒酒醒
招凉凉生　点茗茗清

红桥映月　绿柳影里
香雪斗妆　鹧鸪林边

天真似水　春融蜡凤
人本如花　香绕盘鸦

花中四照　情根不死
石上三生　春梦将阑

花穿弱缕
质备众馨

24. 绣球

寒玉　积雪　雨绣　梅蕊
浓香　摊梅　风抛　玉英

琢玉
团酥

心宛转　酥夜月　温公句
影团圞　压雕阑　张老诗

轻球落处　一天晴雪
碧玉垂时　满地杨花

春花绣出　调酥有晕
软玉削成　琢玉能柔

湘梅细簇　玲珑暖雪
粉蝶成团　历乱芳心

琉璃重叠　络珠飞屑
水晶轻敲　攒石无痕

25. 玉簪

玉蕊　穴出　雪魄　清气
瑶枝　成丛　冰姿　妙香

调粉　翠叶　兰麝　凉露
施铅　琼枝　琼瑶　冰蟾

冰三寸　鹤仙韵　心难展
麝一条　季女容　俗不侵

金钏买　素娥插　移钿色
玉盘移　白帝簪　压金钗

色如玉　金钱买　霍小玉
形肖簪　木笔描　李夫人

金风玉露　斜欹纨扇
璧月琼枝　巧插罗巾

青标斜琢　秋分有待
翠叶浓分　凉月多情

色嫌冰雪　风前雪魄
香比蕙兰　月底琼枝

26. 鸡冠花

朱顶　似沟　对立　独举
丹心　如鸣　欲飞　无言

引睡　缨络　赤玉　黄钿
昂头　鸳鸯　丹砂　紫冠

猩血湿　疑起舞　风雨斗
朱砂明　讶飞鸣　月露栖

中元卖　金凤鸣　千枝翠
霜后开　紫丝头　数朵红

不凋不落　低如啄食
非剪非裁　高似窥笼

斗风有冑　满头欲白
啼月无声　洗手犹鲜

金距耀日　整来石镜
翠羽笼烟　开向芸窗

顾彩欲斗　风吹不落
翘枝相招　雨折时垂

27. 凤仙

粉映　桃颊　耀日　菊婢
烂盈　珠环　翔风　花奴

名金凤　返丹穴　金钗压
绕朱栏　点绿苔　玉指弹

几时修到　昂昂骧首
何处飞来　矫矫展翎

佳人染指　蜂蝶不近
春意劲容　红紫相鲜

名夸阆苑　花从方丈
飞望蓬莱　种自丹山

欧阳得句　金盘夜捣
与可工吟　银甲春生

篱边采逸　金盘倒影
帘外红尖　玉指调弦

28. 石榴花

猩血　堆绿　绛帐　翠萼
胭脂　剪红　红裙　朱华

珠缀　喷火　浅绿　翠幄
灯燃　蒸霞　深红　红绡

绿蒂　新枝　蝶戏　槛内
丹须　晚萼　蜂探　墙头

映日　照眼　似锦　叶绿
晓空　染云　如霞　苞红

紫萼　六实　玉润　素粒
丹须　千房　星悬　红肤

珠作带　红豆颗　裁绛锦
彩成丛　绿纱囊　蹙红巾

胭脂艳　伴茧虎　风吹绽
火齐盈　烧云鬓　日烘开

丹砂粒
锦香囊

香飘鹊屋　绣衣乱搭
色染猩唇　绛帐初迎

露消妆脸　莺穿金练
风妒舞腰　蝶戏粉匀

绿裁烟翠　蜡珠攒蒂
红动日华　龙烛敷荣

如翻火艳　庐峰三月
欲妒罗裙　翰林一株

朱夏发采　焕乎郁郁
青春启明　焜乎煌煌

西极若木　倾柯远擢
东谷扶桑　沉根不盘

繁茎筱密　去枝扬绿
丰干林攒　翠叶含丹

新茎擢润　应春吐绿
膏叶垂腴　涉夏扬朱

盛送玛瑙
嚼破水晶

29. 荷花

翠扇　绿净　浮水　映日
红衣　碧圆　凌波　临风

点点　玉立　鱼戏　水面
田田　珠圆　龟游　池心

和月　翠盖　叠翠　雨压
递风　青盘　跳珠　风催

影密　涤暑　池影　菡萏
香清　纳凉　风声　芙蓉

湘蕊　云布　绿盖　擎雨
江葩　星罗　红幢　摇风

高下　衣裂　同干　重叠
卷舒　盖倾　合欢　团圆

紫饰　集裳　珠实　同干
朱仪　为衣　金房　骈花

电发　千叶　炅炅
星悬　两花　田田

涉江采　娇欲雨　濂溪说
咒钵生　暗闻香　康乐诗

东西艳　金塘溢　英照日
浓淡妆　玉井开　叶翻风

银囊破　滟荡绿　茎耸碧
玉盘倾　参差红　蕊摇黄

濯元濑
映月墀

天孙织锦 银塘叶满
仙子凌波 水槛生风

若耶溪口 杨妃出浴
太华峰头 西子临溪

碧筒助饮 青茎翠盖
紫橐供吟 缟袂霞裾

青房规接 星光倒影
紫的圆罗 龙鳞隐波

金渠屈曲 锄泉合绿
碧塘周流 排雾扬芬

集露成玉 葱河银烛
折水为珠 蓬山琼膏

30. 荷钱

圆密 万选 贯朽 叠翠
嫩香 五株 珠连 跳珠

鹭浴 贴水 榆掷 流地
鱼翻 浮波 柳穿 盈池

绿浮小 飞蚨集 湘妃数
青选多 饮马投 汉女摊

数漾白 差差绿 未擎盖
半含黄 冉冉香 不碍船

斜穿荇带 点溪鹅眼
遥映苔纹 贴水龟文

31. 莲花

红腻 云锦 白羽 绰约
朱华 霞标 红妆 轻盈

坠粉 如拭 依幕 水国
飘烟 相怜 集裳 江乡

绀叶 月上 银橐 香远
素房 波心 玉簪 韵幽

不染 冉冉 素女 短梦
弥鲜 亭亭 水仙 啼妆

西子面 妃子步 斗国色
水仙衣 越女歌 妒宫妆

濯秋水 六郎面 碧筒酒
出淤泥 百子房 玉井泉

如欲语 凌波袜 移琼佩
不胜娇 织锦裳 坠玉杯

鸾窥沼 衿香薄 冰魂洁
麝裂脐 扇影寒 玉骨香

龟游叶上　吴姬画桨
鱼戏池边　越女花钿

鸳鸯同睡　如来宝座
翡翠相怜　美人绿波

盈盈隔水
步步生花

32. 并蒂莲

连理　双丽　同体　向背
分葩　并妍　合欢　低昂

两影　引翠　争放　楚楚
一茎　分红　斗妆　亭亭

争笑脸　双乔态　都无语
并愁容　二陆魂　各自香

如对泣　鸳鸯对　呈连璧
欲相扶　翡翠双　笑并肩

日分双影　英皇二女
风合两香　大小双乔

红衣对舞　花如合璧
碧帐竞开　情比臭兰

33. 茉莉花

玉蕊　宝髻　孤标　雅友
冰姿　仙花　雅韵　孤芳

刻玉　削玉　翠叶　弄雪
雕琼　团酥　玉英　调冰

带雨折　广寒女　秋早秀
簪鬓香　姑射仙　坐旁香

梅花清梦　东山芳友
蛱蝶诗魂　西域名花

轻裁锦翠　露寒透骨
笑插鸾钗　风定含香

来助凉夜　移于南海
送觅好诗　产自波斯

花田可爱　露余珠蓓
暑月偏娇　丝盘云鬟

枝伴荔子　小于莲瓣
珠飞梅花　瘦较荼蘼

韵传天竺　调冰弄雪
色照祇园　削玉团酥

34. 石竹花

剪裁巧　罗衣绣　不耐雨
妆点繁　麝香眠　缺宜风

三分细　装溪翠　青节瘦
五叶圆　剪海霞　绛花圆

蝶难争白　欲迎小暑
榴暗让红　不惮南风

殷疑霞染　娇艳夺目
巧类刀裁　婵娟动人

35. 芙蓉

浥露　秋艳　绮帐　玉蕊
弄霜　春酣　锦城　金房

醉态　绣缛　似锦　绮障
靓妆　围屏　如霞　绛囊

新紫　笑日　蜀锦　彩练
浅红　拒霜　猩罗　红云

唐苑　岸侧　绿脸　带露
魏园　墙头　丹衣　临池

露添紫　回春色　耸修干
霜晕红　舞秋风　照寒波

斗霜菊　争寒艳　锦绣国
继水莲　窃夜香　文官花

延真馆　霜施粉　明秋日
学道妆　酒借朱　丽晚霞

美人醉
侍女妆

缛铺绣绩　露沾红粉
锦点团圞　日映绛纱

乐天招客　风前冷艳
智老罚宾　霜后清芳

剑腾宝气　秋风乱飐
帐度余欢　夜月娇眠

堂坳片片　杨妃欲罢
篱曲重重　西子愁来

湿红净影　晚菊兄弟
艳粉明妆　秋江主人

锦城栽遍　长沙万朵
脂粉调匀　湘岸孤根

丁度观主　搴来木末
曼倩神仙　采向江头

乐天招客
智老罚宾

36. 葵

绛脸　仙态　紫晕　含露
锦苞　道妆　黄敷　倾阳

新染　卫足　冷艳　云髻
淡妆　倾心　幽妍　翠妆

绛蜡 不俗 金盏 向日
绯纱 出尘 锦标 凝烟

蛮村煮 鹅黄染 梅太早
豳俗烹 鸭绿裁 菊犹迟

菩萨面 轻盈态 含暑雨
女真衣 雅淡妆 笑薰风

檀心成晕 有心倾日
翠叶有芒 无力随风

牡丹换紫 金盘侧耀
芍药翻花 檀炷凝香

色如金菊 两畦飞雨
清似腊梅 一朵新凉

刘郎燕麦 囊荷莳藿
白傅宝厨 赤米白盐

37. 桂花

仙骨 金粟 仙客 三脊
天香 玉犀 幽人 五枝

珠英 高韵 仙友 月夜
玉颗 古香 状元 秋天

淡白 异种 独秀 三种
轻黄 轻芬 一枝 九秋

花白 夏绿 翠节 岩下
心丹 冬荣 紫华 亭前

中岳 金粟
小山 玉花

黄金蕊 金布地 千层绿
碧玉枝 粟堆盘 万点黄

月中落 留晚色 非凡种
云外飘 散天香 无此香

朱雀集
彩鹏来

蟾宫仙科 酿酒堪奠
刚阳星精 为舟可乘

食菌纫蕙 仙翁甘露
构栋结旗 汉殿灵波

天香落子 宝光珠雀
明月培根 清霄彩鹏

芳嫌可食 无妨作饵
瑞小能鸣 讵肯为薪

饮龟谁解 枝曾连理
献蠹偏珍 花有殊名

轻红人面　八公并列
洁白宜簪　五子俱登

古香常在　吴刚月斧
寒馥方蒸　王母坛尘

香宜泛酒　绿膏照夜
味可蠲疴　青枝拂尘

38. 菊

点玉　紫艳　浥露　月朵
浮金　黄花　傲霜　风茎

彭泽　佳友　月下　似雪
樊川　幽人　篱边　凝霜

作枕　霜杰　蠲疾　佳色
可餐　金精　延年　清香

晚节　瘦蕾　金铎　伴月
寒英　层英　香筒　和霜

丽草　云布　秋色　淡艳
节花　星罗　疏烟　冷香

风折　素色　裁雪　零落
露滋　白衣　折金　阑珊

黄蕊　霜杰　盈把
白华　日精　轻身

比君子　浮金压　黄笑日
似故人　铸玉钱　翠摇风

青玉润　娇秋日　迎寒秀
碎金香　媚晚霞　带露香

含玉露　陶令采　金钿小
舞金风　楚臣餐　羽毛黄

重阳节　得真意　金饼厚
五柳家　制颓颜　玉楼重

霜葩细　寒冰结　迷淡月
露蕊鲜　白雪香　妒繁霜

秋与色　仙人髻　采陶令
水为神　素女妆　赐钟繇

卷帘人瘦　渊明酒兴
伴月影斜　子美诗情

西风冷落　寒侵素面
故国繁华　愁染芳心

轻烟细雨　浓掩斜照
曲槛疏篱　淡映残红

香扶夜月　茱萸同佩
影脱秋烟　粉面相贻

杞苗俱采 钟繇一束
兰秀偕芳 杜甫两开

争名五美 鞠还从鞠
比秀三花 花尽无花

图经尚白 九秋将晚
正色惟黄 三径未荒

高人襟袖 长房避祸
君子杯觞 风子得仙

和霜伴月 星罗云布
裁雪拆金 仪凤集鸾

39. 芦荻

江畔 夜月 鸥宿 雨折
洲前 秋风 雁衔 霜干

水国 沙鸟 映鹭 瑟瑟
江天 渔人 藏舟 萧萧

袅娜 夹岸 似雪 岸侧
扶疏 连滩 随风 江头

妆夜色 花戴雪 随风去
度秋声 叶沉波 似雪飞

春苗长 迷牧径 随红叶
夜露多 拂渔矶 近翠楼

月长皎 埭两岸 茫茫白
雪未晴 水一方 瑟瑟秋

漫天雪乱 雁群避影
隔岸霜添 渔笛吹香

风前玉屑 齐纨张野
霜后杨花 楚练照川

碎铺琼玉 万仙霓被
高碍锦帆 千亩玉田

泽国千里 飞疑柳絮
渔村几家 舞学雪花

琵琶亭外
鹦鹉洲前

40. 蜡梅花

馨口 湘袖 韵胜 正色
檀心 缃裙 色庄 繁香

雅淡 琼碎 绿萼 裁就
鲜明 玉飞 清香 熔成

似画 蝉叶 着地 蜡蕊
如妆 蝇苞 随风 金英

缫红艳 欺鹤膝 黄金萼
笑素英 割蜂脾 碧玉枝

姑射雪　轻绡护　朝雪散
汉宫黄　爱日烘　暮云飞

先兰友　蔷薇露　黄昏月
托梅兄　冰雪魂　淡荡风

月浮金屑　色经蜜染
风舞曲尘　光皆帘穿

肌嫌温玉　烟滞带润
妆爱淡黄　日照疑融

飞琼冒雪　余香入梦
弄玉凌风　疏影横窗

和花鹤啄　寒英以破
绕竹蜂寻　细叶将生

新涂鸭绿　胆瓶沉水
淡抹额黄　象管彩毫

庭前万点　麝脐散馥
竹外几枝　微露含芳

金钟细镂
玉粟圜雕

41. 月季花

斗菊　瘦客　飞白　长蔓
迎梅　长春　淡红　青茎

天上物　散红点　春不老
人间春　惊素蕤　月之恒

花间一载　一尖已剥
春占四时　四破犹包

四时不绝　梅花斗雪
逐月频开　桃李无常

（五）禾本

1. 禾本总

玉粒　铁脚　鬼粟　夕秀
琼膏　银冠　灵苗　朝华

五土　挺秀　维宝　贡碧
千仓　怀新　如云　宜青

烹菽　去贼　割麦　忌卯
燃萁　迎猫　分秧　望庚

姜谷　麦陇　稻穗　谷贼
蜀麻　豆田　麦须　麦奴

黄窃　秧马　火种　露稻
红残　麦舟　风耕　霜粳

曾孙稼　南山豆　摇枝粟
太守田　北里禾　合穗禾

千顷稻　两岐麦　粮委亩
一刀田　九穗禾　嫁盈囷

春风吐穗　葱茏蔽野
膏雨抽苗　散漫盈畴

风卷水绿　龙睛虎掌
雾卷云黄　马尾麋牙

青精白粳　吴都燕去
赤稻乌粳　楚国蝉鸣

卧畦云满　贵逾金玉
迎午风凉　和召阴阳

2. 谷

美种　时熟　炽茂　祈实
嘉生　用成　阜康　尝新

献种　帛市　国宝　丰穰
登场　绢偿　民天　蕃昌

殍死　踊贵
献生　伤农

仰膏雨　藉挽粟　患不足
待匪颁　资峙粮　问几何

地不爱　廪人掌　登赤白
农乃登　元日祈　贮尘新

八政曰食　三农胥庆
九井为公　六穗告登

何修何饰　惟和惟叙
载柞载芟　用乂用明

3. 禾

尽起　穟穟　嘉颖　吐秀
乃登　离离　灵苗　衔滋

秀叶　实野　云子　齐绿
灵根　充厢　香粳　深青

碧玉　北里　垂颖　田稚
绿云　西山　怀新　秧针

共秀　嘉颖　秀叶　露灌
连茎　灵苗　祥花　风吹

九穗　高廪　帝德　圣泽
一茎　大田　仁风　丰年

合颖　六穟
连茎　三苗

风吐穗　十月纳　九阿照
雨抽苗　大田多　万亩齐

三登瑞　万顷绿　添露重
百宝盈　十亩香　逐风香

甘露滴　苗特秀　青连野
惠风吹　叶方华　香满田

飞尧陌　合欢色　唐叔亩
垂舜田　连理形　鲁恭庭

锄宜当午　分秧初夏
生在于寅　纳稼随冬

东皋多稼　长兄去弟
南陌遍游　壮午长丁

繁添露重　茎连绿野
细透风香　颖合青波

尘黄坠陇　物如三变
玉翠凌霜　井列九夫

得天独厚　雀衔余粒
岁取恒多　麟食修柯

玄山其下　五粱并种
黑水之浔　含穗连英

殿名清暑
号改赤乌

4. 秧苗

刺水　射眼　遍插　砺水
穿泥　敲钩　分排　磨烟

千畦绿　穿绣褂　风鼓铸
一捻青　刺田衣　雨磨砻

荷衣待补　尖还碍指
柳绿频添　弱不禁风

锋藏碧浪　映云刺锦
颖脱香泥　含露穿珠

堪萦荇带　舒芒作作
拟制蓑衣　绣水森森

锋芒掩映　依山十亩
脱颖参差　负郭千畦

5. 秧马

凭缝送　疑踏雪　比骝骆
任盘桓　欲追风　象筌篌

行泥滑滑　停骖南亩
骑唱于于　息驾东皋

雕镂榆枣　依稀覆瓦
开凿楸桐　约略拟舟

6. 稻粱

铁脚　虎掌　鹦啄　马尾
金钗　龙睛　鸡输　獐牙

玉粒　齐绿　白漠　青穗
青芽　深黄　青精　紫茎

雁恋　云子　半夏　玉白
犬宜　雪花　一旬　云黄

再熟　赤穬　浙玉　美谷
重思　紫芒　炊香　嘉蔬

青䅬
紫茎

邯郸梦　万畦绿　十月获
扬州宜　十亩香　三季收

红罢亚　公田种　流匙滑
绿扶疏　野碓春　落杵新

五里闻
六月新

圆分黑秬　春青彭泽
秀擢红莲　雪覆雷阳

鄄都品味　桐垂马尾
江表吹香　种说蝉鸣

清流志瑞　圆齐乌节
天竹征丰　色占红霞

7. 黍稷

彧彧　芗合　映道　首种
与与　明粢　盈畴　上时

酿酒　秋荐　簠簋　马革
雪桃　夏登　馨香　燕颔

銍銍　破藏　盐钻
芃芃　盈仓　芗萁

大暑种　燕谷暖　刘寒涧
黑坟宜　冀州宜　被东阡

五谷长　备天廪　名为穄
中央尊　溢仙阶　号以粢

荐宗庙
享司寒

封稷而祭　享于王母
度黍为分　馈自东家

郇伯膏雨　我稷翼翼
邹子回春　彼黍离离

8. 粳

白夏　黑穬　漠漠　疏贱
青幽　乌粳　油油　新成

滑流泽　三月种
炊闻香　五里香

连舟入浦　马援西至
积地为山　彦伯南归

糯润细滑　嘉闻陶量
流泽芬芳　欣见马图

香逾辽水
味重新城

9. 米

白玉　童载　风播　精凿
红银　奴求　雨春　新香

白粲　炊玉　指囷　剖斗
红鲜　流珠　折腰　为山

五斗　扶老　养性
百车　息饥　延龄

掷珠戏　矛头淅　庭委玉
射的占　钩前炊　斛泻珠

邻僧送　负百里　求米帖
故人供　指一囷　贷粮诗

与乞食
助馈馏

金华嘉种　九穗汉麦
玉粲芬香　五尺尧禾

如随瑞鹿　因斯养性
若降神乌　藉此资生

成珠委地　荆台炊玉
事重逢仙　丹灶流珍

方朔俸米
西门垦田

10. 粟

五变　玉粒　汉腐　耀日
一囊　琼膏　秦输　如霜

乌节　泉淅　春种　鸡啄
白鲜　碓舂　云锄　雀呼

大粒　不食
长枝　有粃

冉子请　侏儒饱　庄周贷
原思辞　方朔饥　列子辞

刘殷梦　珠未可　旅师聚
萧仿歌　玉不如　太仓陈

发河内　福建瑞　北郭受
据敖仓　醴湖嘉　李岘谣

先生著美　匏犀等瘦
为族乃多　珠颗同圆

搜来都尉　巨桥可发
拜辞郑君　河内堪移

11. 麦

卯壮　绿浪　鸦种　秀渐
亥生　青波　雉飞　轻花

铺雪　贡碧　含实　绿锦
连云　宜青　耀芒　青罗

雪润　宜雪　如慧　渐渐
风吹　凌霜　铺针　芃芃

九穗　三叶　劝种　进饭
一茎　两岐　观成　赐麮

晨气
暖风

风里熟　黄剪剪　采沫北
雪后肥　翠纤纤　拾畦东

兼三味　晨气润　黄金穗
具四时　暖风抽　绿玉枝

黄云色　朽为蝶　费袆赋
白雪香　雨化泥　箕子歌

叶耸翠　瑞露滴　连天绿
实含珠　祥风吹　匝地黄

波摇净绿　城间风度
露泣娇黄　垄首烟迷

雨余碧染　黄金色嫩
风过波翻　白雪香新

甘珍含露　元和贡碧
味美指星　回鹘产青

扶风早瑞　尧夫赠舸
黑水长春　高风持竿

12. 麦浪

卷地　潋滟　一川　脚底
滔天　苍茫　万顷　陇头

流翠　积翠　雨后　绿满
含青　迎风　风前　青分

蛙出浪　翻落日　千层縠
雉惊眠　涨平畴　四月秋

依稀鸭绿　渐渐秀出
仿佛鸦青　滚滚吹来

翠涛无际　地疑无岸
碧涨净空　澜如有源

舟行欲济　暗畦漾縠
鸟啄争喧　寒垄生涛

还同柳浪　鱼吹细影
不减松涛　燕蹙圆纹

13. 豆菽

青蔓　羊角　鹅卵　大目
白花　虎沙　猫睛　长茎

盈筐　黄叶　黄褐　牛践
堆盘　枯萁　青斑　狸沙

绿色
紫华

中原采　花里唱　蝉脱壳
七月烹　雨中肥　蚌含珠

饱宿雨　沙瓶煮　种一顷
暗秋霖　瓦甑炊　蒸两瓯

累累贯　釜中泣　君臣义
颗颗垂　盘里香　兄弟情

蛾眉尚小　西天异粒
龙爪全长　回鹘秀茎

佐陈传饭　梵文角果
供虢国堂　西语忽伽

离离挟剑　香根鹿藿
历历明纱　大实狸沙

燃萁釜底　山戎有种
压鬼人家　那无之花

蔽目塞耳
旦种暮成

14. 蚕豆

绿珠散　萁有实　花心黑
红袖挑　蛹无丝　荚角青

煮连晚笋　花映桑竹
斗向新茶　味友樱梅

篱垂绿荚　嘉肴献客
箔趁红蚕　新供堆盘

春风拂蕊　豳风美味
冬月培根　杨恽香萁

15. 胡麻

八拗　紫粉　红苣　益气
六稜　明尘　紫花　飞明

中田秀　养气血　华粲粲
沃壤宜　滋发肤　干亭亭

天台饭
西域麻

屯罗灿灿　红冰欲绽
巨胜棱棱　紫实初成

16. 竹

栖凤　扫月　子母　高节
化龙　拂云　祖孙　虚心

解谷　戛玉　雨洗　君子
淇园　筛金　风梳　故人

停雪　弄月　宜雨　斑箨
冒霜　迎风　傲霜　翠筠

阴翠　红泪　洒恨　霜染
粉娇　紫纹　含愁　雨痕

解甲　指日　潇洒　雨压
抽芽　排云　参差　霜欺

露粉　静翠　劲绿　点点
风枝　幽香　严青　离离

根瘦　六逸　烟色　凤尾
体柔　七贤　藓痕　龙须

琐碎　千亩　压露　拂水
交加　百竿　啼烟　间松

鸣凤　蛇跗　翠实　青简
栖鸾　雉头　秀皮　朱书

夏彩　金谷　玉润　雩杜
冬青　梁园　碧鲜　檀溪

犊角　拆锦
马蹄　抛簪

筠粉态　凌霜节　金琐碎
风烟情　应物心　玉枞琤

蒋诩径　秋先到　湘妃泪
禹偁楼　午先知　卫女思

良朋友　珊瑚栉　生来瘦
好子孙　翡翠翎　老更刚

裁凤律　娟娟净　不秋草
制渔竿　细细香　无色花

辰日种　岩借润　斑初脱
腊月栽　月生凉　碧乍长

夔重谷　分苦节　问无恙
扫员池　抱贞心　报平安

绵袍凝绿　萧郎比笔
缃实漂黄　御史凌霜

嶰谷鸣凤　卷帘阴薄
葛陂化龙　欹枕韵寒

锦绷脱玉　侯封潇洒
粉节涂霜　士号圆通

疏阴碎地　绿围四幌
密翠浮天　青护重筵

昏黄伫月　细枝按曲
深碧流烟　玉版谈禅

招以入座　龙牙数尺
共而忘年　人面千竿

须牙对出　金戈翠葆
字画粉行　缥箭斑弓

锦衣半著　魏武作甲
玢节新涂　汉高为冠

赞宁为谱
廷秀作经

17. 笋

破藓　折锦　犀角　稚子
触藩　抛箨　猫头　箨笼

屈节　锦绷　金甲　裹玉
剥芦　玉版　玉标　穿苔

带露　犊角　穿壁　戢戢
披烟　马蹄　出篱　森森

高人爱　鹅管合　齐仆婢
野客煨　犬牙分　比儿孙

莫成竹　黄金角　龙露角
堪配樱　白玉箨　豹隐文

初出土　旁穿壁　苍龙骨
欲凌云　不碍云　巨蚌胎

滕薛争长　庭兰奋茁
夷齐独清　绷锦新斑

龙蛇惊蛰　春寒解箨
戈戟绕营　烟霁抽簪

（六）瓜果

1. 瓜果总

芦粥　吴藕　露橘　火枣
菱羞　越瓜　霜橙　冰桃

玉李　缥李　井李　银杏
珠樱　锦梨　庭樱　玉瓜

紫柰　仙李　鼠李　牛李
黄柑　鬼桃　猴桃　鼠梨

鸡橘　猴李　橘弟　菱角
鸭桃　鹿梨　桃奴　藕肠

怀橘　蜜父　解折　朱实
荐桃　蜡儿　干为　紫房

嚼破　御李　绯杏　紫芋
擘来　宫桃　绀桃　朱缨

雀李　茨蓿　红皱　夏圃
莺桃　菱腰　白抟　秋庭

朱火　冰谷　兽掌　青叶
青门　蜜房　龙肝　紫花

绛实　逐兔
黄花　挥蝇

郎公橘　王戎李　安期枣
缑氏瓜　哀仲梨　曼倩瓜

安邑枣　鸡心枣　平头笋
洞庭柑　虎掌瓜　句鼻桃

同心藕　千头橘　连蒂杏
并蒂莲　两角菱　转枝梨

千年枣　仙人杏　三花枣
五色桃　王母桃　九节蒲

梅官长　金酸子　红多宝
蔗庶生　玉版师　紫长腰

天厨仙果　桓荣拜手
上苑珍材　潘岳盈车

龙牙鸡橘　园红映日
鸭脚凫茈　露白来禽

赋登平仲　星盆积水
官袭文林　香盖连城

盘中玉粒　红盐数事
几上霜饴　白椹十枚

东瀛影木　二茎一实
南极仙楂　四剖三离

2. 桃子

细核　择胆　绿叶　甘实
缥肌　去毛　红腮　秾华

露井　蟠实　雨染　醉脸
仙源　仙根　烟蒸　酡颜

满树　玉岭　细核　朱粉
压枝　霜园　紫文　琼肌

星欲坠　七枚献　千年熟
露初稀　三度偷　五日香

熟时雁过　月中宜种
照处鸡鸣　霜下成阴

宽容十斛　叶逾五寸
垂过二斤　核贮一升

偏能变化　金银异色
可致长生　缃紫同文

花笺特艳　腰间缥绶
丝履偏轻　马上红裙

方朔偷去　虐而剖腹
西母供来　畏且施鞭

常山贡巨　咒而使斗
子瑕献余　禁之无嫌

虚言二偶　云台不惧
枉害三贤　庐峰争餐

玄云美　垂翠幄　实内结
碧玉酸　暗珠栏　彩外盈

抱树孝子　九都北狄
蟠树仙人　冰盘赖乡

天台水晶　东都嘉庆
丹岭玄云　朱仲房陵

钻核乃鄙　王戎戏陌
责钱何贫　潘岳闲居

3. 李子

翠质　黄建　荐碧　钻核
青皮　青房　沈朱　攀枝

得荫　井上　碧脆　傅粉
蟠根　道旁　甘香　施朱

龙血　玉叶　金弹　琼质
鼠精　冰盘　水晶　玉文

二色　东苑　连理　和酒
同心　上林　如瓶　闻香

连枝重　肌团玉　能驻马
绕齿凉　脸带珠　莫整冠

南居熟　沉寒水　於陵咽
东苑生　荐炎天　啸父餐

4. 梅子

黄熟　止渴　红绽　齿软
青酸　回津　黄肥　眉攒

醉脸　细雨　圆脆　磊落
丹肤　薰风　甘酸　横斜

槐夏　调鼎　紫蒂　手弄
麦秋　倾筐　白花　齿寒

三实　同梦　庚岭　嘉卉
一枝　返魂　墓门　生梅

低小
清癯

家家雨　雨中熟　佳人摘
日日晴　叶底香　书生酸

一奁尽　红半脸　和叶重
满袖香　湿双腮　压枝低

五月落
一枝斜

香魂不返　江风表信
绿叶成阴　夏雨时行

青青如豆　核能明目
楚楚怀仁　果是同心

既能香口　雕篮试考
亦用调羹　银碗求饧

啖能一斛　摽伤七实
渴止三军　酸及百人

何逊有句　肥如带雨
贺铸得名　熟似经霜

肌如西子　暗香疏影
脸似真妃　粉蕊琼枝

清阴合　碧盈俎　东海献
彩宝悬　红压枝　南邻还

不随李绿　叶垂翡翠
且斗梅黄　脸抹胭脂

碧犹含粉　微香黏齿
酸已嚼香　双影挂钗

奉诚园内　落园不取
先武陵旁　糅汁以尝

如拳更硕　辋川别馆
作酪弥香　汉殿文梁

夏祀必用　三元表异
醒解尤良　五沃含兹

名呼汉帝　彩悬蓝水
精是岁星　红衬金盘

珠林夫子
缥实老君

5. 杏子

红脸　送核　雨濯　佳色
绛肤　酿酸　烟蒸　清香

研酪　千颗　绿叶　雨后
传黄　几株　红腮　风前

6. 樱桃

朱实　春荐　崖蜜　凤食
碧丛　夏羞　蜡珠　莺含

似火　灼烁　紫脆　蔼绿
如珠　玲珑　红明　攒红

石髓 远火 鸟喙 庙荐
珠胎 繁星 乌鸽 恩颁

星灿 猿窃 并蒂 润滑
露香 蝉鸣 连心 匀圆

蝉翳
莺含

珊瑚碎 舌上露 樊素口
琥珀寒 腹中春 真妃唇

酸甜足 杏酪和 韩嫣弹
大小匀 蔗浆甜 楚昭萍

火色贝 盘堆玉 窃龙颔
月光珠 笼透银 夺鸡冠

进士宴 和杏酪
宰臣厨 杂蜡丸

寝园荐后 丹同萍实
御苑卸残 翠映麦英

赐来月夜 宴夸进士
摘向宫中 厨盛天官

蝉黏可弄 绿云堕髻
凤食应堪 红玉欹簪

品凡三种 擎夸翠笼
树或双株 梦入青衣

三宫供奉 邺宫专宠
百果讥嘲 窦氏奇谋

未成缃叶 元積万朵
先灿红葩 小玉四株

隔帘惆怅
映树倚斜

7. 杨梅

缀紫 鹤顶 火实 绛粟
垂红 龙睛 星珠 丹砂

怀蕊 微湿 猩血 累累
涵黄 轻酸 凤冠 颗颗

樱桃小 堆火齐 笑家果
荔枝丹 得骊珠 呼圣僧

摘犹湿 五月献 分傅鼎
味带酸 万颗垂 比隋珠

庐山可食 红肌生粟
吴郡争强 紫绶霞囊

千金价重 吴盐可撒
三实冬寒 越荔争先

玉肌半醉　冰霜透齿
醉墨微晕　风露盈篮

日精可采　玉盘盛去
火实生光　稚子摘来

8. 枇杷

炎果　焦子　乌啄　磊磊
清条　蜡兄　猿偷　累累

浅翠　入画　碧树　金弹
深黄　堪尝　金丸　玉浆

千颗翠　产西蜀　浑如橘
数株黄　著上林　不待霜

果名书橘　宜都炎果
借名琵琶　春树寒葩

闭门花落　叶成驴耳
夹道阴遮　实号蜡儿

万颗缀树　黄梅带雨
一摘满盘　金弹抛林

似梅嫌核　香连五月
如蜜少酸　色灿三星

风翻绛艳
日烂红纱

9. 石榴

琼液　珠散　玉润　紫萼
金房　星悬　霜滋　丹须

子白　红玉　玉粒　似火
花红　丹砂　珠骈　如星

磊落　龙烛　忽绽　夏日
扶疏　星房　半含　秋风

紫金碗　丹砂粒　清冰齿
红玉珠　锦香囊　古锦囊

珠作骨　千条翠　胭脂脸
玉为浆　百子匀　红绡肌

破玳瑁　太冲赋　紫莺粟
嚼水晶　安仁诗　红瓤房

南方酿酒　佳人露齿
西域移根　玉女调腮

金津竞裂　金盘幻术
火齐盈枝　檀枕奇姿

温阳七圣
白马一牛

10. 龙眼

核小　弄色　燕卵　星缀
味甘　流膏　兔肤　珠排

红褪壳　轻鱼目　仙鹤顶
白凝肤　割蜜脾　水晶丸

珠还浦　红球小　益智药
星陨空　白玉圆　荔枝奴

左思赋就　肤疑免褐
玉局揄扬　目似骊珠

味惊樱淡　张华博物
衣笑荔皴　郭橐著书

11. 荔枝

陈紫　连理　朱实　绿幄
方红　侧生　青花　绛囊

江绿　琼液　敛玉　凤爪
宋香　锦肤　凝脂　龙牙

闽谱　玉液　霞树　红颗
巴图　天浆　珠林　青房

星映　猩壳　冰弹　染黛
霞舒　虬珠　绛罗　凝缃

红犀角　艳虬卵　冰蚕茧
赤蚌珠　白凤膏　火凤冠

撒红锦　丹凤髓　宫妃笑
缀绿珠　紫鸡冠　驿使飞

燕支颗　三百颗　红绡膜
水晶丸　十八娘　白玉脂

千品色　瓢包玉　红云宴
一支香　壳皱鳞　白露团

尘埃一骑　泼霞乍染
烟雨万株　烹玉才凝

探春还树　酒酣国艳
卖夏论园　风泛天香

玉为肌骨　中含绛雪
霞作衣裳　外著红襦

晶丸略似　蒲桃堪肖
玉醴何殊　龙目为奴

长乐味胜　葡萄酬锦
将军树长　瑞露盛浆

色香未变　轻红细掰
盐蜜何施　酾白初肥

樗蒲竞赌　因给成谶
图画相贻　入梦闻诗

紫文绀理
火实天浆

12. 葡萄

一架 马乳 酿酒 珠聚
千株 龙须 堆盐 星编

紫乳 磊落 玉骨 浓穗
绛珠 蔓延 琼浆 繁枝

垂晓露 骊珠滑 绵碧叶
熟西风 冰玉寒 结锦裳

酝成酒 醍醐味 太冲赋
味敌浆 玛瑙浆 退之诗

一县熟
满盘堆

西域奇种 枝堪作杖
大宛移来 架或成帷

草龙珠帐 香饶甘橘
甘露云浆 味压酪奴

侍中遗母 风能裂叶
学士谈经 水可通茎

蔓衍秦野 斛遗张让
结阴华林 盘赠世宗

何如橘柚 枝模锦绣
不说荔枝 味比醍醐

13. 藕

琼液 玉节 素白 丝绕
冰丝 冰房 玲珑 犀通

粲齿 雪根 金井 切玉
盈泉 琼肌 玉池 缕冰

千丝合 拈玉尘 西子臂
七窍通 泻金茎 比干心

冰骨壮 香正冷
蜜脾香 味还甘

龙蛇翻沼 根盘绿水
牙角撑船 筒引香泥

丝从蛟乞 丝连翠袖
珠是虬分 色映瑶华

胸中秋气 织丝缭乱
牙角雨声 众窍玲珑

泉浴泥滓
齿碎冰霜

14. 莲子

紫药 肤白 冰茧 新实
绿房 心青 露房 嫩房

堕粉 翠药 青子 照眼
捣霜 红衣 绿苞 惊鱼

鱼眼　绿茧　带露　圆落
蚌胎　素芙　凌波　玲珑

侧柄　玉井　中挂　脆笑
斜枝　金塘　倒垂　芬芳

山蜂子　堆盘脆　秋房折
天马蹄　绕齿凉　花窠成

珠珥落　垂青茧　香溢齿
玉虫攒　侧翠杯　绿盈盘

蚕茧实　波照熟　春笋刺
蜜脾香　露溥滋　玉蛹成

香通玉陇　茎垂瑶盏
液涨华池　子绽玉珠

红飘花谢
绿映房新

15. 菱

惨碧　刺手　蕴玉　荇盖
深红　折腰　还珠　莲裳

龙现爪　粟在水　根浮上
象露牙　藕为兄　叶倒生

屈到嗜　佳人采　凌波袜
边人加　桂棹浮　映坐衣

红线利角　叶如蝴蝶
白点稀花　柄似蟾蜍

影摇红月　鸟从歌去
香引棹风　花向镜生

红娇翠婉　四角双角
绿叶紫茎　水浊水清

16. 芡

绿刺　斧砍　黄嘴　擘颔
红针　沙磨　红腮　泣盘

玉质　雁啄　蝟腹　水里
琼肤　鸡头　蚌胎　烟中

倾骊颔　真珠绿　熏麝气
擘鸡腮　白玉圆　借荷香

锦铺池底　新香细剥
珠蕴腹中　软美初尝

千头剖蚌
一匝流珠

17. 甘蔗

作柘　酿液　坚节　石蜜
名藷　成饴　寒浆　糖霜

入佳境　消残雪　冰刀切
从庶生　解宿酲　蜜乳调

朝酲未折　四色惟产
春雨初余　百尺称高

兼能愈疾　舞竿魏帝
岂独名饴　善射宜都

数交三中　坐床不惧
十发无虚　落弦趋惊

标为佛性　求于刘骏
赋出子虚　赐与汾阳

虎丘佳境　浮节不尽
驴足糖霜　作杖何堪

杂瓜作酒
因糖为霜

18. 柿子

七绝　虬卵　叶厚　透日
八棱　牛心　根盘　凝霜

肥绿　碧带　丹果　缀露
嫩红　绛囊　圆酥　凌冬

映日　玉树　低亚　散彩
经霜　金丸　玲珑　含津

冻蜜
裹酥

新带雨　千颗熟　星影吐
饱经霜　几枝红　日光悬

潘岳赋　因风落　千颗蜜
郑虔书　带露肥　一林霜

鸟椑作果　甘犹藏蜜
红叶成阴　巨不如瓜

染缯为漆　金衣玉叶
蒸饼成霜　熟蒂甘香

19. 枣子

红皱　紫实　羊角　细核
黑腰　丹心　鸡心　弱枝

丹脸　鼠耳　安邑　露濯
赤心　牛头　信都　风摇

朱实　圆实　牛尾　啖吉
素华　细腰　鹿肤　掷琛

骈白　洗犬
鹿卢　遵羊

八月剥　甘如蜜　庄啖马
北方多　大似瓜　皙嗜羊

稽药录　任烟笼　红映日
咏豳诗　带雨鲜　翠含烟

万年实
千户侯

三星繁茂　啖马为脯
五色纷披　斫树同盟

河中无核　石园葱茂
海上如瓜　赵庭婆娑

用哺程莫　北方七尺
不媚刘勋　西海一枚

20. 梨子

凤卵　玄圃　切玉　愈渴
龙珠　青田　悬珠　蠲烦

真定　似蜜　蜜父　玉质
广都　如拳　哀家　云腴

琼肌冷　冰敲齿　同心厌
玉汁香　雪沃心　两颗烧

孔取小　霜添味　冷侵腑
王贪多　月溜津　香惹襟

剥香玉　珠蜜冷　瑶池紫
嚼寒冰　玉霜酣　大谷红

盘堆削玉　鲜因晓日
齿进流泉　脆得秋霜

胭脂上颊　紫条甘脆
沆瀣充肌　缥实芳鲜

金柯见纪　庄固适口
青玉为称　崔远比珍

融液含雪
投坠成冰

21. 栗子

周社　蜀选　紫縠　北朔
楚宫　汉珍　苍蓬　南安

零也　秦苑　酒荐　猬刺
撰之　汉园　囊盛　霜苞

掷柱
散床

五方座　猿窥户　供女贽
八月零　鹊集林　结宾欢

秦王苑　华山麓
汉帝园　汝水湾

外同拱棘　托根仪凤
内洁冰霜　擅价华山

劝以待士　色黄似玉
置之礼贤　质大如梨

燕地千树
华林一株

22. 银杏

小苦　鸭脚　玉碗　荐酒
微甘　鹅毛　金奁　堆盘

皮绽绿　类绿李　本草阙
核含黄　伴金桃　贡书无

青灿烂　盘根厚　琼肌剥
白玲珑　结子多　玉骨香

绿经霜白　去皮伤绿
坚得火松　剥核去红

23. 橘子

朱实　珠颗　云梦　四老
黄团　琼浆　洞庭　千头

霜浥　风撼　玉液　遗母
露蒸　浪围　金辉　赐臣

绿叶　掷两　苏井　遗母
金衣　怀三　屈庭　赐臣

星散　连理
洲浮　合欢

枝枝日　压枝重　疑带火
叶叶云　漱齿寒　似悬金

扬州贡　谈有叟　凌霜蜜
湘水生　号为奴　冒日光

金丸重　屈原颂　蓬莱殿
玉果垂　陆绩怀　建春山

号木奴　逾淮北
比春君　丽中州

颗遗三百　影临丹地
霜侍九秋　香度碧岑

淮随枳变　黄金皮嫩
禹贡包珍　白玉肌香

王灵纯孝　香皮赤实
楚相忠心　绿叶素荣

芬芳足贵　箕山晓色
雕饰自资　罗浮晚香

用之结客　富比千户
举以名堂　论譬百王

24. 橙子

玉液　和露　分核　映日
金齑　饱霜　刳肠　经霜

同橘柚　纤手剖　香助酒
胜楂梨　宿醒消　熟经霜

黄金卵　金杯软　星攒幄
翠玉浆　玉指香　露湿衣

新霜摘后　色如惊脰
细雨移来　面带犀纹

帕罗香透　纤纤素手
篱落金悬　蔌蔌新盐

25. 柑

丹实　三寸　喷雪　蜡蒂
黄苞　千头　垂珠　金苞

朱实　嚼破　玉指　金瓣
金衣　掰开　金盘　琼浆

布裹
蜡封

经霜熟　甘心氏　霜露爪
带露香　瑞圣奴　雾喷人

罗浮种　披露叶　侵齿冷
洞庭香　掰霜苞　入心凉

系丹实　侔萍实　超玉果
披黄苞　若菱华　若金珰

上元宴
春日携

齿边余味　风翻玉蕊
枕畔冷香　霜染金衣

甘逾石蜜　青犹三寸
寒比蔗浆　黄且十分

酿添酒味　甘似萍实
携听莺声　冷亚冰壶

阆中守吏　东望共食
武陵木奴　西平更生

金衣烂日
素质凌霜

26. 佛手柑

指月　指竖
拈花　拳开

现金界
分麝脐

分来金色　清供莲座
软似兜罗　香伴旃檀

华峰五指　臂将并示
佛地三摩　爪欲全舒

27. 橄榄

翠颗　竹钉　厌苦　渴处
青肤　姜涂　回甘　醉时

投异茗　含鸡舌　君子淡
落红盐　吐凤酥　幽人贞

回得味　输崖蜜　果名谏
苦知心　见金盘　心拟忠

脆逾玉枣　曲传乐府
清胜冰桃　词咏坡仙

翠先磋玉　丹心一寸
青巧缕琼　青子两三

轩名味谏
谱阅群芳

28. 山楂

缀碧
结红

泉垂口
蜜过喉

含津紫实　清香奇品
得霜红梨　美实嘉名

丹腮晓露　名传大谷
玉齿寒冰　种下仙都

回光秋圃　离离玉润
擅美春林　落落珠圆

八、武备部

（一）总说

燕角　越箭　龙盾　虎队
鱼肠　吴戈　象鍪　骡军

雉戟　戍角　铜弩　钩爪
蛇弓　边烽　铁戈　戟牙

横槊　坐甲　减灶　获丑
弯弧　枕戈　登陴　执俘

三略　劲敌　虎剑　鲸鼓
六韬　雄军　蛇矛　虎旗

弓室　三捷　霜剑　阙巩
矢房　九攻　星戈　蔡榆

麾垒　奏凯　奋剑
守陴　书勋　鸣弓

青蛇剑　鱼鳞镇　射潮弩
白虎旗　虎翼兵　挥日戈

凌云栅　鹰犬队　芙蓉剑
偃月营　鹳鹅军　霹雳弧

吹毛剑　黄沙镇　唇齿国
割玉刀　赤壁兵　爪牙兵

君子勇　千斤斧　衔枚勇
圣人威　两石弓　饮羽威

熊罴旅　孙子将　常山阵
子弟兵　岳家军　上谷营

沙中语　三箭定
壁上观　一军惊

伏波聚米　熊渠没石
道济量沙　李广飞泉

杨璇布马　角声吹月
田单火牛　剑气冲云

弓名克敌　吴钩却月
楼号筹边　汉箭捎云

蛇矛丈八
犀甲三千

（二）军旅

1. 将领

豹首　河北　矍铄　虎变
虎牙　关西　英雄　鹰扬

十过　四诫　幕府　分阃
五才　五危　辕门　忘家

戮仆　马服　绝席　长子
杀妻　龙骧　握权　丈人

牙帐　铃阁　持节　九变
星门　斋坛　授麾　八通

移檄　国宝
传飧　士心

喜剧孟　定西域　助大将
忧得臣　震百蛮　佐中军

领南郡　善变化　假黄钺
令寻阳　有智谋　著白衣

如敌国　图麟阁　三百阵
若长城　画云台　五千兵

地上虎　立汉帜　光三杰
水中龙　下齐城　夺六奇

说礼乐　轻一鸟
敦诗书　号二龙

矫矫虎臣　君亲授钺
赳赳武夫　士饮投醪

轻裘缓带　八战八克
羽扇纶巾　七纵七擒

威加北狄　长松都尉
气慑西零　细柳将军

登坛受钺　一枪著勇
推毂总戎　三箭兴歌

虎头燕颔　黄须骁骑
鹗瞬虬须　紫髯将军

王翦请宅　枯松太保
吴汉分田　大树将军

图凌烟阁　无置副贰
勒燕然山　自选偏裨

临阵勿易　恩犹父子
济师以和　义为君臣

雄如马武　转败为胜
少似终军　出死入生

坐知千里　坐见成败
卧护六军　身佩安危

王平进位　贼拜城上
李广封侯　名重军中

断瘧之怖 敦诗说礼
禳鬼以图 雅歌投壶

蒙始就学 求赋余韵
植初校书 悦诗末章

葛巾毛扇
缓带轻裘

2. 名将

喜剧孟 定西域 狄天使
忧得臣 震百蛮 王铁枪

白马长史 唐得虓将
黄骠少年 魏有虎侯

雷霆比怒 识声莫犯
草木知名 惧威自哗

贼拜城上 下马罗拜
名重敌中 来使愿识

3. 偏将

助大将 领南郡
佐中军 令寻阳

权不己制 王平进位
智以相资 李广不侯

4. 女将

夫人城
娘子军

吴宫教战 刀剑环侍
木兰从军 桴鼓躬亲

逾城救父 绣旂女将
拨围出夫 锦伞夫人

5. 士兵

执戟 元老 勇略 先路
枕戈 丈人 爪牙 冠军

爪士 七萃 奋击 死士
牙兵 六师 佽飞 健儿

贝胄 六院 弃命 龙武
缇衣 七科 射声 神威

流电 雁子 控海 负羽
飞星 鸦儿 凌波 执羁

节下
行间

猷克壮 贾余勇 军有礼
力方刚 争先登 兵不祥

楚二广 攻无备 战则克
晋三行 出有名 师有攻

二璋起 都君子 核冗食
七校修 恶少年 斥虚名

聚广武
立黎阳

师称君子　霜戈万队
兵号仁人　铁马十群

控弦百万　三河侠士
被练三千　六郡良家

敌王所忾　五营骑士
与子同仇　三辅少年

防微杜渐
居重驭轻

6. 军队

七萃　爪士　死士　贝胄
六师　牙兵　健儿　缇衣

六院　奔命　流电　云翼
七科　射声　飞星　铁林

禁兵　雁子　龙武　节下
亲军　鸦儿　神威　行间

奋击　控海　负羽　负重
佽飞　凌波　执羁　引强

秦锐士　都君子　聚广武
魏武兵　恶少年　立黎阳

核冗食　熊罴卒
斥虚名　皂藻师

少康一旅　戎分二广
若敖六人　家起一人

三河侠士　虎士八百
六郡良家　君子六千

轻车介士　控弦百万
羽林孤儿　被练三千

兵似鸟翼　召之羽檄
卒如虎牙　被以虎文

西园八校　防微杜渐
北军五营　居重驭轻

干强支弱
尾大中干

7. 阵

偃月　燧象　四兽　背水
横云　火牛　六花　迎云

违晦　百里　背水　石垒
善师　七来　因山　车蒙

越雁　未学　腾蛇　积卒
郑鹅　立成　飞龙　钩陈

勾卒　诡设
萃车　强名

鱼丽出　分五队
雁翼张　列八行

先偏后伍　为鹅为鹳
左圆右方　如火如荼

直木锐火　羊群犬聚
圆土方金　箕张翼舒

依李靖法　行阵和睦
如项籍军　军容整齐

缘山入谷　堵压云覆
握机连衡　山布星陈

步南骑北
形圆体方

8. 训练

教士　烦阵　明耻　练士
训戎　校旗　斗心　选锋

训旅
练兵

板为鼓　怀忠孝　修车马
瓦作金　动鬼神　煅戈矛

建而不旆　戒尔车乘
征则有威　修我甲兵

搜乘补卒
秣马厉兵

（三）战争

1. 征伐

匡国　七伐　攻昧　耀武
正邦　四征　示威　观兵

扬黄钺　有惭德　扬军旅
赐彤弓　启戎心　取凶残

执有罪　伐大越　乘王怒
救无辜　征西戎　行天诛

六月北伐　观衅而动
三年东征　未发先闻

葛伯不祀　斩祀煞厉
羲和废时　井堙木刊

奉辞伐罪　无侮无拂
受命忘家　匪安废游

犯五不韪
备三有余

2. 军容

四骐翼翼 央央旂旐
驷騵彭彭 悠悠旆旌

元戎十乘 雷辎蔽路
屯骑千营 百两弥途

铁甲霜野 旗帜蔽野
朱旗绛天 干戈若林

戎车齐轨 金钺镜日
雄戟耀铠 楼船掩江

兵皆武库 鼓鼙沸野
军如邓林 戈铤彗云

轻车霆激 佩戈飒沓
孤剑飙驰 结驷缤纷

虹旗电掣 白羽森月
介马云罗 素甲生波

援戈挥日 吴骖走练
行马流星 冀马追风

千乘雷动
万戟林行

3. 兵势

似风似火 乘风附景
如雷如霆 骇地震天

烈霜委草 江河溉火
猛虎驱羊 鸿炉燎毛

鹗下鹰击 如山压卵
兔走凫飞 似雪投汤

云行风动 风行电照
飙腾波流 山苞川流

殷天动地 折枯汤雪
崩山决塘 拉朽摧冰

决水千仞 锋摧九虎
扬兵九天 电扫八纮

4. 交战

义战 皆阵 迁舍 惧貌
德攻 合围 乘墉 忘身

劲敌
锐师

蒙矢石 成八阵 贼辟易
寻干戈 张三军 众披靡

开一角 征沙漠
动九天 破郅支

小怯大勇 百战百胜
夜火昼旗 七纵七擒

炎燧四举 衅鼓染锷
兵火俱攻 带剑挟弓

张辽冲垒 飞梯临阁
曹仁突围 堕垣敝楼

两军未憖 靡旗摩垒
十乘先行 矫剪控弦

整肆鹅鹳 功振七略
率是熊罴 勇冠三军

见胜则起 冲内击外
遇时不疑 远交近攻

披发入阵 弃船登岸
悬布援人 舍马操戈

5. 水战

三翼 棹卒 青雀 油缬
五牙 篙工 黄龙 红灯

散豆 烧锁
扬灰 焚船

凿鹤水 击东越
开鹊河 会番禺

纱帽转式 舍于淮汭
铁龙压神 获其艅艎

扬帆盖海 麾船令退
载草焚桥 牵舰而还

舳舻衔尾 阻水解甲
旌旗蔽空 反舟顺流

穴船擢桨 画地习战
缒绠曳舟 载绳渡江

6. 计谋

胜算 阴计 独见 军要
善谋 奇谋 先知 兵机

独断 请画
专谋 受成

如处女 知得失 运长策
避怒蛙 图安危 能远谋

纵战舰
刻石牛

俯首匿爪 克敌出奇
振鞭绝弦 运筹决胜

范匄塞井 蒸粟得地
庹尚焚营 画女开围

虎皮蒙马 束刃牛角
龙文画牛 缚戟马头

载土覆豆　廉范缚炬
使舆曳柴　杨璇鼓灰

回船受箭　卧旗息鼓
开门偃旗　按甲寝兵

因虚乘散　不苟接刃
观怠击疑　以奇用兵

蓄谋而俟　割筒弃豆
得策则行　唱筹量沙

定计千里　出其意外
决策九重　落吾彀中

7. 料敌

问将　观衅　开赏　应变
计粮　相时　成擒　审因

乘怠　制胜
捣虚　如神

先自败　佯不及
悔欲亡　示有余

画地成图　鸟惊兽骇
聚米为山　乌乐马鸣

才岂敌裕　二卿相恶
智足平梁　三军数惊

兵分势弱　乘衍胆破
师老衅生　及布气衰

8. 营垒

控鹤　星列　偃月　遏水
驭龙　云屯　浇沙　飞山

相次　陆换　莳树
以藩　彭亡　起沙

曹公垒　八军据
魏主营　四面围

将军新筑　峻池御敌
壮士夜巡　细柳屯军

塞井夷灶　屯于中垒
登山掘营　领是大军

9. 伏兵

思险　设伏　涧口　道侧
虑无　潜师　冢间　莽间

为三覆　据洞口　匿城左
伏万弩　夺望楼　伏湟中

隐兵堤里　刺岳字帜
伏骑沟中　树鲍老旗

10. 边防

入保　乘障　慎守　紫塞
出遮　灭烽　荡摇　黄沙

雁塞　思启　葱岭　一障
龙城　劝耕　榆溪　三垂

缓耳　属国　备库
雕题　裨王　筹楼

秦戍卒　铜柱界
汉尉侯　玉门关

（四）兵器

1. 刀

腾马　赤冶　迎雪　周宝
斩鲸　白杨　含霜　孟劳

决云　偃月　焉用　割玉
剪水　飞泉　善藏　鸣鸿

周宝　漏影　斩虎　铜口
吴刀　脱光　屠牛　金头

切玉　入水　芟草　金削
采金　刺山　断丝　银装

金苦　芦叶　破阵　警恶
木辛　麦芒　拆封　断蒙

五色　百胜　赤鹊　泉洗
万人　二仪　青蛇　玉磨

凌统舞　白虎象　藏裙下
专诸持　金马形　投沟中

赠金错　刀锋试　腥闻血
缠锦绦　磨砺须　雪裹身

秋冰薄
明月环

光摇冷电　光添一尺
气凛清风　价值千金

藉而安体　带环泻月
拥以雄身　引鉴含泉

腰间常佩　将军赐固
裙下私藏　刺史与祥

陆刿犀兕　怀入帐下
水截鲸鲵　拔向桅工

2. 剑

紫电　挥马　龟甲　倚天
白虹　化龙　龙文　冲斗

吼血　兰叶　掩日　练带
吹毛　松纹　流星　霜花

金颖　龙藻　楚铁　犀表
铁英　龟文　齐金　鱼文

赏魏 占气 坠竹 斩马
赐冯 候天 带槐 买牛

曳影 气白 灵宝 断水
灭魂 色青 扁诸 破山

巨阙
辟闾

穿屋去 炉中跃 鱼肠刺
刻舟求 匣里吟 虎气腾

季札挂 提三尺 项庄舞
庾公求 敌一人 渔父辞

错荆玉 三尺水 添健仆
缀骊珠 七星文 作神兵

候月蚀 五色匣 东方学
采山精 千金铭 司马传

卫君子 倚天外 铸兔胆
断佞臣 入指端 刻龟形

撞玉斗 遗龙凤 断犀兕
生神芝 碎狻猊 挥雷霆

湛如照水 土拭而艳
光若流星 兵动则飞

镇山沉水 利能切玉
断犀截鸿 鸣或劓钟

武丁照胆 男女进火
太甲定光 蛟龙捧炉

淬锋敛锷 磨华阴土
炼质定形 代真人形

陆刳犀甲 断金切玉
水截轻鸿 斩犀截蛟

青龙突阵 翘遗元翼
黄蛇绕滩 燧赠光颜

各投五岳 镌魏武字
永治四方 刻汉平名

3. 弓

乌鞘 玉靶 霹雳 倕作
虎韔 铁胎 凤凰 羿精

白竹 犀角 桑质 落月
青檀 象牙 桃文 流星

七干 绣质 蜃珧 定准
四材 绿沉 象弭 成规

越棘 弦木 西序 遗卻
楚桃 饰金 东房 招虞

黑干　杨干　晋竹　救日
青檀　桑弧　越麻　观星

备盗　象骨　宛转　备坏
锡功　麋筋　安危　除灾

霹雳　夺弱
彷徨　挽强

麟胶劲　郭公锻　六材具
燕角良　贤令磨　九合成

梏华弱　增二石
贡孙权　减数斤

翩其反矣　射蛟云梦
高则仰之　饮羽石梁

繁弱分鲁　吟猿落雁
屈庐贺吴　洞札穿杨

鲁君惧反　双带两鞬
周公受藏　叠挽四弓

阳虎窃大
奚康引强

4. 箭矢

破叶　如雨　窃二　复一
穿杨　象星　遗三　连三

雁避　鸭嘴　电影　青镞
猿号　狼牙　风翎　赤茎

朱羽　饮石　夏服　鹓尾
青茎　发铜　赵鞴　羊头

金仆　信往　毒铁　中法
石砮　忘归　焦铜　附星

相属　彻札　插羽　集目
既均　在弦　攒喉　著眉

贯盾
中镮

张侯折　淇园竹　精四返
庾公抽　董泽蒲　妙三联

夷牟作　藏武库　激则远
会稽称　盛锦囊　入益深

单易折　中双凫　青竹竿
众难摧　贯二雕　赤雁翎

摩地截草　张口啮镝
附肤落毛　贯手著棼

纷然雨集　过山刊石
飙尔虹飞　破竹灭羌

藏之武库　流矢蔽日
盛以锦囊　纤缴乘风

三重已固　色不可犯
五色弥鲜　忠固能为

环宫何戏
伏窟堪虞

5. 甲胄

矢集　犀甲　亘野　制革
组连　鲛函　齐山　为容

宋弃　金锁　善谷　蹲射
楚哀　鱼鳞　私藏　束趋

浴铁　兕革　益赵　郑兕
缧金　犀皮　缮京　楚蛟

夹陛　伏窟　献魏　裹罽
环宫　等山　贺吴　皲氈

被露　察革　求敌　金锁
执冰　袒橐　畜兵　绿沉

异物　蒙皂　六属
恶衣　披朱　七重

涂金漆　积熊耳　郑最劲
缀珠緌　悬鱼门　燕能为

赐箭袖　缧金线
著明光　锁蛇鳞

被甲游水　笠如能覆
重铠注坡　轮亦可蒙

6. 戈戟

挥日　后殿　杀犬　铸器
投壶　先驱　击蜺　执殳

乌集　无掌　开雪　弃市
鸡鸣　有衣　随风　免官

逐子犯　郎官执　含日刃
击阖庐　队长持　驻雕鋋

除残恶　广寸半　吕布射
戒非常　兼五兵　王胡持

请十二　前徒倒
持一双　同室操

朝提玉塞　秋月竞色
夕耀金门　晨离夺晖

分列丹陛　韩滉不请
交映彤闱　王濬欲容

方相驱疫　负以长叹
旅贲夹车　持而大呼

坏为戏具　振戈待旦
用以前驱　担戟行歌

范金成刃
斩木为干

7. 盾

赎罪　蒙伐　木荐　余竹
捍身　犀渠　碧绫　编荆

版案类　提弥执
磨盘为　凿齿持

物莫能陷　鸾鸟戴盾
时之所珍　刑天舞干

8. 马鞍

悬柱　迎鲁　赐赵　暖玉
照人　赐桓　遗孙　涂金

献玉　青玉　砺镞
结珠　琉璃　溃围

发高岳　赏战士　气如火
挂长林　赐近臣　光照衢

呼延作字
李泌请分

9. 鞭

楚令　曹赋　持铁　投策
秦谣　李铭　埋铜　执鞭

数马　拄地　占梦　剪水
齐人　指天　齐刑　蟠桃

击亭长　捉青柄　赐特勒
督生徒　见锦囊　贶建封

鞭赑屃
撖骷髅

10. 旌旗

翠凤　指敌　蔽日　熊虎
黄龙　骇军　飞空　龟蛇

警众　尚黑　在浚　设道
招虞　举青　沿河　表门

赤羽　大赤　鸟集　五法
朱竿　赭红　电翻　九名

法鸟　尚赤　四兽　五色
拟虹　设黄　五牛　九旒

告善　拽地　蟠地　招士
饰香　守城　拂天　纪功

不利　反旆　就卷　照日
有翩　亡旃　启行　相风

扬彗　白鹊　被羽　黄鹿
载云　苍乌　裂裳　赤熊

玉马　卷雪　甘露　野马
金牛　制云　祥云　驯犀

方叔旆　分彩雉　蛟龙会
鲁侯旂　曳舟虹　簇仗齐

赐黄鸟　内弢去　贵贱表
法青龙　投衡出　物采分

掠商布
裂袓衣

白若霓素　纵横八阵
丹发珠光　舒卷三军

虹晖接曙　相绕败象
桂影连霄　前指胜征

韩信拔赵
耿弇据城

九、九流部

（一）宗教

1. 佛教

鹿女　鹫岭　半偈　面壁
鸽王　鸡园　三摩　传衣

宝相　香国　七宝　白足
金容　福田　三乘　赤髭

讲律　杯度　海月　打坐
颂经　锡飞　洞云　罢参

茅屋　采药　舍利　发字
蒲团　题诗　牟尼　转轮

彼岸　入定　开士　长老
上方　悟空　支郎　上人

法矩　飞钵　划草　法器
慈航　雨华　传灯　善根

慧剑　结社　觉路　甘露
戒珠　构园　度门　慈云

脱屣　回向　慧业　大觉
摄心　执迷　尘劳　真如

见性　心树　狂象　意树
忘心　禅枝　毒龙　心莲

欲网　觉路　离相　慈室
爱河　迷川　断言　慧门

龙步　金海　金界　七满
鸾音　露山　宝洲　八平

宝饰　现足　狮座　福舍
珠装　化身　蜂台　梵轮

法界　绀马　断臂　逢蟒
恒沙　火龙　息缘　灭魔

螺髻　面壁　玉镜　六法
龙音　坐山　铢衣　五门

平叔　离日　鹰俊　松柏
拘邻　弥天　鹏耆　梧桐

制论　哭杖　度蟒　振锡
赋诗　食针　伏狮　乘杯

飞锡　骑马　堕雁　唤虎
雨花　食鸠　闻鸦　弄狮

巢鹊 金舌 投海 玉带
召鱼 布毛 游庄 草鞢

莲社 破灶 心镜 法眼
虎溪 方袍 额珠 妙心

定慧 燕子 正觉 八戒
止观 桃花 利根 四禅

入定 离相 悟法 舍筏
安禅 归空 断言 忘筌

梦枕 狮子 星劫 心地
飞钵 鸽王 日城 手花

七品
八方

超九劫 不信法 旃檀佛
消三幡 无量心 日月心

众香国 罗汉果 如来座
无垢衣 菩提因 弥勒龛

坐石修 慈悲室 有为法
拈花笑 自在天 无碍心

广长舌 莲花界 金粟影
清静身 贝叶书 玉毫光

虎受戒 三衣法 兜罗手
龙听经 一指禅 卍字胸

莲生钵 香积饭 散花室
石点头 袈裟衣 选佛场

金精发 珊瑚舌 金花面
珠火眉 琉璃咽 珠泽毛

舍利子 妙喜国 极乐界
法喜妻 舍卫城 大愿船

共命鸟 随座衣 莲花偈
护禅龙 摩尼珠 贝叶经

得骨髓 咒龙雨 香还顶
授袈裟 仙人星 雪过腰

云霞思 三衣法 庄严相
水月心 一钵歌 方便门

第一机 三世火
不二门 七圣财

三千世界 清莲喻法
十二因缘 白月传心

一尘不染 雪山童子
万法皆空 莲叶小儿

雪山罗汉　波澜万顷
鹫岭菩提　崖岸千寻

一瓶一钵　邀云留室
无我无人　剪云补衣

意花不染　灵机入证
胜果争攀　妙谛因心

七心尽妄　楚王赎罪
八法皆空　梁帝舍身

心香意叶　化通万物
忍草灵花　觉悟群生

青莲妙相　颊如师子
满月金容　身有日光

法流后汉　化流中夏
道成周初　教起西方

革囊见试　飞鸟投果
秽尸敢行　枯树生枝

长天秋月　不闻不见
水上青莲　无念无营

光明遍照　斩新日月
智见独存　特地乾坤

神通变化
相好光明

2. 菩萨

梦枕　狮子　星劫　心地
飞钵　鸽王　日城　手花

七品
八方

象猴友
鹦鹉王

天子按树　游戏车上
帝释听经　倒植泥中

3. 僧

六法　平叔　离日　鹰俊
五门　拘邻　弥天　鹏耆

松柏　哭杖　制论　度蟒
梧桐　食针　赋诗　伏狮

振锡　飞锡　骑马　堕雁
垂杯　雨花　食鸠　闻鸦

唤虎　金舌　巢鹊　投海
弄狮　布毛　召鱼　游庄

莲社　玉带　破灶　心镜
虎溪　草鞋　方袍　额珠

长老 福地 觉性 听法
上人 善根 修行 观心

刻漏
传灯

杯度钵 咒龙雨 伊蒲供
花氏城 仙人星 水田衣

忍辱铠 离尘服 香还顶
无垢衣 消瘦衣 雪过腰

即色论 执惠炬
剃头书 知劫灰

碾石大水 革囊见试
咒钵生莲 秽尸敢行

黑衣宰相 飞鸟投果
臭泥莲花 枯树生枝

游方无住 脱略尘境
演法有缘 皈依法门

诸漏已尽 悟无生理
五蕴皆空 持不染心

尝水卜地 寒灰死火
买山结庵 翠竹黄花

4. 尼

持戒 玉体 佛性 题壁
写经 金刀 禅心 赠诗

翻贝叶 芳裙叠 焚香净
学梵声 翠黛销 步莲迟

嫁嫌碧玉 云鬟早断
发落青园 艳色归空

法门洗志 药炉独守
静夜诵经 碑字闲摹

5. 寺庙

桂宇 松院 金地 佛阁
莲宫 竹房 珠林 经楼

斋鼓 石室 宝树 鹫岭
粥鱼 云龛 云幢 雁堂

荐福 精舍 丈室 咒钵
迎祥 梵宫 禅房 经坛

白马 鹿苑 鹫岭 三会
青鸳 鸡园 雁堂 四台

梵刹 金刹 宝坊 柰苑
化城 宝池 金绳 桑门

天保 香室 兰若 象塔
众封 绀园 招提 龙宫

甘露 遗爱 剑水 雪窦
栖霞 慈恩 香山 云门

衡岳 毁院 脂帝 轮相
湘宫 市田 浮图 露槃

瘗雁
悬华

旃檀阁 维摩室 香成雨
薝蔔堂 梵帝宫 福有田

莲花界 临丹壑 飞花阁
贝叶宫 隐翠霞 交露台

塔标孤影 梵闻三界
钟透夕阳 香彻九天

金河证果 海当亭面
石室安禅 山在寺心

天花昼下 地多灵草
法雨晴飞 室有定泉

丹丘抗月 泉无三伏
碧洞栖霞 松有六朝

剑池草色 须达布地
石座苔花 迦兰施园

隅楼四起 番僧持像
重阁三层 梁武舍身

金像自出 银山铁壁
铁佛将移 金地珠林

真如会法 珍楼宝屋
玄奘译经 广殿长廊

公权书额 画壁罗汉
元章隶碑 刻丝观音

琉璃地道
日月天宫

6. 道教

洗药 索象 松骨 姹女
种桃 赠鹅 鹤心 婴儿

行气 野鹤 竹屋 种玉
练形 孤云 松坛 烧丹

清静 药灶 霞帔 方士
虚无 丹台 星冠 真人

烂石 卖药 缩地 抱一
煮金 吹箫 行天 含玄

控景 上法 仙箓 气祖
步虚 元修 羽衣 帝先

生一　梦日　紫脑　衔日
贷三　感星　绿筋　戴星

双柱　九患　三过　道品
三门　五难　五情　祸车

授业　不器　观复　妙有
观形　无名　葆光　虚无

烧汞火　道心熟　九三鼎
洗金盐　仙骨轻　六一炉

漱金醴　禀戊己　栖瑞凤
吞玉英　守庚申　养灵芝

烹五彩　乾坤鼎　迎蓟子
炼三花　日月轮　识壶公

探石脑　绛雪饭　椿并寿
炼松脂　白云田　鹤知年

剖李腋
托洪胎

鹅笼换字　然香雨上
石鼎联诗　击磬云中

炼石三转　灵竿有节
烧丹七飞　至药无根

天炉地鼎　衣缝蕙叶
日魄月魂　巾篸笋皮

衣飘鹤羽　长生碧字
帽结熊须　延寿丹泉

风云守一　灵竿有节
龙虎全真　至药无根

龙收古剑　房迷紫翠
鹤识神丹　城锁芙蓉

玄女香气　绿肠朱髓
圣母梦云　苍肾青肝

惟恍惟惚　圣人尊道
一阴一阳　上士勤行

7. 道士

素券　无友　鬼谷　三景
赤明　悟师　稷丘　二晖

青赤　占色　迎母　玉局
玄黄　观心　遣妻　金门

给户　吞奕　索象　得剑
贵人　烧香　赠鹅　拥琴

给俸　绝粒　敲磬　养素
置阶　餐花　进筝　探玄

守一　真宅
引三　玄关

西门惠　篆八字　回风术
东园公　隔两尘　步虚声

吸光采　玄玉水
含醇和　华池浆

乞长生诀　扮船绝嶂
合大还丹　结宇中茅

8. 女道士

珠佩　击磬　月帔　驾鹤
花冠　吹箫　云衣　乘龙

抛锦字　琼山雪　师阿母
着霓裳　瑶水莲　疑麻姑

醮坛画绿　星冠霞帔
药院花红　雾袖烟裙

早辞金屋　不惭弄玉
宜向雪峰　应学嫦娥

9. 道观

福地　银阙　白鹤　云洞
仙都　珠宫　青牛　蓬壶

蕙帐　桂影　崇福　鸾鹤
芝房　松声　宝慈　松篁

丹穴　玉题　琳馆　金灶
露盘　金榜　璇台　石坛

金洞　西华　玉宇　金阙
玉虚　北灵　琼楼　丹房

鹤观　霞馆　贞观　神馆
龟台　琳宫　祠庭　贞宫

靖馆　紫府　碧洞
贞庭　银宫　丹台

白鹤观　真人府　真石室
青羊宫　太上家　小方壶

仙人馆　五云抱　开八景
玉女台　七曜悬　上三危

明霞宇　蔡经宅　淡泊境
流霓庭　陈抟居　简寂居

仙坛洞府　幔亭彩屋
璇室琳宫　茂林清泉

珠亭琳馆　列圣攸馆
金榜瑶台　众圣所居

洞闻流水　磬声小院
坛拂落花　灯影高房

庭流松响　玉殿连汉
户接云根　金堂架烟

花源接涧　庭罗花鸟
石磴攀云　室静尘埃

蝉谈玄妙
花悟色空

四部无碍　后主顿颡
三论尽通　刘勰燔须

始乎东汉　金绳玉检
著自西周　琅笈云书

微言广被　五真新颂
遗训遐宣　九天旧章

10. 典籍

玉牒　真教　释卷　金偈
银函　至言　僧签　玉书

鸽集　宪典　金记　云篆
鹅听　梵文　丹经　龙章

金字　鸽入　翻译　贝叶
贝文　马驮　受持　琅函

白法　妙辩
玄言　雕谈

梅子熟　入定影　一万字
黄花香　止观经　五千言

陀罗咒　莲花偈　梵王字
般若经　贝叶书　释迦文

青鸟献　千花藏
赤雀衔　万宝编

11. 神仙

蓬海　橘叟　梅尉　桂父
壶天　桐君　葛仙　茅君

叱石　捉月　琴伴　宝鼎
剪绫　凌波　鹤随　玄田

酒客　弄玉　掷米　辟谷
壶公　飞琼　散花　餐霞

煮石　萧史　缩地　火枣
蒸丹　麻姑　飞凫　交梨

金母　园客　陶正　鱼吏
玉妃　山图　木工　龙师

贯景　乘虎　膝印　食枣
餐霞　牧羊　身光　献桃

汗漫　白鹿　青鸟　种杏
逍遥　青牛　白龙　偷桃

四叟 坐瓮 骑狗 磨镜
三君 入壶 钓龙 呼钱

瑶草 饵桂 逐犬 乞树
金花 啖花 斩蛟 食松

留饭 磨镜 卖酒 驾鹿
荐羹 抚琴 裹丹 乘鹅

引犬 驾鹤 金马 出猎
牧羊 骖龙 碧鸡 侍游

致力 吊矣 不怒 无渎
知奸 裁之 自祇 必安

烟驾
霞衣

服绛雪 苏君橘 符六甲
捣玄霜 王母桃 衣五铢

黄金路 赤松子 青鸟语
白玉京 黄石公 紫鸾歌

夏致雪 银汉女 长生诀
冬生瓜 玉真妃 不死方

九节杖
五云车

佐禹治水 三天司直
为秦将兵 九江真人

蓬莱都监 万民以服
江湖散仙 百姓与谋

鸡鸣天上 湘娥鼓瑟
犬吠云中 秦女吹笙

闲抛南极 麻姑仙爪
笑指东溟 毛女轻身

千年丹篆 八仙有迹
一梦黄粱 十种无常

绛都太史 金台紫馆
碧落侍郎 玉宇琼房

三千珠阙 逡巡造酒
十二碧城 顷刻开花

渡江画扇 丹房玉局
向井呼钱 紫府清都

潢潦可荐 神仙难致
山川亦宁 政化易伤

空思脱屣
不务垂衣

12. 鬼怪

阮论　结草　豖立　还帖
宋征　载车　雉飞　赠巾

盗盏　难见　罔象　忠义
徙床　无为　浮光　淫昏

妖鸟　蛇斗　驴鼠　犬祸
祥桑　石言　羵羊　狸妖

去乐
射声

被薜荔　焉能事
着衣冠　有所归

进士投启　黄熊入寝
美人掷书　白虎啮骖

犹能为厉　窗前大手
耻与争光　灯下纤腰

(二)技艺

1. 技艺总

掷豆　心悟　画凤　雕楮
击钱　艺精　屠龙　斫轮

轮奂　穿柳　推步　择术
矩规　种瓜　知来　知人

六甲　壮士　眼挂　激水
三奇　飞仙　腹旋　飞竿

履索　舞袖　宝马　医鹤
吞刀　飞檐　金球　种鱼

射覆　度曲　月斧　金液
书空　弹棋　风斤　银丸

跳珠　虚幻　骰子　画虎
吐火　杳茫　马儿　涂鸦

召鬼
隐形

汉武帝　生百果　生枯木
任文公　钓鲈鱼　活死人

空仿佛　浑是巧　秋千架
谩形容　总是非　蹴踘场

投壶饮　囊中术　操网钓
试马狂　肘后方　鼓刀屠

水中看月　削竹为鹊
镜里移花　刻棘成猕

养鸡若木　胸有成竹
贯虱如轮　目无全牛

公孙舞剑 吐五色水
宜僚弄丸 缘十丈竿

空中云髻 画江而渡
日下罗衣 禁水不流

段翳风角
京房易林

2. 射术

绎志 栖鹄 祈爵 六耦
循声 丽龟 设丰 三侯

饮觯 贯札 择士 彻羽
执旌 穿杨 序宾 鸣弦

陈乐 有志 设楅 五射
备仪 上功 树鏃 六钧

乘矢 挟矢 决拾 审固
全筹 应弦 弛张 引强

烹狗 善息 毙虎 狸步
赌牛 绝伦 中羊 龙旜

六尊 溢的 落雁 分竹
八仪 冠军 堕鸱 悬莎

插蔗 辟圃 双鞬 看月
帖梅 开堂 两豹 望云

抟矢 获兔 遗马
折弓 中凫 赐金

穿鹭目 落一雁 夸百步
贯虱心 贯双雕 庆三连

威天下 引猿臂 中瓶窦
为诸侯 控乌号 穿戟枝

畏神箭 殪野马 毙苍虎
引劲弓 获豪猪 射黄羊

祖朱襦 曲台礼 洞黎耳
掷画毬 射宫诗 中带钩

贯童髻 贯楯甲
中刀环 洞辕门

一矢复命 君臣合射
五彩张侯 父子为鹄

诚穿寝石 马鞭蛉翼
巧贴写珠 甘蔗鸿毛

辕门画戟 横刀插箭
关口牙簪 伏弢啮镞

奇能破的 舍拔则获
发必应中 顺羽而兴

引弓雁落 将观盛德
矫矢猿啼 必慎令仪

射而选士 决拾既佽
燕以序宾 弓矢斯调

封兕欲斗 怀中吐月
猛虎方腾 弦上悬衡

目如流电 拘火待鹿
势若追风 从猎获狐

雀屏中目 番象蹂阵
雁臆贯钱 砦卒坠楼

玉带旌勇 御仪鸾殿
宝剑赏能 出戏马台

赏花禁苑 一箭窒水
赋诗翰林 十矢贯仗

乘六闲马 筈镝连坠
著五色衣 寝石忽穿

丛髭负土 雪鹤衔箭
飞雉集庭 星麟集弦

设丰设幅
执弣执箫

3. 弹

挟左 飞土
在旁 逐金

折鸥翼 生鹄取 得朋友
恶鸮声 异雀弹 中鸢群

弹燕雀 贯桐叶 抛林外
毙鸳鸯 撒槐胶 掷墙头

悬仙像 落飞鸟 来金市
捕帛书 打流莺 傍玉舆

谏父挟弹 挟弓后苑
观人避丸 持弹新亭

庙前击鸟 藏身打雀
殿上除枭 升楼射人

送丸落羽 飞丸中鹤
弹巾折簪 应弦毙乌

郑寅弹树
刘隽中壶

4. 御术

受辔 执策 磬控 数马
负绥 展軨 周旋 将军

效驾 御骥 应手 循轨
授绥 训驺 和心 护轮

彘出　齐策　威马　中手
马奔　绝鞭　调车　良工

控奔骥　困吴阪　驱千里
惊飞蓬　陟太行　接八荒

服欲步　舞两骖　一夷险
骋若飞　行千里　范驰驱

慕晏子　周两柱　排阊阖
御李君　舞交衢　蹈昆仑

雕轮饰
和鸾鸣

如组如舞　王良执靶
中矩中规　韩哀附舆

日行月动　秉辔授受
星耀雷奔　得心应手

安其教训　登车思获
范我驱驰　并辔援枹

骖结而止　进退有度
御失其驰　徐疾不愆

将调马性　规行矩步
以合人心　既行且驰

急辔数策　致师求御
良马固车　执经相马

驱车百步　翟文饰乘
总辔万寻　朱衣执舆

御马宫内　纤阿执辔
效驾圃中　蒲梢偾辕

马自旁逸
骖从后呼

5. 数学

意算　求一　百家　两地
心机　识三　五曹　参天

树表　折短　知远　股四
立竿　割圆　望高　勾三

知终
书筹

穷九九　窥海岛　握纵横
积三三　指青丘　通微妙

壁下美酒　心计成数
俎上蒸肫　屈指发疑

商鞅三术　王恂名著
隶首九章　祖暅艺精

指屈心计　善算国用
头乘尾除　巧计军需

借虚征实　钩深致远
以少除多　贯幽入微

买鸡百只　纪一协十
驱羊一群　长百大千

由小推大　生变靡尽
以方出圆　循环无穷

率羡要会
补亏就盈

6. 弈棋

坐隐　斗智　飞电　小数
手谈　争光　旋花　犹贤

清簟　橘隐　争道　守默
疏帘　桐吟　通神　藏机

致志　投局　问易　几局
忘忧　烂柯　赌诗　两奁

运智　对面　玉局　马鬣
通神　闻声　石枰　龙牙

乱局　守分　适性　三派
推枰　惜名　虚心　十谈

言阵　静算　方罫
见智　闲争　侧楸

钓空钩　观乾象　斗黑白
落飞雹　数天星　象阴阳

输三物　檀心子　白鸚鹉
消两轮　金面盘　墨狻猊

敲云碎　探虎穴　支孤垒
惊梦残　割鸿沟　保一隅

刻龙脑　宜檐雨　文桑局
然鱼脂　对秋灯　响玉盘

杀活手　一色子
胜负心　四脚盘

废时旷日　形如蛇穴
失礼迷风　势似兔宫

雁行络绎　松窗布势
鱼阵纵横　竹院敲声

蛛丝蜩甲　石幢花影
马目雁行　夜雨秋灯

居然八阵　文楸玉子
还止一枰　沟水铜池

两衮黑白 白猧乱局
一纸雌雄 青龙吐经

谢安别墅 烂柯不觉
羊公赌城 闻劫何惊

羸师延敌 博弈为戏
运计乘虚 典禁犹明

方圆动静 邸前悬帜
阖辟纵横 席上谈兵

花六持七 古松流水
缀五饶三 清篁疏帘

笼手熟视 执棋手颤
捻鬣徐思 争劫神恬

忿殴刘树 常若未解
恚曳裴遐 伪为不胜

7. 赌博

得雉 解带 行采 出玖
成卢 褫裘 计筹 投琼

赌郡 三齿 揽箸 碎局
与金 两行 操桡 击盆

解带 迁怒
夺装 露诚

袁投马 整冠誓 象日月
谷亡羊 绕床呼 分阴阳

呼五白 临正殿 遇美女
赌千金 升高崖 睹仙童

背两目 唤太尉 斫五木
张四维 擢参军 列二关

连呼成白 重门据险
五掷皆卢 数点争雄

好行小慧 倾财破产
当惜分阴 结党连群

劳情损思 将为智获
废日妨功 岂在力求

歌筵酒席 琼施五采
戏谷铭山 盘列六行

增由唐后 失又何损
制自魏王 戏有何妨

厥名簙毒
亦号撩零

8. 投壶

矫懈 闭目 还矢 讲艺
自娱 注心 隔屏 劝功

奏乐
歌诗

叙先后　庆多马
循始终　赌青龙

司马更格　偶尔中耳
上官著经　几乎败壶

主人奉矢　一马二马
酌者行觞　五扶七扶

9. 蹴踘

高下　两两　投间　望远
回旋　三三　破愁　捎空

星乱下　彩鸾舞　汗沾面
月来飞　紫凤翻　尘扑眉

袖笼玉笋　人颜似玉
裙露金莲　球体如珠

拂地还起　绿杨树下
从空倒回　红杏阴中

10. 秋千

红索　飞燕　风细　柳际
碧绳　彩云　月明　花边

对蹴　寒食　笑语　深院
争高　清明　轻盈　高墙

斗花蝶　疑攀凤　彩绳引
乱虹蜺　似堕楼　画板乘

乍升弄玉　板沾红雨
吹下飞琼　绳挂绿杨

红裙垂地　花间踏月
翠袖如云　柳外攀风

11. 竞渡

急桨　理櫂　棹影　仙杖
轻帆　建标　鼓声　彩红

竿头挂　马旋泞　长絙整
坡上呼　龙曳云　小艇平

蛟龙得雨　彩旗夹岸
螮蝀饮河　罗袜凌波

12. 风筝

侔鹊　坠雨　半纸　就日
学乌　穿云　一丝　临河

膺系缕　乘风送
趾续绳　避雨回

舒藏掌握　但凭绳系
动息丝纶　何假羽丰

风吹碧落　线窃慈母
弦响青空　风送大王

13. 杂技

轮扇　厌虎　走索　秘戏
磨车　屠龙　戴竿　眩人

蹴鞠　竞渡　燕濯　蹀马
打球　拔河　鸟飞　舞轮

雕鸾鹤
化鱼龙

竹木为鹊　驰技弄剑
牛马易头　吐火吞刀

高緪百尺　漱水集雨
浮屠十层　画地成川

公孙舞剑　吐五色水
匠氏运斤　缘十丈竿

(三)行业

1. 农

怜夏　稽事　秧马　蹠耒
望秋　农功　土牛　扶犁

比栉　父菑　鸦嘴　戴月
崇墉　子播　鹤头　趁晴

食力　望岁　置社　趋耨
劝功　逢年　犒牛　服耕

区种　辟地　肆力　待雨
火耕　垦田　就功　及时

登谷
敛稌

侯天驷　土膏起　剪荆棘
出土牛　地财生　斩蓬蒿

一犁雨　三寸泽　岁其有
万顷云　十分秋　田既藏

谷雨后　锄陇上　衣袯襫
杏花时　笑灯前　戴茅蒲

收十二　鞭贼稻　按末作
获百千　刑上功　察不勤

作苦而叹　农之有畔
少习不迁　稼穑惟艰

必资人力　务其岁计
以长地财　趋以天时

苟能敦业　朝疲夕倦
必是厚生　春作秋成

插看云起　夫耘妇馌
锄带月归　雨耨风耕

时修阡陌　肩舆看种
岁改菑畬　鼓吹行田

田家作志　勤其四体
农美为名　庶彼千仓

深树国本　芟其草木
克阜民天　相以丘陵

刘昌身率　泺州免赋
徐申募人　牧地听耕

或耘或耔　三日于耜
是蔗是蓑　千耦其耘

农蓑圃笠　兔园遗册
象耕鸟耘　龟蒙负畚

谷稚草壮　玉山分雨
稻种麦收　平畴交风

瞻蒲劝穑　百亩可获
望杏敦耕　万穗何稀

方明绩用　力惟不足
将侯农收　田则甚芜

必惩浮惰　徒云穜稑
以功作劳　惟见蓬蒿

游闲浮食　笃其耕植
拱手曳裾　功以农桑

以兹游荡　里老致罚
意决归耕　农师察民

桑榆靡树
耕灌不修

2. 樵

踏雪　持斧　去去　沽酒
拨云　烂柯　丁丁　饮泉

荷笠
束薪

云随檐　敲叶雨
雨湿衣　落花泥

郑公风渡　登崖两两
翁子路讴　落叶纷纷

鹿麋游处　林间笛韵
猿鹤惊时　松里歌声

3. 渔

射鸭　倚柳　撒网　细雨
引鲈　坐茅　垂纶　斜风

钓雪　短笛　鼓枻　沽酒
披裘　孤篷　扣舷　脍鱼

金锁　珠泽　桂饵　倚柳
玉璜　皤溪　篆竿　坐茅

濮水　芳饵　挂鲤　鲂饵
滋泉　香钩　引鲈　翠纶

紫贝　涪水　金印
白龙　汴溪　玉符

青箬笠　一竿竹　渔家傲
绿蓑衣　两鬓霜　钓者恭

三篙水　湘江晚　斜月白
一笛风　渭水秋　夕阳红

芦花风软　三声渔笛
杨柳月高　两岸桃花

杨前白板　生涯一艇
荷里绿蓑　灯火孤村

不言姓氏　钩不用饵
但有诗篇　锁尽见牛

生鱼为享
雕楹自居

4. 猎

落雁　祝网　霜兔　金勒
射雕　获麟　云禽　角弓

旌旗　驰逐　齐射　从兽
鼙鼓　畋游　分围　射狼

新丰市　霜蹄滑　相如谏
细柳营　帛羽高　魏绛箴

兽人效职　金铃系犬
司马治兵　雪爪呼鹰

雕弓明月　饮黄麑血
劲箭流星　骇白雁群

5. 百工

居肆　辨器　贡器　食力
运斤　审材　饰材　惠工

雕木　坎坎　倚矣　楮叶
销金　丁丁　度之　云梯

斧斤入　填溪伐
绳墨陈　即山求

艺成而下　公输销墨
业在其中　离娄督绳

制度不立　裁造龙凤
规模先齐　掌制金银

梓人中处　行觞酌酒
巧匠旁观　唱歌吹笙

样各有异　无枉物性
价倍于常　不违天真

巨川舟楫　豫章大木
大厦栋梁　同州异材

6. 桑蚕

四熟　满箔　十亩　冰茧
三眠　缫丝　千张　火蚕

饲柘　不帛　东郭
食矾　既蚕　后园

中琴瑟　苑窳氏　争边邑
覆雪霜　马头娘　遵微行

秦氏女
秋胡妻

八月载绩　蛾飞治茧
季春即登　蜂多卜丝

季春无伐　五月始斩
蚕月可条　午日不锄

翟车以采　妖闲歧路
河内可衣　窈窕高柯

红妆白日　党人私据
素手青条　舍后自娱

7. 纺织

女事　投杼　弄杼　缣素
妇工　下机　承筐　锦文

玉篁　花胜
珉毫　云开

公仪去妇　孟母喻学
崔寔教民　吴起示妻

中数中量　八月载绩
载玄载黄　三盆既缫

供其女事　以为布帛
教以妇工　理其丝麻

佣织妇孝　早织而缕
勤绩母慈　不纬何经

寒催刀尺　纺灯雪照
女学纺纑　杼弄日长

余光以振
冬夜相从

8. 商贾

通贿　自秽　市事　服贾
用资　欲赢　贾区　通商

相语利　阜财货　通珍异
不求丰　争锥刀　操奇赢

均上下
通有无

识其贵贱　得钱立本
通以有无　卖瓮计息

治生倍值　于焉藏箧
贷钱致金　所以务财

苟罄将出　四海绵历
桓公与盟　万商往来

不鬻子女　鬻宝请节
有禁金银　许金不酬

爰资善价　化其小大
必藉美言　是等粗精

9. 屠夫

屠狗　游刃　反肆　中杀
解牛　操刀　衅钟　莫尸

朱亥隐市　上党壮健
聂政避仇　淮阴少年

敛皮适市　屠龙尽巧
割肉知牛　市肉谈书

10. 牧

牧豕　腾马
饭牛　累牛

知其君子　乞字以牧
称为天师　荷箠而随

闻诵失豕　苏武持节
博塞亡羊　公孙学经

承宫亡豕
卜式肥羊

11. 制陶

纪甗　不苦　埴器　瓮牖
虞陶　必良　陶人　瓦棺

运甓　变瓦　凝土　板瓦
鼓盆　易蒲　埏泥　斧砖

建瓴
凿坯

毁瓦求食　埴在署侧
戴盆望天　陶于水涯

宗室教作　瓮中退笔
韦丹聚材　瓶里著书

幸为酒器　纯粹如玉
目作茶神　金碧相鲜

12. 医

和缓　金匮　九部　上药
歧黄　玉函　三彭　神针

三候　二竖　丹灶　有喜
十全　五神　青囊　回生

橘井　徙柳　苦口　甘苦
杏林　针茅　折肱　温寒

六技　走獭　三折　舐痔
四家　出蛇　四难　徙痈

金液
银丸

怀中药　攻腠理　医国手
肘后方　居膏肓　活人心

桐君录　防风饼　苁蓉酒
炎帝经　薏苡杯　薯芋膏

汉高骂
晋侯求

腰镰戊己　良医良相
负锸庚辛　活国活人

香燃柏子　寻延俱起
樽泛菊花　兄弟并精

药分三等　大怒则愈
病察五微　吐血而瘥

精为神本
形与寿期

（四）卜筮

1. 星占

妙理　风虎　知命　神悟
玄机　云龙　谈天　曲通

恒象　秘奥
常居　精微

小戊子　定真论　光天学
雌甲辰　都利经　列宿图

观剑气　测日影
占王良　占德星

无中取有　包罗八卦
混处求分　森列三才

四余七曜　上天垂象
天干地辰　下土俱瞻

博考乾象　式观元象
眇睹星辰　洞晓天文

识乖窥管　兴而视夜
业习洞天　仰以观天

道虽玄远　艺精窥牖
象则昭明　业著专门

罔或差忒
爱度变通

2. 看相

揣骨　凤颈　月额　辨色
听声　虎头　山庭　观形

观色
听声

传法异　皆宰相　惟在德
阅人多　真将军　不胜心

女当贵
父不祥

蒯通相背　欲质吾术
荀子论心　仅见此心

伏犀鼎角　豺声蜂目
龙表凤姿　牛腹鸢肩

亚夫当饿　方进奇骨
英雄将刑　陶侃手文

瞳赤好杀　虽贱必贵
耳白闻名　当刑而王

骨类多逊　眄刀果杀
眼似王敦　览镜知刑

铸钱饿死　河目海口
为奴封侯　瘦面长身

3. 占卜

食墨　观变　大衍　开市
灼荆　决疑　小成　下帘

断志　分策　黄策　穆卜
稽疑　归奇　青囊　枚占

从季主　方以知　揲用四
问君平　圆而神　兆分三

龟千岁　飞熊兆　考元吉
蓍百茎　鸣凤占　谋永贞

青莲神蔡　金钱三字
翠野灵蓍　铁笔一支

阳奇阴偶　贲非正色
筮短龟长　剥主阳光

败军可决　乘舟以返
奇瑞非常　无水可伤

纳姬不吉　著瓦还鹿
仕晋必昌　悬鞭得财

受命如响　当见三狸
极数知来　行有一人

淮水应灭　疑众必杀
临晋见凶　违卜不祥

连遇宰相
预定状头

4. 巫术

请雨　祈岁　守瘗　鬼笑
呼星　唤神　舞雩　灵谈

握粟　三兆　小数　穆卜
操金　六龟　大横　枚占

颜笑　获晋　炙骨　书版
孔愀　代陈　观蹄　堕梁

断志　幽赞　观变　筮逆
决疑　前知　稽疑　龟焦

观卦　爰契　不禁
命龟　不欺　无遗

传神语　知祸福　老击鼓
催社钱　掌祓除　大吹箫

法天地　齐小大　柳仆地
敬鬼神　差尊卑　木破天

妖狐叫啸　绿袍槐简
健鹘飞翻　白衣素巾

阳奇阴偶　卦遇归妹
著短龟长　兆锡帝师

5. 杂占

风角　鸡骨　帚卜　蚕卦
星文　牛蹄　箕诗　筵等

萤入户　针属尾　探微候
雀鸣檐　苇分茎　识神机

泰临喜气　星辰高下
益向使星　风雨逢迎

宝物方至　藏精育毒
急使忽来　吐丝成罗

马鞭致富
蛇绶占祥

十、宫室部

1. 宫室总

帝苑　宸阙　禹殿　露榭
天墀　禁渠　尧阶　霜台

月槛　客舍　颜巷　雁塔
虹桥　邮亭　孔门　龙门

鱼瓦　鼠径　蜗壁　枫壁
蠹椽　鹅池　蜃窗　蓂阶

柳郭　芸阁　梅屋　荷屋
松城　莱庐　竹关　藤轩

樾馆　竹瓦　棘巷　藤架
藤桥　杏梁　莎阶　豆棚

经阁　剑壁　丙舍　甲观
诗楼　琴窗　寅阶　午桥

殿吻　屋角　月牖　露沼
廊腰　篱头　云楣　霞扉

结草　陋巷　白户　鹿聚
立茅　广居　朱门　鹑居

纸阁　紫禁　崖厂　燕厦
蓬庐　彤阶　水园　鸡窗

鸳瓦　桂苑　草阁　镜殿
燕梁　兰台　梅堂　针楼

壁角　四壁　海角　花县
檐牙　三椽　江篱　琴堂

匏系　斗室　燕贺
瑟居　盆池　莺迁

黄鹂巷　羊肠径　金鹅阙
白燕乡　雁齿桥　铜雀台

蠨蛸户　鸳鸯瓦　观鱼槛
蟋蟀堂　玳瑁梁　放鹤亭

飞鸟径　梧桐院　芝兰室
落花厅　薜荔墙　桃李门

松叶屋　红叶砌　黄菊宅
藓花阶　绿芸窗　绿筠亭

迎风馆　飞花阁　凌风榭
侍日轩　积翠池　可月亭

山腰宅　招隐馆　藏经阁
水面楼　望仙宫　造字台

崇文馆　题诗壁　无碍殿
阅古堂　点易窗　未央宫

渊明宅　王献宅　南北舍
逸少池　庾信园　短长亭

芳菲径　崎岖路　门容膝
宛转桥　欸乃村　户碍眉

郎当屋　五柳宅　积贤里
屈戌窗　百花庄　通德门

池作匣　宰予寝
路如弓　子贡墙

廉泉让水　见梧识井
仁里德邻　看柳知门

庭堪容足　秋庭锁月
墙甫及肩　春榭笼烟

珠帘绮柱　卿云昼聚
金戺玉阶　璧月宵悬

半垂珠幕　绣闼雕栱
八面疏棂　曲槛重轩

吾庐亦爱
陋室唯馨

2. 宫殿

青琐　仙杖　百福　紫禁
彤庭　宝舆　九华　清都

铜柱　长乐　延寿　巨制
玉堂　永安　祈年　宏模

兴圣　拾翠　广德　玄武
集贤　披香　长生　紫微

望远　养德　悬贝　蒿柱
步高　曜华　张旗　棠李

逃夏　相贺　大夏　弘义
宜春　斯飞　长秋　昭仁

积翠　思子　摇景　献颂
凝华　馆娃　承光　制铭

通籍　作曲　敬法　疏圃
藏书　度歌　含章　增城

飞羽　嘉德　清暑　景福
披香　徽音　式乾　延休

实实　便殿　宣室　秘宇
耽耽　离宫　重榱　宸居

云构　交泰　飞雨　麟德
金铺　合欢　含风　凤仪

朱雀　铜马　丽正　金露
赤乌　金鸾　端明　玉虹

武德　结绮　蕙草　题版
文思　凝芳　桂华　书屏

对策　釦砌　祖帻　樟柱
校经　珠栊　卧檐　梅梁

移杖　鹄立　层构　握土
报班　鸥鸣　瑰材　飘沙

不陋　编竹　会宴　拟额
无观　缉蒲　受朝　制文

朴桷
素题

唐三内　夹谷水　集虹气
隋十宫　引邃河　望神光

宫漏永　叠云栋　甘露降
御香高　拖虹梁　嘉禾生

布红紫　壮王室　飞金屑
间朱黄　廓帝居　垂玉钩

焚锦绣　降朱李　红踯躅
设罘罳　出玉槐　金琅珰

施绛帐　栖窈窕　临瑶水
设纱帷　画神仙　接龙津

立二鹤　观瑞谷　奏丝竹
铸四钟　阅名花　置鼓吹

神光降　宴命妇　秉笔入
甘露零　居贵嫔　脱舄登

授玉策　种花柳　列庭实
造铜仪　植槐楸　设宫垂

遵王度　麝涂壁　茅不剪
崇制规　汤为泥　木无雕

行节俭　司铎火　引帝裾
戒虚华　吴宫焚　牵上衣

燔金石
焚宝玩

荆棘满地　举帘乃拜
烟火一棚　匿草后还

虞怀置酒　土成黼黻
庆善赋诗　木化蛟螭

嵘峥千仞　卿云昼聚
迢递百寻　璧月宵悬

阿房侈俪　祈年延寿
长乐奢华　增城修池

辇道相属　出云雨上
蒲宫在前　闻风雷声

千门万户　正体毓德
四闼八窗　宅心储神

在堙堞外　因山藉水
入钩盾中　傍涧依林

绮错鳞比　金铺交映
星居宿陈　玉题相辉

琱檐四柱　修栋虹指
层榭三林　飞甍凤翔

瑶阶肪截　应门八袭
碧瓦鳞差　璇台九重

红葩植井　檐牙袤缛
丹桂承梁　楯角储清

千楣凤起　方疏含秀
万栱鸾浮　圆井吐葩

杏梁藻棁　彤轩紫柱
朱甍青甃　文榱华梁

三间四表　扬雄待诏
八维九隅　张禹说书

神雀五采　华光待讲
金芝九茎　宣室受釐

雕梁绮栋　鹳鸰栖木
镂槛云楣　蛟龙负山

珠网绣户　濡纸继烛
玉除彤庭　燃灯奉觞

伤人则止　料量不失
濡帷以蒙　营构有成

壁间俊气　制仅六架
殿上神光　裁为百楹

苇帘缘布　是为偪下
书囊作帷　既未折中

铜沟玉鉴　疏岩剔薮
雕栊绮窗　凿池筑山

殷纣琼室　丹楹刻桷
夏桀瑶台　峻宇雕墙

扼吭夺食　取材废第
劳民费财　市木蓝田

后宫付式　一劳永逸
有司按图　万载不倾

昼参中景
夜考极星

3. 观阙

白鹤　走马　明月　宣武
青梧　射熊　凉风　崇文

万年　戏马　白虎　朱雀
千秋　御龙　苍龙　青龙

双立　布宪
百常　达聪

王母治　晨霞弄
天帝居　曙色分

4. 苑囿

白水　取兽　跨谷　养兽
黄山　戏狐　因原　射鸿

筑土　纵兽　养马　林薮
禁山　御禽　纵禽　兽屯

牧马　养鹿　宴士　泛月
养龙　格熊　募耕　赏花

桑梓
桂林

宴父老　凤凰集　献名果
赐贫人　麒麟游　种泽兰

鬻果菜
蓄鱼虾

义合灵囿　移鞍解带
制同梁邹　赏酒钓鱼

5. 楼

浴日　叠雪　燕子　碧玉
栖霞　齐云　稻孙　绿珠

望海　百尺　烟雨　夜饮
临江　三层　月波　秋吟

得月　杰栋　黄鹤　井干
凌风　危阑　紫云　丽谯

仪凤　望气　翔凤　焦度
盘龙　候神　瞰虹　仲宣

跨鹤　鹳雀　烽火　八咏
迎仙　鸳鸯　鼓吹　双清

白雪　避暑
紫云　祈祥

山识面　添诗料　琴书润
月留人　归画图　枕簟凉

仙人好　星辰摘　巢翡翠
蜃气嘘　椒兰涂　倚玉梯

绿珠坠　临大道
弄玉登　齐浮云

绣楣雕栱　宴劳将士
铜瓦琲楹　饯别士夫

一溪流水　拓开风月
八面疏棂　压断水云

西山雨卷　芙蓉玳瑁
南浦云飞　鹳雀凤凰

驾鹤射雁　武昌明月
曝衣穿针　文选清风

筹边掷笔　休文八咏
望海披襟　王粲一文

藏书万帙　令奴更直
卖酒千年　召王共登

风帆沙鸟　云奔浪卷
野色天光　心旷神怡

金窗珠箔
碧瓦朱甍

6. 阁

戢武　栖凤　倚日　天禄
敷文　翔鸾　凌云　石渠

歌舞　作序　清閟　结绮
书图　招贤　翠流　临春

高瞰　阿阁　三瑞　降圣
下临　凤巢　四香　褒贤

崇德　崇道
服慈　望仙

凌云陛　藏秘书　殷浩束
啸天居　图功臣　子云投

帘卷雨　尘难到　滕王宴
栋飞云　月早来　汉将开

清可掬　贪看水　当面月
冷无痕　怕遮山　四檐风

文杏照
木兰香

王勃作序　栖梧食竹
陈瓘读书　赏景钓鱼

赤城朱户　蓬莱咫尺
紫省黄扉　藻井缤纷

延分四库　四香花满
秘阅千签　八丈香奁

栽芸贮菌　景云赐宴
张幔悬铃　凌烟图形

文光舜哲
华协尧章

红药院　交五柳　齐城北
绿杨门　夹三槐　谯郡西

衣绨锦
容幡旗

卖而起家　龙原书窟
夺以广居　笠泽幽居

7. 第宅

大厦　五柳　竹径　甲第
高堂　双槐　花溪　丁栏

老屋　小筑　爽垲　鸳瓦
荒池　幽栖　高斋　虹梁

环堵　推友　宴卜　赡老
班荆　让亲　萧居　推贫

孔瑟　面道　薛让　三亩
何金　定邻　霍辞　一区

种竹　市宅　成寝　竹径
操书　剥庐　呈材　花溪

烧杵　标榜　三徙　送酒
掘金　题帖　五家　乞醯

宁宇　完善
闲居　汰侈

有司给直　东都别墅
天子榜门　南山敝庐

约坂甃石　宅通永巷
疏沼构楼　第开康衢

里名光化　晏婴近市
宅号亲仁　潘岳面城

家惟书史　柴桑三径
径掩蓬蒿　玉川数间

结庐北渚　安道起宅
立宅东田　康节迁居

卜居阳羡　秉烛周览
治第衢州　乘车一游

仅容旋马　连墙不谒
恐伤蛰虫　近学可居

一丈易地
百万买邻

8. 堂

味道　双桧　秀色　九老
清心　三槐　野香　三贤

避暑　醉白　聃倨　连理
延凉　涂黄　由升　一枝

鸾集　嘉德　去地　百戏
凤栖　徽音　冠山　九华

光碧　列岫　七叶　载酒
练丹　平山　半间　流杯

昼锦　平远　偃月　舍盖
彩衣　钩深　聚星　颂僖

万卷　绿野　写韵　思圣
一经　碧澜　读书　栖贤

接武
蹑齐

萱草暖　临曲沼　帘镂月
寿花祥　夹修篁　竹敲门

德星现　君子德　听秋雨
画锦荣　大雅音　课夜书

老子倨
仲由升

坐而掩泪　含芳偃月
上必扬声　仁寿乐昌

碧澜吏隐　绿波岸上
绿野官闲　乔木阴中

流霞片片　梦西偕弟
绛雪霏霏　称北悦亲

木兰挥翰　或王或谢
深柳读书　为玉为金

9. 室

夜饮　悬磬　闺内
秋修　织绡　水中

宣王考　张老美　布缇缦
马援穿　献子尤　入芝兰

西南户
东西厢

为先为后　穿屐就位
肯构肯堂　借屋居中

不蔽风日
恐伤蛰虫

10. 斋

马帐 雪案 翠柳 颜巷
董帷 萤窗 青梧 韩窗

清磬 纸帐 松竹 画舫
素书 铜瓶 林泉 琴斋

琴韵 石砚 经史 藜照
书声 牙签 宾朋 鸡谈

宝月 进学 松雪 无倦
凝香 礼贤 秋声 饰邪

风清户 藏法帖 安定教
月满庭 贮古文 少陵居

听秋雨 泉绕路 苔石茗
课夜书 石卧阶 芸窗棋

四围松竹 一堂琴剑
万卷诗书 千古文章

王肃注易 桐荫垂砌
仲堪读书 荷香满庭

竹风醒醉
窗月伴吟

11. 轩

可竹 面水 养鹤 听雪
崇兰 临山 种松 跻云

玉立 风枕 疏达 留月
翠融 月怀 虚明 来薰

丁圃卧 橘中乐 临碧渚
谪仙巢 壶里长 对绿畴

醒醉梦 纳山翠
双诗魂 秘晚霞

双棂夜月 半垂珠幕
四面清风 一曲阑干

好山入座 松筛月碎
嘉树当窗 竹亚檐平

清音纳户 篁修暑退
爽气逼人 荷净凉生

12. 台

射雉 挂剑 握日 承露
呼鹰 读书 凌云 避风

戏马 画卦 造字 五仞
斗鸡 说经 闻琴 九层

乐善 经始 铜柱 凤去
礼贤 落成 柏梁 鹿游

望月 候日 九累 柏寝
观天 揆星 十成 匏居

夏享 记礼 望海 慕许
尧巡 藏书 窥天 怀清

一柱 朝汉 枵诣 越贺
百梁 望齐 清泠 蜀卜

延士 思子 曜汉 经始
妨农 望仙 避风 落成

子午 九子 阅马 讲武
春秋 八公 玩龙 教农

望母 灵武 视草 缥缈
思妻 华阳 授经 逍遥

玉镜 挂剑 八景 粘雨
琼花 钓龙 千秋 歌风

九日 龙虎 落帽 醒酒
八风 凤凰 濯缨 卖浆

金石 绛帐 铸鼎 判虎
弦歌 青绫 吹笙 获麟

月影 聚燕 射雉 歇马
瑶光 晾鹰 钓鱼 望麟

黄石
周公

花不人 候明月 云下出
鸟时来 邀青山 月旁飞

歌风古 名思子 羊裘钓
积翠深 号通天 绿绮弹

上玉女 三归号 仲夏处
登神明 十成夸 至日登

见孟任 望扼腕
宠西施 观避丸

驯鹿产女 子陵垂钓
黄鸟衔书 伯奇抚琴

丹墀市玉 子陵归处
藻井垂珠 吕望遗踪

妙从高得 雪轩雄伟
超与众殊 冰井高寒

梁帝花雨 空延方士
未央鹄蟾 盍创文昌

姑苏芳草
燕国黄金

13. 亭

惜去 可月 倚树 双杏
记来 来风 傍岩 七松

涵碧 种竹 凿石 延绿
垂虹 移松 开池 来青

喜雨 石径 飞梦 山月
望云 朱栏 留题 水声

九曲 积翠 孤屿 列岫
三高 凝云 百花 枕流

傍云筑 红莲障 松竹韵
临水开 绿松幢 藤萝荫

来醉眼 红日早 对虚壁
入吟魂 白云低 俯回溪

绿树佳客 琴缘竹引
红蕉美人 酒为花邀

平桥弱柳 茵连翡翠
小院寒梅 镜泻琉璃

云泉透户 中央爽气
石磴扶阶 四面清风

橹声带雁
桥影横虹

14. 园圃

绣谷 梅岗 拥翠 叠石
华林 竹坞 骈红 移花

橘柚 香水 折柳 苜蓿
梧桐 芳林 歌桃 葡萄

买夏 小隐 请善 离垢
宴春 半春 假贫 永芳

仙蕙 毓果 系马 得印
灵芝 树桃 鬻蔬 持锄

花圃 瓜圃 郑圃 芝圃
漆园 桐园 梁园 栗园

书圃 金谷 瑞萼 择胜
礼园 玉津 华林 爱闲

竹圃 我圃
松园 彼园

连宅起 斜通径 石金谷
背堂开 小著桥 倪玉湖

禽对语 梁王兔 苔可席
树交花 佛氏鸡 桂堪帷

佳草木 依山脚 酴醾架
小藩篱 接水涯 芍药栏

鱼避钓 陶成趣 偕棋隐
鹤听琴 董不窥 作醉乡

寄清赏 甘露降 归仁坊
游上才 灵芝生 藏春坞

侔禁省 开三径 山带雨
等台城 破千家 水生风

於陵灌 黄精圃
京兆鉏 金果园

市廛不到 依林结宇
桑柘相连 对镜开轩

漆林傲吏 珍果献夏
梨树歌儿 奇花进春

酌酒临水 鸟喧百族
抱琴倚松 花兼四方

曲溪长径 翻车似巧
窄门短篱 抱瓮非痴

陶潜守拙 山阳余利
庾信堪栖 襄邑始居

范丹自赁 帝城胜景
法真不窥 云间洞天

抱琴鹤去 半晴花影
枕石云归 乍暖柳条

15. 门

鱼钥 武义 画虎 金液
兽环 文明 濯龙 绿波

黄闼 蓬户 通德 十扇
金闺 桑枢 寻真 九重

建福 太极 青琐 宣化
望仙 重光 白云 肃章

青绮 金马 建礼 听政
黄金 铜龙 含章 登贤

西署 铜马 阊阖 定鼎
东阳 石牛 清明 望钟

仁寿 含德 北掖 会福
神仙 承明 南端 却非

折羽 白虎 翥凤 承福
印车 苍龙 骖龙 宣仁

迎祥 纳义 五凤 龙斗
丽泽 归仁 九龙 蛾飞

曳杖 容戟 率舞 点额
悬弧 曳裾 争趋 叩头

稚子候 墨者守 昭仁惠
野客敲 平旦开 抗义声

题风字　魏勃扫　作铜户
张雀罗　翟公题　历金门

施行马　外不闭　高为贵
高闬闳　阒无人　立不中

绿槐夹　撰安礼　观角觚
碧柳垂　置招贤　祀高禖

东西出
左右和

僦居丽正　清官待制
放第广阳　芳林修书

慕容铜马　三户尽闭
蓟丘烟树　重门有闲

植宜梅柳　香闻稻熟
树想蓬藜　敲彻僧归

守非虎豹　梅福为卒
容得播旗　侯嬴抱关

仲舒称大　云龙风虎
于公请高　万春千秋

16. 窗

萤聚　叠瓮　纸瓦　薄纸
鸡谈　列钱　珠帘　轻纱

窈窕　闪电　绿满　绿绮
玲珑　含风　明多　红绡

竹影　云母　青琐　鸡语
花阴　珊瑚　疏寮　鹿精

疏棂雨　泥红锦　远岫列
百衲寒　缦绛纱　碧水环

金龙吐佩　为花穿壁
玉凤衔铃　和月到床

短檐秋夜
小榻春风

17. 墙壁

刻字　蔽目　素紫　尧像
藏书　及肩　丹青　禹文

挂诏　勿仞　射隼　倚孔
引光　无逾　窃牛　见尧

蔽恶　书赋
防逾　吟诗

避燥湿　画烈士　锁版载
涂塈茨　刻忠臣　厚敛雕

巢牛隐　穿邻舍　云低度
重耳逾　逾东家　雨斜侵

被朱紫
过浊醪

佐卿挂箭　破壁燎火
江禄积钱　负墙屏营

达摩面壁　青石解角
晁错穿垣　铁簪画墙

百堵皆作　登窥宋玉
一日必葺　下杀齐庄

18. 阶砌

水匝　朱槛　花影　升降
石环　画栏　帘波　东西

锦砌　雨滴　斜竖　九齿
瑶阶　虫吟　危横　三重

苍苔上　荆花满　狻猊立
红叶翻　霜月流　蓂荚生

阑白玉　轻花落　垂杨拂
钿黄金　紫芝生　绮钱封

19. 栏槛

竹映　雕玉　映水　斗鸭
云霁　饰铜　入云　观鱼

屈曲　遍倚　卍字　花压
周遮　独悬　千行　锦纹

春风拂　饰珠玉　沿堤上
宿霭浮　列蟠螭　匝地浮

牵藤软　荫阶砌
照水斜　临曲池

压花一字　斜还碍竹
啼梦三更　疏不遮风

落花满地　旗亭酒市
屈戍分红　曲槛重轩

丫叉晕碧
破藓盈阶

20. 废宅

野蔓　破屋　萤聚　残月
山禽　荒池　雀喧　落花

空流水　花无主　苔侵础
不见人　草自芳　竹度墙

蟏蛸在户　蒿生翠瓦
燕雀辞巢　杞长荒园

仰屋兴嗟　鸱吻莫状
卖宅起家　虬尾堪稽

21. 官府

左省　官舍　境胜　重寄
中台　公衙　池清　具瞻

金马 视事 翰苑 柏署
石渠 庇身 纶闱 松厅

官府 雀集 庋阁 刘井
公衙 乌栖 直房 柯亭

红药院 规重构 典籍府
绿莎厅 开善轩 制作厅

越王廨
兀术宫

二府八位 廨舍喧嚷
九棘三槐 厅事华侈

草生公府 衙庭看鹤
花落讼庭 官壁题诗

修廊股引 柯庭柏古
广厦翼张 刘井泉清

参天蔽日
凿池莳莲

22. 驿馆

邮鼓 走毂 金雁 祖道
寒砧 奔蹄 铁麟 流星

烟雨 驿骑 斑竹 种竹
轩舆 羽书 甘棠 栽梨

归俎 受业 处妾 招隐
饰厨 献歌 阅人 翘材

白鹤 接士 续食 私具
黄花 钦贤 聚宾 不修

秋分冷 虫相语 题石上
夜月孤 月自明 歇泉边

通函谷 枕秋水 促装早
绕巴江 阅使星 下程迟

浓花发 邻蛟室
黄叶稀 同鱼鳞

会计交政 舍不为暴
朝觐修容 宾至如归

虚馆而待 高阳传舍
夺马以闻 颍川邮亭

郎当似语 明朝别酒
潮岸闻歌 今日故人

亭沙旧白 浦楼晚照
湖草新青 乡路风烟

士不敢乱 高阳传舍
子无艺能 颍川邮亭

飞狐亭障　杜邮赐剑
井陉烽燧　皇华赐书

饰传称客
置驿谢宾

23. 旅舍

独酌　鸡唱　乡梦　寒雁
孤吟　马嘶　客愁　秋虫

晚笛　残月　野馆　驻马
新砧　孤灯　江村　留题

三更雨　乡书断　月千里
万里心　夜雨连　天一涯

官路柳　空囊挂　数椽屋
故园梅　冷榻横　两地心

24. 村居

茅屋　赤槿　莎径　灌竹
石床　青藤　石池　种茶

花气　山果　避俗
山容　水禽　买山

琴书鹤　泉脉细　烧红叶
风月梧　药苗肥　扫绿苔

瀑声飞枕　茧堆白雪
岚气浮窗　麦卧黄云

卷帘月入　一鸠林外
开户云归　双燕社前

池堪容月　无弦石漱
山石碍云　不调松号

25. 渔家

舵尾　泽国　柔橹　芦叶
矶头　沧洲　寒灯　浪花

结网　晚浦　击舫　烟浪
敲针　孤帆　敲篷　秋风

吴儿曲　江月夕　红蓼岸
越女讴　水天秋　碧涛间

竹扉临岸　花为四壁
茅屋枕溪　月印千潭

蒹葭浩荡
风雨飘零

26. 酒家

野店　朱箔　花外　小桥
山村　青帘　柳边　翠栏

花藏坞　留玉佩　邀皓月
竹锁桥　解金鱼　对清风

杨柳岸　黄公市
短长桥　李白楼

梨花打瓮　梦回酒肆
竹叶开樽　肠断梅仙

诗推歌伎
宴向旗亭

27. 庖厨

肥兔　是远　煮豆　欲媚
奔鹑　不盈　爨桐　伪夷

炊蜡　冰室　野灶　刀匕
析骸　琼厨　山厨　膳馐

樱笋　越俎　宰肉　或饰
葳蕤　闻声　解鼋　不盈

庖屋
食厨

爨香木　芝草入　孙膑减
用劳薪　蓮蒲生　虞诩增

煮寒菜　供下客　怜苇湿
起新烟　充君庖　漏泉声

稚长请客　燧人造火
圆通监厨　李女占风

羊黄祝富　蛤蟆暗出
鸡白祈蚕　燕雀高居

步兵有酒　兼味云少
禁中置庖　青烟亦无

28. 粮仓

细柳　不涸　无滞
巨桥　常平　不盈

掌九谷　藏帝籍　辨九粟
求千仓　防贵庾　支二年

季春发　楚庄赈　量岁末
孟冬修　仲谋开　待凶年

赈万余户　增粜减粜
活三千人　秋敛春颁

李斯观鼠
晏子分粮

29. 墙洞

进食　潜入
生鱼　私开

济王匿　朱达戏
尚书由　邻家争

光逸窥窦　子羔不隧
忠宣塞门　孟祖之窥

30. 篱笆

篱鹦　立笆
藩军　树榆

生野径　羸角触
隔门庭　青蝇营

吴人藩舍　树篱跪授
京邑篱门　取床坐听

大宵宅　百夫冢
长夜宫　三女坟

不封不树
若屋若堂

31. 墓冢

正位　血碧　神宅
为图　草青　阴堂

牛眠地　玉蟾蜍　致天子
马鬣封　石麒麟　出三公

十一、音乐部

（一）总说

夏舞　楚舞　风吹　折柳
虞韶　吴讴　鸾讴　落花

延露　别鹄　羌笛　塞角
遏云　离鸿　胡笳　村钟

雁柱　粥鼓　午磬　笛扳
鹍弦　饧箫　申钟　筝搊

考俗　荡秽　合爱　昭德
省风　涤邪　定音　表功

交泰　列舞　饰节　全性
同和　升歌　成文　通神

郑舞　五降　赵瑟　调露
齐讴　六成　燕竽　钧天

大夏　舞籥　七始　鉌喜
成周　歌钟　九渊　和声

裂石　茶鼓　按筑　蟠地
惊波　饭钟　吹铙　从天

观德　象德　顺气　化俗
贵和　合情　藏心　教和

修内　始作　和畅　天作
合终　宿悬　婉谐　阳来

知变　安世　减器　公会
主盈　寿人　改名　自娱

合璧　七旦　玉谬　十部
联珠　三音　夔精　九功

八阙
五茎

巴人调　箜篌引　凄凉曲
越女歌　筚篥歌　黯淡歌

清平调　无愁曲　么凤舞
窈渺音　长恨歌　白麟歌

梅花曲　阴阳管　湘灵瑟
桃叶歌　大小竽　越女歌

霜天角　琴一抚　五弦瑟
月夜筝　鼓三挝　百衲琴

红牙板　阳关曲　折腰舞
碧玉钟　易水歌　连臂歌

感天地　烛日月　成万物
通鬼神　风山川　节八风

天地顺　和邦国　闻韶乐
阴阳和　化黎民　奏新声

荐郊庙　致鳞羽　教胄子
致神祇　动风云　掌成均

和人理　通伦理　存六代
通神明　管人情　文五声

不野合　杜夔定　变风俗
自阳来　郑译修　和神人

歌承露　君臣乐
奏晨云　文武郎

钟鼓俱震　五色不乱
埙篪和鸣　八音克谐

钧天始奏　灵鼍树鼓
奋地初鸣　翠凤扬旌

移风易俗　凤歌鸾舞
播德通灵　玉管朱弦

赤箫紫笛　天籁地籁
宝瑟绮琴　南音北音

无德不作　小人听过
得道可言　君子平心

听古惟卧　乐阙而叹
献新而哀　文同则和

尽美尽善　一唱三叹
不荡不淫　春诵夏弦

清明广大　请下二律
易直慈良　但用一宫

体十用九　常音雅淡
声纬律经　译乐哀淫

阐解神解　立均寻母
时玄风玄　大乐还魂

丝鸣管语　立部坐部
朝歌夜弦　左仙右仙

遍山遍水　云华拊石
满谷满坑　左女弹璈

七始八气　凤仪兽舞
六变九成　鹄震马鸣

铸铜断竹　改丝移柱
候凤拟凰　徽气考声

花藏丝管　钟鼓导志
鸟应弦歌　瑟瑟乐心

楚音杳眇　济南新调
秦声雄高　洞庭仙音

展诗应律　兽能舞戚
依韦远条　草有乐官

四灵饰器　铜人举器
九鹤舞庭　地窖藏声

金石齐响　所司供设
革木常调　金石以闻

（二）乐器

1. 琴

珠柱　别鹤　焦尾　峰峙
丝桐　离鸾　无弦　涛奔

节乐　乐备　主武　师乙
防淫　功成　出文　伶伦

声谱　元正　道曲　三曲
调图　广成　新歌　四声

告备　合祖　奏瞽　夔达
可知　几声　为诗　孔闻

五弄　神遇　雁柱　得意
三终　天随　螺徽　防心

纳正　理性　积雪　流水
禁邪　宣情　归风　落霞

养气　雅操　五曲　心远
怡心　正声　一弦　德忧

一奏　雅弄　仪节　绿绮
九弦　美材　平心　朱弦

凫掌　竹轧　漆角　韵罄
龙唇　笔捶　铜瓯　响泉

蛟破　类聚　凉月　虎步
蟹行　丛鸣　秋风　龙行

穷操　神遇　四善　造弄
送声　心驱　两仪　犯徽

六柱　败木
三弦　烂柯

穷变化　楚妃叹　知四海
通神明　梁父吟　播八风

弦中雨　玄鹤舞　心三叠
指下波　白鹄翔　弦七条

濮上靡　蝉声细　拂白石
雍门悲　鹤梦清　奏绿桐

协钟律　洞庭椅　托峻岳
化人情　寒山桐　载灵山

琴高善　踞转鼓　清心耳
太傅谈　上床弹　知吉凶

桐精缀　嵇康价　赐绯调
松节枝　贺若名　饰绿鬃

孔衍操　弦作主　停玉指
诸葛经　晖配臣　掩朱弦

阳春白雪　妙臻羊体
流水高山　巧越嵇心

君山献曲　协和人性
子期听琴　荡涤邪心

弦丝饰壁　莫不愀怆
布藻垂文　未尝绝音

欧阳失语　秋雁肃肃
义海知言　春鸟关关

柳令流亚　众山皆响
卢女新声　秋风入弹

叶苦霜月　塞门积雪
根老山泉　楚泽涵秋

霜天击磬　宫调角调
雪夜敲钟　添声泛声

双鸾对舞　欧公论帖
两凤同翔　遵度作笺

合雅正乐
治世和音

2. 瑟

雪艳　寒玉　雅淡　古韵
云和　红丝　和柔　遗音

素女　玉柱　文梓
湘灵　金弦　空桑

白云起　鱼出听　新月白
玄鹤翔　凤和鸣　暮山青

曲中流水　赤松仙子
丝上悲风　白虎神人

3. 钟

偃月　九乳　倕作　远寺
应霜　两栾　禹铭　高楼

长乐 千石 副月 无射
昭和 万钧 依辰 大林

疏越 胶柱 在御 舍作
和柔 组弦 安弦 取歌

声应 不御 如筑 寒玉
丝哀 奚为 好竽 凤桐

玉柱 清骨 悲管
金弦 洁心 繁丝

吴札去 江底字 含霜动
杜蒉来 山中文 应律鸣

庖羲作 正人德 要荒俗
晏龙为 定群生 北鄙音

歌无射 湘灵鼓 散艳雪
称清商 孺子鸣 听云和

分缓急
绝尘埃

黄帝七尺 湘灵清韵
朱襄五弦 轩后遗音

文传凫氏 旋虫似啮
唱杂鸡人 绕兽如生

玉烟珠泪
晓梦春心

4. 鼓

纤腹 栖鹭 空腹 戛玉
细腰 蟠龙 长腰 扣桐

警众 记里 飞鹤 简简
催花 应钟 灵鼍 渊渊

殷树 座左 筑土 雷兽
周悬 庙西 擿铜 灵鼍

清越 弗考 翔鹭 弈局
铿锵 其镗 蟠龙 云花

敢谏
登闻

雷门鹤 启蛰冒 白雨点
蜀桐鱼 宛丘击 青山峰

马援式 应雅舞 尧击土
渔阳挝 透和音 舜摇鼗

豫章伐木 为群音长
交趾铸铜 有金石声

音传少昊 声闻百里
制肇伊耆 气作三军

旁震八鄙　入河入汉
整敕三军　声疾声舒

繁音坎坎　击小导大
促节阗阗　悬西应东

人骑花蛤
鸣应河星

5. 磬

悬石　瀛上　坚緻　夔拊
鸣球　泗滨　沉明　禹悬

轻玉　投玉　汉阁　击颂
浮金　敲冰　鲁堂　掌编

遗响　三化　绿玉　题集
依声　五音　素衣　赐功

香柄　采玉
狮跌　呼神

挺十德　清客耳　山阳石
谐八音　断尘心　水上金

宾媚赂晋　和钟并击
臧文告齐　与笙同音

缦乐皆教　有隆无杀
簨簴斯悬　土少水多

素衣来击　来从泾水
白玉传声　听彻湘阴

音律已协　更鼓之变
磨砻略加　方响所由

6. 箫管

弄玉　吴市　白琯　凤啸
飞琼　秦楼　红牙　龙吟

庄籁　迎鹤　镂玉　七数
虞韶　惊乌　编云　九成

编竹　鱼瞰　善应　细器
带牙　凤飞　交鸣　余音

示事　嘒嘒　双凤　羊骨
赐勋　将将　七星　象牙

跋膝
昭华

落檐瓦　桥畔月　刻分寸
绕屋梁　楼头人　吹参差

鱼出瞰　汉宫赞　形编竹
凤来仪　吴姬吹　调折杨

折杨柳　君子听　凡三种
采竹竿　玉女吹　通五均

绒条结 合日月
绶带垂 道阴阳

舟中客和 声如嶰谷
月下人来 价夺昆山

单吹之乐 七音三倍
比竹而成 五声四清

形似鷿鷈
头如骆驼

7. 笙竽

鹅管 紫竹 竹韵 九曜
凤巢 红牙 风声 七星

斑竹 玉振 娇响 别鹤
雅簧 珠垂 幽音 离鸿

通气 同磬 具二 千曲
和神 间镛 倍三 二均

王子晋 孔雀舞 吹北里
董双成 紫鸾迷 献西阶

镛间奏 拟长短 移风俗
磬同音 分宫商 调阴阳

八能补 行歌挈 倡诸乐
盲人吹 请客鸣 和众音

并一器
长五声

8. 筝

玉柱 银甲 赵女 逸响
檀槽 朱弦 吴姬 妙音

金雁 蜀竹 泻玉 鹤别
钿蝉 楚丝 弹冰 乌啼

促柱 竹润 手语 系爪
张弦 银装 甲鸣 象云

怜秋月 珠玑散 应六律
吟春风 云雨飞 总八风

扬大雅 奋逸响 青苔怨
奏西音 发新声 绿云垂

泗滨梓 西京伎
楚丝弦 陌上声

罗敷陌上 或离或合
谢祖风前 不疾不徐

移风易俗 不盈不缩
推故引新 有始有终

9. 笛

折柳 剪雨 裂石 翠篨
落梅 截烟 穿云 霜柯

声侧　截玉　缥玉　流羽
韵奇　钻星　紫金　泛觞

摅愤　谕意　激朗　怡志
涤邪　畅神　清哀　写神

长短　烟竹　四窍　数曲
浊清　霜筠　七星　一声

霜逐　变态　义觜
风飘　异声　龙头

吹落月　龙吟水　似流水
遏行云　雁叫云　象飞鸿

雕翠竹　占江月　奋玉指
咽红楼　横秋风　撮朱唇

柯亭竹　云禽婉　离南楚
昭华琯　水龙鸣　出西凉

合律吕　吐清气　马援和
吟清商　咏新诗　向秀闻

镜湖月　西凉乐　折杨柳
洞庭波　东海龙　落梅花

叶六律　军中乐　吹阿滥
合五声　路旁愁　听鹧鸪

孤城起
陇头鸣

寒山古调　桓伊三弄
小桥遗音　赵嘏一声

伐云梦竹
取高迁椽

10. 篑

作鍱　并坐　在口　为节
裁铜　巧言　发唇　振幽

隔水
涩银

君子执
乐师调

11. 琵琶

龙柱　裂帛　火凤　慢捻
鹍弦　绕雷　冰蚕　轻拢

莺语　掩抑　丹桂　骇耳
泉流　纡徐　青桐　娱心

铜铸　金缕　凤颈　曲项
瓦为　红纹　蛇皮　屈茨

龙首　铁拨
云头　玉环

龙香拨　玉连锁　风绕指
凤尾槽　郁轮袍　月入怀

悲紫塞　安公子　奏六引
泣乌丝　武媚娘　理五章

鬼击节　挺修柄　脂鞓带
帝命弹　叩少宫　鹍鸡弦

乌孙马上　梁山象柱
白傅江头　岱谷丝弦

操畅骆驿
发越哀伤

12. 箜篌

晋解　濮水　湖上　孙赋
汉祠　前溪　桑间　霍歌

考筑　朱字　碎玉　凤喙
依琴　青溪　繁霜　鹤鸣

裙带缚
木拨弹

音逐手起
曲随弦成

（三）歌舞

1. 歌

桃叶　流水　抑柳　恋蝶
竹枝　绕梁　落梅　摸鱼

凤哢　黄竹　宛转　发德
鸾鸣　紫芝　玲珑　咏功

厚志　宝鼎　齐右　游响
永言　灵芝　郢中　遗声

振水　浩唱　传谷　落日
涌泉　曼声　遏云　流风

金阙　咏德　河激　合度
石城　告哀　尘飞　重升

晨露　朱雁　白露　大道
青阳　白麟　玄云　阳阿

委巷　激楚　援棹　弹铗
夏门　渡漳　操琴　抚弦

拾穗　登木　黄竹　过沛
乘牛　负薪　白云　济汾

清响　九德　丹凤　寓讽
美声　六诗　白龟　陈情

扣角　灵鹤　踏浪　散草
招商　祥芝　排空　飘梁

朝日　金镜　和唱　秋思
天光　玉台　灵音　春阳

传陌　紫玉　黄爵　甘露
缘云　青童　玄云　醴泉

瑞麦　拍斗　忌涩　转字
嘉禾　扣船　贵清　催腔

玉兔　得宝　翔鹤　宝幛
祥麟　平珠　离鹍　锦围

下里　迎客　夜诵
上清　送神　朝歌

送易水　瓠梁善　发皓齿
望秦川　尚衣能　激丹唇

天马至　春波引　神凤操
野鹰来　秋风高　应龙篇

绿珠怨　韦昭造　清平调
黄菊歌　傅玄词　欸乃歌

六么曲　堂堂曲　小海唱
五噫歌　蹋蹋歌　大风歌

吐清响
制妙声

红么一曲　调吟白雪
白纻四章　曲谱红盐

长调短调　菖蒲艳曲
大弦小弦　芍药新声

春纻秋纻　枣下纂纂
大梅小梅　花上盈盈

敷席注瑟　酒酣据地
援琴抚弦　箕踞鼓盆

越人拥楫　楚狂哀凤
处女鼓琴　孔子孤鹈

情人桃叶　子直合韵
渔者芦碕　女子弹弦

罗献固守　清风流水
留赞抗音　皓露秋霜

离鸿去雁　芙蓉藏曲
落叶吹蓬　鹦鹉能词

幡绰嘲笑　薛逢叹老
之涣揶揄　郭讷言佳

曹娥五叠　奇木连理
王母重章　瑞粟呈祥

称康伯可　听风听水
数米嘉荣　中矩中钩

市盐得谱　庆云成彩
赐宴进词　龙马来庭

一声烛跋　持板踏踏
再阕鸡号　连袂于于

2. 舞

垂手　龙婉　秉翟　长袖
招腰　莺飞　执翻　细腰

燕接　飞燕　七德　明德
凫连　惊鸿　九功　象功

执盾　俯仰　八佾　鸿翥
持矛　抑扬　千童　凤翔

合节　风转　逸态　北里
应声　波回　余姿　西城

尽意　武始　白雪　蹈节
宣情　咸熙　云翘　应弦

纵袖　玄鹤　回雪　勺象
执戈　白鸠　萦尘　器文

值羽　正位　斗狗　八变
执翿　列行　闻鸡　九终

品子　成字　毬上　为寿
舞郎　制图　掌中　达欢

轻凤　四表　惊鹤　拂水
飞鸾　八风　兴龙　回波

造谱　簪笔　垂手　扬气
创声　剪花　反腰　舒情

栖凤　戏竹
象牛　绣窠

乐宾主　纡长袖　河间献
谐君臣　飞轻裾　季札观

能鸲鹆　幺凤舞　周山立
为沐猴　柘枝颠　唐龙兴

象箾武　司干掌　画鸜鹆
南籥文　籥师教　饰芙蓉

移风俗　亿万寿　起齐赵
表贞明　十二床　观淮南

帝俊始
阴康教

亚身作字　窅娘步窄
偃地为花　净婉身柔

莲中童女　若轻若重
竿上小儿　不疾不迟

或迟或速　子颓不倦
若竦若惊　赵女尤工

前出四表　调兼吐凤
后缀八旛　势若将雏

鸾凤比翼　寒庭流雪
菡萏争春　春林动条

风袅弱柳　裾翻庄蝶
烟幕春松　帽莹隋蛇

五方有序　凤转龙翥
九变无挠　霞骇锦新

十二、文教部

（一）总说

文阵　翰府　经社　墨稼
墨兵　诗坛　砚田　经畲

文圃　笔阵　书叶　胸篆
纸田　文场　笔花　舌莲

字瘦　倚马　编柳　裁赋
诗臞　雕龙　截蒲　刺经

鸟篆　铁砚　孔壁　晋豕
虫文　银编　曹仓　鲁鱼

虿尾　垂露　金剪　虎仆
蚕头　偃波　银钩　龙宾

竹砚　绿砚　霜煤　学海
藤笺　红笺　烟墨　书城

经库　史馆　立雪　呵笔
墨庄　词园　捻松　擘笺

杜库　笔虎　鱼砚　太守
陆厨　墨猪　鼠毫　中书

扛鼎笔　凌云笔　词倒峡
涌泉文　掷地文　笔翻河

诗魂爽　风霜字　蛟龙字
文骨成　金石声　冰雪文

金壶字　搜神记　延寿赋
石鼓文　骂鬼书　送穷文

乞米帖　双钩帖　长史帖
换鹅经　八体书　右军书

蝇头字　松花纸　管城子
蚊脚书　柏叶书　楮国公

熏香摘艳　颜筋柳骨
茹古涵今　韩笔孟诗

宋风谢月　剪红刻翠
陆海潘江　错彩镂金

琉璃砚匣　红螺杯小
翡翠笔床　紫玉池深

号石处士
称楮先生

（二）学识

1. 好学

折节　殉业　谢客　入室
研精　致功　杜门　专门

役志　映雪　蚁垤　燃草
励精　偷光　羊亡　烧柴

负笔耨
带经锄

月读一遍　管宁割席
朝诵百篇　仲舒下帷

韦编三绝　倪宽芸耨
藜床半穿　买臣负薪

引锥刺股　经授七子
凿壁偷光　学足三冬

不寝不食　学惟时习
无饱无安　道乃日彰

经家不宿
对食忘餐

2. 博学

三箧　雪案　漂麦　梦鸟
五车　萤囊　焚膏　雕龙

学海　学府
经苑　书厨

人物志　解奥义　言曲水
经史笥　达奇辞　知荣光

破万卷　辨豹鼠　读坟典
涉百家　注虫鱼　冠天人

识然石　水沃面　负笔耨
辨沉灰　瓜镇心　带经锄

耕义圃　分七略　知仙馆
弋书林　爱三余　对帝丘

撑肠拄腹　杜预左癖
茹古涵今　刘峻书淫

青州士子　言筌百氏
蓝田玉人　腹笥九经

韦编三绝　聚学为海
藜床半穿　画地成图

周合群籍　通贯六艺
博贯九经　博涉百家

披涉万卷　仰取俯拾
涵沃六经　钩引贯穿

总揽罗络　女浴渭水
博洽精通　雉集唐宫

背诵仪礼
连书道符

3. 幼学

能言能食　已知释菜
克岐克嶷　未能负薪

心在鼓箧　所见皆善
年始佩觿　常视毋诳

舞勺舞象　愿供洒扫
学剑学书　方对圣贤

渐先王教　画沙成卦
有成人风　持凿破心

幼教忠孝　书札丧志
先理训诂　说文有功

有栋梁气
游翰墨场

4. 从学

北面　善问　鼓箧　立雪
东家　实归　负书　坐风

从董遇　问奇字
就马融　授天书

袪衣往受　三年不读
舍职以从　十反愈恭

执经垄畔　命子往受
讲学墓庐　白母即行

接迹于道　礼见上蔡
市宅其旁　欣往扶沟

来安乐窝　徒步千里
步终南山　属事三人

麇至麇集　履满户外
夔立雁行　屐蹑山中

涉江浮海
雪拥星罗

5. 废学

茅塞　腹负　舍斧　心障
尘生　心盲　弃觚　面墙

舍业
怀居

殖将落　亏一篑　碑没字
朽不雕　废三余　业无根

学校废　犹面墙　诗人刺
诗书焚　无用心　弟子嘲

强引古
不如今

学非时习 杕杜未识
道则日亡 芦橘不知

镂冰徒苦 自画已甚
夺笔堪虞 吾止何为

生无修业 学徒尽逐
官乏通经 鸣鸟蔑闻

杜塞余道 学非时习
绝灭微学 道则日亡

伐柯舍斧 酒囊饭袋
涉水登船 羊质虎皮

镂冰雕朽 终负素质
怀空抱虚 不识一丁

呼腊为猎 误解字义
改根为银 妄信鸟名

（三）经典

1. 经

渊海 旨远 刊石 宏雅
庖除 辞文 书屏 简严

六纬 任苑 圣海
七经 边笥 道源

一以贯 宗五帝 经天地
六同归 祖三皇 纬阴阳

书三昧 掌外史 生民府
易一斤 在上庠 众说郛

闻国政 显圣训
见天心 发天言

画前有卦 纲纪万事
删后无诗 雕琢六情

龟书畀姒 读以刚日
龙图授羲 取彼道原

焚香以拜 穷理尽性
遍柳而书 彰往察来

广大悉备 心开若济
变动不居 手授如新

作代典谟 人文之首
为世权衡 教学为先

甲胄箭镞 浑然无迹
筐篚笙簧 大而难知

2. 诗经

五际　学美　敦厚　彪炳
六情　教先　温淳　穆清

义府　雅致　春颂　五际
民风　藻辞　夏弦　四分

墙面　振铎
解颐　采风

动天地　何莫学　同开辟
感鬼神　可与言　炳日星

言皆雅　贯三极　各得所
思无邪　首六经　不能安

讲太液　开国政　深且大
论延英　正王风　正而葩

刘吐舌　歌商颂
匡解颐　取豳风

集微揆著　采周之旧
连类含章　反鲁而删

写气图貌　惟陈最后
属采附声　自桧无讥

包蕴六义　涵畅理道
斧藻群言　导达性灵

3. 尚书

王制　宝范　出洛　十例
帝书　元龟　授河　七观

畀姒　始旦　证义　宪度
观周　中天　直言　元良

藏孔壁　写太液　书缣素
得西州　列迩英　刻琬琰

黜丘索
断唐虞

武成三策　垂世立教
秦誓一篇　弘道示人

藏之书府
治以学官

4. 礼记

修外　事地　大典　芸阁
制中　承天　格言　曲台

养性　首籍　志敬
节情　冠篇　体严

言夏礼　赐紫绶　颁正义
得河间　隔绛纱　刻儒行

经邦国　升月令
植纲常　补冬官

分年而试　源开三本
按月以观　体正五经

犹酒有蘖　就质疑晦
若玺印泥　淹识古今

垂世立教　多识容典
尊主庇民　暗记义宗

5. 周易

八卦　道龠　拟议　五子
六虚　言枢　范围　九师

幽赞　道化　月窟　赤乌
发挥　达微　天心　苍牙

翠妫　岳岳　观兔　治篋
白岩　铿铿　烹鱼　负苓

类万物　察时变　仲尼赞
生两仪　发天真　宣子观

终蒙艮　更四圣　感为体
得乾坤　祖三皇　智之乡

知进退
识亲疏

诵易灭怪　数年加学
说卦息争　九圣微言

下学上达　三爻足矣
彰往考来　一言蔽之

钩深索隐　该括万有
通幽洞玄　贯通三才

设卦明象　内象外象
观爻立辞　方图圆图

包河统洛　雪庵和尚
通乾流坤　龙潭老人

6. 春秋

稽象　周法　浚井　四象
考符　孔经　观山　两家

山岳　分五　正大　晦义
日星　通三　简严　隐书

五始　十例　长治
三科　五情　失敷

驳汉事　备三圣　发墨守
变周文　掌四方　针膏肓

编本末　兴王法
著异同　素臣功

掌之小史　五经仪表
讲以学官　万世准绳

虹垂北斗　申服难杜
麟获西郊　黜夏存周

观书太史　裁以天理
受命端门　端自圣心

曲直绳墨　贵王贱霸
轻重权衡　尊君抑臣

大夫众贬　四代继作
诸侯群诛　九月以成

7. 史

二体　周志　纪梦　通志
三长　郑书　述言　发情

方志　司籍　记善　王籍
直文　掌书　书过　帝书

新载　续纪　述汉　循礼
旧章　嗣书　遵周　书名

方册　十志　掌命　秽史
直书　八书　书言　谤书

五体　身鉴　因四
三途　国章　体三

掌邦国　辨得失　冠诸史
建侯王　明异同　亚六经

奋鸿笔　述大典　备周孔
骋直词　藏名山　肇轩黄

发诸德　亚陈寿　严义例
扬圣心　似马迁　订愚贤

吹霜喷露　权重宰相
入地上天　任辄台员

笔良迁董　贯穿经传
兼丽卿云　驰骋古今

班图地理　依经树则
马纪天官　附圣居宗

见仇贵族　大书提要
取嫉权门　分注直言

不斯地下　丹青难画
宁负乡人　头白可期

丰编照物　桑麻谷粟
秘宝藏山　英茎咸韶

法严记约　缺陈桥事
文直事详　补建文编

事归南董
词效左丘

8. 子

覆瓿　吐凤　述道　贵俭
悬金　雕龙　谈天　上贤

纯入矩　环奥义　著七略
驳出规　发深言　列九流

蒙庄齐物　刀锯制理
老氏外身　唇吻策勋

情辨以泽　有忏屑玉
辞约而精　无异杂铅

(四)诗文

1. 文字

取夬　八体　垂露　云布
效奎　六书　偃波　星离

变鸟　删旧　雨粟　杜稿
视龟　蠲烦　感禾　丁真

大辂　雾结　霜画　坠石
长舟　霞舒　漏痕　画沙

日珥　屏玉　隼尾　虎卧
星珠　生金　鱼纹　龙腾

渴骥　金错
旱蛟　银钩

2. 著述

删史　为业　周史　埤雅
反骚　窃名　晋郎　变骚

非国语
反招魂

淡雅沉郁　继迹迁固
研精覃思　兼丽卿云

词严理正　五臣同注
言典事该　两书并行

诏藏秘阁　接光并烈
写付司经　含英咀华

刘蜕文冢　九成贮瓮
东坡墨池　居易置瓶

著书一卷　周公尔雅
为传百篇　扬雄太玄

凤凰集上
紫微降光

3. 文章

绣口　横锦　振玉　秋实
锦心　散珠　铿金　春华

主气　粲匹　润色　言叶
本形　华文　诋诃　辞条

画虎	雕玉	绡縠	彰汉	飞兔越海	孔书陆议
雕龙	镂冰	丹青	述殷	游鱼出渊	王赋阮章
文治	经纬	宿构	阁笔	卓立千古	机文喻海
舜敷	弛张	立成	楚研	自成一家	岳藻如江
郁郁	文囿	卢薛	四杰	扬葩振藻	掷地振玉
彬彬	辞林	何刘	三多	含英咀华	揬天凌云
温李	谷帛	载道	报国	五藏出地	君子博学
杨刘	膏粱	述才	补时	三代同风	壮夫不为
藻缛	宰匠	笔路	无价	牢笼天地	词林根柢
铺陈	宗工	辞源	有神	驰骋古今	经典枝条
风水	三变	黼黻	华国	挥翰雾散	腾蛟起凤
云霞	一更	琳瑯	润身	弹毫珠生	绣虎雕龙
陆海	苏海			衙官屈宋	气劘屈贾
潘江	韩潮			仆隶风骚	目短曹刘
骋骥足	思风发	耻王后		跟经躏史	锦心绣口
握蛇珠	言泉流	愧卢前		茹古涵今	玉佩琼琚
若五色	花萼集	干气象		雕镂万化	掀雷搜电
此四科	锦绣堆	动精灵		镠镉三光	驱涛涌云
徇木铎	出月胁	琅玕腹		风樯阵马	心炉笔炭
避笔端	凿天心	锦绣心		牛鬼蛇神	月斧云斤

燕公宏茂 伯温流利
子昂风华 景濂丰饶

繁文缛合 秀藻云布
绮旨星稠 潜思渊停

综彩繁缛 导扬隐伏
杼轴清英 含畅襟灵

摧钟拉贾 立马草制
驾王超陈 对使答书

当食草奏 分阴可就
据案制书 寸晷便成

夕草五制 酒中下笔
日赋十题 马上占辞

孙金卢彩 文冠当世
宋艳班香 妙绝时人

冰雪在口
琬琰为心

4. 书籍

连屋 宛委 三绝 缥帙
充庭 琅环 一痴 缃囊

坐捡 左史 麟吐
行披 右图 凤衔

熏兰气 观太史 汗牛马
染芸香 授老人 积丘山

披凤篆
启龙图

西山典籍 九流异轸
东壁图书 百氏齐镳

纯粹入矩 舭裂大道
踳驳出规 疣赘圣谟

香消蠹字
墨润冰文

5. 诗赋

泣鬼 锻炼 三步 律细
惊人 推敲 八叉 语圆

俊逸 丽则
清新 绮靡

书邮壁 风云状 红袖拂
唱旗亭 月露形 碧纱笼

惊风雨
鸣佩环

元轻白俗 尚书红杏
孟淡苏豪 学士青莲

比排声韵 压倒元白
陟降始终 指挥曹刘

孤桐朗玉 恭王赠马
水月镜花 扬子雕虫

蒋凝四韵 纯甫矮柏
刘载万言 维翰扶桑

钱熙楚雁
王燧神龟

（五）书画

1. 书法

三折 舞剑 画被 笔虎
双钩 藏锥 临池 墨猪

易卷 今瘦 鼠尾 萦蚓
换鹅 古肥 蝇头 绾蛇

八体 垂露 鸟迹 羲献
六书 崩云 虫书 钟张

取剑 墨妙 彩笔 书圣
换鹅 笔精 墨池 草贤

字诂 惊座 天骨 三体
墨禅 登床 人工 六文

五合 垂脚 发圹 书寺
八分 象形 凿垣 题宫

虿尾 田仆 金榜 悬帐
蝇头 书奴 银钩 缀衣

破体 称貌
隐锋 得心

拈鲜碧 为四体 传百世
写硬黄 正六经 成一家

百钧弩 给绢素 始卫瓘
五朵云 赐彩笺 本务光

和氏玺 呑丹篆 紫金钿
金人铭 洒仙毫 乌丝栏

鸿都谒 铭九鼎 四匹素
石室书 撰三仓 十牒屏

锦袋贮
玉匣藏

安事笔砚 游天戏海
足记姓名 印泥画沙

巧同悬露 纸田墨稼
妙等崩云 笔刀砚城

掌虚指实 锋芒圭角
心正气和 形质性情

凌云垂露 飞毫拂素
倒薤垂针 屈玉垂金

冰释泉涌 海岳四咏
玉润金生 永欣千文

飞毫拂素 端严尊重
落玉怀珠 绵密娉婷

宋寒李俗 金题玉蹼
钟瘦胡肥 牙轴罗标

修短合度 云间孤鹤
轻浓得中 海上双鹅

修十郡志 仙人啸树
写四部书 美人插花

兰芳玉洁 微云舒卷
锦质绣章 轻旆翻扬

泗州三榜 孤松危石
吴兴二笺 香草润珠

落霞浮浦 枕中窃秘
游雾萦空 钱上写经

龙跳虎卧 僦屋假素
凤翥鸾翔 驻马观碑

笔床月旦 片笺尺素
罗扇风流 大碣丰碑

促小放大 家鸡野鹜
离方遁圆 渴骥怒猊

羊真孔草 字画峭劲
范篆萧行 笔迹雄强

旱蛟龟兔 烟霏雾结
春蚓秋蛇 风送云收

钗头鼎足 翰藻沉郁
龟文龙鳞 逸气纵横

金沙银砾 轻云蔽月
蚌质珠胎 荣光属天

摹魏帝敕 惊鸾舒翼
类高祖书 飞鸟出林

超逾子敬 龙骧豹变
逼真世南 虎踞螭盘

赐戴至德 径丈一字
屈顾宝先 方寸千言

张图瑶林 妙参钟索
刻石秘阁 法得欧虞

书葵蒲扇 势巧形密
裂纱裓衣 笔直字圆

号欧阳体 内抳外拓
学李卫书 右蹙左盘

卓然孤秀 书称萦发
焕若神明 草号游丝

皆由悟入 神融笔畅
不以意参 手和墨调

纵横鸟迹
错落鱼文

2. 绘画

顾绿 无墨 韩马 模影
倪黄 有诗 戴牛 写生

心匠 四圣 入妙 胸次
天机 三家 通灵 笔端

比象 指趣 目想 手泽
成文 仪形 心存 笔精

八格 影壁 耳鉴 弹雪
十门 绘图 卧游 吹云

墨韵 封臂 画被 返购
白描 刺心 传模 自娱

图佛像 早入室 龙凤质
写龙形 远擅场 麋鹿姿

蜂蝶至 传神竹 夺造化
雷雨垂 写生花 露天真

下双管 开生面 拓粉蝶
添三毫 写秋声 弹苍蝇

韦偃树 毫芒内 屏间绿
郭熙山 咫尺间 叶底红

五丈水 传蝴蝶 善命意
三时山 扫骅骝 俱忘形

下歌女 八幅障 洗烦恼
止啼儿 六扇屏 夺精神

彩涂白 猫逼鼠 生枯笔
漆点睛 雉惊莺 寒热图

卷寒雨
飞云光

僧繇点眼 刮造化窟
周昉传神 窃天地工

曹衣出水　智生灵府
吴带当风　功在笔端

画鹰殿壁　嘉陵山色
悬鱼水滨　锦幛涛声

成虎扫室　壁间设绘
画龙脱巾　水上纵毫

一牛隐见　轻描小景
六马腾骧　点缀微虫

昼见夜隐　意在尘外
远淡近浓　色聚毫端

得神得骨　图凌烟阁
师物师心　绘太液亭

汉帝别室　舞剑助画
赵家选场　击鼓成图

传神置肆　玉堂设槛
写貌悬堂　晶瓶增花

殿中彩绘　寒汀烟渚
壁上丹青　叠嶂危峰

五龙生雾　金碧辉映
六马滚尘　峰峦清深

日中月季　应运罗汉
正午牡丹　现象观音

十光佛象　夙世余习
六殿御容　前身画师

精神清润　多多益壮
态度纤浓　咄咄逼真

半隐半见　无墨无笔
不古不今　有画有诗

影落缣素　不可货取
模写纸窗　难以强求

兼移情性　釜中龙跃
难写精微　壁上马鸣

笔存苍润　清江碧岫
天与清新　剩水残山

彭祖观井　斗牛掉尾
庄周垂纶　飞雁展头

赵昌花果　轻烟远岫
崔白翎毛　薄霭平林

祷狮瘧愈　台阁古雅
唾姬病痊　人物清奇

（六）文具

1. 笔

栗尾　麟角　翠羽　吴律
枣心　鼠须　文犀　赵毫

颜炙　当面　蝇集　染翰
班投　铭心　蛇衔　含毫

画日　胎发　画荻　刊竹
旋风　人须　削荆　芰松

柔翰
纤毫

毛锥子　珊瑚架　梦五色
尖头奴　翡翠床　避三端

挫万物
扫千军

雕金饰壁　治功莫尚
立宪成功　上志能宣

蒙恬造意　夏侯不畜
逸少骋能　君苗欲焚

拜中书令　一践廊庙
封管城侯　二应中书

萦管如玉　如锥如凿
梦笔生花　中绳中钧

有筋无骨　不知有笔
应手从心　一随其人

永耕坟典　无食肉相
散作龙蛇　夺造化功

贮云含雾
搦管抽毫

2. 墨

削木　兔浸　黑玉　龙剂
磨人　鱼吞　乌金　麝煤

点目　翠色　九子　画掌
画眉　冷光　二螺　祷祠

赐令　入木　淳漆　残璧
致夫　污屏　远烟　断金

喷纸
点缯

梦盈袖　携一斗　金壶汁
悬满堂　瘗八橱　石烛烟

合珠麝　怀化堑　研数合
供三时　筑阳山　饮一升

畜丞相　窜旧史
赐史官　非草书

一螺点漆　试红丝砚
万灶烧松　洒桃花笺

明窗尘影　客卿子墨
玄圃云英　绛人陈元

延安石液　光腾贝叶
庐山松烟　汁贮金壶

吐于鱼腹　岁减半寸
养以豹囊　夜赠一丸

刃能裁纸　徐峰传术
光可射人　祖氏闻名

鱼胞犀角　香同关钮
玉屑珠英　气结楼台

笔染三万
墨磨数升

3. 纸

蕉叶　铺玉　玉版　鱼子
桃花　敲冰　金花　松花

白疏　裹柱　捣网　青赤
黄书　补绚　持花　缥红

藤角　凤尾　麻面　树叶
桃花　雁头　桑根　松纹

玉叶　金缕　鹄白　驴叠
银光　柳绵　鸦青　蜂钻

云母
霞光

右军库　用蚕茧　洪儿纸
别驾函　修龙楼　薛涛笺

写百韵　丐官褚　押黄纸
赠三韩　贡蛮笺　擘彩笺

三都贵　楮皮捣
十样新　竹模裁

鸦青染墨　蔡侯妙迹
鹄白铺银　左伯芳名

蔡伦遗叶　虚柔滑净
唐季残笺　妍妙辉光

匹长似练　乌丝三尺
色白如绫　绣花百番

碧云春树
女发山光

4. 砚

龙尾 类月 鸲眼 云覆
马肝 涵星 龙鳞 雾兴

鹭驻 孔石 银带 石穴
龙盘 晋银 金池 溪源

龙壁 风字 玉质 天液
凤池 斧形 金星 石精

呵水 青铁 磨穴 苍玉
试金 红丝 结邻 翠涛

生翰墨 鹳鸽眼 名凤味
节方圆 凤凰台 似马蹄

穿云月 含古色 裹碧草
出水荷 贮秋光 割紫云

如月晕 魏台瓦 四环鼓
状天池 汾水泥 七宝炉

注老子 赠庾翼 补百碎
作春秋 遗洪厓 名三灾

无瑕玷
有廉隅

谗邪无污 魏后数用
篇籍永垂 晋帝少同

耕凭毛颖 诗成鲍谢
墨藉楮生 笔落钟王

中平如砥 文状石镜
外圆若规 色比玉壶

底承鱼口 访于诸阮
色若猪肝 留在二妃

蒯鹜许友 王慈独取
范馨与孙 包拯不持

中有双涧 有鸽添水
上出一峰 象龟负图

黼形縠理 死眼活眼
玉莹鉴光 德人俊人

5. 文玩

太守 犀管 侧理 不律
中书 鸾笺 圆毫 陟厘

岷石 云月 铜雀 笔搁
剡藤 雪林 金壶 书筒

6. 印章

桃木 摘鹊 给马 磊落
枣心 种龙 铸龟 隆平

五字 金紫 玉蛟 铜鼻
六书 银黄 金龟 金窠

被辱
不供

项羽削　渊明弃　入山佩
张良操　买臣怀　闭室封

留侯辞汉　虎乃威猛
陶朱还齐　龟者蛰藏

卢奕怀走
李溪挈奔

7. 玺

投地　鬻市　试士
抵轩　埋庭　建元

王母佩　投佛寺　螭虎纽
李斯书　弃草间　鱼鸟文

光照水外　麟玺一钮
字在腹中　龙纽五盘

张嘉来献
邦昌命赍

十三、器用部

（一）总说

雨幔　云锸　月镜　凫鼎
风灯　雪镵　冰盘　鸭炉

鹄漏　麝枕　鸳杼　蠡盏
鸡筹　虾帘　凤梭　鹤瓢

鸠杖　桂烛　藤榻　竹枕
蚁卮　荷杯　花屏　藜床

竹篋　茶磨　砚匣　镜匣
筠篮　酒筹　帘钩　钿笼

猎酒　玉匣　禁漏　范甑
渔灯　珠帏　宫壶　颜瓢

武几　午枕　丙鼎　午漏
汤盘　丁帘　辛盘　辰牌

香母　酒母　帐额　鼎足
竹姬　茶僧　帘腰　杯唇

箕舌　雪舫　露舶　菱桨
瓮头　云樯　烟帆　兰篙

桧楫　劲楫　唱橹　柔栌
蒲帆　危帆　眠桅　健帆

帆叶　鸾辂　熊轼　鹤辔
橹枝　鹿车　象镳　鸾衡

榆毂　棘轴　彩络　秧马
笋舆　蒲轮　花鞯　纺车

龙节　燕幕　鹄鼎　芦簟
凤旌　蚊厨　螺杯　葛橱

茶鼓　琴匣　纸帐　午碗
酒旗　笛床　绳床　辛樽

镜浪　桂楫　雨楫　帆腹
帘波　兰桡　风舲　枕牙

凤辇　绣毂　茶灶　藤榼
鱼轩　雕鞍　笔床　椰瓢

了鸟　彩鷁　樵斧　不落
葳蕤　飞凫　钓筒　相宜

雀室　吟灯　椰榼　蕉箑
螺舟　醉鞭　荚盘　菊樽

蔗杖 香榼
蕉笺 粉奁

浮云碗 龙头鼎 蜂腰蜡
注月瓶 凤脰灯 鸡骨香

鱼须笏 鸳鸯幔 青鸾节
象首罍 翡翠帘 白虎幡

鹦鹉盏 桃枝杖 蕉叶盏
凤凰樽 竹叶觞 桂花樽

桑节杖 柳花碗 葡萄碗
柏花灯 荷叶瓯 薏苡杯

芙蓉镜 青竹杖 连腮帐
玳瑁卮 白藤床 屈膝屏

鲛人杼 夫子瓮 徐孺榻
织女梭 女儿箱 孟嘉杯

兄癸卣 玻璃匣 支机石
父庚觚 琥珀钟 捣练砧

醒酒石 千金鉴 千丝网
护花屏 万字炉 一目罗

仁寿镜 凌风舸 游吴棹
吉祥瓶 贯月槎 访戴舟

千村橹 云霞辇 黄金勒
万里帆 日月軿 白玉鞍

黄篾舫 摩诃乘 青雀舫
白藤舆 般若舟 紫鸾舟

咿呀棹 青玉案 常然鼎
觳觫车 碧纱厨 自暖杯

红螺碗 水纹簟 双钩帖
碧玉杯 山字屏 百衲琴

鱼肠剑 银虬箭 莲花漏
鹤嘴锄 蜡凤檠 玉局棋

莲心碗 竹叶觞 宜春胜
椰子盂 蒲葵扇 乞巧针

青玉匣 六安枕
碧牙筒 七宝床

罗帷绛帐 冰瓯雪碗
琼笈琼囊 玉版金箱

蒲茵笋席 花镳柳策
蕙帏荃床 桂楫兰桡

官艘贾舶 篮舆陶制
蜀舸吴船 蜡屐阮携

铜蠡昼滴　气冲剑匣
金鸭宵移　颖脱锥囊

(二)舟车

1. 舟

一叶　驰马　浮芥　莲叶
半篙　飞凫　容刀　瓜皮

触月　锦缆　鹢首　柔橹
追云　牙樯　鸭头　孤篷

杯渡　容与　蜂集　吹笛
苇航　逍遥　马驰　停桡

文桂　放鸭　欸乃　去去
木兰　采菱　浮沉　飘飘

梁丽　翔凤　驰马　三翼
吴舸　来龙　逐龙　五牙

蜀艇　水马　赤漆　竹叶
越舲　木龙　华泉　爪皮

文鹢　挟电　飞马　蚀月
翠虬　撞雷　翔螭　压天

掇月　赤雀　晨凫　飞虎
凌风　苍鹰　灵鹢　鸣鹤

蜂集　金饰　秤象　同济
蛇腾　银装　出牛　自牵

乌江舣　愚求剑　布帆稳
赤壁桡　智解衣　锦缆奢

彩鹢漾　孤篷影　数旌去
锦花飞　柔橹声　一篙回

云外路　满篷月　红蓼岸
水中天　一笛风　白蘋洲

偎春草　乘霞客　芳草渡
荡夕阳　弄月人　绿杨堤

文丹漆　若树叶　待项羽
饰彩缯　如莲花　渡伍员

芙蓉舰
沙棠舟

一椽板屋　篷疏通月
两面油窗　浪静排山

黄龙感禹　汉乘云母
白鱼瑞周　吴有艅艎

木兰则丽　名曰翔凤
沙棠尤轻　制有常安

胡越共济　蔡姬见荡
李郭登仙　秦将曾焚

泛兹五会　飞间青雀
容乎万人　苍隼晨凫

藏以为壑　水中龙跃
造之作梁　岸上人惊

闻讴越女　月移日转
习战昆明　风骇云浮

齐山绝海
泛宅浮家

2. 筏

浮海　斩竹　乘筏　伐竹
沿江　伐芦　浮槎　刘苇

贯月
挂星

3. 车

记里　油壁　辘辘　雕玉
司方　香衣　辚辚　镂金

五色　青盖　钩轴　在辖
七香　皂轮　辎轩　无輗

翠羽　步辇　接轸　推毂
彤芝　肩舆　联镳　结旌

明远　下泽　飞远　倚鹿
逍遥　游春　指南　画熊

副辖　殷辂　紫盖　卧辇
游环　周舆　朱兰　步舆

白鹿　一器　铜较　黄辂
青牛　六材　珠轮　皮轩

跛马　鹍翅　三盖　挽鹿
折辕　鹤形　九游　引羊

靖室　毁堞　过阙　同轨
充庭　燎营　出关　遵途

前覆
左虚

三寸辖　辕两尾　驾一马
四尺辀　轮重牙　立四鸾

幡示信　长者辙　骄马驭
鼓添筹　故人车　绣帘垂

双凤辇　象日月　信横帆
六龙舆　矩阴阳　忠见舆

茱萸辋　征钓叟　骄马驭
玳瑁厢　迎申公　绣帘垂

樊缨九就　文茵畅毂
青质三重　朱英绿幐

驱尘出轨　群经折轴
系毂移风　朱血染轮

骇兹载鬼　又如流水
惊彼投人　或号追风

讵宜妄指　徘徊黑耳
不可疾言　网络朱丝

巢望晋旅　陈遵投辖
楼呼宋人　张纲埋轮

淳于炙锞　如生如附
吴起徙辕　象地象天

饰之云母　倚龙伏虎
节以鸣鸾　贰毂重牙

渡泽欲杼　视只五嶲
行山将侔　御经三周

载脂载辖　赵同共处
弗驰弗驱　宁戚无忘

运斗以用　祥闻左旷
建德攸行　武则绥旌

王后重翟　三望四望
东宫画轮　不盖不巾

龙首衔轭
鸾雀立衡

（三）日用

1. 杖

刻塔　指日　荷蒸　紫竹
饰鸠　挑云　挂钱　朱藤

可手　扶老　赤节　九节
齐眉　济颠　青筇　一条

步月　鹤胫　伴衲　化龙
寻春　龙形　陪仙　吹火

金距　穿径　卓地　绿玉
牙眉　踏云　敲门　青藜

银角　翼德　金策　木拐
铁柱　戒骄　玉箱　黎床

为马　植蔓　画地　叩胫
化桥　开花　应门　折笄

和醉倚　温如玉　虾须绿
向空书　真似绳　鹤膝红

琅玕色　迎仙客　鲁分爵
玳瑁文　送游龙　汉赐年

木上座　探龙穴　骑为马
竹方兄　指佛心　掷化桥

仙人赐
术士乘

寒蹊点雪　断桥测水
春径挨花　野路触泥

雪�灿烂　少干金侈
宝铁玲珑　原宪藜贫

葛陂投化　长房灵变
邓林丛生　介象驰奔

秋藜促节　霜封色古
白藿同心　露染斑深

介象青竹
王烈苍藤

2. 扇

反影　蒲叶　桃核　比翼
亏光　棕心　桐皮　同心

扑蝶　六角　玉柄　挥暑
驱蝇　七轮　金花　生风

百绮　云母　凤尾　青竹
九华　琉璃　鹤翎　素纨

按曲　蝉翼　明月　绿枕
扑萤　象牙　仁风　白绮

莲羽　鱼脊　皎皎　秦缯
蒲葵　龙皮　团团　齐纨

鹊翅　安众　麾敌　画水
象牙　拥身　赠行　应门

拊马　障日　百绮
挥蝇　蔽尘　九光

秋生手　随皓腕　班姬弃
月入怀　掩丹唇　谢傅持

松起籁　裁帛制　曹植赋
鹤翻空　采竹成　右军书

饰金翠　孤月满　画蝉雀
掩红妆　片云深　绣芙蓉

仲祖画
逸少书

介子辞禄　修成秋月
何植居贫　剪落洞云

画以秦女　彦回障日
遗之买臣　诸葛挥军

谢安赏辩　纪羊孚雪
王导蔽尘　书柳恽云

湘东八字　羊欣偃蹇
飞燕七华　子显傲睨

五明靡丽　绿沉紫绀
单竹精奇　木兰桃枝

当夏不操　渡江画水
走马犹持　系狱题诗

3. 镜

合欢　鹊影　石色　夷则
半破　菱花　珠光　紫真

金背　宝匣　拂拭　百炼
水心　玉台　研磨　四规

翡翠　照胆　绿晕　五色
芙蓉　鉴形　朱斑　八铢

鸡舞　玉彩　月影　虫篆
鸾鸣　金辉　冰华　上花

金错　照鬼　晞日　神物
银华　象兵　鉴形　飞精

叆叇　剖鲤　饰带
玻璃　化鹊　整冠

仁寿字　玉女照　孤鸾舞
至人心　仙人磨　双凤飞

知千里　化鹊去　照西子
见四邻　屈刀为　烛无盐

师旷铸　挂明月　摇飞电
涂氏藏　悬清冰　湛寒潭

压魑魅　高宗殿　临安石
照胆心　炀帝屏　梓州堂

照陵寝
正衣冠

影成一相　当眉写翠
背篆三公　对脸传红

云开月见　雪台照鹿
水净珠明　小阁望蟾

秋霜有约　妍媸普照
明月无心　表里需明

剖从鲤腹　铭征翠羽
掷自空中　语听火齐

素娥对面　金花银叶
青女临妆　茂竹丛林

4. 香炉

睡鸭　麝火　金镂　古字
盘龙　兰烟　银涂　寒灰

玉鼎　活火　刻玉　文燕
银球　寒齐　镕金　玉蟾

吐雾　宝鸭　兽炭　卧褥
喷烟　金猊　檀煤　博山

薰带
霓裳

燃朱火　蔷薇露　衔花凤
扬青烟　菡萏炉　折腰狮

飘残篆　一星火　数重锦
喷香云　尽日香　百摺彝

陶母梦
吴泰筮

香传西国　芳烟布绕
器象南山　奇态玲珑

仙童捧至　象牙文彩
侍史携时　鹊尾葳蕤

三云散馥　卍字缀玉
七宝融冰　一气凌云

爇旃檀木　既名屈膝
窥太乙丹　又号辟邪

5. 香

百和　甲煎　鸡舌　增媚
九真　丁皮　龙涎　熏肌

碧篆　兽炭　心字　辟恶
青烟　马牙　麝煤　却寒

千花色　印孤月　榆荚梦
一缕烟　吐轻云　鹧鸪斑

荀令坐　骚客佩　千寻玉
张说文　高人披　一炷云

汤熏豆蔻　盘中沉水
水洒蔷薇　梦中蘅芜

球盛角碟　辟寒有效
杵碎沉光　伴月何妨

鸳鸯红锦　囊贮麟瑞
苏合金堂　帐散鹅梨

枝折青木　呼为安息
露渍蔷薇　贡自月支

兜娄唵叭 依依意可
细艾甘松 渺渺返魂

茵墀沐发 旃檀供佛
石叶熏衣 龙脑镇心

经年不歇
千步曾闻

6. 灯

走马 雁足 莲炬 银粟
斗鸡 驼头 兰膏 金枝

豹髓 绿焰 荷盖 兰烬
龙膏 红荧 葛笼 金檠

凿壁 耿耿 孤馆 照字
添膏 亭亭 小窗 校书

七采 酒肆 玉焰 不夜
九华 渔船 金英 常花

铜倚 恒满 朱烬 浮水
玉枝 常生 青光 含光

无尽
长明

排金粟 花吐夜 寒夜短
缀玉虫 焰含春 冷烟空

攒复殿 藏渔舍 光内照
照文屏 照佛宫 花外垂

玛瑙树
琉璃形

万窗花眼 疏中摇月
千隙玉虹 繁处杂星

烬垂金藕 静留寒雨
影透玉荷 明彻晓钟

紫罗香里 缯彩楼阁
锦树光中 琉璃屏风

仙人烛艳 盘螭同灿
女子裳红 涂鸭争华

金枝焰远 九光千盏
绿柱烟微 西漆南油

黄龙吐水
白鹭转花

7. 烛

金粟 怀翠 蜡照 烟暖
玉虫 摇红 星繁 蜡香

宫禁 画阁 见跋 垂泪
洞房 兰堂 加鞭 凝脂

红短　莲炬　顾影　见跋
翠明　烛奴　分光　催诗

照壁　陈席　坐暗　以继
映书　绝缨　益明　不操

鹤焰　烛国　莲炬　揉纸
鱼形　火城　兰膏　燃须

吐日
垂兰

花太喜　莲千朵　兰心吐
泪堪怜　玉一条　燕尾香

映兰幕　千枝烂　凝花影
照金屏　四壁明　代月明

夜游而秉　铜荷承蜡
寒食初传　铁铗浮烟

蛾飘花落　绝缨笑楚
凤起香连　误笔思燕

石家薪代　双安凤倒
汉帝苏煎　旁绕龙眠

方排银粟
每送金莲

8. 屏风

龟甲　射雀　六曲　軨匝
蛛丝　弹蝇　三棱　罘罳

碧虑　翡翠　孔雀　翠壁
绿沉　芙蓉　金鸠　银钩

猩色　云母　障月　入画
凤文　金螭　遮风　题诗

白字　金缕
绿沉　悬黎

遮野马　立端直　图山水
点生萤　处廉方　缀罗绮

图传列女　色涵银汉
疏列宰臣　光照玉蟾

观图见岳　国忠围妓
读记知州　黄香勒铭

岩名喝石　锦分五色
笔误点蝇　美冠六书

双环屈膝　虹霓光彩
四角流苏　凤羽翩跹

高声宛在　孙亮镂瑞
手印依然　季龙画仙

玉如龟甲
画为珠丝

9. 帘

凤节　竹影　凝雾　飞燕
鸾花　珠光　留香　美人

银蒜　玳瑁　玉箔　摇月
虾须　水晶　银钩　鸣风

窣地　翠羽　半卷　罗绮
齐檐　麟毫　低垂　房栊

燕入
鸟窥

隔花影　万花簇　波荡漾
漏月光　一桁垂　影玲珑

玉楼挂　湘纹蹙　金琐碎
香砌连　绣额横　玉玲珑

月华射白　卷来岫雨
灯影穿红　约住窗风

扬州初卷　戴家五色
湘水成奁　严氏百钱

先生恒织　闲吹柳絮
圣后同垂　小隔樱桃

双鸾在雾
众伎为衣

10. 几案

拂进　承臂　缕采　石琢
操从　支颐　刻香　漆雕

扶老　彤玉　八仙　书案
养和　乌皮　七贤　蒲团

金度　蛇绕
漆书　鸠飞

隐而卧　孟光设　承绢御
怒以投　孔融凭　授蓑翁

金兽立　随尔隐　刘政造
玉人抬　感君扶　学士凭

加绨锦　石室玉
覆云纨　海岛金

白玉青石　词记训诵
鹄膝狐蹯　召致幽冥

云纨覆观　轩辕垂法
黄金盛经　张华著铭

麟士笃学　花攒五色
卓茂留名　麑附两头

祖深一肉　季齐撤馔
子元三杯　曹公视书

许后亲奉　与可喷饭
赵王自持　石虎行文

11. 床榻

玳瑁　笏满　画石　坦腹
珊瑚　书连　沉香　合欢

独卧　七宝　白玉　对饮
闲眠　五香　紫金　剧谈

连坐　月照　八尺　石陷
同眠　琴横　一身　藤穿

麝角　鼠迹　玛瑙　苦竹
象牙　龟揩　郁金　红莲

华缕
沉香

编翠竹　临水置　桓弄笛
织细藤　向山移　魏读书

仙人石　青竹坐　沛公踞
神女金　白藜穿　王导辞

珍逾素柏　闲居月下
侈用银鳌　坐向风前

龟文犹活　青奴一壁
龙坐如生　绿玉两头

言不逾阈　楚山还小
卧暂偷闲　湘水添寒

六尺麝角　中宵屡易
千金象牙　暮夜遽登

堕无愠色　华山白玉
留寄追思　辰州朱砂

桓伊弄笛　贺革思义
魏收读书　宗武仇书

延之谏帝
东坡就僧

12. 枕

五色　连理　无患　温润
六安　合欢　相思　黑甜

七宝　却老　梦觉　鹿角
重明　游仙　醉馀　虎头

红蕤　琥珀　白石　青玉
黄花　珊瑚　青瓶　黄杨

翡翠　双粲　磁石　破醒
楠榴　重明　色绫　游仙

允丽
惟珍

鸿宝秘　芙蓉压　堆云髻
宓妃留　鸾凤留　缀金铃

持眠荷岸　三竿红日
携卧竹床　一梦黄粱

楼台丹碧　四男何处
洲岛烟霞　双粲谁家

圆而名警　柟榴方正
纹或如绫　翡翠陆离

昭阳作庆　竹流清韵
虢国称珍　菊送幽香

故人避　麟凤饰　长者异
舍者争　黼黻纯　嘉宾重

佳人息　重殷亮　光武侧
君子宜　益戴凭　文帝前

袭兰气　曾避坐
浮桂香　管别居

卷怜妇弃　由前不躐
敛望夫归　侍坐无馀

纹织五色　宜眠宜坐
国来三屿　可卷可舒

顺时革易
任我推移

13. 席

张赋　长睡　伴月　云雾
冯铭　少安　回风　茅葭

六彩　凤翮　白莞　锦缘
五香　龙须　碧蒲　鳞文

柳叶　施彩　分半　结草
桃枝　杂香　坐重　织蒲

凤翮　薜荔　海草
虎须　玳瑁　秦蒲

14. 簟

青篾　滴翠　清润　云母
红藤　流黄　鲜华　玉花

白角　碾玉　九折　薤叶
赤花　编牙　五花　桃笙

展暑　八尺　冰气　寒玉
合风　双纹　波纹　凉冰

黄篾　白薤
赤花　红藤

冰骨冷　清夏室　色似玉
水纹光　卷秋光　清如冰

赠永叔　排霜脊　葡萄锦
贻韩公　展冰鳞　蛇皮纹

十分湘水　光摇野月
一片野云　色漾寒波

润含玉枕　会稽献竹
冰沁纱橱　林邑贡金

15. 帐

玳瑁　翡翠　七宝　歌枕
琉璃　芙蓉　九华　焚香

翠羽　禅榻　含月　茶灶
金丝　竹床　凝烟　银灯

龟壳　鸿羽　雪屋　百子
蚕头　螭云　书轩　五花

绣凤　紫锦　覆斗　甲乙
盘龙　红罗　连珠　流苏

乌练　绀幄　七宝　白紬
白绡　红珠　三云　紫绡

迎秋月　徒招隐　九真妙
散春愁　浪作禅　五色妍

将军撤
大人施

觉来虚白　镪镪环佩
睡去清闲　瑟瑟真珠

罗牵夜月　美人至矣
纸隔梅花　先生坐焉

雕弓若月　隔纱授业
紫气如烟　示朴无文

16. 帷幕

纱幕　绨幕　莲幕　撰历
罗帷　锦帷　荔帷　运筹

鉴月
动风

青油幕　留疏缕　燃明诵
紫绡帷　张绮罗　延年寝

郦掾嫁女
孙峻伏兵

17. 被褥

鸳绮　缘锦　七彩　芦织
鹤绫　缀珠　九华　绮裁

红绣　貂褥　饰豹　挟纩
紫茸　鸳衾　虎茵　怀冰

锦烂　三穴　金缕　白豹
珠光　七枚　冰蚕　紫罴

凤彩　蜀锦　凤翥　藉带
龟文　吴绫　鹅毛　聚花

鼷鼠
鼣貂

一床月　温胜酒　重兰麝
数尺云　暖如绵　绣芙蓉

送四幅
上一双

奇花异叶　织成神锦
凤彩龙文　裁为合欢

千花辉映　九州覆尽
七粉扬英　百幅相连

18. 箕帚

拂坐
扫门

谇母取　长三尺　嫁孤女
趣婢焚　享千金　辱妒妻

掷鹊坠
粘泥书

19. 火

敲石　红焰　松节　爆栗
燃薪　翠烟　竹根　温瓶

化雀　取日　燎兔　弥壮
流乌　燎原　烧羊　始然

外照　登库　爨柘　束缊
内阴　拘祠　焚芝　徙薪

光戟　涂隙　水上　然艾
生茅　蔽窗　泥中　燔柴

烧栈　祭爟　飞焰　不息
焚舟　祈墉　沉萤　方扬

非爱　不禁　郁彼　炎德
不亲　先言　赫然　阳精

生木　刈草　然木　似幔
克金　拜华　啄枝　如轮

内暗　土母　兽吐　潄雨
外光　水妃　鸟衔　反风

四老　石轧　妇壬　焚稿
八人　木摩　女丁　畬田

赐粟　照蟹　阳焰　矛见
恤灾　惊猿　阴岩　筒盛

炎草　如粟　潜扇　熊入
焚槐　似红　吹荧　鸦衔

错木
消金

槁竹出　炊香饭　光吐夜
老槐生　煮新茶　暖如春

延北阁　仙公吐　濡马褐
越东家　介子焚　焚雉裘

叫宋庙　脱械救　石中出
焚吴宫　濡帷从　足底生

锥可却　无弗与　广寿殿
鸟不焚　若始然　燕子楼

烧公署
焚巫厓

松膏滃灪　星飞红蕊
杉子珠玑　烟染绿条

竹笼焙药　读书窗下
松火煎茶　煨芋禅林

水楼红暗　剑飞武库
渔船青留　象奔吴师

秦宫三月　绛旃彤幢
丹丘千年　霞车红軿

孝子不举
尚书遗禜

20. 薪

干竹　枯栗　炊黍　燃桂
湿芦　老桑　煮冰　爨桐

刘楚　棫朴　藏鹿　谷口
樵桑　枯梧　伤麟　辒丘

养母　然桂　榾柮　樵水
随妻　养槐　樵苏　刘蓍

响深谷　供茗具　扫叶续
斫青山　煮豆糜　带云烧

虞侯守
有司收

绸缪既束　秤薪而爨
负荷皆来　拆屋而炊

披裘以负　登台而覆
灭灶更炊　尝胆之心

21. 炭

琴样　山石　煨芋　石墨
兽形　鼎彝　煎茶　黑山

塑凤　凿石　红玉　爝火
抟狮　代薪　乌金　烘炉

轻重　炽位　双凤
阴阳　合冰　三城

鹁鸽色　生绿雾　类火鼠
胡桃红　吐红光　比烛龙

热猛兽　金菡萏　数茎暖
飞繁星　玉麒麟　一炬飞

林衡掌　王莽禁　掘山得
天帝装　豫让吞　伐薪为

掌勾盾　鹁鸪色
归司农　胡桃文

送来雪里　攒峦丛崿
领取春回　翠雾丹霞

流膏迸乳　红炉兽火
烁玉流金　画阁乌薪

22. 灰

积荻　炼石　汰宝
伐薪　生盐　生蝇

长孺受辱　环而月缺
弘景学书　飞则管通

禁其弃道　两船染舍
死而复燃　三斗洗肠

积而止水　用而破敌
取以救灾　散以从风

23. 如意

抚案　伤颊　谈柄
击壶　堕牙　握君

指四坐　帖殷赋
麾三军　击珊瑚

24. 麈尾

琢玉　禅床　拂月　悬帐
谈玄　书几　披风　挥床

石置壁　拂烦暑　除幻翳
王驱牛　引妙词　散迷云

狮子尾　玉衍促　尘应却
紫龙髯　马融遗　风屡生

左挥右洒　惯谈绮语
缕细丝垂　静讲玄言

(四)盛器

1. 瓶

注月　煮茗　玉胆　均薄
吐霓　分花　朱提　清坚

五位　瘦小　鹅颈　翡翠
一枝　精良　螭蟠　琉璃

行雨
蓄钱

龙宫献　形如胆
鬼斧镌　韵似笙

粟纹点缀　何妨暖足
花穗蜿蜒　自可随身

倘非行雨　惯随茗碗
藉此蓄钱　合担山泉

2. 壶

注玉　虚受　示圆　白兽
倾银　偏提　用方　金彝

瘿木　百兽　鱼饰　卖药
青田　四鷃　兽环　灌区

与韩重　贮春水　显父钱
饭伍员　承玉浆　军士悬

巧侔周瓒　恢恢足叩
奇埒夏瑚　空空有容

鸱夷之子　瓮边觅梦
汤蕴而交　竹里吹烟

3. 杯碗

明月　粉画　鹤顶　连理
紫霞　漆中　虾头　合欢

收露　白石　玉斝　承月
饮霞　车渠　金荷　浮云

蕉叶　盛水　螭首　藤实
莲花　置钱　蝉纹　竹根

白木　铁面　犀碗　铜叶
碧瑶　银梭　凫樽　银花

化燕
照蛇

邀上客　红螺碗　饰翡翠
赠佳人　白玉卮　象凤凰

柳花碗　承菊露　贮冷物
荷叶杯　挹桂浆　置井边

盛美酒
出人间

巧剜明月　三趾下锐
轻旋薄冰　两柱高张

芙蓉玉碗　赐名鹦鹉
莲子金杯　制巧水晶

4. 盘

双玉　老瓦　承露　节舞
五辛　紫瓷　贮冰　鼓歌

占景　乌瓦　响玉　滴玉
知寒　黄金　落珠　堕星

馈璧　受橘
置钱　盛桃

五千面　堆苜蓿　揉鲜粉
十二时　贮槟榔　进青梅

浦中龙负　莲花濯足
月下星流　玉女洗头

渍果倍冷　秦王怒击
盛酒代觞　景公鼓狂

5. 酒器

铜鹤　瓠核　匏子　螺盏
神龟　木瘿　蝉纹　蠡杯

桂瓮　金爵　瓜片　瓦盎
椰杯　玉卮　藤枝　玉壶

常满
不空

车渠碗　银错落　有兰桂
湖泊杯　金屈卮　生茵芝

受一斛　留醉客　椰子榼
直千金　伴诗人　象牙盘

金缕榼
玉交杯

刻鹅样巧　青苔径里
泛影光浮　明月楼头

6. 箱箧

镜奁　收雀　宝笥　玉椟
琴匣　化珠　珠箪　金縢

杂宝　玳瑁　竹笥　斑竹
涂金　珊瑚　巾箱　木兰

返锦　藏稿　诗箧
负书　余缣　书箱

盛一卷　青玉匣　收凤锦
置五经　彩罗箱　装琼英

经在椟　时卖卜　盛宝镜
题满箱　讶还珠　藏神龟

贮裘带　得如意　封度牒
担图书　出太阿　示谤书

7. 筐

箬笼　圆筥　织锦　笭箵
藤篮　方筐　缕金　篣筤

桑妇挈　文竹筥　承露薤
野童编　金钿筐　织波纹

8. 笼

献鹄　放鸽　放鹤
出鸠　换鹅　养鸡

护宰相
坐书生

9. 筒

吸酒　听凤　贮米　投信
著诗　盛鱼　寄书　贮钱

断竹
通箫

投残食
灌小园

10. 釜鼎

豕腹　鬵鼎　响雉　温酒
龙头　茶铛　烹鸡　养鱼

凿石　虹饮　织竹　澳粘
安桐　鱼游　化翁　镠鬵

炊热　煮汞　折脚　唇口
沃焦　陶金　虚中　乳纹

分器　饰玉　破被　出水
铭功　涂金　镂倕　镇山

定军　长满　豹尾　齐索
受禅　大通　龙形　秦求

改县　炒麦
名门　蒸丹

引绳出　叔达破　二升铛
截竹为　曾元称　五熟金

收九牧　一斛受　刻孝子
象三公　五斗容　劝忠臣

著饕餮　平盗寇　铭文德
图神奸　宜侯王　著刑书

孟说举
项羽扛

釜中龙跃　外圆内朗
甑下花生　上实下虚

含虚体道　夏氏象物
应规法天　晋人铸刑

逸少书迹　元常受赐
张陵刻经　主父见烹

举由秦武　为王商铸
扛自项王　表太师名

未炊常沸
不汲自盈

11. 瓯

玉手捧　饮玉液　覆案上
犀箸敲　起素涛　掷波间

投徐孝嗣
赠诸葛恢

12. 瓮

积笔　云出　贮露　作酪
藏书　雷鸣　藏金　流钱

藏贼
卜妻

丈人抱　投二媪　置胡广
吏部眠　活一儿　坐岳飞

瘗陈谔　浸道士　置蜥蜴
请俊臣　煅颠仙　藏鹦哥

陆机赋
扬雄书

从人求酒
悬树作声

13. 盆

濯足　渍果　星坠　酌酒
洗头　盛浆　龙背　煮盐

赎罪　节舞　老瓦
赏功　鼓歌　水精

秦王击　戴以哭
景公敲　扣而歌

14. 囊

皂缥　盛露　青布　封事
紫罗　缩云　绛绢　收词

探册　付主　壅水
照书　送官　塞江

盛细物　韬刀墨
渍杂香　贮画图

（五）工具

1. 尺度

五度　紫玉　依律　皓洁
二分　红牙　计分　端平

累黍　七宝　有准
积分　六铢　定规

良工法　方隅法　为绳墨
巧妇心　规矩同　仰裁成

毫厘辨　法三两　道为用
律度同　列偶奇　物无偏

托数明象　积分成寸
因物极神　倍寻曰常

惟物有度
俾人不争

2. 斗量

吐故　圭撮　坚外　增撮
纳新　货收　虚中　聚升

治平粜　兴都尉　分多少
布均衡　起弘羊　立信仁

方能立矩　应物进退
卑莫能逾　与时贸迁

盖取诸象　信以守器
亦范于金　官不易方

3. 权衡

铜墨　应变　正直　取则
金衡　持平　昭明　致平

均物　提握　分重　轻重
仁权　坦夷　得平　锱铢

五则立　齐七政　助执契
二气分　象三无　范秉均

毫厘必究　平而立矩
黍累无差　正以处中

得平则正　何劳剖斗
允执厥中　不假垂钧

无偏表德　钧悬吐月
守公作程　衡举随星

静无偃仰　左旋右矩
动必推移　金义木仁

惟器有信　示人以信
则人不争　作法于平

用于出纳
资以和均

十四、服饰部

（一）总说

露带　雨笠　风屐　螭绶
云裾　霓裳　露襟　龙巾

凤带　鹤帔　貂冕　雀弁
莺衣　猩袍　凤袍　鹿裘

犀带　豹舄　麝带　蝉带
鹿裘　麟袍　鸳钗　雀钗

象珥　螺髻　箬笠　槐绶
蝉鬓　凤鞋　芦衣　葛衣

荷佩　苔帻　花帽　藤笠
菊裳　笋鞋　草衣　葛巾

菊佩　冠豸　绳履　纨袖
榛笄　佩鱼　絮衣　绨袍

贝带　梵衲　醉帽　舞袂
珠袍　禅衣　吟鞋　歌钗

钿螺　白袷　绛帕　赤舄
钗凤　乌巾　青衫　缁衣

云髻　凫舄　鹤氅　貂珥
雨巾　鹖冠　犀靴　雁钿

柳屐　蒲履　锦履　縠帽
莎裳　桂裳　罗衫　罗裙

征袖　紫绶　簪胜　犊鼻
战袍　黄裳　钗符　鸦头

郎官绶　尚书履　骚人佩
博士衫　太守襜　季子裘

居士履　神女佩　王生袜
牧人蓑　羽人衣　范叔袍

吴娘袖　王乔履　王恭氅
越女衣　宋玉襟　杜甫冠

太真袜　游春屐　寻山履
西子鬓　钓雪蓑　挂壁冠

凌波袜　飞云佩　东山屐
垫雨巾　却月钗　北斗冠

春风佩　丹凤舄　飞凫袖
暮雨钿　白鹇冠　簇蝶裙

青鼠帽　盘龙髻　金鱼袋
黑貂裘　坠马鬟　银鼠衣

鸳鸯带　鸳鸯履　鸦头袜
孔雀裘　蛱蝶裙　鹊嘴靴

凤头履　龙缟袜　螺子袋
燕尾衫　虎皮靴　凤纹钿

青箬笠　红槿帽　莲叶帽
白蕉衫　紫兰袍　柳花裙

桃花绶　珍珠袄　金齿屐
竹叶巾　玳瑁簪　玉花衫

金泥带　丹玉履　青耳履
玉线裙　紫罗襦　绿毛衣

乌丝帽　红绡袖　黄罗帕
白练裙　绿玉簪　青羽裙

乌皮履　绿珠带　揉蓝袖
翠羽簪　青玉鬟　漉酒巾

高齿帽　凭栏袖　不兰带
小头鞋　蹴鞠鞋　无缝衣

连理带　盘桓髻　三事衲
合欢鞋　倭堕鬟　四时衣

三角髻　禹卑服　销金帐
六铢衣　汤布衣　集翠裘

葛衣藜杖　山衣草履
桐帽棕鞋　月帔花冠

舞裙歌袖　云衣雨带
钓笠耕蓑　雾袖烟裾

（二）服装

1. 衣

五色　蔚矣　莲叶　剪蕙
六铢　烂丝　藕丝　织茅

杂绣　白苎　蘸碧　袯襫
纤罗　绿蓑　流黄　襜褕

补缀　金缕　薜荔　香拂
曳娄　银泥　芙蓉　麝熏

拭面　见戏　狐尾　白越
点头　被弹　虎文　绛纨

可绝　卒岁　外府　三褚
有余　御寒　半途　五铢

千里
四时

挂萝薜　春云照　罗叠雪
制荠荷　秋帛裁　葛含风

柳汁染　离尘服　题处经
云叶裁　无垢衣　着来清

兰花色　梁尘染　饰金绣
藕苗新　山霭侵　制罗纨

衣文绣　衣青布
服纤罗　持黄罗

取象乾坤　刺彼维鹈
制应规矩　戒其在笥

余香乍入　新浴必振
百和初熏　见易留题

缘黑有里　暗惊持玉
展白无文　乍喜凌风

袂规袷矩　张乘采错
纩茧组袍　老莱烂斑

林既衣苇
子夏悬鹑

白罽　鹤氅　换酒　桂布
紫茸　雉头　负薪　木棉

紫绮　羔袖　碎白　柔软
翠云　豹襜　轻柔　温轻

鹄氅　狐貉　狖白　千镒
豹襜　鹔鹴　狐青　三英

钓泽
猎苑

相如贯　孟冬始　文彪炳
季子凋　盛夏重　光陆离

严陵乐
季子伤

或羔或鹿　熊罴以饰
为虎为狼　麛子为装

赢来集翠　豳风初取
典去鹔鹴　晏子如常

严陵常乐　贤人百结
季子还伤　贵客千金

2. 裘

厚貉　一腋　五绒　青豻
轻狐　千金　三英　黑貂

3. 袍

茶色　擘茧　双锦　烂椹
芳茸　销金　贯珠　团花

金锦　白罽　窄锦　白氎
玉绫　紫罗　簇金　黄绯

软锦　青草　白绢　鸭色
纤华　紫兰　碧纱　豹文

玄马　对雁　惨紫　尘暗
玉鸡　五龙　赭黄　雪埋

无礼　服茧　金字
加襕　夺貂　绣文

覆学士　多添线　花不落
嫁宫人　更著绵　凤恒飞

天香滴
宫锦裁

寒怜范叔　流霞乍着
忠表狄公　山水初缝

吟诗夺锦　山人野茧
怜贫赠绨　狎客金鸾

字从武后
缬自韦妃

4. 外衣

狐尾　白越　可绝　赤布
虎文　绛纨　有余　黄绢

宽饶离地　为其父市
宁戚至骭　与从子婚

5. 衫(单衣)

白苎　锦袷　孔雀　荷叶
紫蕉　银泥　凤凰　藕丝

叠雪　紫绣　红罗　连理
流波　皂罗　紫绮　合欢

珮响　金凤　触热　绛袄
珰鸣　银鹅　扑尘　朱襦

绛纳
白纱

萱草绿　悬竹桁　裁鸭绿
杏花红　拂花枝　寄鹅黄

佳人卷　细佩绕　芙蓉袄
隐士称　香风吹　鸳鸯襟

长三丈
重七斤

金丝蹙雾　脱煎锦浪
碧色透云　舒受落花

袖中诗本　绛纱绣縠
襟上酒痕　紫绮罗文

赐来同玉
解处微香

6. 衣带

挂竹 连理 离水 红玉
量松 同心 避尘 紫金

苏合 云鹤 萝蕙 廓落
芙蓉 水犀 葡萄 阑单

玳瑁 鞶革 针贯 结缕
鸳鸯 纫兰 草萦 抱衣

褊矣 银缕 搢笏 百宝
悸兮 金泥 悬鱼 十围

得相
杀商

玉抱肚 莲枝割 金鱼佩
金绕腰 竹叶裁 玉雁排

羊叔缓 霓裳曳 守城备
子张书 雾縠笼 镇山留

水玉颁季 游揽花蕊
黄金赐房 影见月轮

诗人尽瘦
舞伎新妆

7. 裳

五色 羽缀 龙翠 竹叶
六铢 花笼 凤光 柳丝

绕衿 青锦 金缕 薜荔
施缘 红罗 银泥 芙蓉

积素 青羽 四等
覆丹 白霓 三条

嫦娥织 曳缛绣 分三等
公子为 锦繁蕤 辨四章

天子云锦 玉龙飞去
楚客白虹 黄鹄初来

8. 裙

蛱蝶 染雪 椰叶 缃绛
鸳鸯 凌波 藕花 蒲桃

四等 书字 缕鸟 青羽
三条 留仙 化龙 明珠

上仙着 垂竹叶 加蝉縠
小女缝 妒榴花 袭彩云

金泥簇蝶 折腰尽舞
彩凤盘鸦 缓步轻招

湘江六幅
绣幄四围

9. 裤

犊鼻　虎锦　熟锦　凿孔
鹿皮　豹文　细绫　缦裆

白绢　绛袴　狐貉　黄革
紫绫　红裈　绫罗　乌皮

负版　文绮
刺文　兰缣

阮郎曝　舍人脱　冬不失
小妇成　俗史装　晚仍添

郑妻象故　兰缣文绮
杨平善裁　紫褶白绫

韩侯藏敝　碧丝何怪
汉后为穷　斑绣堪夸

10. 头巾(帻)

迎气　施屋　见汉　承露
助阳　垂干　如吴　堕花

貂蝉缀　颓然岸
翡翠为　今已投

吉日进御　朝野争效
东耕改服　笑咏如常

涉水悉湿　被逼委地
没杯皆沾　因醉堕几

11. 手巾

拭泣　书字　拭面　赠别
挥棋　题诗　插腰　寄书

越布
吴绫

(三)鞋帽

1. 鞋

弓底　陪月　金缕　木底
凤头　望仙　玉香　金泥

刺绣　平小　轻软　蒲织
系钱　双尖　弼谐　芒编

行香径　香云振　落虹湿
踏青山　泥滓离　彩凤飞

窃署吏
籍领军

红罗绣罢　温岐赋锦
新蜡穿时　山谷咏香

2. 履(可同鞋)

双翅　行雪　丹玉　霜解
两头　蹑云　紫丝　云生

青耳　七宝　五两　蹑绣
紫皮　重台　三千　凌云

龙口　穿角　取进　宵燕
凤文　高头　守谦　晨凫

御湿
飞云

圯桥取　达摩只　喧石径
玉殿趋　梁世高　挂云山

盘作凤　啸父补　弗加枕
化为凫　原宪拖　不履丝

文公堕　上方赐　纳丹豹
楚子遗　家庙藏　缀朱蠙

践远游
蹑承云

携见葱岭　安期留玉
纳嫌瓜田　楚客蹑珠

光生玉步　俭堪羞葛
花映香尘　豪可笑珠

玉妃曳凤　绿华金薄
刘虞履蝇　绛地青丝

五文散彩　青句黄繶
七宝为綦　赤舄乌皮

奢极楚客　青霄豹饰
儒表鲁风　玄琼凤文

3. 屦(可同鞋)

母践　泥没　蹑石　黄草
不穿　霜黏　寻山　青芒

棕缕　霜入　经雪　寻药
桃丝　云生　履霜　钓鱼

山翠入　户外脱　花间着
涧苔侵　牖上求　云表飞

青緉赤繶　前后齿去
夏葛冬皮　大小价同

苔生不碍　追随竹杖
草短犹通　乱踏石阶

青芜缓步
宿雨偏来

4. 屐(可同鞋)

沙没　蹑石　醉着　金齿
苔粘　寻山　卧听　白荆

七尺　行水　平底　铁铸
一双　登城　软材　木为

轻来宿雨　梅姑行水
败积阴苔　谢客登山

谢安折齿 桐脂练革
阮孚好蜡 麂眼施钉

桥头细数
巷里遥听

5. 靴(可同鞋)

鹄嘴 瑞锦 红锦 刺绣
虎皮 红罗 朱云 踏云

络缝 红绣 六合 铜镂
纶纹 书皮 五文 石生

加鞹 击吏
织成 赐军

女童捧 持击吏 力士脱
居士穿 脱赐军 辟支留

升阶踏雪 叔通束带
待漏满霜 马周加毡

织成五彩 妇人被换
赐兼绿袍 进士新颁

6. 袜

玳瑁 红绫 羊毳 尘暗
鸳鸯 白绢 鸦头 雪穿

翻着 波映 蜀锦 三只
宽裁 露侵 吴绫 千重

龙缟
鸦头

步微月 香尘动 凌云态
裹轻云 汉水盈 出水蕖

织成五彩 宓妃渡水
玩许百钱 天女凌波

莲花一瓣 月轮微步
帘影初弦 龙缟仙材

光生复苎 红蕖鲜丽
艳取绯罗 锦鞹余香

轻绯步去 谪仙吟处
细布贻来 宋玉赋成

7. 冠帽

不整 蝉翼 聚鹬 翼善
必弹 熊须 插貂 进贤

比德 滴粉 笋箨 裁月
尊儒 缕金 芙蓉 剪云

岸岸 青鼠 红珠 莲叶
峨峨 白貂 紫藓 柘枝

云母 交让 风落 铁柱
石花 却非 花参 金颜

五彩 双绥 遗越 紫绥
四重 二仪 招虞 翠缨

玉叶 截角 遗豹 玄表
金长 无头 止蝉 朱弦

晏子濯 珥白笔 立身镜
刘虞穿 缀香簪 崇德规

装玉彩 光连斗 比七德
钿珠华 势耸天 取三端

鲁儒章甫 卫文大帛
楚子通梁 鲁国紫巾

华缨飞翩 段颎赤帻
奇服切云 汉高竹皮

慕容为氏 都人缁撮
樊哙作名 野夫草服

弹申知己 云公烧烛
溺恨儒生 江淹采薪

采零陵竹
象玄武威

8. 冠巾

竹叶 鼠耳 漉酒 乌角
莲花 鹿胎 簪花 紫纶

白帻 垫角 蝉翼 白葛
乌纱 横簪 虎纹 紫荷

自制 翠羽 承露 雨折
争欹 芙蓉 曳虹 风掀

窥水槛 裁云叶 冠黄葛
拂花墙 插御花 制黑纱

裁黑雾 竹皮古 夸笋箨
戴玄霜 椰子奇 笑鼓皮

周家新样 轻还扑絮
陶令旧名 垂或编珠

冲则异雪 荷香馥郁
撇则无棋 竹叶参差

9. 弁

听朔 士服 爵色 助祭
视朝 武冠 骐文 亲戎

执惠 象邸 玉饰
启书 麟韦 牙簪

播貂尾 状皪皪 丈人赤
似爵头 貌俅俅 宫婢神

10. 冕

玉藻 秉耒 星缀 金钿
朱施 总干 珠垂 玉钩

鹤锦　设钮　翡翠　高下
犀瓶　贯笄　珊瑚　方圆

有敬色　夏致美　体不变
不违心　周备文　用无方

听古乐　御法座　辨繁露
奉丹书　临正阳　号紫檀

翠旒碧凤　朱纮耕藉
金度银梭　危石履冰

黑表纁里
四旒三章

（四）织品

1. 织品总

赵縠　楚练　蜀锦　吴绢
湘纨　吴缣　吴绫　越罗

雪毳　雾縠　鸳锦　兽锦
冰纨　霜纨　凤罗　鲛绡

龟甲　凤縠　鸳绮　蠋锦
鹤文　龙绡　鹤绫　蝉纱

竹布　竹练　蝉翼　纤纩
蕉纱　兰缣　鸡鸣　鲜支

毾㲪　文罽　鲁缟　火鼠
氍毹　细旃　齐缣　冰蚕

贝锦　蕉布　中谷　毳幕
龟纱　藕绡　旄丘　羽袍

天孙锦　团凤锦　鱼子缬
泉客绡　戏龙罗　鹄文绫

虎头绶　蕉花练　花蕊布
鱼口绫　柿蒂绫　竹枝绫

通心锦　缠头锦　同心缕
系臂纱　透额罗　续命丝

同心绮　金丝锦　罗纹锦
方目纱　玉线绡　璧色缯

回文锦　御冬褐　火浣布
韵字纱　清暑絺　水沉衣

2. 布

黄草　火浣　竹栋　黄润
绿藤　鸡鸣　橦花　青笺

五两　白蝶　沤纻　如雪
七升　乌骦　绩麻　比筒

同帛　白越　轻丽　吉贝
贸丝　红蕉　光明　香荃

卧被　献越　遗盗　著蔓
奋衣　赠戎　献师　盛囊

羲皇造　赐郅恽　祭为尚
孔子冠　给王钊　齐必衣

山家织　佳人服　越君献
海岛编　隐士衫　汉女输

赐九万
给三千

密丽过锦　珍迈龙水
轻暖抵缯　妙越岛夷

青衿宜袭　火炎愈洁
春服既成　锦曳如浮

广狭疏密
有幅无边

3. 帛

加璧　郗甲　制扇　五两
承筐　卫冠　缀旛　千钧

广狭　水湅　聘士　澄水
精粗　蜃淫　礼贤　栏船

宝篚
得书

系雁足　有实用　倾盖赠
书羊裙　无长裁　治丝为

赐太守　赐隐士　后院造
赠先生　迎申公　阁门垂

给老耋　上表却　后好裂
分族人　丐笔书　妾不衣

出自寒女　桑窠十亩
贳于丘园　笥余一缣

绛麾节乐
黄币礼神

4. 葛

风绤　当暑　为服　霜屦
竹絺　苦寒　征材　瓜巾

施中谷　服无斁　含风软
种南山　森有棱　拥几凉

轻罗换　越王献　三月绿
短衫裁　魏帝求　百尺黄

藟含霜竹　旄丘兰节
香惹腊梅　洛溪长条

事供室女　蒙彼绉絺
材取山农　弱于罗纨

轻凉拟水
薄细如罗

5. 丝罗

女治　五緎　纶出　青缯
王言　三盆　绪分　朱绳

叠雪　系玉　同价　金筒
舞风　悬炉　有条　绛文

九职　紕组　布贸
五纻　湅沤　织成

飒丽　辨物
霏微　待时

青州贡　入而辨　线补衮
黄绢题　治且棼　弦繄桐

夺鹭羽　晚霞色　方储断
赛凤毛　秋水纹　元振牵

长倩赠　方诸断
园客缫　墨子悲

染悲墨子　朱蓝是染
绣作平原　菅蒯轻遗

沤言七日　诗著其纻
缫见三盘　书称厥篚

细同密雨　引如鹄鹤
直似朱绳　承若凝霜

呕轧弄杼　知白自守
婀娜当轩　含章可贞

舞随裙动　花依帐发
歌入扇轻　月鉴帷明

轻裾曳雪　为缯为锦
素罗织冰　得蓝得丹

凝霜委雾
补衮系桐

6. 锦绣

竹叶　潘烂　凤幕　云匝
葵花　颜铺　鸳衿　霞开

连理　联雁　朱雀　緎镜
回文　合蝉　文龙　铺池

舞凤　池凤　献颂　蝴蝶
回鸾　宫花　寄诗　鸳鸯

衣马　蜀国　狮子　竭凿
藻龙　秦川　麒麟　兜罗

绿地　柔滑　文鸟　鷪石
斑文　明光　飞鸿　濯江

市蜀 天马 对凤 备采
聘梁 蒲桃 盘龙 典丝

罢织 黼黻
刺文 衣裳

飞凤子 堂名昼 居士带
坐花儿 省号窠 君子裳

夺云彩 翻覆翠 寻巧妙
绚霞光 动摇红 制新奇

间绿竹 龙滚浪 童束发
杂青松 凤穿花 女缠头

卫人馈 灵泉茧 唐妃刺
买臣衣 天孙裳 汉使衣

重葩叠叶 尹何学制
舞凤翔鸾 管仲登朝

美人玉案 既表狐白
窦滔回文 恐伤女红

明光温热 甄琛昼服
蒲陶凤凰 项羽夜行

指间结彩 帆挂龙舰
怀中探图 帐开粉闱

虎头连璧 石家步障
绛地交龙 孟蜀鸳衾

彰施五采
綦组九文

7. 绢

偿债 鲁缟
赠离 冰纨

贡纤缟 沈庆梦 酬皇甫
赐缣缃 王献书 赠司空

散治葬 石曜赠
持乞铭 元载投

轻比蝉翼 干鱼配食
光如雪华 羊粮倍还

揵而不缺 崔光取两
探乃得之 思彦受单

识而札札
束以戋戋

8. 绫

马眼 鱼口 赠伎 制鲤
鹤文 龙油 犒军 织花

红饼 鸂鶒
青衾 麒麟

王峻请借　越州十样
韦坚暴陈　蔡城四窠

9. 绡

霞帔　买肉　三破　轻雾
龙衣　缠头　一端　朝霞

比蝉翼　泉客卖
织鲛人　水仙遗

汜人酇绛　焦台领绛
妓女赠红　会稽抹红

饰吐蕃毯
买乐天诗

（五）饰品

1. 首饰

翠翘　禁步　藕覆　着粉
绿晕　香尘　锦拗　施朱

戴鬓　春黛　堕马　染粉
缀胸　月黄　飞仙　涂黄

星靥　浓黛　香泽　敛黛
珠钿　轻红　芳脂　凝花

蛾子绿　范阳水　鸳鸯扇
雀头青　磨夷花　蛱蝶裙

金蔽膝　三角髻　钗缀燕
锦缠头　六铢裳　髻盘鸦

玉条脱　芙蓉帐　云母扇
金步摇　玳瑁簪　凤字牌

青金镜　金络臂　裙拖水
紫锦囊　玉搔头　髻耸云

黛描螺子　嬉还耀水
钿插凤文　态若凝春

新蛾分月　樱桃乍破
笑靥羞花　桂叶纤垂

2. 发髻

堕马　三角　惊鹄　西起
盘鸦　九环　参鸾　九贞

闹埽　反绾　奉圣　鬉髻
流苏　半翻　望仙　盘桓

如飞鸟　山花插　插蛤重
号灵蛇　梅蕊簪　攲枕松

玲珑花样　松还绾翠
娇俏宫妆　高想凌云

宜加珠翠　花翘分映
雅号芙蓉　文绾生辉

最怜飞纷　形夸百合
是可迎春　结作同心

百花生处
三匝盘成

3. 簪

犀角　翡翠　白玉　翠羽
象牙　凤凰　青瑶　青虫

掠鬓　翠凤　斜插　扣户
搔头　黑犀　轻安　整冠

宣姜脱　青发拥　开镜理
王俭斜　红玉欹　压鬓垂

4. 钗

七宝　绀龙　紫玉　三凤
三珠　玉燕　翠云　九鸾

琥珀　金爵　铜鼓　却月
珊瑚　宝钗　金环　垂珠

装丽玉　苔花结　三十只
饰南金　竹节新　十二行

照来轻幌　梦置眉上
敲罢枕函　戏看阁头

失随指处　花含四照
卜喜完时　莨乱九衢

5. 珰珥

十珥　金琲　珠珥　照夜
双珰　玉瑶　翠珰　合欢

黄金珥　上客诱　迎凰落
白玉珰　旁人收　摇鬓垂

献珰效爱
脱珥思愆

6. 钏环

虎魄　瑚玉　易酒　翡翠
水精　缠金　买书　火齐

金条脱　五色玉　女史授
玉臂支　白练金　章台留

桂留枝上　玉光照座
采桑树中　帘动闻声

投扬辨讼　痕留中指
因物寄情　臂绾双金

7. 指环

翡翠　留别　计月
火齐　寄还　结姻

（六）珍宝

1. 珍宝总

金屑　赵璧　越玉　青锡
木难　梁珠　燕金　碧瑜

白琥 黄铁 圣铁 黑玉
赤金 赤铜 顽铜 黄银

鼠璞 云母 玛瑙 照乘
鱼珠 水精 珊瑚 连城

清暑 紫贝 错落 琥珀
辟寒 青钱 玲珑 玻璃

地宝 火浣 火齐 赤仄
天琛 琏璪 云砂 朱提

挂屋 变土 楚与 照影
悬衢 满床 齐归 折枯

索珥
妆兰

蓝田玉 和氏璞 浮滨磬
赤水珠 沈郎钱 照水犀

冷暖玉 无疵璧 三采玉
子母钱 有晕铜 五铢钱

入海探 红靺鞨 蕤宝铁
登山采 紫琉璃 安息银

谄秦将
赐隗嚣

地不爱宝 珍逾剖蚌
土无藏珍 英胜截肪

尽呼王老 凝霜方洁
惊视家兄 澄水喻清

贞刚不扰 光如激电
条达成文 影若浮星

2. 珠

十斛 鲛泣 鸟吐 合浦
百琲 蛇衔 蚁穿 昆池

骊颔 弹雀 记事 滴翠
蚌胎 买姬 招凉 上清

按剑 错落 吐泽 舞鹤
走盘 圆明 藏渊 编星

明月 照月 龙吐 照乘
夜光 编星 凤衔 媚川

文镜 火齐 委地 不执
白花 木难 捐泉 暗投

掌上 累累 一箪 委去
口中 荧荧 二升 还封

色紫 承影 羊吐 为字
孔青 在山 鸟藏 求环

鳖吐 鱼石 赤野 与楚
蚁通 蛉头 青莺 送秦

耀日 滴翠 七曜 龙脑
映人 映波 九明 蛟皮

清水 五色 掷米
缩川 九芒 烛天

腰间佩 探骊得 廉州贡
掌上怜 买椟还 象罔求

累累贯 冯夷剖 光径寸
颗颗圆 修己吞 值千金

照金阙 笑舞鹤 曜琼蚌
归瑶台 握灵蛇 隐金沙

遗赤水 拾浊水 饰桂椟
出黄枝 沉丹泉 钿金盘

鲸鲵目 游女弄 还合浦
蚌蛤胎 玉鸡衔 采交州

以马易 翅鸟沫
得墙中 鲤鱼涎

诡晖别色 妍丑皆美
含幽育明 江海可行

恩酬汉室 寒光照乘
德报随侯 瑞彩含渊

麻姑掷米 泉底赤蚌
武帝成台 地中蜻蜓

张丑出境 玩兹鲸目
伍员度关 捋彼羊须

池鱼及祸 苍梧作垄
岸草不枯 京洛扬灰

求火向日 云空月影
买剑倾城 波中日光

3. 玉

瑟彼 观日 结绿 晋璧
温其 占风 悬藜 楚珩

待价 延景 烛夜 方虎
含章 辟寒 连城 圆龙

比德 抵鹊 祈战 韫椟
闲邪 投泥 假田 韬光

鲁宝 青气 瑶蕊 龙辅
荆璆 白虹 琼华 鸿辉

碎斗 点漆 木润 必佩
得璜 截肪 山辉 不趋

磨玷　希世　比德　化石
灭瘢　连城　潜光　为床

琬琰　追琢　赤鸟　爪坠
瑾瑜　磨砻　紫衣　草垂

九德　投石　涂墨　龙钮
十榖　填金　投泥　翠罂

尧掷　延喜　槲叶　琼蕊
汤俘　辟邪　琼枝　文鳞

如意　鼍采　桃盏
储精　夜光　凤钩

同雪白　出玄圃　振鹤羽
夺冰清　种蓝田　耸鸡冠

怀特达　卞和识　光透石
抱坚刚　张伯藏　气如虹

饰鸠杖　昌城蕊　虞叔献
名燕钗　长洲英　子罕辞

鲁纳十珏　亦雕亦琢
韩受一环　不磷不缁

礼言不去　五德兹著
诗咏其相　六瑞斯班

方吹有异　虞叔贾害
不汲自盈　子罕不贪

德推旁达　瀛洲酌酒
质重方流　丹水流膏

登台不取　鲁有璠玙
破石堪求　齐归甗磬

受之以掬　黑如纯漆
执则不趋　白若截肪

玩之琭琭　流虹变化
佩之将将　积雪消亡

视月而得
映日以观

4. 金

受砺　掷地　镂胜　捐海
在镕　披沙　萦钗　藏山

赐郭　大冶　从革　三品
聘庄　洪炉　赎刑　百陶

赤气　耀室　照魅　封玺
紫光　鸣山　抵蛙　缄书

化鹊　为穴　百镒　买笑
探鸠　捐山　六齐　塞淫

虹化　深赤　如石　投海
萤飞　浅黄　有华　在炉

鸟嗽　铸郝　菱角　作砺
鹅生　赠恭　椒花　生碑

蕨化　如豕　赤帻　织帐
枣飞　为牛　黄衣　饰衣

人雨　变釜　进马　豕出
夜明　透镰　得铃　猫衔

蓬莱观　悬秦市　桑妇却
昆仑台　置燕台　端木辞

山有蕤　投濑水　双南价
水多麸　雨栎阳　百炼精

寒可辟　倾囊赠　超和玉
夜能飞　点石成　迈鲁珠

铸范蠡
贮阿娇

铄于众口　不如一诺
断以同心　永保三缄

巴丘牛跃　地中得釜
林邑萤飞　波底求樽

埋于墓下　燕台礼士
生自碑中　越冶模贤

入夜惊鼠　是吾宝也
积年化龙　不汝容焉

5. 银

错鼎　女化　为阙　坐椅
镂盘　妇成　构宫　交床

建寺　斫柱　素雾　银榜
移床　赐盘　朱提　白衣

雕层阁　编金简　牛遗粪
榜阙门　生楚山　人凝铅

罗十瓮
列四函

冰壶下箭　游人烛影
桐井安床　思妇屏辉

光浮满月　洪炉化雪
色带长河　白鼠衔文

6. 铜

石点　水绿　铸鼎　立柱
风磨　草黄　探钩　为墙

镵德
凿山

镕作马　凿井得　龙形使
铸为船　作奴呼　鸭影盘

金人肃穆　钟声清远
威斗森严　剑饰晶莹

臭嫌崔烈　产从雷首
钱号邓通　出自若耶

7. 钱

化蝶　鹅眼　榆荚　半两
飞蚨　龟文　藕心　五铢

荇叶　赤仄　子母　贴壁
草书　玉环　方圆　触篱

花径　选一　黄榜　铁叶
月形　投三　紫标　铜芽

买春　王老　阿堵　直百
浮水　清童　孔方　当千

鹅眼　赎罪　白撰　赤仄
鲛文　买官　青蚨　白金

效地　数甕　有癖　业铸
体乾　一囊　无名　梦磨

肉好　置铁　销漏　子敌
血涂　范金　流行　父还

买水　西邸　王老　锡铸
系枝　东园　清童　土为

质史　贯竹　变土　牛吼
载名　系靴　用银　蝶飞

万选　润笔　塞屋
三炉　草书　用阳

童子裹　买金埒　三官铸
仙公呼　赐铜山　九府藏

沈郎小　和峤癖　嘲铜臭
郭氏多　鲁褒神　笑钟鸣

穿井得
饮马投

树因女倒　赵勤不拜
盘洗儿污　仙翁见呼

五品十品　黄牛白腹
契刀错刀　青绮文繻

聚令朽贯　幻如清影
积或生尘　碧若青云

道元作论　大小兼利
夷甫不言　轻重相权

铸而敛货　多奸争利
罢以便农　丰国省刑

遍身摸出　尉迟给帖
满手援成　长孺与民

8. 圭璋

申信　介受
有章　鸟含

剪桐叶　辨上下
为械柄　法阴阳

外黑内赤　五德符采
上锐下方　四镇峰峦

9. 佩饰

苍玉　神女　鱼袋　楚客
紫霞　灵妃　玉璜　陈王

握玖　骚客　六火　青玉
鸣环　江妃　双渠　白珠

连蕙　掩转　为度　六气
飞霞　镪鸣　制容　五星

琥珀　兰结　彰德　舍玦
鸳鸯　花迎　昭声　解环

献楚
俘商

六火玉　连日月　王桀识
双渠黄　乞云霞　石崇雕

洛皋解　遗澧浦
交甫怀　解汉皋

振入鸟府　光润清越
归向凤池　流景扬辉

珠错明月
绥贯桃花

十五、饮食部

（一）总说

染指　大嚼　三白　奴橘
朵颐　先尝　二红　母姜

鹅炙　蚁酱　鸡肋　蟹胥
雉膏　蜂糖　鹜肪　麋脯

鲈鲙　鹑炙　杏酪　芋粥
鼋羹　蚁醅　松醪　菱羞

桂酯　藜粥　艾酒　花醴
桃菹　窅汤　兰肴　豆糜

竹米　芦酒　山蜜　市脯
松浆　菊糕　海盐　村醪

秋鲜　樽酒　鼎肉　玉糁
腊糟　橐馇　壶飧　琼糜

乳酒　白酒　康伯　绿乳
丝糕　黄粱　曲生　黄脂

醽醁　茶乳　蜜露　红面
皋卢　酒鳞　糖霜　绿醽

雪菌　野蔌　浮蚁　腊笋
霜蔬　山葱　蹲鸱　春菘

卯酒　辛桂　菱母　榆耳
辰瓜　申椒　芥孙　蕨拳

笋角　笋屦　菘甲　藕线
茨头　葱袍　茶枪　莼丝

菜甲　适口　熊掌　鲤鲙
瓜丁　平心　鼋羹　虾羹

笋脯　菌耳　草蜜　斗酒
兰羞　瓜脐　花酥　盘羞

冰酪　薄夜　茶浪　千蹠
玉酥　浇春　酒花　二螯

强体　解怒　玉馔　五鼎
和精　忘忧　珍肴　九饤

四簋　量腹　侑乐
三杯　朵颐　加笾

母流歠　十日饮　藏待乏
不素餐　万钱餐　蓄御冬

鹿胎酒 牛心炙 鱼儿酒
乌嘴茶 蟹眼汤 虎子盐

青螺粟 红螺酱 切熊白
白鹤茶 紫蟹糟 灼鹅黄

桃花粥 胡麻酒 红莲饭
芍药羹 豆蔻汤 绿芋羹

黄柑酒 松花酿 明星酒
赤枣糕 菊叶羹 玩月羹

撑肠饭 同心脍 湖上酒
照面斋 引口胶 雨前茶

延龄酒 冷面草 珍珠米
续命汤 钓诗钩 玛瑙浆

琼液酒 红桃酒 三升酒
玉华盐 紫笋茶 七碗茶

贤人酒 张翰鲙 元亮酒
学士茶 邵平瓜 陆机莼

郎公橘 云母笋 鸡毛菜
缑氏瓜 水晶葱 雀舌茶

猫头笋 龙爪薤 龙须菜
鸭脚葵 兔头瓜 马首瓜

鸡心枣 长腰米 冲风菌
虎掌瓜 小甲蔬 向日葵

韦陟厨 羞鳖小
文昌庖 比饭粗

食惟接气 食存人欲
味以平心 赐表主恩

珍穷水陆 仙人六膳
酝备圣贤 玉女三浆

槎头缩项 绿荷包饭
霜后团脐 青箬裹盐

段家食品 遗馔饷母
荀氏馔经 备味供官

鸿渊巨鲤 云鸧水鹄
丹穴飞凰 晨凫宿鹮

木酪昌菹 醢豚苦狗
鬯酒苏浆 饪鹄煎鱼

达左达右 肉食者鄙
既将既嘉 吉蠲为饎

春卵夏笋
秋韭冬菁

（二）饮品

1. 茶

森伯　鱼眼　活火　雀舌
清人　松声　新泉　龙牙

六羡　烟粒　雪浪　月兔
九难　绿华　雷芽　云龙

泼乳　斗品　雷荚　北苑
含膏　团香　月团　建溪

紫笋　霞脚　供佛　腊茗
清旗　云腴　留僧　春芽

鹤岭
龙陂

鸡苏佛　馀甘氏　龙团小
橄榄仙　不夜侯　蟹眼圆

黄芽出　社前造　露香发
绿脚垂　午后煎　松风鸣

束红缕　诸品玉　春风饼
减旧纹　一团花　白露芽

鸦山好　东井叶　香尘起
乌嘴香　北山芽　玉乳凝

云脚轻　破孤闷　竹间采
粟花浮　洗积昏　涧底寻

青凤髓　驿官库
玉蝉膏　御史瓶

春回小岘　搜肠三碗
绿到昌明　破梦一杯

玉泉仙掌　僧分三等
蒙顶石花　州号六安

半瓯泛绿　饼分龙凤
数片含黄　眼沸蟹鱼

先迎苦口　一壶春雪
岂为苍头　两腋清风

池冰寒煮　搅云飞雪
松火夜煎　倾液研膏

怀中赠橘　桐君旧缘
梦里还钱　陆羽新经

叶如栀子　龙安骑火
花若蔷薇　滃湖含膏

金蕾珠蘖
云液露芽

2. 酒

白堕 温克 鸭绿 桑落
黄封 德将 鹅黄 兰生

竹叶 薤白 君子 郁妇
梅花 蒲黄 圣人 黍翁

参圣 琬液 玄碧 切桂
对贤 琼酥 缥清 断蒲

列郡 波泛 种秫 陶醉
为池 渊流 挂钱 屈醒

欢伯 药长 举兕 倒弁
索郎 乡侯 持螯 绝缨

赞夏 梁市 箪醪 酃水
宜春 阮厨 盎齐 程乡

玄鬯 有蕡 扶老 豫北
青田 弗淫 通神 湘东

玉醴 九醖 三品 濡首
金浆 五齐 九成 腐肠

隳帻 恶客 皂荚 玄醴
遗冠 醉侯 苍梧 白醝

波泛 藻秀
渊流 芳馨

椒花雨 白衣送 青田核
锦江春 红友呼 碧藕筒

无多酌 山简醉 寅日合
不继淫 次公狂 卯时欢

清比圣 花上露 扫愁帚
浊如贤 洞中泉 钓诗钩

诸家料 金貂换 饮一石
百氏浆 玉山颓 聚千钟

谓从事 百药长 天水酎
中圣人 千岁藏 巴乡清

厚易薄 建康令 仰景曜
浊更清 醴泉侯 贡宜城

甘如乳 倾三斗 汉祖贳
浊似河 限七升 潘璋赊

相娱乐 兼六物 白刃起
致殷勤 比千乘 朱颜酡

乱笾豆 觞桓子
倒接䍦 浮晏婴

黄公开肆 平原十日
卓氏当垆 张翰一杯

筹推白羽　百壶急送
簿领青州　三雅横飞

破除万事　太平君子
断送一生　天禄大夫

赵厚鲁薄　徐公中圣
梁甘刘辛　曹相饮醇

数辞李召　挹此如渑
不赴韩期　乐兹在镐

郑君能酿　名闻八斗
刘伶解酲　才堪二升

过限则止　海中采树
弥月不醒　荒外倾樽

朱虚军法　瓮头加帽
丞相后园　醉里遗冠

白杨野外　譬之如水
黄菊篱边　喻其为兵

关中白簿　景让卒爵
辇下黄封　王导尽觞

刘跋作传　高允为训
务观浇书　赵整作歌

应化感气　秋藏冬发
和憾亲仇　春醞夏成

猪红熊白　争妓惭悔
鸭绿鹅黄　骑马倾欹

(三)食品

1. 饭

玉屑　白粲　萁荚　待冷
琼糜　青精　桃花　宜温

淅玉　脱粟　稳送　云子
碎金　折粳　软炊　雪花

红面　鱼子　散蚁　馕篚
粉粱　沙糖　成蜂　加餐

西旅　醉吐　叶裹　萁荚
东墙　笑喷　薪炊　菰粱

破铛煮　光烁玉　中厨办
劳薪炊　滑流匙　别室炊

如剥栗　雕胡滑　邯郸枕
若凝脂　菰米香　木兰钟

常侍唱　捧香积　银盘覆
膳夫司　置石台　绿叶包

空中下钵 恩酬漂母
怀里携囊 啖胜张苍

留非宿客 菜分俗客
尝是高人 琼赐仙厨

香闻五里 盛于俎豆
量添两匙 号曰香萁

廉颇尚善 平津脱粟
孟尝不殊 太尉甘粗

荆台炊玉 北郭应受
丹灶流珠 曼倩尚饥

2. 羹

鸭脚 玉蕊 白椹 三脆
驼蹄 石榴 碧芹 百宜

镣釜 梅苏 双晕 甘露
分杯 韭芼 一杯 香芹

不录 金玉 脆滑 锦带
无盐 云霞 芳鲜 月儿

烹鹄 露葵 婢覆 七宝
作枭 玉糁 母尝 三煎

韭芼 斟雉 十远 玉糁
梅苏 烹猴 双晕 香芹

调盐豉 烹芍药 若酸苦
齐兰梅 饮凫鸽 和异同

无盐豉
有生肝

叔敖食菜 竹王击石
张翰思莼 子国投浆

彭铿斟雉 剪云折箸
汉帝烹龙 玉版兔胎

莼龟缕缕 自然孰卖
玉糁溶溶 不乃还丰

味参牛乳
香比龙涎

3. 粥

压药 稀作 饧白 分钵
泛膏 拙生 兰香 镣铛

御暑 分歠 屑曲 烹谷
却寒 食馀 斧冰 屑榆

养老 啖鹤 纳橐 散俸
饲饥 饲鸠 掷杯 集谈

散俸
饲饥

煮半釜 熬梅蕊 尹罗鼎
辨一盂 煮桃花 李燎须

尹氏罗鼎 奉饘以祭
刘家发盆 养老行糜

舂粳煮豆 亦堪瓢饮
屑桂锼姜 爰作壶浆

颜公乞米 光如美玉
吴子致新 软似酪酥

其肴惟薤 宰相三种
彼祭以鱼 翰林一瓯

膏泛蚕室
水汲庐陵

4. 饧

乌腻 石蜜 和馓 餐玉
碧浮 沙饴 干饴 弄孙

吹箫卖 冰盘荐 春盘劝
泛酪香 米蘖煎 冷粥留

张馆熟后
粔籹香时

5. 菜

诸葛 谏笋 菜伯 野蔌
元修 邪蒿 鸡侯 山蔬

当肉 秋芥 鼠耳 紫甲
佐荤 春葱 牛唇 翠牙

片玉 夏笋 青嫩 雨甲
层冰 冬青 绿纤 烟苗

绿葵 霜叶 玉本 春韭
白苋 露芽 瑶簪 秋菘

白苋 百本 风叶 穿坞
紫茄 一畦 霜花 过墙

秋韭
冬菁

知此味 红开圃 掇芳辣
咬其根 绿满畦 拾新柔

一畦韭 龙须菜 带雨剪
二亩芸 马面菘 拨雪挑

葱栽绮 甜苦笋 黄耳蕈
莼理丝 淡盐齑 白芽姜

一林雨 四月梵 获玉印
十亩园 一丛金 成金钗

甘似芋 青缕滑 高人爱
脆如梨 玉丝香 野客煨

茨菰叶 助鼎俎
芍药芽 媚盘飧

和欢解意 白含玉露
憔悴羞谁 红映夕阳

水蔬山药 龙涎流滑
葵绿藿青 鲛纻分丝

白露之茹 黄金为菜
秋黄之苏 白玉是蔬

屈到嗜芰 绿葵含露
野人献芹 白薤负霜

昼开夜合
赤叶紫须

6. 肉脯

蚁慕 鸮鸮 啄腐 鼠盗
鸢储 猩猩 击鲜 鸦嗛

骰胾 豹舌 殷圃 鹿尾
脍轩 熊蹯 夏山 驼峰

燕翠 待客 金矢 责令
龙肝 祭诗 琼枝 犒军

豕胁 四脡 冰鼠 瓦石
羊膀 二朐 仙麟 桑皮

登俎 取瘦 撤去 送薜
置橐 食肥 密埋 噉丰

勉妇 浊氏 伤指
馈贤 腊人 同心

孺子宰 考叔舍 晏不足
太公屠 姜诗埋 刘无兼

拔剑切 群鸦攫 桑皮代
炽炭烧 二鹏争 瓦石为

桓温十臠 味过沦凤
齐贤数斤 珍越屠龙

珍惟八物 鲊传龙肉
善用六牲 炙贵牛心

庖丁足履 蔡经擘脯
易牙手调 杨恽庖羔

试拈犀箸 屠门大嚼
屡听鸾刀 素食逍遥

7. 脍

玉缕 绿鲫 冰母 俊味
银丝 红鳞 天孙 时鲜

秋芥 盘雪 翠釜 莼菜
春葱 庖霜 蓬池 鲈鱼

碧玉　毫析　鹅阙　雪累
水晶　缕纷　雪花　缕飞

不厌细　叠蚋羽　化蛱蝶
敢求精　美鳞脂　尝蛤蟆

应刃落　天孙巧　余弃水
随锷离　媚娘珍　幻求鲈

盘飞白雪　散若绝縠
箸掇红丝　积如委红

轻同曳茧　肌散肤落
白似飞霜　雪剖星流

8. 炙

毋嘬　未熟　黄雀　置剑
或燔　及温　凤凰　裹鸡

庶人荐　啖朱亥　升平号
娇女争　受顾荣　逍遥名

见弹求鹗　岂真贯发
下箸怜鹅　直是无心

9. 鲊(腌鱼)

百薄　糁缶　玉版　姜桂
连堽　披绵　金绵　苞芦

野猪　糟卤
池鱼　盐腌

谢玄制　长房买　张华识
陶母封　汉昭求　孟宗沉

10. 粽子

圭角　黏玉　益智
觚棱　包金　投江

庾家玉　缠菰叶　方圆制
唐室弓　斗粉团　错落堆

抟雪黍　蒲触佐　遗刘裕
贮金盘　菰米香　祭屈原

竹筒贮　李彪设
菰叶包　卢循遗

名夸九子　米惟盈握
采缚五丝　箸有千重

包来菰叶
采得芳菱

11. 糕

九月　枣赤　米锦　粉白
百花　艾青　乳花　花红

呼员外　疑僻字　八月送
笑刘郎　讳父名　丰年谣

桃花印点　花留旧谱
软玉枣文　枣趁新香

绣旗乱插　体正从米
彩线轻盛　义惟视高

师德不食
梦得罢题

12. 饼

荷叶　玉叶　溲面　辟恶
槐芽　金花　调盐　消灾

汤玉　银线　五色　豚耳
糟云　红绫　二仪　羊肝

作赋　瑞雀　嚼月　作赋
成诗　莲花　碎香　忆师

丰兆
宝阶

字可映　试平叔　薄于纸
画难充　进壶公　截如肪

折十字　名同饦　惠一颗
赠千枚　味识糍　贷万钱

白若秋练　霜葩皓雪
弱如春绵　锦彩烂云

何妨常设　见风消去
最爱新炊　引水躬亲

剪刀裁出　丁裴印易
英粉调成　刘晏袍包

（四）调料

1. 蜜

捣酥　一石　玉室　煮蔗
敲兰　五升　金房　渍梅

养性
延年

三分苦　百花醴　傍崖采
一滴甜　众口芝　割脾分

六月采　滑于髓　天水白
白花成　饮如饧　云山朱

散似甘露　冰鲜玉润
凝如割脂　髓滑兰香

或巢于竹　石崖新酿
或结于林　萍实难逾

采之得道　益气强志
御以艳颜　解毒除烦

2. 盐

煮海　石子　胜雪　玉结
熬波　虎形　如霜　冰鲜

散练　伞子　裹箬　水化
布璋　石英　洗金　气蒸

举胶鬲　陵州井　水火济
享周公　宝应池　咸酸调

登五鼎　豉共下　春玉碎
成八珍　梅同调　汲井熬

捧疑献玉　春如积雪
饵若茹膏　路讶飞霜

印累珠剖　田间煮石
玉润膏津　荚里飞英

晃尔霞赤　紫沦洒焰
烂然汉明　红华笼光

皓皓白雪　石直八千
鄂鄂景河　斛成二斗

樵径火赤　万国毕仰
飞瀑烟青　四域来求

吴王煮海
姚彪覆江

3. 醋

柔肉　贮寺　灌鼻　百瓮
和牲　乞邻　治牙　一瓯

烹肉
和羹

唐俗贵　筑城贮
吴氏为　葬妻埋

景略宴客　大功不食
俊臣鞫人　时祠皆需

4. 酱

醯和　覆瓿　兔醢　蚳醢
盐调　提瓶　鱼肠　蟹胥

称贵　醯醢　乌贼　处肉
傅甘　咸酸　盐梅　和羹

芥子　盐虎　芍药　七醢
蒟香　醯鸡　葫芦　四壶

二十瓮　供脍食　捶而食
十二香　视秋时　醯以柔

连晨捡豆　微香似菊
候夕汲泉　小苦如荼

十六、政事部

（一）帝后

1. 帝王

菲食　膺箓　帝范　逐鹿
布衣　握符　王言　飞龙

咨牧　侧席　表正　尧酒
询刍　临轩　立中　舜弦

阅稼　穆穆　明德　顺纪
亲蚕　巍巍　表功　体元

凤历　圣帝　舜抱　则地
龙图　哲王　尧襟　揆天

七凤　华渚　玄鸟　虎拜
五麟　姚墟　赤龙　龙飞

椿算　燕颔　步玉　四乳
龟龄　虬须　行金　重瞳

肃静　就日　皇度　日准
雍和　望云　天威　星眸

汤栗栗　镜喻义　耕夫记
禹孜孜　木求箴　织女词

舜弦阜　皇极建　圣功颂
汤网仁　帝德纯　王会图

凝鼎命　居五位　膺神器
掬乾纲　称九重　稽帝文

九五福　朝北阙　呼尧殿
八千春　祝南山　舞舜廊

星贯月　圣人出　龙盘栋
电绕枢　王者兴　日入怀

修法服　天日表　迎潮眼
表皇仪　龙凤姿　却月眉

风霆教　握金镜　山河颡
雨露恩　正玉衡　日月瞳

玉梁骨
金缕腰

允文允武　睿智天纵
克长克君　聪明日跻

巽风发越　讴歌归禹
兑泽滂沱　历数承尧

锐精经术　周官棫朴
留意典坟　殷相盐梅

灵芝叶茂　一人有庆
菖蒲花生　万寿无疆

2. 皇后

迎渭　金屋　兰茂　宗事
嫔京　瑶台　玉荣　阴仪

风始　谦肃
教端　柔明

谷珪聘　资妇顺　符厚载
象服朝　赞君临　配圆灵

述壸职　垂令德
赞皇风　报徽音

嗣续百代　娥英比秀
母临万邦　任姒均芳

功参十乱　葛覃节俭
位列四星　卷耳忧勤

化行南国
道盛西陵

3. 太子

袭圣　鹤驾　玉裕
体乾　凤庄　金声

姿天纵　朱明服
学日勤　青石宫

位居储负
道重元良

4. 妃嫔

象簟　辞辇　九御
金环　当熊　六宫

新兴髻　汉博士　贮金屋
半面妆　元侍中　闭长门

5. 外戚

赐第　戒侈　领袖　华毂
授经　远嫌　羽仪　朱轮

仁善　累将　金带
谦恭　重侯　紫袍

称为舅　杜母宅　卫霍室
呼以兄　灵文园　许史家

家金穴　托丹掖
居玉堂　承紫宸

（二）官吏

1. 官吏总

车服　龙纪　驭富　明德
旗章　鸟名　励康　计功

增秩　竹帛　梦想　致笏
代耕　鼎彝　影求　鸣珂

柱石　附骥　虎变　锡瑞
衣冠　攀麟　龙翔　分疆

六等　锡爵　要路　茅舍
四科　剖符　亨衢　云官

磐石　驭富　前席
维城　励廉　同车

非常宠　封曲阜　凌云笔
不次恩　国彭城　犯斗槎

歌短褐　分宝玉　告后土
请长缨　锡山川　班宗彝

爵列五　配九扈
土分三　置三公

棣华袭庆　良工利器
桐叶分封　大厦美材

夔龙在位　班联玉笋
鹓鹭成行　饼赐红绫

安车下士
束帛求贤

2. 宰相

喉舌　舟楫　柱石　衮职
枢机　盐梅　栋梁　台司

凤阁　专席　堂老　虞友
鸾台　都堂　相君　黄师

治万事　作霖雨　三事考
总百官　补山龙　百僚师

紫薇省　熙臣绩　帝赉传
中书堂　补具僚　岳生申

介左省　权衡宰
位东台　鼎鼐臣

出纳帝命　吐哺下士
丝纶王言　开阁招贤

外居黄阁　仪刑百辟
入奏青仪　统理六官

纱笼神护　揽镜成字
金榜阴书　填金列名

松能入梦
槐或闻音

3. 吏部

四选　主爵　谢笑　沔水
三铨　司勋　颜嗔　丘山

建六典　抑华竞　掌邦典
统百官　尽贤能　抡官材

王戎简要　高悬金镜
裴楷清通　平持玉衡

官分两院
体绝诸曹

4. 户部

分案　九贡　版使　内相
设科　五司　司农　司徒

计军国　制损益　均土地
膺版图　调盈虚　稽人民

听会计　谨出纳　司邦赋
主委输　按度程　制国泉

5. 礼部

宗伯　礼阁　仙闼　选妙
太常　仪曹　容台　秩清

敲废印　冰弦冷　称庙器
送新图　玉鉴平　有诗豪

兰香宿省　端卿门第
桦烛趋朝　东坡文章

6. 兵部

鹑火　戎府　三略　卧鼓
缙云　兵枢　六奇　运筹

辨旗物　掌九伐
选车徒　统六师

虎符鱼钥　西曹选重
犀甲熊旂　南省庄严

7. 刑部

五禁　明充　守法　束矢
四难　简孚　诘奸　钧金

弼五教　致忠敬　禹车下
纠万民　悉聪明　汤网开

爽鸠列　平反法
木铎悬　宰相才

辟以止辟　鼠牙风息
刑期无刑　贯索星沉

八辟丽法
五听求情

8. 工部

兰署　辨器　玄武　典学
金炉　饬材　司空　授书

分地利　别五土　宰相望
顺天时　居四民　中书贤

宏父定辟
共工克谐

9. 台谏

柏署　白简　三院　显秩
松厅　绛绉　五曹　雄权

逆耳　鲠论　言事　白笔
批鳞　忠言　献书　青囊

面折　赤棒　劲直　骢马
口陈　乌台　公强　绣衣

纪纲地　光赤纸　峻风范
耳目官　记皂囊　正视瞻

闻风弹事　服貂升殿
负气敢言　饬鹭为车

10. 馆阁

芸省　视草　翰苑　虎观
槐厅　掌麻　玉堂　麟台

赐砚　金带
簪花　青钱

登玉署　备顾问　深严地
泛瀛洲　掌丝纶　清美官

司学海　知制诰　青团扇
括词林　典文章　紫花墩

著书麟阁　笔宣皇泽
挥翰凤池　衣染御香

金銮入直　八砖学士
紫殿承恩　七字舍人

11. 太守

石见　弹燕　虎帐　松寺
珠还　挂鱼　凤池　兰堂

清白　铜虎　竹马　叱驭
风流　竹符　蒲鞭　攀辕

郁林石　神雀降　后邵杜
新丰墉　白乌翔　前龚黄

歌来暮　贪泉酌
结去思　甘雨随

股肱入郡　黄龙守府
父母临邦　白鹿夹轮

惟蕃五果　兄弟接武
止受一钱　父子连镳

悬鞭不怒　高车表德
卧阁无为　运甓习勤

携琴赴职
饮水居官

12. 县令

花县　制锦　蚕绩　三异
琴堂　烹鲜　牛刀　十奇

称神父　凤集镜　凫化履
号慈君　鸾舞庭　雉依桑

男因郑字　虚堂悬镜
子以贾名　玉壶贮冰

帘移花影　清呼一叶
琴挟竹声　绩表三岑

（三）政术

1. 论政

审礼　履事　遗爱　三德
化人　知贤　绝私　九功

参伍　强骨
财成　虚心

御黠马　求民瘼　务三政
治乱绳　酌人言　厘百工

禁末产
如农功

德教行政　宽猛相济
法令为师　法令滋彰

廉能廉善　彝伦攸叙
足食足兵　庶绩咸熙

悦近来远　政清吏肃
亲仁善邻　事简民安

化行于上
事举其中

2. 善政

宽抚　杀狗　赎子　烧瓦
德和　捕蝗　敛骸　赋砖

修故堰　赏盗麦　种葱韭
开废河　劝输钱　畜鸡豚

禁卖女口　民请刊石
免供矮奴　人为立碑

平章百姓　雨零露湛
协和万邦　冬暖春暄

不严而化　奸豪皆去
决遣如神　吏人不欺

3. 宽政

闭阁　得众　济猛
吐茵　服民　制宽

学黄老
师萧曹

诸将设誓　放俘九十
县令减威　舍寝四千

4. 德化

知足　捉耳　和解　风动
用情　格心　谛思　草偃

儒服
衮衣

仰如日月　蒲鞭相耻
润同海江　苇杖示刑

乞留董令　伪物皆弃
愿借寇君　庳车悉高

闭阁思过　果格猛兽
省俸助婚　不取小鱼

纵之见母
悉令归家

5. 方正

惟官是视　称以方正
直道而行　号为廉平

未尝至室　不从卢坦
敢拜奉觥　令让魏征

先谒九庙　象先孤立
望出二人　陆贽力争

责高若讷
喜欧阳修

6. 廉洁

瓦器　披絮　布被　清德
桑杯　遗丝　橐衣　素诚

无正寝　乘款段　衣蒲练
不理垣　衣绿袍　上白金

欲解繻
潜织帘

秉去三惑　恐累归担
震畏四知　思便行装

妾无副服　断带为炷
子常步行　摆袖却金

7. 威严

印解　乳虎　火烈
檄还　皂雕　刃伤

杀刘诩　因事杀　批其颊
诛张澄　以法诛　破人车

收张辅　治东海
执马成　振南阳

奸滑缩首　有威可畏
州郡畏威　不恶而严

能生能杀　豪猾奉法
以一以声　草木知名

毋犯宰相
作意此人

8. 称职

适用　苏贾　展骥　捕鼠
官材　常杨　栖鸾　割鸡

护沟渎　拘下位
辟田畴　处贱官

敷扬命令　简拔贤俊
铨宗条流　谙练典章

玄龄表奏　铨汰文武
元恭文章　刊具图书

9. 礼贤

悬榻　避寝　共卧
筑台　引车　同床

执经问义　独拜床下
奉诏求贤　躬至簿厅

师礼王柏　书币不启
延聘何基　还刺弗通

公孙虚馆
魏王郊迎

10. 遗爱

借寇　塞道　铸象　配社
思刘　攀车　讳名　拜碑

呼杜母　甘棠颂　老人谢
仰羊公　瑞莲图　小儿迎

郭江庙　歌子产　求赠谥
岘山碑　咏邵公　请置祠

不易袁政　贾子贾女
愿得耿君　薛孙薛儿

誉宜二郡　弦歌荐食
德被八州　缣帛送行

（四）讼狱

1. 刑法

明罚　三让　折狱　天罚
致刑　五辞　要囚　国刑

鞭策　丛棘　政典　阅实
甲兵　树怀　刑书　教中

弃灰　震电　丹笔　约法
救火　积阴　赤衣　省刑

明察　大信　除溢　齐众
平反　深文　作新　训人

生乱
防奸

儆有位　与众弃　悬象魏
期无刑　即天论　铭鼎钟

徇木铎
书竹刑

国章斯抵　勿有勿辟
人命所悬　逾闲逾矩

明刑弼教　黄帝五法
定分止争　汉祖三章

三刺听狱　人难知禁
五声求情　法若易方

草艾则墨　法存沿革
虫俯乃刑　政有弛张

法无改度　救时贵变
义有随时　适道在权

2. 牢狱

囹圄　郡邸　请室　梦蚁
狴牢　掖庭　谒居　见蝼

注史　勿扰　天狱　望气
上书　不留　星牢　仰天

紫气　雀角　虎穴
黄沙　犬牙　虫盘

未央厩　辱安国
中都官　侵绛侯

杜笃为诔
黄霸受经

3. 冤狱

亡璧
盗金

棘林鬼
胏石民

冶长非罪　竟死孝妇
良夫无辜　不察申生

三年致旱　淫潦自霁
五月降霜　大雾不开

黄沙失入　抱恨入地
丹笔误书　无辜吁天

死是冤鬼
生为穷人

4. 囚犯

龠动　羑里　缧绁　黑幪
勺虚　夏台　银铛　赭衣

休腊　石室　梧象　笼鸟
至冬　金墉　竹囚　槛猿

永巷　抢地　攘狱
内宫　仰天　捕亡

释箕子　关三木　挚军府
出许杨　入五刑　囚辕阳

5. 法官

三世　司寇
四人　提刑

传古义
听狱辞

于求宽恕　晋设博士
孔号详平　魏置理曹

6. 听讼

稽貌　衷爰　老吏　束矢
察情　钦恤　犹人　钧金

速狱　情得
留词　狱成

仆告主
妾逐妻

穷诘书吏　求生求杀
免坐贷人　从情从辞

罪宜慎测　刑将不变
辞贵明征　狱贵惟精

黄沙执宪
丹笔垂仁

十七、人事部

（一）总说

天纵　学圣　种玉　学浪
日新　儒宗　铸人　才峰

倚马　吞海　易美　捧日
雕龙　吸江　经神　济川

白意　春酒　让枣　看雨
丹书　彩衣　推梨　听云

击缶　三绝　文阵　竹马
执圭　两雄　艺林　鸠车

让枣　赐杖　黄口　金穴
访瓜　悬车　白头　铜山

祖白　铜虎　梅市　钓月
称朱　银鱼　桃源　耕云

吞纸　容与　舟雪　折柳
卖文　逍遥　岸风　攀花

置笏　折槛　拜石　面壁
破琴　裂麻　种鱼　心斋

诗伯　孟笋　挂剑　题柱
文宗　姜鱼　捐金　著鞭

鹤骨　珠履　畏月　乡梦
松身　玉珂　移山　客愁

东郭　度曲
北门　拈诗

谋生拙　抄诗苦　逢迎拙
守道贫　嗜酒贫　劝课慵

嵇康懒　羊欣俭　三冬学
张旭颠　许靖贫　八斗才

延寿赋　闲居赋　塞茅坐
送穷文　小隐诗　泛花游

安仁拙　何逊恨　澄心坐
李白狂　伍员冤　抵掌谈

七松处士　十年旧梦
五柳先生　万斛新愁

宋风谢月　枕流漱石
陆海潘江　樵水渔山

批烟弄月 栖丘隐谷
洗竹浇花 耨水耕山

烟栖霞宿
雨卧风餐

八神授简 数年学易
五老降庭 三月闻韶

不思不勉 内圣外圣
弥高弥坚 前知后知

(二)德性

名齐日月 弥纶天地
量合乾坤 幽赞神明

1. 圣

若镜 爱日 时敏 神化
如渊 希天 日新 天行

烛远 达节 至德 造物
通微 知权 亶聪 知几

配地 致用 加算 淳耀
参天 成能 受图 袭明

兼应 不相 管道
两忘 无名 应枢

万物睹 行天德 圣人窟
百世师 冠人伦 夫子甕

犍万物
兼兆人

随时举事 包含万象
以德分人 横廓六合

河无流沫 父天母地
海不扬波 宗帝祖皇

腾跨百辟 有子避座
镕钧六经 郑公绕床

中正仁义 知终知始
钦明温恭 不将不迎

五星聚井 日月代照
三苗贯桑 天地同施

简素为贵 织成天地
福庆用昌 索获帝王

东道西道 师蜂师蚁
前知后知 铸金铸人

言必及有 心同止水
含之以虚 眼如望羊

左提右挈　以诚为本
出类超群　能化而齐

为巢为杖　糠粃六籍
同德同波　斧藻群言

陆池露滴　情类通德
华殿松生　执中含和

仁育义正　经营三代
地平天成　消息两仪

丝分棋布　冀州异气
璧合珠联　鲁国一人

超轩跨皞
谢舜依尧

2. 贤

乐孔　味道　凤立　风举
志伊　省身　鸾飞　云停

面壁　三省　人圣　尔进
心斋　四箴　国桢　思齐

壁立　序位
凤翔　报君

直方大　敌七国　安社稷
纯粹精　有三常　主神明

德星聚　君子望
神岳钟　圣人从

克勤克俭　关西孔子
知微知章　江左夷吾

莫明其器　是为知易
每从之游　可与言诗

山中四皓　金声玉色
斗南一人　冰洁渊清

光风霁月　不臣不友
瑞雪祥云　一臞一肥

楮冠藜杖　稷下聚士
木枕布衾　圃泽爻贤

往必不获　卿见叔度
望之可知　帝思子陵

升堂入室　亦趋亦步
经户披帷　就清就温

避阳城驿　取火于燧
改浩然亭　剪彩为花

不炉不扇　一动一静
为珪为璋　无古无今

冬日夏云　稷下聚士
春生秋杀　圃泽多贤

3. 德

戴物　有度　无外　日跻
润身　不回　有容　时符

既饱　英秀　心醉
惟馨　充完　形全

有凶有吉　格天极地
非威非怀　含阳吐阴

和风甘雨　长而不宰
冬日夏云　生之所扶

固以胶漆　礼乐皆得
皎如日星　容貌若愚

高风承世　览辉千仞
正士趋门　图画百城

仰望风采　爽爽法汰
遂闻颂声　堂堂子昂

玉出幽谷　宰制万物
桂馨一山　冠绝当时

颍川四长　此号相称
崔郸一门　其后转升

天产地产　鸡名标五
乾元坤元　凤字成三

禾比君子　山高地广
竹美贤侯　天佑民归

端木过祖　包裹天地
颜渊从师　横绝古今

宗贤尚齿　九征皆至
利用安身　七叶重光

曰诚曰一
俾臧俾嘉

4. 儒

书观　希圣　讲学　义路
学林　对贤　通经　礼门

振百代　希贤录　法六艺
抗万钧　传道图　通三才

笙簧五典　释经订史
甲胄六经　握素怀铅

学总群道　可语王佐
儒集大成　是谓人师

5. 修儒

心法　淬励　入室　运甓
躬修　磨砻　升堂　下帷

有获 模楷 激励 尽瘁
大成 甄陶 观摩 勿休

若渴 对影 斫梓 浴德
思齐 洗心 染丝 澡身

豹变 志笃 乐孔 掘井
蚁诚 心虚 希颜 为山

责实 遗砚 投豆
缉熙 铭盘 磨针

雕宰我 帝临汝 白受米
铸颜渊 神相予 青出蓝

十手指 行若敬 辨义利
一心肩 修厥身 究天人

不愧屋满 勿忘勿助
如见大宾 弥高弥坚

铭几铭带 通经致用
惜寸惜分 按日计程

莫不向义 有严有翼
未尝步闲 无怠无荒

必慎其独 克勤克俭
不显亦临 知微知彰

6. 天真

面壁 星聚 心醉 心地
鼓琴 日休 形全 性天

既饱 种德 不昧 仁熟
惟心 沃心 无私 义精

激浊 涵养 无外 作哲
扬清 栽培 有容 树明

浴德 载物 有度 日跻
澡身 润身 不回 时符

斧斤伐 心如镜 参乎鲁
鸡犬求 形似铜 柴也愚

山梁悦 比禾米 天浩浩
谷种同 拟竹松 乐陶陶

情根长养 禾比君子
意蕊纷披 竹美贤侯

此可励俗 和风甘雨
岂敢忘君 冬日夏云

高风承世 览辉千仞
正士趋门 图书百城

格天极地 端木过祖
含阳吐阴 颜渊从师

包裹天地　而康而色
横绝古今　为龙为光

诗书为府　玉出幽谷
富贵如云　桂馨一山

缉熙在敬　鸢鱼有趣
明著惟诚　雨露无偏

固于胶漆
皎如日星

7. 品行

金石　刻鹄　秋实　磊落
芝兰　履冰　春华　清贞

圭璧　刮垢　风味　赐箸
瑕瑜　磨光　胸襟　破琴

霁月　铁面　器局　冰镜
光风　冰心　规模　玉人

器识　远大　耻粟　道岸
文章　沉潜　卧薪　周行

粹美
精纯

梅品格　双南品　玉界尺
竹交游　合璧珍　朱丝绳

整风俗
摄威仪

君真高士　读书砥行
时称古人　励志守常

无偏无党　居然名士
不激不随　复为清卿

心同止水　松柏独秀
行本无瑕　金石弥坚

安素处士　度身量腹
离垢先生　味道守真

陈宠周密　有为有守
李秉清勤　立德立言

飘然无滞　轩轩霞举
卓尔不群　朗朗山行

泠然善也　聪明仁智
人皆仰之　简要清通

8. 节操

称薛夫子　珠玑委地
曰张古人　驹犊付官

性命有在　通介有常
中外所宗　去就知分

老而弥笃　君真高士
动不累高　时称古人

不屈王命　升阶长揖
当与吾宗　步担告归

含菽饮水　在约无改
食麦衣皮　含味独游

请还二帝　身不可辱
历事三朝　居则固穷

解裳自隔　度身量腹
挂檄而逃　味道守真

岂事二姓　无愧先烈
不交一谈　宁为旅人

号称祭酒　老莱称仆
门署忠臣　田横笑人

称聋不出　不应进士
屈跪何为　遂拜侍中

炼金煅铁　得金还库
啮雪咽旃　受丝悬梁

不染流俗　举笏却揖
有声乡间　逾垣而逃

积薪赴火
却绵死寒

9. 高洁

后圃瘗鹿　居然名士
前庭悬鱼　复为清卿

瑶林琼树　对饮明月
经案绳床　过耳秋风

樵采自给　甚得时誉
封帕完新　顿忘宦情

拾还桑葚　安素处士
不剪草莱　离垢先生

焚香扫地　澡身浴德
纵鹤放龟　量腹度形

荷担而至　冰壶玉尺
栖山以居　纸帐蒲团

短褐穿结　将家浮海
羸马绳羁　为人灌园

长逝不顾　竹洲花坞
孤与独归　布被藜羹

门庭篱隔　特置一榻
床席尘生　为表百城

据案索酒　拂床扫地
挈畚持蔬　筑室灌园

惟饮吴水
不办路粮

10. 仁

神福　器重　赎马　四乳
民怀　数多　放麑　一心

天下表
百行宗

君子不死　诚如卿语
圣人大同　久闻公名

敬人有道　欲立欲达
送子以言　不服不驰

三军挟纩　人之所慕
元旦放鸠　德无不容

不在我爱　先人后己
恒令人亲　处正居中

不使之知　惪不报杀
善藏其用　魋何取仇

奚为修善　于南为夏
所以长恩　近东多柔

窍以度食　畜而不主
狱无系囚　为则争先

时兼春夏　是以收养
兽别东西　皆为救疗

乌能反哺　忧闻伐国
兽有角端　怜捕将雏

断狱四百　山何乐也
省刑一言　海可投乎

开仓赈谷
取簏捕鱼

11. 忠

补衮　碧血　劲草　正国
和羹　丹心　严霜　忘家

竭命　劲节　逆耳　碎首
捐躯　贞心　批鳞　剖心

令德　城郢　元气　制旌
高行　复陈　要言　掷杯

卫社稷　名姓重　真玉性
竭股肱　骨头香　老松心

臣力竭
王道清

心如金石　惟有此子
气作山河　是乃吾兄

掷器于地　言事无惮
携家入山　秉直不回

其清如水　但知天子
有得于天　多谢相公

叩马而谏　不谋奴隶
设像以朝　勿负朝廷

不知有异　松筠雅操
皆笑为狂　铁石深衷

宁家安国　申蒯断臂
履正奉公　卫演纳肝

典韦瞋目　龚胜推印
温序衔须　胡刚悬冠

步从授马　进谏三日
易位取枭　后凋一人

伯颜白液　岂爱一子
延赞赤心　不事二君

夺笏中额　更衣酌酒
束蒲为身　投笔抽刀

引刀北阙　再拜书壁
置酒东门　三呼过河

下书著姓　马湩以祝
御札赐庄　瓶乳得归

因以是姓　子胥忘号
无讳我名　比干有知

蹠穿膝暴　握节陨难
风静马行　携具奉公

昼吟夜泣　登楼望阙
血碧心丹　斩马断弓

百举必脱　惟书甲子
三相无私　不顾宗亲

冲天白气　声响必应
死国黄衫　农织皆知

输诚魏室　焰中端笏
尽力皇家　车旁挂斤

较之张许　公何相迫
过于段颜　吾不能全

得书投厕　不惜百口
归第整衣　岂顾二儿

从容以就　谓必吾事
喑呜而来　若蒙公恩

相聚如莒
遂从入关

12. 义

成命　正路　尊老　疗友
断恩　安居　引贤　灭亲

楼护养老　偿羊给食
杨俊恤孤　以马易棺

不谋旧国　圃中瘗鹿
遂救故知　堂上埋金

诗书为府　不敢言枉
富贵如云　岂忍邀功

可以怒士　叩钟伐鼓
不在正人　戴乾履坤

同好同恶　下车策马
无高无多　碎石挂冠

门户使立　当以死任
食邑乞分　不为利回

过间不入　军中二士
磨镜得前　斗南一人

托称愚客　创室以馆
素闻范名　裂素为书

自劾弟子　自称丞相
恒呼郎婆　不随将军

兄虽在外　吾敬元达
我岂负初　君慕承宫

水流平止　质实使去
鸟飞准绳　连不忍为

与士咸贵　可为长者
非仆所闻　宁为众人

与同丰约　不忍刻字
请均煎轮　乃拔佩刀

一毫勿受　渐离矐目
万户为轻　石乞烹身

日馈不乐　米困应请
岁送为常　麦舟助丧

13. 孝

执黍　陆橘　拜树　致鹤
采兰　姜鱼　望云　寄鱼

循陔　继志　鹤叫　心动
倚门　嗣服　驴鸣　目开

锡类
奉先

废蓼莪　三牲养　哺母食
思白华　寸草心　拜父书

行莫大　捧檄喜　罗威果
德无加　列鼎思　殷恽瓜

鸡豚逮　神分粟　报罔极
菽水欢　天赐金　敬无穷

万事纲纪　黄雀入幕
百行根源　赤乌巢门

不知是女　庐栖小鸟
何用生男　门带长蛇

斧不可拔　不书官纸
树为之哭　常立屏风

受哺不食　归非所愿
纳履以行　眠亦不安

群乌助泣　国名扶老
一犬随号　县号乌伤

寒林笋出　祀求仁粟
冻浦鱼惊　殁贻令名

罗威进果　陈纪画像
殷恽持瓜　丁兰图形

春气夏木　乌栖冠上
地义天经　泉涌舍旁

身先针灸　蒲萄不举
食不盐酥　雕胡自生

二灯照目　必为佳器
一石依舟　有若成人

病从指入　忧无此弟
酒向足流　愿得为兄

特为二婢　种瓜辨葬
加赐一鸡　操瓶涌泉

啼非为痛　鸟常衔火
约不敢违　马暂辍刍

山分复合　橘怀三个
指堕重生　梅放一枝

风吹即倒　践地避石
笼负为安　叩冰召鳞

惟噉麦粥　三年泣血
不食羊肝　一月卧冰

执经陇畔　私置木主
举手舆中　阳举水浆

画扇留箧
滴泪裂砖

14. 悌

傍玉　尝馔　立敬　侍坐
依兰　脱衣　执颜　随行

花萼聚　荣覆弟　慎唯诺
雁行联　敬事兄　与提携

不私钱帛　请席请衽
唯取图书　侍射侍投

肥鲜可致
卧起斯同

15. 信

无妄　守物　皎日　立本
中孚　结民　直弦　倚衡

无伪　輗軏　德固　退舍
不敷　圭甲　交孚　抱桥

行义
周仁

著金石　为甲胄　无二诺
及豚鱼　若丹青　重一言

鸡黍会　克日战
竹马期　如期还

祝史断事　泛海无恐
春秋正辞　负剑不疑

带剑墓树　定身行事
立木市门　披心示诚

斩妾谢客　遂反鲁地
伐原示民　不犯晋军

王修赴难　卒娶瞽女
华元解围　不疑裔人

伯休守价　兄弟俱释
独孤赐名　左右不离

丝毫不贷　不避雨雪
许诺相从　足贯神明

遇我必善　克日方战
使人不欺　如期而还

其谁昵我　放能笃旧
不可爱身　权不负孤

死生不易　伯休守价
长幼有差　独孤赐名

16. 刚强

受性 破柱
怀肠 埋轮

为君子德 韩愈爱重
有古人风 士良恧缩

刘伸不及 各申其志
魏征何加 宜终此言

自负奇气 莫见弘度
知为端人 无逢怀恩

安能屈节 姜桂成性
乃复低头 冰玉持身

必尔犯法 性无苟合
意卿能文 名不虚传

无敢戏慢 植有大节
不屈豪强 概为名臣

少冲进谏 素闻劲拔
孔璋上书 颇有执持

矫时慢物 急戒太暴
披心示诚 不敢无私

不避高下 不急细事
以备股肱 可寝大奸

鱼头是目 当称古直
皂雕见呼 乃尔木强

17. 勇猛

扛鼎 贯石 战胆 刺虎
荡舟 拔山 壮心 斩蛟

患暴 卞射 著翅 卷铁
引强 蹶张 凌云 负山

蛙怒 制鹿 暴虎
虎痴 掷驴 曳牛

拔二箭 刺双虎 眥迸血
举千钧 冠三军 发冲冠

当一队 黄须儿 提双戟
废千人 白马将 挽四弓

袒裼暴虎 搴旗执馘
拔剑斩蛟 桀石杀人

力绝天下 批熊碎掌
气挺人间 拉虎摧斑

万夫不敌 期死非勇
百人难防 客气何为

齐庄为爵 没海覆地
佽飞置官 立石移山

碓额深目　赐之珠剑
铁面长身　压以沙囊

投井复跃　七牛难挽
易骑如飞　一市皆惊

投身当象　除患受学
空手搏熊　避仇隐屠

可方樊哙　旋马射虎
不意韩休　挥剑斩蛟

持鞍以卫　遂为武士
举策而先　此真健人

中石没镞　虎骇且逸
拔箭断肤　鹿触而颠

我之韩白　张号铁简
人比关张　范名铧弓

说折牛角　迎刃而断
珪洞虎喉　登树以观

破然后食
绝而复苏

功奏第一　拔矢以战
名震当时　援笳而吹

自称万户　图状以献
又杀一豪　奋旗而还

机蛇绕案　我身犹凿
黄龙负舟　汝胆如山

莫不慷慨　往复数四
犹可驰驱　出入再三

汝为知我　自当一队
臣不如人　能废千人

麾盖策马　朱晖童子
据水断桥　仁杰丈夫

乘风破浪　生风出火
扛鼎揭旗　乘马挟矛

兄便可杀　帐下双戟
子无妄言　车前八驺

兄仇能报
父丧不归

18. 雄壮

射石　落马　排闼　七札
拔山　弃繻　昇舟　六钧

19. 聪明

随战　宿读　七步　鹦父
观师　窜谋　八叉　草翁

宿构
早成

赋一物　霸王相　比缺字
诵千言　公辅才　校亡书

张曾子
任圣童

五行并下　博涉经传
一字不遗　并记姓名

自当得赐　一览洞悟
略无所遗　半面即呼

十赋俱就　当作复裤
四部无遗　不受曲针

有何美句　必致千里
请试他题　特见一斑

子宁惧父　当归阿士
吾非其师　为与上人

孔丘何阙　青杨萧穸
慈明无双　江夏黄童

不稽思虑　润笔以俟
必主文章　连镳而还

一览便记　洞经典籍
百试不差　宣力国家

无小无大　受纸辄就
是鹿是獐　援笔立成

命字宗道　以指画地
更名薛禅　无口为天

酬对无失　戏为部伍
知识不凡　咸称神明

两经及第　临子字父
累世通家　自地升天

神闲意审
锋发韵流

20. 幼聪

驹齿　鼠狱　天悟　刻烛
凤毛　鸡碑　神聪　挥毫

随战　鹦父　七步　宿搆
观师　草翁　八叉　早成

竹马　对日　国瑞　总角
鸠车　论天　圣童　垂髫

就十赋　莲花赋　瑯琊辨
诵万言　栀子诗　鹦鹉诗

神仙类　霸王相　补缺字
王佐才　公辅才　校亡书

持石破瓮　篘赋芍药
灌水浮球　修对杨梅

仙风道骨　必致千里
贤子神童　特见一斑

日诵九纸　必为名将
名动一州　俨如成人

虚心实腹　食牛吐凤
有吾无卿　造门压藩

21. 愚笨

知昧　扪籥　自用　一得
心纯　挈瓶　不违　千能

藏石　畏月　无适　蠢甚
忧天　移山　不移　醉如

胶柱　见影　哭社　愚妇
刻舟　守株　浴天　顽童

暴其短　会稽妇　宁武子
阳为愚　北山公　陈夫人

棘在手　按图索　守株待
茅塞心　刻舟求　缘木求

会稽妇
北山公

独不可教　获称汉氏
未得为真　见非孔门

愚谷牛马　见苦王濬
官私蛤蟆　惊视文王

倚玉藏拙　学惭鼠狱
吹竽混真　智乏鸡碑

雕虫末技　学殊半豹
刻鹄微长　艺愧全牛

陶丘遣妇　畏影恶迹
石肇惧妻　掩耳盗铃

22. 正直

朱云请剑　君难独处
张纲埋轮　朕所自知

明目张胆　释旄系袜
谠论危言　引裾奋衣

置笏而退　声动天下
蹑履以行　望冠一时

岱之益友　绝无仅有
允真忠臣　戮死施生

韩休知否 无忝尔祖
魏公兼之 不能为郎

并为佳士 充闻异此
岂有仙人 嘉坐自如

坐客引去 不敢烧尾
陛下何之 岂易碎衣

辞色不变 引烛焚诏
鲠切如初 褫裘谢恩

厉语折抑 朕之汲黯
出言不阿 吾有李生

众皆悚伏 二臣不幸
独为箴规 一人独贤

拾遗补缺 执之数四
追走逐飞 至于再三

臣不好戏 闻者掩耳
帝为敛容 受之心寒

23. 奸佞

无一 假子 指鸟 巧媚
号三 乞儿 代牺 善柔

取媚
苟容

八风舞
五色云

隐处谢酒 皇甫巧媚
后至侑觞 卢杞奸邪

24. 诈伪

矫节 行险 尔伪 用智
近名 心劳 予欺 不情

掠美 诈善
钓名 矫名

汤浇雪 披香殿
铁包银 长乐宫

垣平金宝 罪宜阅实
陈胜丹书 事不凭虚

遂斩廷望
独用徐温

（三）情感

1. 离别

野店 折柳 立马 征旆
荒村 牵衣 持杯 离筵

湘叶 驿路 祖帐 零雨
江云 河桥 邮亭 浮云

北路 雨绝 蔓草 赠策
南津 云乖 断蓬 送钱

行色 离鹤 桃馆 结辙
羁心 翔凫 兰圃 扬舲

宿济 北馆 西渚 四鸟
饯都 东城 东津 三津

结念 离梦
凄心 别魂

流恨水 酒一樽 阳关曲
结愁亭 诗千首 陇头云

送南浦 惊风散 阕丘谷
造北林 归云征 隔山河

掩欢绪 遣爱妾 云雨散
起离端 别比邻 东西流

离合地 钗一股 数行日
儿女情 镜半边 问回期

送南浦 送江浒 陟阳候
造北林 宿亭前 临川亭

上槐坂
过虎溪

数声风笛 山牵别恨
一曲骊驹 水带离声

一日三月 一身去国
二载千秋 千里分岐

亭名送客 半生寥落
桥是销魂 千里酸辛

2. 哀伤

哀怨 惆怅 慨息 饮恨
辛酸 悲凉 懊咿 填膺

悲怆 掩噎
酸辛 唏嘘

叶落树
雨绝天

含酸茹叹 漫漫长夜
吊影惭魂 冥冥九泉

3. 恐惧

股战 惴惴 惴恐 惙惙
心忧 悄悄 抢攘 忡忡

隐忧 奕奕 孔疚 渊抱
善怀 殷殷 沉忧 痻怀

楚楚 忧受 郁邑
鳃鳃 窈纠 缠绵

4. 羞耻

食粟 涂炭 弄戟 板肋
卧薪 投阄 得绢 低头

投剑 掷楯
移床 赐蒿

洗耳高士 三败不辱
蔽面吴王 终身是惭

据榼独笑 姓加京兆
负薪先归 人呼孟劳

不逊寒士 令取故节
莫与富人 能无厚颜

独为君子 温韬酬滕
未录元勋 丁谓拂须

若挞于市 坏车杀马
勿受其觞 杖杜弄獐

拂衣而去 奉职不称
担囊以归 所列非贤

为桥以渡 恩主恩相
取马径归 惭长惭卿

不能如厕 以私得荐
乃令当垆 假荫而官

且喜且惧 与群儿伍
不问不知 俾妇人妆

牛后是怒 未有此客
马首为荣 乃为人仆

不忍见血 樊哙为伍
莫敢出言 伏滔比肩

人竟不异 书名七序
鬼果可憎 论著毁茶

屡黜不去 不事女主
含垢以从 须让老夫

唱名入试 庄不能对
弃官还乡 勃无所知

（四）言行

1. 言语

唾玉 锯屑 枝叶 阶乱
烂霞 走丸 枢机 兴戎

足志 金诺 艾艾 口实
同心 珠谈 期期 身文

软语 辩士 自口 有徵
曼词 操人 出身 无瑕

作乂 慎辞 语次 卷雾
为诗 立言 谈丛 烂霞

属耳
造膝

若流水　应千里　解颐说
如叩钟　慎三缄　清耳谈

斗机警　解客嘲
怜嗫嚅　答宾戏

闻言绝倒　论诗笑郑
与语忘疲　说史吞颜

悬河泻水　黄绢幼妇
穷泽生流　麦麹鞠劳

庄姬龙尾　言言语语
文仲羊裘　穆穆皇皇

大辨若讷　我求懿德
巧言如流　尔有嘉谋

慎乃出话　泠若琴瑟
无易由言　唾成珠玑

善言雅俗　平子绝倒
唯叙寒暄　王导忘疲

醉后辞答　善言玄理
口中雌黄　奉扬仁风

音辞整饰　忽来忽去
文彩葩流　为有为无

不出一语
决以数言

2. 巧言

缓颊　辩士　腾说　喋喋
摇唇　躁人　费辞　滔滔

截截　滑稽　鸱大　漂说
津津　诙谐　蝉联　爽言

逸口　簪说　飞语
违言　坠言　浮言

舌存自足　辞有枝叶
口费而烦　给夺慈仁

美言不信　不思若讷
利口惟贤　徒务如流

俾躬是瘁　失辞获戾
惟口起羞　多言数穷

孔融弃市　声闻于外
毛玠入监　言不由衷

人胥效矣　谋于长者
我无是乎　彼有人焉

张钧草诏
廷圭作诗

3. 嘲戏

乞马　狎侮　安帽
移鱼　矜庄　效颦

沐猴冠　章得象　著热狗
麒麟楦　李趋儿　被冻蝇

石学士　答宾戏　利锥戏
辛太公　解客嘲　白雉嘲

河神扶出　杜园贾谊
土地卷来　热熟颜回

鹦父请觅　逆取顺受
驴面改题　活剥生吞

复知寒暑　喙长手重
大见揶揄　口正心邪

4. 笑

莞尔　绝倒　捧腹　嗢噱
嫣然　胡卢　解颐　轩渠

晏晏　一哂　含睇　拍手
嘻嘻　众咍　解颜　哄堂

抚掌　喷饭　莫逆
绝缨　堕驴　不和

陆云疾
义府刀

头没杯案
影见水中

5. 哭泣

垂玉　斑竹　沱若　呜咽
成珠　沾袍　啜其　潺湲

别蜀　沫袖　东市　有次
见岐　染裳　秦庭　何尝

委巷　哀恸　为位　覆醢
穷途　号啕　易馘　酹尸

扶杖　颗木　非所　哽咽
戴盆　抚琴　于斯　阑干

急泪　舍佩
曼声　拥镰

潸焉出　新亭泪
泫然流　咸阳歌

泪下承睫　情因外作
悲来填膺　悲自中来

荆公艳市　马迁废史
齐景牛山　孟尝闻琴

夷甫伤子　穷途反辙
少卿悼躬　旧馆脱骖

礼自外作　哀戚罔极
思从中来　哭踊有仪

6. 睡

黄妳　摊饭　蛇去　隐几
黑甜　枕书　魔缠　登床

高枕卧
坦腹眠

7. 违离

贾母倚闾　必告必面
管宁加觞　靡瞻靡依

不易不过　梦求一见
何食何尝　书有亟来

叱木成马　览镜欲绝
截筒寄鱼　读书何为

临书垂涕　但有远志
对食易容　应无子规

非岩非穴　生子勿喜
不冠不婚　见叔即悲

忽若所见　必当自到
果若所言　遂急告归

半钱以访　蟏蛸双喜
百岁难逢　白云孤飞

8. 游览

野店　挂席　选胜　小圃
吟鞭　登舟　穷幽　远林

溪雨　野鸟　瘦马　玩月
江枫　山花　短童　乘风

浅紫　秋色　红树　云破
深红　蝉声　碧山　烟消

野色　拂石　烟寺　花暗
溪光　寻花　渔村　鸥驯

新雁　诗句　游观　寓目
残阳　画图　乐丘　写忧

携筇问　半篙水　芳草地
信笔题　十里山　落花天

通帝座　峻极院　赋赤壁
涉天庭　妙高台　记兰台

惊磴滑　双蓬鬓　沿岸上
怯山幽　一钓舟　载酒行

峰横鸟道　鹤随苔岸
径入羊肠　犬吠竹篱

庄周气六　丹砂白石
李白帖三　渔童樵青

兰亭修禊　南楼啸咏
辋水吟诗　东山往来

9. 羁旅

残月　寒雁　鸡唱　秋夜
孤灯　秋虫　马嘶　霜天

野路　徂矣　梗泛　顾燕
江村　何之　萍浮　赋鹏

随牒
担簦

行老矣　云作伴　三更雨
盍归乎　月相随　万里风

芳草色　蝴蝶梦　犯霜露
鹧鸪声　子规啼　适莽苍

万里眼　浓花发　穷日力
百年身　黄叶稀　悲故乡

有行色
不赍粮

为雨疑晚　黄花黄叶
因山觉迟　长亭短亭

敝裘羸马　岸花送客
店月桥霜　檣燕留人

残茶冷酒　飞云滞月
匹马孤舟　沐雨栉风

食玉炊桂　蜀郡五载
白饭青刍　并州十霜

挟书万里
仗剑三年

10. 恭敬

仁地　正服　勿贰
礼舆　去冠　主一

先投远状　雅称翼翼
未有异文　诗美温温

朝日夕月　下床答拜
冬阴夏阳　举案齐眉

循墙而走　不冠避黯
过阙必趋　执辔迎嬴

危坐树下　拥衾达旦
独拜床前　盛服将朝

不偏不倚　不名下吏
有德有行　先拜主人

外齐内一 拜孔子墓
神降人和 式干木庐

拱手危坐 体用无忒
整步徐行 夙夜惟寅

退负殿壁 不危不溢
跪授篇条 成始成终

如临父母
若见君臣

11. 谦让

抽矢 奔义 采药 仁大
沉刀 鸣谦 伐桑 谦光

裁留数亩 共推田宅
遁亡七年 惟取图书

分金二段 止授九品
赐牛一头 固辞三公

必后长者 富贵已极
不及小儿 精力未衰

迎拜入左 韩偓荐相
待罪行间 张老辞卿

将称长者 光投庐水
仆素寿生 益避箕山

熹宜有益 一门有二
札虽不才 与马为三

赋诗明志 此可励俗
著论息争 岂敢忘君

避名全节 舆迎令尹
辞荣令终 车避将军

我师疏广 寡人不佞
臣从伯游 老夫何功

执雌持下 异独屏树
排难解纷 嚣密移藩

不枉百步 韩文独步
放出一头 崔诗上头

退避三舍 先人后己
不献五城 率子抱孙

以孝为字 引拜数四
与雍同名 自陈至三

已经平子 推财与弟
自有仲齐 买宅奉兄

发言慷慨 超登大郡
进饮逡巡 听复本封

解符就学 越当茅土
挂经辞封 遂成闲田

何患无物 辞皆垂涕
不能为劳 情在忘言

受五百户 赏辞六邑
赐一亿钱 笑却千金

12. 谨慎

诚如圣谕 常书座右
先窒内批 亲署笏端

治不忘乱 下门式马
怨岂在明 脱带腰舟

出入禁闼 给事帐下
简阅衣裳 藏稿禁中

小吏为密 不哗不伐
大臣莫知 万举万全

懔驭六马 知法不犯
戏谢一缣 执节愈恭

石庆数马 括囊无咎
赵禹绝宾 思患预防

醉亦熟视 小吏抗礼
去终不言 家人莫知

陈宠周密 刻鹄成鹜
李秉清勤 拥炉画灰

不作木枕 并车揽辔
当佩银符 撤钩拥帘

不近宫女 惊拜殿下
出见堂皇 直入禁中

13. 公平

孺子分肉 虎贲夺剑
良将投醪 荆人遗弓

终不判署 降阶劝酒
岂复关怀 犯跸罚金

大小咸便 不受请谒
毫发无私 甚著声称

子乃宽过 称仇立子
人莫干私 选德进贤

奉职死节 独荐处厚
论法决疑 皆喜少卿

无偏无党 赏分麾下
不激不随 赐置军门

吾为宰相 三国各处
子皆奴才 一儿往督

迎门见母 一瓜必共
为官择人 尺布无私

不私亲戚 毁家纾国
惟忧国家 撤棘开门

熏香荀令 锦衣骢马
傅粉何郎 棕笠绮裘

长裾广袖 好治容服
改席易衣 善持音仪

14. 修整

整风俗 不过则
摄威仪 无惰容

善自标置 迟行缓步
俨如老成 仰首翘身

谢安自况 风韵都似
张旭当年 足武相衔

衣冠鲜丽 必为方伯
眉目清扬 不减古人

须眉如画 进退闲雅
明秀若神 吐纳风流

失烈门子 玉柄麈尾
木华黎儿 紫罗香囊

风神如许 甚有容状
容止可观 故益鲜明

垂鞭按辔 王恭濯濯
傅粉施朱 魏舒堂堂

15. 宽恕

认马 隐过 面壁 薄责
让田 包荒 鼓琴 兼容

无求备
不加声

杀鹄不罪 去缨秉烛
认牛见还 覆饭登车

请召唐介 申救苏辙
不怨章惇 奖拔仲淹

污茵不斥 不受马价
唾面自干 为置牛刍

刘訏不竞 吾不忍害
宋璟莫涯 汝何处来

笑而授谍 持刍无恨
谮不愿知 取钗以偿

可别具粥 直答作脯
惟令饮醇 徐呼更衣

可共啖肉　不扬其恶
何足惜鱼　先称所长

非尔故也　覆米而去
容我择乎　负奴以归

蛛丝忽堕　乃许朝谒
牛肉密埋　未尝指挥

治去其甚　卒善田甲
依法于轻　勿疑朝恩

已解持烛　未尝有怨
毋惧遗犀　何所不容

知不加责　不见涯涘
误则从轻　为所包容

庶乎寡过
翕然太和

16. 勤劳

匪懈　尽瘁
靡监　勿休

事至十反　闻鼓惊起
夜必再巡　被甲徒行

马上得息　士同力役
日至不休　身率垦田

为示铁砚　心如天运
不离小斋　头若蓬葆

昼讲夕复　子为别食
西讨东征　弟岂冒恩

覆衣而去　大寒炙火
据案独留　盛暑篝灯

能荷堂构　分阴当惜
皆应准绳　力田为先

王播反乐　运甓斋内
班宏益恭　转漕关中

老农不及　莫不向义
圣人且然　未尝少闲

设榻以坐　箪瓢不倦
带经而锄　书算尽通

无事不理
其功可推

17. 节俭

后人莫及　惟处故院
古道难遵　尝送新衣

鱼啖二岁　享可二簋
袍衣数年　案惟三杯

诏赐宫锦　何加文子
命辍殿材　不如巨公

可师后世　悉寄天府
不知三公　并挂屏风

望风成俗　不改茅屋
治人事天　重修蔗糖

都是素士　书有千卷
不异布衣　家无百钱

裴坦家法　埋羹太守
王旦门风　曳柴夫人

夏忘设帐　周舍荻障
寒不衣裘　冯道茅庵

礼乘驽马　恶衣粝食
诗赋羔羊　虚室单床

持此安用　食并二韭
终当还官　侍惟一僮

18. 施馈

请粟　瘗鹿　羽扇
与车　载鱼　纶巾

纳书半卷　与千里马
受酒一杯　留二万钱

笥金报土　漂母馈食
貂裘采桑　骆姊分施

19. 隐逸

六逸　卖药　鹤静　啸竹
七贤　灌园　鸥闲　眠花

漱石　豹隐　四皓　灶北
枕流　鸿冥　三高　墙东

露寝　蒋径　抱瓮　逋客
窟居　苏门　鼓刀　外臣

据桐睡　橘中乐　挂瓢去
荷蓧行　壶里春　载鹤归

鹖冠子　清和客　兽不入
桑苎翁　淡荡人　鸟亦依

蚁陂渔钓　结庐北渚
蜗庐呻吟　灌园东湖

时称二逸　柴车草屩
世目三高　鬓髻布袍

买石载鹤　淮阳一老
伐薪汲泉　东南二徐

驰山猎草　巾褐山水
钓月耕云　枕带林泉

荷担入蜀　栖心天外
乘船归吴　韬面被中

欣玩水石　琴书与友
眷恋松筠　圣贤为师

依岩结宇　门栽五柳
即林成栖　庭莳七松

驱豕不顾　竹溪六逸
祝鸡有名　吴江三高

种花酿酒　山潜水杳
负琴携壶　鹤唳鸡鸣

麻衣草屦　轻世肆志
蓬户箪瓢　抱道怀真

追逐云月　坐帐无鹤
左右琴书　米桶有人

高卧北窗　杯琴毕矣
静谈秋水　丘壑过之

白鸥两岸　烟波钓叟
青莎一床　江湖散人

高谈风月　游龙隐凤
闲话农桑　化蝶翔鹍

竹中高士　山中宰相
岩下老人　洞里真人

丘园道贵　追逐云月
泉石风清　左右琴书

披裘钓泽　洗耳拭目
杖策入山　裂冕挂冠

丹崖青壁　轻世肆志
茂松清泉　抱道怀真

筑室市隐　号赐冲退
结屋城南　名锡中庸

种花酿酒　游龙隐凤
负琴携壶　化蝶翔鲲

缉叶自蔽　席松枕石
凿穴为居　骑牛带瓢

松窗蓬户　常蓄两鹤
蔬圃兰堂　时乘一驴

驱豕不顾　颍阳洗耳
祝鸡有名　箕山扇风

奕拈一子　卜筑东涧
楼筑三层　教授南山

天梳日帽　气高琼岳
春韭秋菘　志凌青云

芦花织被　豹席棕屧
松子为餐　茶灶笔床

依岩结宇　给河东酒
即林成楼　赐曲江鱼

俱游五岳　栖丘饮谷
何假百城　漱石枕流

欣玩水石　居士耐辱
眷恋松筠　园丁最闲

荷担入蜀　一举八荐
乘船归吴　五辟三徵

铲迹民伍　买石载鹤
击壤圣朝　伐薪汲泉

猿啼庭下
鹤鸣笼中

20. 风流

继谢　白纻　名士　儒雅
似张　红笺　俊人　风神

披鹤氅　彭泽令
戴纶巾　曲江公

兰亭逸韵　长裾广袖
瀛渚名流　散帻斜簪

21. 狂放

饮药　必也　人瑞　进取
为巫　裁之　卿狂　择言

次公醒　仲长统　当独秀
箕子佯　郦食其　好自夸

独步天下　张融举袂
间气布衣　李白脱靴

殷安屈指　当归阿士
恕先效颦　不后子房

足加帝腹
手捋帝须

22. 纵逸

濯足　求酒　攫石　弄笛
晒头　载盐　哭途　吹箫

卧邻妇侧　起索便器
入桓冲车　倒着接篱

晏殊把柁　肩舆造竹
铁崖榜门　拄拐看花

直造王座　不拘小节
寄卧何斋　何用后名

车前饮卒　祢衡挝鼓
醉后挟私　谢尚弹筝

怀杯就酌　居丧饮酒
执铎挽歌　在制围棋

扬槌煅铁
拥被对壶

23. 骄傲

执币　长揖　长傲　倾枕
献俘　箕踞　失恭　移床

志自满　与婿饮　不足观
貌不庄　恃女豪　何以承

倨见长者　以大自负
唐突列侯　所识已多

豪气尚尔
傲诞若斯

24. 奢侈

琼弁　石椁　灯婢
鹬冠　锦维　烛奴

玉溺器　置水递　延清室
肉唾壶　点山灯　驾霄亭

丹楹刻桷　玉杯象箸
芸壁檀梁　峻宇雕墙

浆酒藿肉　穿钱甃径
镂簋朱弦　铺锦引泉

请缣挂树　以金为丸
剪彩为花　燃蜡代薪

胡椒八百　衣裳改制
水碓三千　伎乐冠时

盛饰厨厩　焚香车内
并精车牛　养鱼军中

25. 负债

试贷卜事　一不经意
不假免官　得毋重忧

出粟万石　女遽还直
焚券一橱　官为责偿

探帽置地　愿王偿债
乘马入堂　讼嫂负钱

亡弟相贷　计亩舆直
愚民不知　鬻女以偿

田园略尽
富贵必还

26. 机智

去诈　赠策　炙锞　献珥
若愚　握瓜　挈瓶　吞珠

五石散
千里驹

裨谌获野 魏舒出众
王霸视河 子初绝人

蜘蛛布网 据河筑垒
蛣蜣转丸 傍水作围

寿王寡二 伏奇争利
文公无双 因危为功

自为美器 心归高祖
有若成人 谋宗太公

不差升合 料敌致胜
愿比韦弦 处贵遗权

千虑一失 先封雍齿
九事皆明 雅奇陈汤

盛沙壅水 应之若响
列帜燃刍 吟而不言

增灶减灶 所图必破
匿车下车 在外而安

役物而养 复逾于父
缘理而行 可以为师

布车从骑 虎古料事
木罂渡军 再遇知兵

避火浴血 运筹帷幄
顺风鼓灰 拜笺宫门

不与子比 知命知事
无如我何 善始善终

布囊盛土 诸将鲜及
采缏缝裾 时人莫知

莫丧羊舌 入辅中国
必灭若敖 不结高门

听士纳室 不如随会
养贤猎吾 甚似王敦

自比子贡 计划立就
君即陈平 终始无端

发多奇中 张盖获矢
贵不可言 触网举铃

过人数等 有国无国
与水一般 成城倾城

27. 博物

罨盖 八剑 脉望 齐女
梦薪 三珠 驺牙 黍民

巫雀
彭侯

渍龙鲊 夔一足 恶夫印
识羱羊 范长头 项羽刀

一角兽 紫荷橐 柳箧子
五总龟 黄金蛇 刘石经

支机石 白团扇
劫烧灰 焦尾琴

千年神木 武库雉雏
五色药金 蜀中桐材

霓裳初拍 一字不失
蝌蚪两行 三箧无遗

傅昭学府 黄熊入寝
陆澄书橱 爰居止门

木曰无患 书余十简
草名忘忧 石重四钧

柯亭竹笛 四海指掌
龙穴石髓 五经纵横

乘舟弄月 止戈为武
泛酒随波 得雄者王

樽为牛象 泽神拱手
器似琵琶 山精引人

驳伏乳虎 鸡栖半露
客化老狸 盐味小生

比迹前列 著脚御览
为世通儒 幕府书橱

酒醉千日 抽篁掣扇
柴焚万车 满车充箱

墨知墨允 青州世子
黄衣黄冠 东海女郎

气蒸焦木 灌水便热
烟如焚香 积油必燃

人械一足 得鼠如豹
士戴髦头 有羊名龙

一翁缘柱 骨传海马
三豕渡河 角有羚羊

两双玉笋 残獐一脚
数寸玉人 白麟五蹄

地得铜匣
物若油囊

28. 赠答

书尺牍　三道印　青玉案
折疏麻　一封书　金错刀

五云体　衡阳雁　赠缟带
一枝春　北枝梅　投木瓜

把珠怀玉　江头春草
过雁来鱼　陇首寒梅

仙人丸药　柏台增肃
刘公纸书　竹简抒诚

贶遗双鲤
报之七襄

29. 言志

掷版　不夺　运甓　割席
弃繻　无时　请缨　弃觚

千里　言足
四方　隐求

建豹尾　磨铁砚　三自反
垂汗青　击唾壶　五不欺

焉知鸿鹄　闻鸡起舞
下从斗筲　破浪乘风

果乘驷马　梦寝夜卜
终拥使车　妻子昼观

翻桓典马
著祖生鞭

30. 游侠

白刃　燕市　驰骛　喜剑
赤丸　夷门　椎埋　窃符

争死　享案
送丧　卧床

居柳市　已然诺　杜陵北
横颍川　喜纵横　渭桥西

三辅恶少　背公死党
六国罪人　咸分遗身

五陵年少　求名杀吏
幽并男儿　贾勇报仇

黄金不易　轻死重气
白刃相仇　结党连群

31. 报恩

不望报　国士报　龟顾印
无人宫　绨袍恩　雀衔环

城南餫饭　哭止宿草
坂头义浆　祠设上宾

王恺绣被　领蚁穴狱
周婢环金　蹑龟渡江

谢荐不义　蛤蟆救溺
议刑非私　白鸟援雷

姚父护穽　身侔蝉翼
李母遗金　死轻鸿毛

猛兽致鹿　犬马微力
渊客泣珠　乌鸟私情

32. 报仇

快意　填海　尝胆
甘心　涉河　见旗

修旧怨
反恶声

孝直愬帝　仁轻侮法
羌岵诉天　孝不忘亲

斩霸陵尉　来丹求剑
获魏齐头　聂政鼓琴

惟思旧怨　子无忘孝
不忘袭仇　人有所惩

超之棺压　韩暨擒茂
彭生豕啼　龚壮讨期

白日见刺　吐业射草
狂疾常呼　桓温枕戈

林子屠预　斩仇获宥
宋越刺蛮　报父见原

马皮卷女　尧佐烹鳄
大鸱攫鬓　信陵捕鹞

灭儒族姓　鲁人刳腹
食曾肺肝　魏汤断头

（五）命遇

1. 老寿

松寿　难老　马齿　永寿
鹤年　长生　龟龄　大齐

耄矣　三祝　绿鬓　堕履
皤然　九如　朱颜　避车

鹤发　上齿　善饭　雪发
鸡皮　减年　安车　霜颜

永锡　三赦　留枕　跃马
有终　二毛　浣裙　跨鞍

不倦　皓发　巑景　杖钺
弥勤　华颠　榆年　书屏

启蒙　方娶　白发　赐杖
知非　迟归　荣名　斫轮

则席　养国　旬满　致仕
悬车　杖乡　年登　封王

致膳　行洁　黄耇　纳训
常珍　眼方　冻梨　传经

凌雪　就见
移山　倦勤

会夹谷　赴幕府　为常伯
贬潮阳　造僧庐　建大功

学弥笃　拖绿玉　赢偏健
诗始工　诵黄庭　古更稀

犹耽酒　得上寿　无下拜
转爱书　享遐年　不提携

操几杖　种寿泉　真率会
给韦袍　却老霜　耆英堂

赐几杖　师绛县　好坟典
乘安车　过周文　罢春秋

贵德尚齿　目如浊镜
深计远谋　皮似班梨

从衰得白　进取弥锐
引户校年　精神不衰

卫武纳训　东王仙籍
伏生传经　南极天星

身聚五福　廉颇遗矢
天崇百龄　高允堕车

李峤龟息　犹知管任
裴度龙钟　不复事人

发将种种　乔林耳聩
心既谆谆　钱朗颜童

音吐鸿畅　心情多少
年力康强　志气奋扬

算得空槨　伯始练事
梦讲东堂　公度摄生

矣苍饮乳　窦公恒乐
廖氏饵丹　罗侯不衰

项庄进爵　举觞相属
吕后反卮　酌斗以祈

武伯为祝　为此春酒
淳于奉觞　称彼兕觥

2. 疾病

啮被　神祟　丧志　麋痁
去琴　气淫　积忧　割瘿

革矢　消渴　伪疾　美疹
霍然　不瘳　佯狂　沉疴

绵惙　伏枕　灼艾
康宁　病床　剪须

除心腹　露其体
中膏肓　愆厥身

杯中蛇影　大渐惟几
床下蚁声　日臻弥留

展转伏枕　盛疠不去
盘散行汲　大札移人

执将枯水
临不测渊

3. 死丧

不讳　短折　梦枣　筛豆
云亡　夭昏　倚槐　败兰

薤露　舟壑　大梦
风烛　夜台　浮生

川阅水　梁木坏　神往矣
海扬尘　泰山颓　归休乎

论大衍　梦黄罴　玉鱼浮
书白驹　见白鸡　甲马声

登鬼录　文星坠
填沟渠　玉楼成

大命陨坠　月蚀东璧
形体独成　星流营中

星陨寝室　溪流泛涨
鹏止坐隅　雷电晦暝

拆武担石　灶突风起
涸太液池　炊釜雷鸣

刺史具鲙　谚传冰稼
节度馈羊　诗定破瓜

水穷天尽　春风独步
雪压云穿　历日无多

寿非金石
时有短长

4. 富

润屋　钱井　祖白　金穴
藩身　金沟　称朱　铜山

宝精　犀犬　制锁　宝井
财雄　玉豚　传钩　银槽

怨府　足谷　窖粟　欲纵
通人　多田　载金　行妨

丹穴
素封

比千乘　结富贵　服文采
盖一州　买娉婷　食膏粱

阁称珠玉　珊瑚列库
谷量马牛　火齐堆盘

闭门成市　辎车千乘
积财如山　僮客万人

称量珠玉　史称陶白
计算帛金　汉著程罗

拟于公室　床为玳瑁
比之邦君　窗有珊瑚

北路南路　连车列骑
黄衣白衣　藏新食陈

黄紫标库　吐金满釜
泾渭溉田　树榆成篱

当畜五牸　蹑皆珠履
愿足百羊　弹以金丸

曰安曰富　不过百乘
谓灾谓殃　三致千金

后自能得　不待委积
此安可加　欲为系援

王清买乘
元宝视龙

5. 贵

拾芥　拖玉　象笏　乌署
拔茅　鸣珂　锡簪　貂冠

金紫　分虎　鸡省　望气
银黄　附蝉　凤池　吞花

绾玉　三入　天授
珥貂　九迁　帝师

比喉舌　桂折一　升仙籍
为爪牙　杨穿三　思荣班

践台斗　鸣珂里　垂三组
列星躔　衣锦营　佩六印

观阁弥亘　明安骑杖
廒第相望　休征佩刀

坐中全别　隔屏以坐
仗下不常　缘江而呼

在前在后　族上见烛
何愧何嫌　月中有花

鱼须在手 起为霖雨
虹玉横腰 退象天仙

佩含玉漏 一门三后
毫染炉烟 六代九公

历事五帝 炊金馔玉
复作三公 拖紫纡青

充盈幄内 八叶宰相
震耀洛滨 三世国师

金花四壁 不以姓著
朱轮十人 未尝名呼

五侯周氏 晋比王谢
三相张家 汉惟金张

身离席帽 五枝丹桂
名覆金瓯 八座文昌

五张列戟 门施行马
三鲍乘骢 项有伏龙

名闻天下 郭樊阴马
位极人臣 顾陆朱张

难比他职 时去两凤
当知此官 世称六龙

安知狱吏 鹓班视日
难任丞郎 杏园探花

四世太尉
三叶郎中

6. 贫穷

非病 茅屋 缾罄 知命
固穷 石田 囊空 乐天

蜗庐 蓬室 茅宅 吞纸
牛衣 棘庭 蒿床 卖文

运谷 荜户 烹犬 采梠
然糠 蓬庐 宿藁 纬萧

昼佣 卖卜 运谷 厚报
夜耕 佣书 然糠 拙谋

斫屩
织帘

寒至此 逐贫赋 貂裘弊
陋如何 送穷文 鹑衣悬

给马磨 书千卷 未举火
泣牛衣 水一瓢 不制衣

非力不食 琴歌自乐
居常待终 钱服相周

封四百户 见辱友婿
赐十万钱 为哀王孙

景略鬻畚 牵船作屋
少游典衣 编草为裳

床嗟金尽 袁门拥雪
囊诉钱空 郑榻无氈

莺花不弃 无鱼弹铗
鼠穴无依 乞食吹箫

三旬九食 书取柿叶
二日一餐 衣得羊裘

卷褥质酒 李恂拾橡
然叶照书 步骘种瓜

载酒从学 卖犬办嫁
剪发易书 敛钱为婚

牧豕海上 折蒲当纸
种瓜城东 映月代灯

蔽前掩后 乞食以葬
计口度身 带经而耕

昼樵夜读 家无正寝
春韭夏菘 食不盈肠

鱼头穷鸟 室如悬磬
河上枯枝 地无立锥

义不独饱 覆无一瓦
意将何求 窍如七星

钱何见怪 吾亲未享
绵乃生悲 此子屡空

饥惟曼倩 划雪相访
寒有西华 怀书自随

共处蓬室 衣穿到溉
合买犊车 裘敝苏秦

犹有一剑 拜官得禄
不过十金 随师无粮

卷褥质酒 徒有四壁
然叶照书 不满万钱

磨镜以给
鬻马而归

7. 低贱

负铍 涤器
吹箫 操舟

卖履刘裕 东山狗斗
结袜释之 南园犬嗥

尚书由窦　赁舂居庑
公子引车　髡钳为奴

以为君子　织屦以给
此皆圣人　屠狗为生

不觉屈膝　苍头称异
乃欲伸眉　漆工见奇

少依李让　狸乳鹳覆
幼卖刘糕　狗盗鸡鸣

饭牛车下　执龠秉翟
牧豕泽中　屠牛盗驴

敬儿担水　尝黥作卒
魏勃扫门　但乞为奴

赵岐卖饼
灌婴贩缯

十八、其他

1. 颜色对

姹紫　樊素　鸡白　写翠
嫣红　樵青　蟹黄　涂黄

飞白　寒碧　唾碧　橘绿
破黄　暖红　啼红　橙黄

黄落　绿酒　采绿　绿意
白藏　红盐　题红　红情

催白　红友　黄妳　碧藕
借红　黄娇　黑甜　红蕉

黄耇　黄道　白屋　青女
白民　紫虚　青门　黄姑

修白　红瘦　缀绿
高青　绿肥　传黄

天然白　嫣嫣紫　鱼尾赤
分外青　楚楚青　鸭头青

熊肋白　丹丘子　春湖碧
鹤顶红　黄石公　晓岫青

炊菰白　黄金勒　红琐碎
擘蟹黄　白玉鞍　碧徘徊

红粉席　沿堤白　浮青阁
绿纱窗　隔岸红　醉白堂

红藤席　白莲社　红粉坠
绿绮琴　黄叶村　碧烟团

黄金屋　红牙板　将绿绕
白玉堂　白玉箫　送青来

红珠帐　欣欣绿　白云舍
白玉床　寂寂红　红雨村

红颜酒　红螺盏
黑鬓龚　白兽樽

素以为绚　飞黄妒白
青出于蓝　艳紫凌朱

酒停春绿　抽黄对白
花倦午红　较绿量红

绿槐学士　青钱学士
红杏尚书　白蜡明经

2. 数目对

二宋　七穆　十乱　九舜
三苏　三桓　三仁　十尧

六逸 三畏 三叠 十雨
七贤 九思 六么 五风

七政 咸五 三法 九奏
五辰 登三 六廉 三成

三雅 六草 五戊 一钵
五经 万言 三庚 三衣

一蓑 五柳 四四 巨万
两屐 三茅 三三 大千

茶三沸 三隅反 千径雪
酒一均 一篑亏 一段云

三生石 三三径 红一尺
五色莲 九九图 翠千寻

三寸舌 千金报 三重酿
九回肠 一饭恩 一掬春

二气合 三寸泽 三摩地
三阶平 十分春 七宝池

三五月 千金子 奄九有
百千灯 万石君 奉三无

三空室 千家钵 一泓墨
四大床 一指禅 半篆香

三篙水 一派水 三通角
十里楼 半房山 一点旗

十字水 八滩雪 百影树
两船花 一条冰 万春楼

双钩帖 千峰雨 一鸠雨
百衲琴 万壑春 双燕风

天一握 三条烛 三乘鹤
日三竿 一寸灰 五字诗

金钗十二 惟金三品
珠履三千 越玉五重

滕六降雪 八重七色
巽二起风 十影九形

三千劫数 十年三赋
十二因缘 一日百函

献千金鉴 三千世界
称万寿觥 百亿金身

一人有庆 三宅三俊
万寿无疆 五惇五庸

三屋三井 春宫六十
十亭十乡 曲礼三千

三仕三已
一行一藏

升聚而上　物与无妄
渐进有功　致贵有恒

八方大有　坤马行地
六合同人　乾龙御天

华胥已泰　晋明出地
间阎可观　离照当空

3. 卦名对

出震　乾断　敷复　兑雨
乘乾　离明　养蒙　巽风

鳞萃　贲玉　风涣　井井
羽丰　临珠　雷随　谦谦

离照　白贲　泰运　剥果
乾威　黄离　丰功　蒙泉

刚夬　视履　解雨　蹇蹇
柔谦　观颐　需云　师师

井养　洽比　涣汗　玉困
鼎调　和恒　革心　珠离

益圣　鸿渐　九坎
革凡　龙升　二咸

侔大壮　阴阳泰　九园泰
法中孚　寒暑离　万国临

百禄萃　风水涣　寰区泰
万福临　云雷屯　年谷丰

鼎有实　乾符握
井不穷　巽命申

4. 干支对

紫乙　卯酒　甲帐　菜甲
仓庚　午茶　丁帘　芦丁

太乙　丙鼎　知己　乙夜
长庚　辛盘　识丁　庚晨

甲舍　癸女　子谷　午市
辛田　丁男　辰瓜　辰墟

子舍　上巳　未石　酉洞
寅窗　良辰　午桥　辰溪

亥陛　辰日　子细　亥豕
寅阶　午云　辛勤　庚鱼

丁鹤　玉甲　二酉　赤甲
丙鱼　银丁　五丁　黑丁

燕乙　申伯　子野　子柳
虹申　巳公　丁潭　庚桑

丁零玉　门书午　伯申鼎
亥既珠　水画丁　父乙尊

佛甲草　子午谷　推甲子
盗庚花　丁卯桥　守庚申

雪应亥　丁东院　甲乙集
风来寅　甲仗楼　庚辛经

中辰酒　春申浦　峰午午
上巳诗　西子湖　石庚庚

主测卯　同寅署　茶攒甲
斗指寅　屈戌窗　茵簇丁

茶翻午碗　元辰秉耒
酒醉辰杯　小卯催耕

当其未面　丁娘度曲
借以申心　甲父焚香

呼庚有谷　波恬丙穴
去乙无鱼　浪涨丁沽

赤甲吹稻
红丁饷茶

5. 姓名人物对

燕燕　访戴　颠米　说项
莺莺　咏陶　迂陶　依刘

张翰鲙　贾岛佛　刘生户
陆机莼　李膺仙　董子帷

滕王阁　祢衡鼓　长史帖
庾令楼　子晋笙　右军书

赵衰日　渐离筑　孙子将
傅说霖　师旷琴　岳家军

元亮径　何郎粉　香案吏
子陵台　荀令香　玉局仙

如来钵　文通径　渊明宅
太乙炉　仲蔚庐　逸少池

刘伶醉　骚人佩　支遁鹤
毕卓眠　季子裘　右军鹅

麻姑爪　徐偃笔　陈蕃榻
湘娥鬟　薛涛笺　庾信园

张仪口　康成婢　张绪柳
贾谊心　颖士奴　杜陵花

金铸范蠡　青衫司马
丝绣平原　红杏尚书

相如入室　嵇康志气
贾谊升堂　卫玠丰神

世南五绝 王清酒谱
司马三长 陆羽茶经

谢娥坠翠 八砖学士
西子遗香 七字舍人

方外司马 熏炉御史
江东步兵 执戟郎官

披香博士 七松居士
待诏先生 五柳先生

大梅和尚
小李将军

6. 虚字对

兰若 绝不 欸乃 不落
杜于 奚如 相宜 将离

鸟尾 占毕 叱拨 吉了
鸡斯 伊吾 之而 意而

吉了 取次 无那 莫莫
佳其 相于 所于 于于

金屑 文了 贺若 特乃
木难 懒残 巨然 夫不

允矣 云若 端似 恰似
宜哉 曰何 浑如 匹如

只合 若乃 尔乃 徒尔
何因 尔其 谁教 偶然

只道 岂不 所以 敢有
何居 宜然 何之 分无

莫须有 徒为尔 今如此
将无同 奈之何 独在兹

是所是 真如此 难已矣
云亦云 却未然 独何欤

簪鬓好 随年游 今似昨
折腰非 举目非 是耶非

千般活 千丈落 烟云共
一味皆 满地皆 草木俱

三宵迥 邀尚未 传蜡未
一瞥才 方见才 卖饧刚

香住久 熊鹿共 窟名富
月来刚 犬羊犹 房赋阿

吟宛在 人何在 名空在
赋温其 事已非 梦亦无

吾过矣 分明是
子知乎 毕竟无

良有以也　吾知免矣
亶其然乎　子盍图之

而独若是　念不到此
何以尚兹　事有固然

故当胜耳　苟可得已
庸知愈乎　曷其奈何

物犹如此　尔心启乃
人亦宜然　吾道询于

惟精执厥
大衍虚其

附录

一、笠翁对韵

［清］李渔

一东

天对地，雨对风。大陆对长空。山花对海树，赤日对苍穹。雷隐隐，雾蒙蒙。日下对天中。风高秋月白，雨霁晚霞红。牛女二星河左右，参商两曜斗西东。十月塞边，飒飒寒霜惊戍旅；三冬江上，漫漫朔雪冷渔翁。

河对汉，绿对红。雨伯对雷公。烟楼对雪洞，月殿对天宫。云叆叇，日曈曚。蜡屐对渔篷。过天星似箭，吐魄月如弓。驿旅客逢梅子雨，池亭人挹藕花风。茅店村前，皓月坠林鸡唱韵；板桥路上，青霜锁道马行踪。

山对海，华对嵩。四岳对三公。宫花对禁柳，塞雁对江龙。清暑殿，广寒宫。拾翠对题红。庄周梦化蝶，吕望兆飞熊。北牖当风停夏扇，南帘曝日省冬烘。鹤舞楼头，玉笛弄残仙子月；凤翔台上，紫箫吹断美人风。

二冬

晨对午，夏对冬。下饷对高舂。青春对白昼，古柏对苍松。垂钓客，荷锄翁。仙鹤对神龙。凤冠珠闪烁，螭带玉玲珑。三元及第才千顷，一品当朝禄万钟。花萼楼间，仙李盘根调国脉；沉香亭畔，娇杨擅宠起边风。

清对淡，薄对浓。暮鼓对晨钟。山茶对石菊，烟锁对云封。金菡萏，玉芙蓉。绿绮对青锋。早汤先宿酒，晚食继朝饔。唐库金钱能化蝶，延津宝剑会成龙。巫峡浪传，云雨荒唐神女庙；岱宗遥望，儿孙罗列丈人峰。

繁对简，叠对重。意懒对心慵。仙翁对释伴，道范对儒宗。花灼灼，草茸茸。浪蝶对狂蜂。数竿君子竹，五树大夫松。高皇灭项凭三杰，虞帝承尧殛四凶。内苑佳人，满地风光愁不尽；边关过客，连天烟草憾无穷。

三江

奇对偶，只对双。大海对长江。金盘对玉盏，宝烛对银釭。朱漆槛，碧纱窗。舞调对歌腔。兴汉推马武，谏夏著龙逄。四收列国群王伏，三筑高城众敌降。跨凤登台，潇洒仙姬秦弄玉；斩蛇当道，英雄天子汉刘邦。

颜对貌，像对庞。步辇对徒杠。停针对搁笔，意懒对心降。灯闪闪，月幢幢。揽辔对飞艭。柳堤驰骏马，花院吠村尨。酒量微酡琼杏颊，香尘没印玉莲踪。诗写丹枫，韩女幽怀流御水；泪弹斑竹，舜妃遗憾积湘江。

四支

泉对石，干对枝。吹竹对弹丝。山亭对水榭，鹦鹉对鸬鹚。五色笔，十香词。泼墨对传卮。神奇韩幹画，雄浑李陵诗。几处花街新夺锦，有人香径淡凝脂。万里烽烟，战士边关争保塞；一犁膏雨，农夫村外尽乘时。

菹对醢，赋对诗。点漆对描脂。瑶簪对珠履，剑客对琴师。沽酒价，买山资。国色对仙姿。晚霞明似锦，春雨细如丝。柳畔长堤千万树，花横野寺两三枝。紫盖黄旗，天象预占江左地；青袍白马，童谣终应寿阳儿。

箴对赞，缶对卮。萤焰对蚕丝。轻裾对长袖，瑞草对灵芝。流涕策，断肠诗。喉舌对腰肢。云中熊虎将，天上凤皇儿。禹庙千年垂橘柚，尧阶三尺覆茅茨。湘竹含烟，腰下轻纱笼玳瑁；海棠经雨，脸边清泪湿胭脂。

争对让，望对思。野葛对山栀。仙风对道骨，天造对人为。专诸剑，博浪椎。经纬对干支。位尊民物主，德重帝王师。望切不妨人去远，心忙无奈马行迟。金屋闭来，赋乞茂林题柱笔；玉楼成后，记须昌谷负囊词。

五微

贤对圣，是对非。觉奥对参微。鱼书对雁字，草舍对柴扉。鸡晓唱，雉朝飞。红瘦对绿肥。举杯邀月饮，骑马踏花归。黄盖能成赤壁捷，陈平善解白登危。太白书堂，瀑泉垂地三千丈；孔明祀庙，老柏参天四十围。

戈对甲，幄对帷。荡荡对巍巍。严滩对邵圃，靖菊对夷薇。占鸿渐，采凤飞。虎榜对龙旗。心中罗锦绣，口内吐珠玑。宽宏豁达高皇量，叱咤喑哑霸王威。灭项兴刘，狡兔尽时走狗死；连吴拒魏，貔貅屯处卧龙归。

衰对盛，密对稀。祭服对朝衣。鸡窗对雁塔，秋榜对春闱。乌衣巷，燕子矶。久别对初归。天姿真窈窕，圣德实光辉。蟠桃紫阙来金母，岭荔红尘进玉妃。灞上军营，亚父愤心撞玉斗；长安酒市，谪仙狂兴典银龟。

六鱼

羹对饭，柳对榆。短袖对长裾。鸡冠对凤尾，芍药对芙蕖。周有若，汉相如。王屋对匡庐。月明山寺远，风细水亭虚。壮士腰间三尺剑，男儿腹内五车书。疏影暗香，和靖孤山梅蕊放；轻阴清昼，渊明旧宅柳条舒。

吾对汝，尔对余。选授对升除。书箱对药柜，耒耜对耰锄。参虽鲁，回不愚。阀阅对阎闾。诸侯千乘国，命妇七香车。穿云采药闻仙犬，踏雪寻梅策蹇驴。玉兔金乌，二气精灵为日月；洛龟河马，五行生克在图书。

欹对正，密对疏。囊橐对苞苴。罗浮对壶峤，水曲对山纡。骖鹤驾，待鸾舆。桀溺对长沮。捕虎卞庄子，当熊冯婕妤。南阳高士吟梁父，西蜀才人赋子虚。三径风光，白石黄花供杖履；五湖烟景，青山绿水在樵渔。

七虞

红对白，有对无。布谷对提壶。毛锥对羽扇，天阙对皇都。谢蝴蝶，郑鹧鸪。蹈海对归湖。花肥春雨润，竹瘦晚风疏。麦饭豆糜终创汉，莼羹鲈脍竟归吴。琴调轻弹，杨柳月中潜去听；酒旗斜挂，杏花村里共来沽。

罗对绮，茗对蔬。柏秀对松枯。中元对上巳，返璧对还珠。云梦泽，洞庭湖。玉烛对冰壶。苍头犀角带，绿鬓象牙梳。松阴白鹤声相应，镜里青鸾影不孤。竹户半开，对牖未知人在否；柴门深闭，停车还有客来无。

宾对主，婢对奴。宝鸭对金凫。升堂对入室，鼓瑟对投壶。觇合璧，颂连珠。提瓮对当垆。仰高红日近，望远白云孤。歆向秘书窥二酉，机云芳誉动三吴。祖饯三杯，老去常斟花下酒；荒田五亩，归来独荷月中锄。

君对父，魏对吴。北岳对西湖。菜蔬对茶饭，苣胜对菖蒲。梅花数，竹叶符。廷议对山呼。两都班固赋，八阵孔明图。田庆紫荆堂下萎，王裒青柏墓前枯。出塞中郎，羝有乳时归汉室；质秦太子，马生角日返燕都。

八齐

鸾对凤，犬对鸡。塞北对关西。长生对益智，老幼对旄倪。颁竹策，剪桐圭。剥枣对蒸梨。绵腰如弱柳，嫩手似柔荑。狡兔能穿三穴隐，鷦鹩权借一枝栖。角里先生，策杖垂绅扶少主；於陵仲子，辟纑织履赖贤妻。

鸣对吠，泛对栖。燕语对莺啼。珊瑚对玛瑙，琥珀对玻璃。绛县老，伯州犁。测蠡对燃犀。榆槐堪作荫，桃李自成蹊。投巫救女西门豹，赁浣逢妻百里奚。阙里门墙，陋巷规模原不陋；隋堤基址，迷楼踪迹亦全迷。

越对赵，楚对齐。柳岸对桃溪。纱窗对绣户，画阁对香闺。修月斧，上天梯。蝃蝀对虹霓。行乐游春圃，工谀病夏畦。李广不封空射虎，魏明得立为存麑。按辔徐行，细柳功成劳王敬；闻声悄卧，临泾名震止儿啼。

九佳

门对户，陌对街。枝叶对根荄。斗鸡对挥麈，凤髻对鸾钗。登楚岫，渡秦淮。子犯对夫差。石鼎龙头缩，银筝雁翅排。百年诗礼延馀庆，万里风云入壮怀。莫辨名伦，死矣野哉悲季路；不由径窦，生乎愚也有高柴。

冠对履，袜对鞋。海角对天涯。鸡人对虎旅，六市对三街。陈俎豆，戏堆埋。皎皎对皑皑。贤相聚东阁，良朋集小斋。梦里山川书越绝，枕边风月记齐谐。三径萧疏，彭泽高风怡五柳；六朝华贵，琅琊佳气毓三槐。

勤对俭，巧对乖。水榭对山斋。冰桃对雪藕，漏箭对更牌。寒翠袖，贵荆钗。慷慨对诙谐。竹径风声籁，花蹊月影筛。携囊佳韵随时贮，荷锸沉酣到处埋。江海孤踪，云浪风涛惊旅梦；乡关万里，烟峦云树切归怀。

杞对梓，桧对楷。水泊对山崖。舞裙对歌袖，玉陛对瑶阶。风入袂，月盈怀。虎兕对狼豺。马融堂上帐，羊侃水中斋。北面黉宫宜释菜，东巡岱畤定燔柴。锦缆春江，横笛洞箫随碧落；华灯夜月，遗簪堕翠遍香街。

十灰

春对夏，喜对哀。大手对长才。风清对月朗，地阔对天开。游阆苑，醉蓬莱。七政对三台。青龙壶老杖，白燕玉人钗。香风十里望仙阁，明月一天思子台。玉橘冰桃，王母几因求道降；莲舟藜杖，真人原为读书来。

朝对暮，去对来。庶矣对康哉。马肝对鸡肋，杏眼对桃腮。佳兴适，好怀开。朔雪对春雷。云移鳷鹊观，日丽凤凰台。河边淑气迎芳草，林下轻风待落梅。柳媚花明，燕语莺声浑是笑；松号柏舞，猿啼鹤唳总成哀。

忠对信，博对赅。忖度对疑猜。香消对烛暗，鹊喜对蛩哀。金花报，玉镜台。倒斝对衔杯。岩巅横老树，石磴覆苍苔。雪满山中高士卧，月明林下美人来。绿柳沿堤，皆因苏子来时种；碧桃满观，尽是刘郎去后栽。

十一真

莲对菊，凤对麟。浊富对清贫。渔庄对佛舍，松盖对花茵。萝月叟，葛天民。国宝对家珍。草迎金埒马，花醉玉楼人。巢燕三春尝唤友，塞鸿八月始来宾。古往今来，谁见泰山曾作砺；天长地久，人传沧海几扬尘。

兄对弟，吏对民。父子对君臣。勾丁对补甲，赴卯对同寅。折桂客，簪花人。四皓对三仁。王乔云外舄，郭泰雨中巾。人交好友求三益，士有贤妻备五伦。文教南宣，武帝平蛮开百越；义旗西指，韩侯扶汉卷三秦。

申对午，侃对訚。阿魏对茵陈。楚兰对湘芷，碧柳对青筠。花馥馥，叶蓁蓁。粉颈对朱唇。曹公奸似鬼，尧帝智如神。南阮才郎羞北富，东邻丑女效西颦。色艳北堂，草号忘忧忧甚事；香浓南国，花名含笑笑何人。

十二文

忧对喜，戚对欣。二典对三坟。佛经对仙语，夏耨对春耘。烹早韭，剪春芹。暮雨对朝云。竹间斜白接，花下醉红裙。掌握灵符五岳箓，腰悬宝剑七星纹。金锁未开，上相趋听宫漏永；珠帘乍卷，群僚仰对御炉熏。

词对赋，懒对勤。类聚对群分。鸾箫对凤笛，带草对香芸。燕许笔，韩柳文。旧话对新闻。赫赫周南仲，翩翩晋右军。六国说成苏子业，两京收复郭公勋。汉阙陈书，侃侃忠言推贾谊；唐廷对策，岩岩直谏有刘蕡。

言对笑，绩对勋。鹿豕对羊羵。星冠对月扇，把袂对书裙。汤事葛，说兴殷。萝月对松云。西池青鸟使，北塞黑鸦军。文武成康为一代，魏吴蜀汉定三分。桂苑秋宵，明月三杯邀曲客；松亭夏日，薰风一曲奏桐君。

十三元

卑对长，季对昆。永巷对长门。山亭对水阁，旅舍对军屯。杨子渡，谢公墩。德重对年尊。承乾对出震，习坎对重坤。志士报君思犬马，仁王养老察鸡豚。远水平沙，有客泛舟桃叶渡；斜风细雨，何人携榼杏花村。

君对相，祖对孙。夕照对朝暾。兰台对桂殿，海岛对山村。碑堕泪，赋招魂。报怨对怀恩。陵埋金吐气，田种玉生根。相府珠帘垂白昼，边城画角动黄昏。枫叶半山，秋去烟霞堪倚杖；梨花满地，夜来风雨不开门。

十四寒

家对国，治对安。地主对天官。坎男对离女，周诰对殷盘。三三暖，九九寒。杜撰对包弹。古壁蛩声匝，闲亭鹤影单。燕出帘边春寂寂，莺闻枕上漏珊珊。池柳烟飘，日夕郎归青锁闼；砌花雨过，月明人倚玉栏干。

肥对瘦，窄对宽。黄犬对青鸾。指环对腰带，洗钵对投竿。诛佞剑，进贤冠。画栋对雕栏。双垂白玉箸，九转紫金丹。陕右棠高怀召伯，河南花满忆潘安。陌上芳春，弱柳当风披彩线；池中清晓，碧荷承露捧珠盘。

行对卧，听对看。鹿洞对渔滩。蛟腾对豹变，虎踞对龙蟠。风凛凛，雪漫漫。手辣对心酸。莺莺对燕燕，小小对端端。蓝水远从千涧落，玉山高并两峰寒。至圣不凡，嬉戏六龄陈俎豆；老莱大孝，承欢七秩舞斑斓。

十五删

林对坞，岭对湾。昼永对春闲。谋深对望重，任大对投艰。裙袅袅，佩珊珊。守塞对当关。密云千里合，新月一钩弯。叔宝君臣皆纵逸，重华父母是嚚顽。名动帝畿，西蜀三苏来日下；壮游京洛，东吴二陆起云间。

骄对傲，吝对悭。讨逆对平蛮。忠肝对义胆，雾鬓对云鬟。埋笔冢，烂柯山。月貌对天颜。龙潜终得跃，鸟倦亦知还。陇树飞来鹦鹉绿，湘筠密处鹧鸪斑。秋露横江，苏子月明游赤壁；冻云迷岭，韩公雪拥过蓝关。

一先

寒对暑，日对年。蹴鞠对鞦韆。丹山对碧水，淡雨对轻烟。歌宛转，貌婵娟。雪赋对云笺。荒芦栖南雁，疏柳噪秋蝉。洗耳尚逢高士笑，折腰肯受小儿怜。郭泰泛舟，折角半垂梅子雨；山涛骑马，接篱倒着杏花天。

轻对重，脆对坚。碧玉对青钱。郊寒对岛瘦，酒圣对诗仙。依玉树，步金莲。凿井对耕田。杜甫清宵立，边韶白昼眠。豪饮客吞杯底月，酣游人醉水中天。斗草青郊，几行宝马嘶金勒；看花紫陌，千里香车拥翠钿。

吟对咏，授对传。乐矣对凄然。风鹏对雪雁，董杏对周莲。春九十，岁三千。钟鼓对管弦。入山逢宰相，无事即神仙。霞映武陵桃淡淡，烟荒隋堤柳绵绵。七碗月团，啜罢清风生腋下；三杯云液，饮余红雨晕腮边。

中对外，后对先。树下对花前。玉柱对金屋，叠嶂对平川。孙子策，祖生鞭。盛席对华筵。醉解知茶力，愁消识酒权。彩剪芰荷开东沼，锦妆凫雁泛温泉。帝女衔石，海中遗魄为精卫；蜀王叫月，枝上游魂化杜鹃。

二萧

琴对管，釜对瓢。水怪对花妖。秋声对春色，白缣对红绡。臣五代，事三朝。斗柄对弓腰。醉客歌金缕，佳人吹玉箫。风定落花闲不扫，霜馀残叶湿难烧。千载兴周，尚父一竿投渭水；百年霸越，钱王万弩射江潮。

荣对悴，夕对朝。露地对云霄。商彝对周鼎，殷濩对虞韶。樊素口，小蛮腰。六诏对三苗。朝天车奕奕，出塞马萧萧。公子幽兰重泛舸，王孙芳草正联镳。潘岳高怀，曾向秋天吟蟋蟀；王维清兴，尝于雪夜画芭蕉。

耕对读，牧对樵。琥珀对琼瑶。兔毫对鸿爪，桂楫对兰桡。鱼贯柳，鹿藏蕉。水远对山遥。湘灵能鼓瑟，嬴女解吹箫。雪点寒梅横小院，风吹弱柳覆平桥。月牖通宵，绛蜡罢时光不减；风帘当昼，雕盘停后篆难消。

三肴

诗对礼，卦对爻。燕引对莺捎。晨钟对暮鼓，野蔌对山肴。雉方乳，鹊始巢。猛虎对神獒。疏星浮荇叶，皓月上松梢。为邦自古推瑚琏，从政于今愧斗筲。管鲍相知，能交忘形胶漆友；蔺廉有隙，终为刎颈死生交。

歌对舞，笑对嘲。耳语对神交。焉乌对亥豕，獭髓对鸾胶。宜久敬，莫轻抛。一气对同胞。祭遵甘布被，张禄恋绨袍。花径风来逢客访，柴扉月到有僧敲。夜雨园中，一颗不凋王子柰；秋风江上，三重曾卷杜公茅。

衙对舍，廪对庖。玉磬对金铙。竹林对梅岭，起凤对腾蛟。鲛绡帐，兽锦袍。露叶对风梢。扬州输橘柚，荆土贡菁茅。断蛇埋地称孙叔，渡蚁作桥识宋郊。好梦难成，蛩响阶前偏唧唧；良朋远圣，鸡声窗外正嘐嘐。

四豪

茭对茨，荻对蒿。山麓对江皋。莺簧对蝶板，麦浪对松涛。骐骥足，凤凰毛。美誉对嘉褒。文人窥蠹简，学士书兔毫。马援南征载薏苡，张骞西使进葡萄。辩口悬河，万语千言常亹亹；词源倒峡，连篇累牍自滔滔。

梅对杏，李对桃。棫朴对旌旄。酒仙对诗史，德泽对恩膏。悬一榻，梦三刀。拙逸对贵劳。玉堂花烛绕，金殿月轮高。孤山看鹤盘云下，蜀道闻猿向月号。万事从人，有花有酒应自乐；百年皆客，一丘一壑尽吾豪。

台对省，署对曹。分袂对同袍。鸣琴对击剑，返辙对回舠。良借箸，操捉刀。香茗对醇醪。滴泉归海大，寸土积山高。石室客来煎雀舌，画堂宾至奉羊羔。被谪贾生，湘水凄凉吟鹏鸟；遭谗屈子，江潭憔悴著离骚。

五歌

微对巨，少对多。直干对平柯。蜂媒对蝶使，雨笠对烟蓑。眉淡扫，面微酡。妙舞对清歌。轻衫裁夏葛，薄袂剪春罗。将相兼行唐李靖，霸王杂用汉萧何。月本阴精，岂有羿妻曾窃药；星为夜宿，虚传织女漫投梭。

慈对善，虐对苛。缥缈对婆娑。长杨对细柳，嫩蕊对寒莎。追风马，挥日戈。玉液对金波。紫诏衔丹凤，黄庭换白鹅。画角江城梅作调，兰舟野渡竹为歌。门外雪飞，错认空中飘柳絮；岩边瀑响，误疑天畔落银河。

松对竹，荇对荷。薜荔对藤萝。梯云对步月，樵唱对渔歌。升鼎雉，听经鹅。北海对东坡。吴郎哀废宅，邵子乐行窝。丽水良金皆入冶，昆山美玉总须磨。雨过皇州，琉璃色灿华清瓦；风来帝苑，荷芰香飘太液波。

笼对槛，巢对窝。及第对登科。冰清对玉润，地利对人和。韩擒虎，荣驾鹅。青女对素娥。破头朱泚笏，折齿谢鲲梭。留客酒杯应恨少，动人诗句不须多。绿野凝烟，但听村前双牧笛；沧江积雪，惟看滩上一渔蓑。

六麻

清对浊，美对嘉。鄙吝对矜夸。花须对柳眼，屋角对檐牙。志和宅，博望槎。秋实对春华。乾炉烹白雪，坤鼎炼丹砂。深宵望冷沙场月，绝塞听残野戍笳。满院松风，鱼声隐隐为僧舍；半窗花月，鹤影依依是道家。

雷对电，雾对霞。蚁阙对蜂衙。寄梅对怀橘，酿酒对烹茶。宜男草，益母花。杨柳对蒹葭。班姬辞帝辇，蔡琰泣胡笳。舞榭歌楼千万尺，竹篱茅舍两三家。珊枕半床，月明时梦飞塞外；银筝一曲，花落处人在天涯。

圆对缺，正对斜。笑语对咨嗟。沈腰对潘鬓，孟笋对卢茶。百舌鸟，两头蛇。帝里对仙家。尧仁敷率土，舜德被流沙。桥上授书曾纳履，壁间题句已笼纱。远塞迢迢，露碛风沙何可极；长沙渺渺，雪清烟浪信无涯。

疏对密，朴对华。义鹘对慈鸦。鹅群对雁阵，白苎对黄麻。读三到，吟八叉。肃静对喧哗。围棋兼把钓，沉李并浮瓜。羽客片时能煮石，狐禅千劫似蒸沙。党尉粗豪，金帐笼香斟美酒；陶生清逸，银铛融雪啜团茶。

七 阳

台对阁，沼对塘。朝雨对夕阳。游人对隐士，谢女对秋娘。三寸舌，九回肠。玉液对琼浆。秦皇照胆镜，徐肇返魂香。青萍夜啸芙蓉匣，黄卷时摊薜荔床。元亨利贞，天地一机成化育；仁义礼智，圣贤千古立纲常。

红对白，绿对黄。昼永对更长。龙飞对凤舞，锦缆对牙樯。云弁使，雪衣娘。故国对他乡。雄文能徙鳄，艳曲为求凰。九日高峰惊落帽，暮春曲水喜流觞。僧占名山，云绕双林藏古殿；客栖胜地，风飘万叶响空廊。

衰对壮，弱对强。艳饰对新妆。御龙对司马，破竹对穿杨。读班马，识求羊。水色对山光。仙棋藏绿橘，客枕梦黄粱。池草入诗因有梦，海棠带恨为无香。风起画堂，帘箔影翻青荇沼；月斜金井，辘轳声度碧梧墙。

臣对子，帝对王。日月对风霜。乌台对紫府，蔀屋对岩廊。香山社，昼锦堂。雪牖对云房。芬椒涂内壁，文杏饰高梁。贫女幸分东壁影，幽心高卧北窗凉。绣阁探春，丽日半笼青镜色；水亭醉夏，薰风常透碧筒香。

八庚

形对貌，色对声。夏邑对周京。江云对渭树，玉磬对银筝。人老老，我卿卿。晓燕对春莺。玄霜舂玉杵，白露贮金茎。贾客君山秋弄笛，仙人缑岭夜吹笙。帝业独兴，尽道汉高能用将；父书空读，谁言赵括善知兵。

功对业，性对情。月上对云行。乘龙对附骥，阆苑对蓬瀛。春秋笔，月旦评。东作对西成。隋珠光照乘，和璧价连城。三箭三人唐将勇，一琴一鹤赵公清。汉帝求贤，诏访严滩逢故旧；宋廷优老，年尊洛社重耆英。

昏对旦，晦对明。久雨对新晴。蓼湾对花港，竹友对梅兄。黄石叟，丹邱生。犬吠对鸡鸣。暮山云外断，新水月中平。半榻清风宜午梦，一犁好雨趁春耕。王旦登墉，误我十年迟作相；刘蕡不第，愧他多士早成名。

九青

庚对甲，己对丁。魏阙对彤廷。梅妻对鹤子，珠箔对银屏。鸳浴沼，鹭飞汀。鸿雁对鹡鸰。人间寿者相，天上老人星。八月好修攀桂斧，三春须系护花铃。江阁秋登，一水净连天际碧；石栏晓倚，群山秀向雨余青。

危对乱，泰对宁。纳陛对趋庭。金盘对玉箸，泛梗对浮萍。群玉圃，众芳亭。旧典对新型。骑牛闲读史，牧豕自横经。秋首田中禾颖重，春馀园内菜花馨。旅次凄凉，塞月江风皆惨淡；筵前欢笑，燕歌赵舞独娉婷。

十蒸

萍对蓼，芡对菱。雁弋对鱼罾。齐纨对鲁缟，蜀绵对吴绫。星渐没，月初升。九聘对三征。萧何曾作吏，贾岛昔为僧。贤人视履循规矩，大匠挥斤校准绳。野渡春风，人喜乘潮移酒舫；江天暮雨，客愁隔岸对渔灯。

谈对吐，谓对称。冉闵对颜曾。侯嬴对伯嚭，祖逖对孙登。抛白纻，宴红绫。胜友对良朋。争名如逐鹿，谋利似趋蝇。仁杰姨惭周不仕，王陵母识汉方兴。句写穷愁，浣花寄迹传工部；诗吟变乱，凝碧伤心叹右丞。

十一尤

荣对辱，喜对忧。缱绻对绸缪。吴娃对越女，野马对沙鸥。茶解渴，酒消愁。白眼对苍头。马迁修史记，孔子作春秋。莘野耕夫闲举耜，磻溪渔父晚垂钩。龙马游河，羲圣因图而画卦；神龟出洛，禹王取法以明畴。

冠对履，舄对裘。院小对庭幽。面墙对膝地，错智对良筹。孤嶂耸，大江流。芳泽对圆丘。花潭来越唱，柳屿起吴讴。莺懒燕忙三月雨，蛩催蝉报一天秋。钟子听琴，荒径入林山寂寂；谪仙捉月，洪涛接岸水悠悠。

鱼对鸟，鸽对鸠。翠馆对红楼。七贤对三友，爱日对悲秋。虎类狗，蚁如牛。列辟对诸侯。陈唱临春乐，隋歌清夜游。空中事业麒麟阁，地下文章鹦鹉洲。旷野平原，猎士马蹄轻似箭；斜风细雨，牧童牛背稳如舟。

十二侵

歌对曲，啸对吟。往古对来今。山头对水面，远浦对遥岑。勤三上，惜寸阴。茂树对平林。卞和三献玉，杨震四知金。青皇风暖催芳草，白帝城高急暮砧。绣虎雕龙，才子窗前挥彩笔；描鸾刺凤，佳人帘下度金针。

登对眺，涉对临。瑞雪对甘霖。主欢对民乐，交浅对言深。耻三战，示七擒。顾曲对知音。大车行槛槛，驷马骤骎骎。紫电青虹腾剑气，高山流水识琴心。屈子怀君，极浦吟风悲泽畔；王郎忆友，扁舟卧雪访山阴。

十三覃

宫对阙，座对龛。水北对天南。蜃楼对蚁郡，伟论对高谈。遴杞梓，树楩楠。得一对函三。八宝珊瑚枕，双珠玳瑁簪。萧王待士心惟赤，卢相欺君面独蓝。贾岛诗狂，手拟敲门行处想；张颠草圣，头能濡墨写时酣。

闻对见，解对谙。三橘对双柑。黄童对白叟，静女对奇男。秋七七，径三三。海色对山岚。鸾声何哕哕，虎视正眈眈。仪封疆吏知尼父，函谷关人识老聃。江湘归池，止水自盟真是止；吴公作宰，贪泉虽饮亦何贪。

十四盐

宽对猛，冷对炎。清直对尊严。云头对雨脚，鹤发对龙髯。风台谏，肃堂廉。保泰对鸣谦。五湖归范蠡，三径隐陶潜。一剑成功堪佩印，百钱满卦便垂帘。浊酒停杯，容我半酣愁际饮；好花傍座，看他微笑悟时拈。

连对断，减对添。淡泊对安恬。回头对极目，水底对山尖。腰袅袅，手纤纤。凤卜对鸾占，开田多种粟，煮海尽成盐。居同九世张公艺，恩给千人范仲淹。箫弄凤来，秦女有缘能跨羽；鼎成龙去，轩臣无计得攀髯。

人对己，爱对嫌。举止对观瞻。四知对三语，义正对辞严。勤雪案，课风檐。漏箭对书笺。文繁归獭祭，体艳别香奁。昨夜题诗更一字，早春来燕卷重帘。诗以史名，愁里悲歌怀杜甫；笔经人索，梦中显晦老江淹。

十五咸

栽对植，薙对芟。二伯对三监。朝臣对国老，职事对官衔。鹿麌麌，兔毚毚。启牍对开缄。绿杨莺睍睆，红杏燕呢喃。半篙白酒娱陶令，一枕黄粱度吕岩。九夏炎飙，长日风亭留客骑；三冬寒冽，漫天雪浪驻征帆。

梧对杞，柏对杉。夏濩对韶咸。涧瀍对溱洧，巩洛对崤函。藏书洞，避诏岩。脱俗对超凡。贤人羞献媚，正士嫉工谗。霸越谋臣推少伯，佐唐藩将重瑊瑊。邺下狂生，羯鼓三挝羞锦袄；江州司马，琵琶一曲湿青衫。

袍对笏，履对衫。匹马对孤帆。琢磨对雕镂，刻划对镌镵。星北拱，日西衔。卮漏对鼎馋。江边生杜若，海外树都咸。但得恢恢存利刃，何须咄咄达空函。彩凤知音，乐典后夔须九奏；金人守口，圣如尼父亦三缄。

二、时古对类

[清]无名氏

二言

太乙,长庚。雨线,风梭。谷雨,花朝。夏五,春三。鸿案,鲤庭。艾虎,花骢。桂岭,道峰。孝水,廉泉。掌露,眉云。绩女,薪翁。舌战,心兵。意树,心花。易圣,经神。晋豕,鲁鱼。学海,书城。太守,中书。霜剑,星戈。橘叟,桐君。茶浪,酒花。菜甲,瓜丁。尧韭,舜梧。椽竹,瓦松。人柳,女兰。苦竹,甘棠。福草,祥桑。枫骨,桂心。荇带,苔衣。桐乳,柏脂。松友,兰孙。龙竹,虎蒲。葵足,藿心。杏雨,槐烟。火枣,冰桃。牛李,鼠梨。银杏,玉瓜。菱角,藕丝。夏圃,秋庭。鹤子,凤雏。雁信,鸥盟。紫乙,苍庚。燕客,鸿宾。花鸭,竹鸡。反舌,画眉。内史,少卿。巧妇,勃姑。蜀犬,吴牛。竹马,木羊。白老,乌圆。狡兔,贪狼。谢豹,商羊。鸭绿,鹅黄。三畏,九思。泰运,乾符。舜田,禹山。圣城,贤关。飞白,破黄。采绿,题红。知己,识丁。玉甲,银丁。兰若,杜於。

三言

十字水,两船花。百禄萃,万福临。三条烛,半寸灰。子午谷,丁卯桥。双勾帖,百纳琴。长史帖,右军书。康成婢,颖士奴。祢衡鼓,子晋笙。涣大号,巽重申。皇矣德,大哉言。丹邱子,黄石公。武乡侯,羊叔子。人何在,事已非。天一握,日三竿。三空室,四大床。白云舍,红雨村。王孙草,帝女花。忘忧草,解语花。人面竹，象蹄花。平安竹，长寿花。神女珮，羽人衣。东山履，北斗冠。金鱼袋，银鼠衣。乌丝帽，紫玉床。益母草，处士梅。虚心竹，大眼桐。独角虎，两头蛇。君子竹，大夫松。云梦泽，月波亭。春中笋，雪里梅。保俶塔，波僧桥。三尺剑，五弦琴。支机石，照乘珠。忘忧馆，独乐园。雀为蛤，剑化龙。鹊尾渚，虎头洲。乌衣巷，朱雀桥。三三径，六六峰。霞散绮，月成钩。愚公谷，高士峰。松使者，楮先生。桃叶渡，琼花台。萤照字，鱼藏书。书带草，玉簪花。五人墓，九老堂。波底月，水中天。鹿耳草，鸡冠花。珠照乘，玉连城。弱女子，大丈夫。连云岛，明月山。腰边剑，掌上珠。投金濑，种玉田。青白眼，异同心。暮山紫，寒潭清。清明雨，重阳风。怀素塔，莫愁村。

四言

风行天上，雷在地中。露旋荷盖，雪映书帷。千岩竞秀，万壑争流。马蹄秋水，虎尾春冰。简上霜凝，笔端风起。地中有水，山上出泉。文畋艺苑，律吹词坛。金山玉海，琼树瑶林。用锥指地，坐井观天。两骖不倚，六辔既均。银河泻影，玉宇无尘。生刍一束，清酒百壶。一帘红雨，千点白蘋。载饥载渴，靡室靡家。依依杨柳，趯趯阜螽。率循大路，冒贡非几。蜻蜓点水，蛱蝶穿花。光风霁月，冰壑玉壶。流莺出谷，巧燕穿帘。衰多益寡，称物平施。亭名捉月，桥号垂虹。江波似染，湖镜如磨。考亭书院，夹溪草堂。人惟求旧，口不言贫。莲房洗砚，荷露烹茶。风开柳眼，雨滴芭心。朝乾夕惕，口诵心惟。家用长子，国任大臣。贤人可敬，圣训当遵。渔翁钩月，农夫耕霞。竹窗共语，藤枕独眠。风恬浪静，月朗星稀。同胞兄弟，一脉子孙。

五言

飞星过水白,落日动桅虚。雪消狮子瘦,月满兔儿肥。
酒醉琴为枕,诗狂石作笺。柳疏烟补密,梅瘦雪添肥。
浮云游子意,落日故人情。莺啼残梦后,花发独吟时。
捡书烧烛短,看剑引杯长。上山携不借,待渡唤相宜。
菰生头钉地,笋出尾钻天。风来花自舞,春入鸟能言。
剩水沧江破,残山碣石开。雪岭无人迹,冰河有雁声。
羊肠连九陂,熊耳对双峰。鸟续吟来句,风翻读过书。
鸡声茅店月,人迹板桥霜。松风催暑去,竹月送凉来。
桂寒知自发,松老问谁栽。看花寻径远,听鸟入林迷。
醉爱羲之笔,闲吟白也诗。人分千里外,兴在一杯中。
芹泥随鸟喙,花蕊上蜂须。海日生残夜,江春入旧年。
石栏斜点笔,桐叶坐题诗。人烟寒橘柚,秋色老梧桐。
花舞莺梭蝶,溪喧獭祭鱼。琴清杨柳梦,月淡海棠阴。
官舍梅初紫,宫门柳欲黄。以文常会友,惟德自成邻。
鸟啼残雪树,人语夕阳山。小池残暑退,高树早凉归。
兴阑啼鸟唤,坐久落花多。渭北春天树,江东日暮云。
古墙犹竹色,虚屋自松涛。半窗秋月白,一枕晓风凉。
数壶花下酒,一榻竹间亭。秋声来桐上,春色在梅梢。
秋饮黄花酒,冬吟白雪诗。朝游酤酒市,夜坐读书斋。
日长知夜短,夏去觉秋来。青松遮皎月,绿竹引清风。
野草参差发,园花次第开。春风开柳眼,夜雨滴芭心。

六言

午倦一方藤枕,晨兴半柱名香。风入松而发响,月穿水以无痕。秋水长天一色,落霞孤鹜齐飞。槐国罔分昼夜,漆园何论春秋。酌酒会临泉水,把琴好倚长松。花气半侵云阁，柳阴近隔春城。命有基而始固，福因敛以逾增。花落家僮未扫，鸟啼山客犹眠。心事数茎白发，生涯一片青山。十二碧城缥缈，三千珠阙迢遥。鸟语绿萝水阁，人归红树山家。枫树溪边渔父，桃花源里人家。远火明灭林外，片帆出没波中。半幅金茎丽句，数行戏豆新声。花坞尊前微笑，柳阴堤畔闲行。陆绩少年怀橘，孔融早岁让梨。五桂还分五子，三槐已生三公。荀令熏香满坐，郑公曳履传声。云无心以出岫，鸟倦飞而知还。目昏茶能解醒，肌冷酒可帖温。日月一生易过，乾坤万古长存。窗外数声啼鸟，庭前几点梅花。十年鸡窗努力，一朝雁塔题名。风送渔人到岸，雨催樵子归家。

七言

日映层岩画图色，风摇杂树管弦声。歌枕有诗成雨梦，隔帘无语说春心。花逢酒客容先醉，柳向诗人眼倍青。叫月杜鹃喉舌冷，宿花蛱蝶梦魂香。花如解语还多事，石不能言最可人。静极却嫌流水闹，闲多翻笑野人忙。日月两轮天地眼，诗书万卷圣贤心。水向石中流出冷，风从花里过来香。细水浮花归别涧，断云含雨入孤村。黄叶下时牛背晚，青山缺处酒人行。看来世事金能语，说起人情剑欲鸣。鸿雁不堪愁里听，云山况是客中过。青枫江上秋天远，白帝城边古木疏。白下有山皆绕郭，清明无客不思家。书成蕉叶文犹绿，吟到梅花句亦香。白首相知犹按剑，朱门先达笑弹冠。千门柳色连青琐，三殿花香入紫薇。孤屿池塘春涨满，小阑花韵午晴初。几处吹笳明月夜，何人倚剑白云天。黄公石上三芝秀，陶令门前五柳春。岂有鸩人羊叔子，更无悔过窦连波。窗前绿竹生空地，门外青山似旧时。瓜步江空微有树，秣陵天远不宜秋。九龙移帐春无草，万马窥边月有霜。

雪水烹茶天上味，桂花作酒月中香。芰荷覆水船难进，歌舞留人月易低。萸菊年年彭泽酒，江湖处处范公船。烟开兰叶香风起，岸夹桃花锦浪生。三山半落青天外，二水中分白鹭洲。织女桥边乌鹊起，仙人楼上凤凰飞。穿帘小燕双双好，泛水浮鸥个个轻。家山小别吟兼梦，水驿多情浪与风。名接天庭多景色，气连宫阙借氛氲。梅残烛烬西窗雨，雪冷香浓小阁云。深院谈棋桐叶雨，曲栏敲句藕花风。千里题书临白雁，重阳疏雨映黄花。高人屡解陈蕃榻，过客难登谢朓楼。二十五年将就木，一千里路不通书。黄牛峡静滩声转，白马江寒树影稀。雨气金吞幽壑树，风声直送在江湖。沧波一望通千里，画角三声起百忧。芙蓉叶上三更雨，蟋蟀声中一点灯。纵使有花兼有月，可怜无酒更无人。往往花间逢彩石，时时竹里见红泉。桃花柳絮春开瓮，细雨斜风客到门。已作迟迟君去鲁，犹歌缓缓妾归家。吴楚青苍分极浦，江山不远人新秋。因风去住怜黄蝶，与世沉浮笑白鸥。丹枫江冷人初去，黄叶声多酒不辞。琴临秋水弹明月，酒上东山酌白云。十年黄卷胸中蕴，一旦青云足下生。山色晓沾花外雨，鸟声时彻树头云。

八言

虎行豹行，切莫狐行；獐过鹿过，不如虎过。城上木鱼，频敲夜月；檐前铁马，乱战秋风。饮数杯酒，更无闲事；操一曲琴，顷有余音。帐中鸳鸯，交欢有对；天边鸿雁，失配无双。花围城郭，锦作山川；雪铺楼屋，银为殿阁。殿阁齐云，皇宫仙府；楼台得月，富室豪家。过我门而不入我室，窥其户而不见其人。上有明君，下有良佐；内无怨女，外无旷夫。缁衣之宜，又改为兮；白圭之玷，尚可磨也。

九言

细雨密如丝，何机可织；明霞红似锦，无剪堪裁。恩泽之及人，过于时雨；虐政之害人，甚于严霜。绿水本无愁，因风皱面；青山原不老，为雪白头。吕先生品箫，须添一口；谢状元射策，何吝片言。孙承子，子承父，父承祖；士希贤，贤希圣，圣希天。谢外郎要钱，抽身便讨；吴内史饮酒，下口成吞。汉光武中兴，二十八将；释迦佛先度，千三百人。以夫子之道，反害夫子；惟圣人之心，能知圣人。破故纸糊窗，防风不住；黑牵牛过岭，滑石难行。

十言

鹏鹗飞腾，展九天之风雨；蛟龙变化，冲万里之云霄。夜半星移，惊起一林宿鸟；春深雷动，震来千里潜龙。老叟采芝，踏破山头落月；农夫耕野，翻来陇面浓云。红日穿窗，宛似一条金杖；白蟾沉海，浑如孤片银盘。带雨蜘蛛，恍似晶珠结网；穿云雁字，浑如锦绣回文。

十一言

暖日池塘，出没浴波鸥对对；春风帘幕，往来营垒燕双双。秋景多愁，风送松声来琐闼；春宵不寐，月移花影上阑干。夕照山麋，两两衔花归远洞；轻风野鸟，双双掷柳转名园。轻暖轻寒，蛱蝶初飞犹护粉；乍晴乍雨，蜘蛛久出尚含丝。一扇清风，高驾客帆归远浦；孤轮明月，偏随渔笛渡长江。向日游蜂，把蝶引来红杏圃；冲烟飞鹭，将鱼衔出白莲塘。雪布霜威，白占园中无久日；云行雨施，暗漫天地不多时。雪地鸦行，白纸乱涂千点墨；云天雁过，锦笺横写八行书。双镜齐开，一女梳妆三对面；孤灯高挂，两人作揖四躬身。赏菊骚人，只恐微风吹落帽；惜花美女，不嫌零露湿沾衣。柳底莺歌，蝶向花前敲玉板；松间鹤舞，蝉从叶下鼓瑶琴。出对易，对对难，请先生先对；开关迟，关关早，催过客过关。太守无钱，将东衙西衙典史；指挥有马，借千户百户总旗。天近山头，行到山头天又远；月浮水面，拨开水面月还沉。井底小蛙，岂识江湖风浪阔；笼中奇鸟，曾知山谷树林幽。摇破彩舟，一片帆都因浪荡；烧残银烛，两行泪只为风流。杜鹃花里杜鹃啼，有声有色；蝴蝶梦中蝴蝶舞，无影无踪。垂泪佳人，恍似梨花春带雨；颦眉女子，宛如柳叶晓含烟。屏子出妻，齐国匡章非不孝；辟兄离母，於陵仲子未为廉。

十二言

蟾窟桂花香，弟让兄青云独步；龙门桃浪暖，父看子黄榜标名。汤放桀，周代商，除害救民则一；舜受尧，虞授夏，推位让国不殊。无官一身闲，且喜一身闲到老；有子万事足，更期万事足平生。佞臣作孽，杀忠良三百口之家；义士立孤，报冤枉十五年之后。

十三言

祖解元，孙解元，三世解元孙嗣祖；兄进士，弟进士，一门进士弟联兄。等富贵若浮云，金马玉堂元入梦；弃功名如敝屣，竹篱茅舍自甘心。父丕显而子丕承，有是父，有是子；兄克恭而弟克友，难为弟，难为兄。楼头灯火夜如年，人乐太平景致；巷陌管弦春似海，民闻治世声音。粮长乘凉于桥梁之上，何事商量；羽士祈雨于庙宇之中，何求不与。

十四言

蔺相如，司马相如，名相如，实不相如；魏无忌，长孙无忌，彼无忌，此亦无忌。

十五言

柴也愚，参也鲁，师也辟，回也其庶几乎；夷之清，尹之任，惠之和，孔子集大成也。周易三百八十四爻，爻爻吉凶之有准；春秋九万六千五字，字字褒贬之无差。

十六言

旧竹先生，新竹后生，后生不如先生高节；西瓜小子，东瓜大子，大子不如小子多仁。车同轨，书同文，行同伦，大道公行于天下；党有庠，乡有序，国有学，斯文独盛于中华。前巷也泥深，后巷也泥深，不闻车马之音；东邻也墙倒，西邻也墙倒，窥见室家之好。东征西怨，南征北怨，东西南北，无思不服；父生母成，天生地成，父母天地，有恩难报。

十七言

环翠喜庭阴，睹奕业森森，想晋公再符左卷；绍启绵世德，羡奇葩种种，拟窦老更许添花。二老海滨居，一在北，一在东，不期同归西柏；八元应运出，或为兄，或为弟，何意均成帝师。

三、声律启蒙

[清]车万育

一东

云对雨,雪对风。晚照对晴空。来鸿对去燕,宿鸟对鸣虫。三尺剑,六钧弓。岭北对江东。人间清暑殿,天上广寒宫。两岸晓烟杨柳绿,一园春雨杏花红。两鬓风霜,途次早行之客;一蓑烟雨,溪边晚钓之翁。

沿对革,异对同。白叟对黄童。江风对海雾,牧子对渔翁。颜巷陋,阮途穷。冀北对辽东。池中濯足水,门外打头风。梁帝讲经同泰寺,汉皇置酒未央宫。尘虑萦心,懒抚七弦绿绮;霜华满鬓,羞看百炼青铜。

贫对富,塞对通。野叟对溪童。鬓皤对眉绿,齿皓对唇红。天浩浩,日融融。佩剑对弯弓。半溪流水绿,千树落花红。野渡燕穿杨柳雨,芳池鱼戏芰荷风。女子眉纤,额下现一弯新月;男儿气壮,胸中吐万丈长虹。

二冬

春对夏,秋对冬。暮鼓对晨钟。观山对玩水,绿竹对苍松。冯妇虎,叶公龙。舞蝶对鸣蛩。衔泥双紫燕,课蜜几黄蜂。春日园中莺恰恰,秋天塞外雁雍雍。秦岭云横,迢递八千远路;巫山雨洗,嵯峨十二危峰。

明对暗,淡对浓。上智对中庸。镜奁对衣笥,野杵对村舂。花灼烁,草蒙茸。九夏对三冬。台高名戏马,斋小号蟠龙。手擘蟹螯从毕卓，身披鹤氅自王恭。五老峰高，秀插云霄如玉笔；三姑石大，响传风雨若金镛。

仁对义，让对恭。禹舜对羲农。雪花对云叶，芍药对芙蓉。陈后主，汉中宗。绣虎对雕龙。柳塘风淡淡，花圃月浓浓。春日正宜朝看蝶，秋风那更夜闻蛩。战士邀功，必借干戈成勇武；逸民适志，须凭诗酒养疏慵。

三江

楼对阁，户对窗。巨海对长江。蓉裳对蕙帐，玉斝对银釭。青布幔，碧油幢。宝剑对金缸。忠心安社稷，利口覆家邦。世祖中兴延马武，桀王失道杀龙逄。秋雨潇潇，熳烂黄花都满径；春风袅袅，扶疏绿竹正盈窗。

旌对旆，盖对幢。故国对他邦。千山对万水，九泽对三江。山岌岌，水淙淙。鼓振对钟撞。清风生酒舍，白月照书窗。阵上倒戈辛纣战，道旁系剑子婴降。夏日池塘，出没浴波鸥对对；春风帘幕，往来营垒燕双双。

铢对两，只对双。华岳对湘江。朝车对禁鼓，宿火对寒缸。青琐闼，碧纱窗。汉社对周邦。笙箫鸣细细，钟鼓响摐摐。主簿栖鸾名有览，治中展骥姓惟庞。苏武牧羊，雪屡餐于北海；庄周活鲋，水必决于西江。

四支

茶对酒，赋对诗。燕子对莺儿。栽花对种竹，落絮对游丝。四目颉，一足夔。鸲鹆对鹭鸶。半池红菡萏，一架白荼蘼。几阵秋风能应候，一犁春雨甚知时。智伯恩深，国士吞变形之炭；羊公德大，邑人竖堕泪之碑。

行对止，速对迟。舞剑对围棋。花笺对草字，竹简对毛锥。汾水鼎，岘山碑。虎豹对熊罴。花开红锦绣，水漾碧琉璃。去妇因探邻舍枣，出妻为种后园葵。笛韵和谐，仙管恰从云里降；橹声咿轧，渔舟正向雪中移。

戈对甲，鼓对旗。紫燕对黄鹂。梅酸对李苦，青眼对白眉。三弄笛，一围棋。雨打对风吹。海棠春睡早，杨柳昼眠迟。张骏曾为槐树赋，杜陵不作海棠诗。晋士特奇，可比一斑之豹；唐儒博识，堪为五总之龟。

五微

来对往，密对稀。燕舞对莺飞。风清对月朗，露重对烟微。霜菊瘦，雨梅肥。客路对渔矶。晚霞舒锦绣，朝露缀珠玑。夏暑客思欹石枕，秋寒妇念寄边衣。春水才深，青草岸边渔父去；夕阳半落，绿莎原上牧童归。

宽对猛，是对非。服美对乘肥。珊瑚对玳瑁，锦绣对珠玑。桃灼灼，柳依依。绿暗对红稀。窗前莺并语，帘外燕双飞。汉致太平三尺剑，周臻大定一戎衣。吟成赏月之诗，只愁月堕；斟满送春之酒，惟憾春归。

声对色，饱对饥。虎节对龙旗。杨花对桂叶，白简对朱衣。尨也吠，燕于飞。荡荡对巍巍。春暄资日气，秋冷借霜威。出使振威冯奉世，治民异等尹翁归。燕我弟兄，载咏棣棠韡韡；命伊将帅，为歌杨柳依依。

六鱼

无对有，实对虚。作赋对观书。绿窗对朱户，宝马对香车。伯乐马，浩然驴。弋雁对求鱼。分金齐鲍叔，奉璧蔺相如。掷地金声孙绰赋，回文锦字窦滔书。未遇殷宗，胥靡困傅岩之筑；既逢周后，太公舍渭水之渔。

终对始，疾对徐。短褐对华裾。六朝对三国，天禄对石渠。千字策，八行书。有若对相如。花残无戏蝶，藻密有潜鱼。落叶舞风高复下，小荷浮水卷还舒。爱见人长，共服宣尼休假盖；恐彰己吝，谁知阮裕竟焚车。

麟对凤，鳖对鱼。内史对中书。犁锄对耒耜，畎浍对郊墟。犀角带，象牙梳。驷马对安车。青衣能报赦，黄耳解传书。庭畔有人持短剑，门前无客曳长裾。波浪拍船，骇舟人之水宿；峰峦绕舍，乐隐者之山居。

七虞

金对玉，宝对珠。玉兔对金乌。孤舟对短棹，一雁对双凫。横醉眼，捻吟须。李白对杨朱。秋霜多过雁，夜月有啼乌。日暖园林花易赏，雪寒村舍酒难沽。人处岭南，善探巨象口中齿；客居江左，偶夺骊龙颔下珠。

贤对圣，智对愚。傅粉对施朱。名缰对利锁，挈榼对提壶。鸠哺子，燕调雏。石帐对郇厨。烟轻笼岸柳，风急撼庭梧。鸜眼一方端石砚，龙涎三炷博山垆。曲沼鱼多，可使渔人结网；平田兔少，漫劳耕者守株。

秦对赵，越对吴。钓客对耕夫。箕裘对杖履，杞梓对桑榆。天欲晓,日将晡。狡兔对妖狐。读书甘刺股,煮粥惜焚须。韩信武能平四海,左思文足赋三都。嘉遁幽人,适志竹篱茅舍;胜游公子,玩情柳陌花衢。

八齐

岩对岫,涧对溪。远岸对危堤。鹤长对凫短,水雁对山鸡。星拱北,月流西。汉露对汤霓。桃林牛已放,虞坂马长嘶。叔侄去官闻广受,弟兄让国有夷齐。三月春浓,芍药丛中蝴蝶舞;五更天晓,海棠枝上子规啼。

云对雨,水对泥。白璧对玄圭。献瓜对投李,禁鼓对征鼙。徐稚榻,鲁班梯。凤翥对鸾栖。有官清似水,无客醉如泥。截发惟闻陶侃母,断机只有乐羊妻。秋望家人,目送楼头千里雁;早行远客,梦惊枕上五更鸡。

熊对虎,象对犀。霹雳对虹霓。杜鹃对孔雀,桂岭对梅溪。萧史凤,宋宗鸡。远近对高低。水寒鱼不跃,林茂鸟频栖。杨柳和烟彭泽县,桃花流水武陵溪。公子追欢,闲骤玉骢游绮陌;佳人倦绣,闷欹珊枕掩香闺。

九佳

河对海,汉对淮。赤岸对朱崖。鹭飞对鱼跃,宝钿对金钗。鱼圉圉,鸟喈喈。草履对芒鞋。古贤尝笃厚,时辈喜诙谐。孟训文公谈性善,颜师孔子问心斋。缓抚琴弦,像流莺而并语;斜排筝柱,类过雁之相挨。

丰对俭,等对差。布袄对荆钗。雁行对鱼阵,榆塞对兰崖。挑荠女,采莲娃。菊径对苔阶。诗成六义备,乐奏八音谐。造律吏哀秦法酷,知音人说郑声哇。天欲飞霜,塞上有鸿行已过;云将作雨,庭前多蚁阵先排。

城对市,巷对街。破屋对空阶。桃枝对桂叶,砌蚓对墙蜗。梅可望,橘堪怀。季路对高柴。花藏沽酒市,竹映读书斋。马首不容孤竹扣,车轮终就洛阳埋。朝宰锦衣,贵束乌犀之带;宫人宝髻,宜簪白燕之钗。

十灰

增对损,闭对开。碧草对苍苔。书签对笔架,两曜对三台。周召虎,宋桓魋。阆苑对蓬莱。薰风生殿阁,皓月照楼台。却马汉文思罢献,吞蝗唐太冀移灾。照耀八荒,赫赫丽天秋日;震惊百里,轰轰出地春雷。

沙对水,火对灰。雨雪对风雷。书淫对传癖,水浒对岩隈。歌旧曲,酿新醅。舞馆对歌台,春棠经雨放,秋菊傲霜开。作酒固难忘曲糵,调羹必要用盐梅。月满庾楼,据胡床而可玩;花开唐苑,轰羯鼓以奚催。

休对咎,福对灾。象箸对犀杯。宫花对御柳,峻阁对高台。花蓓蕾,草根荄。剔藓对剜苔。雨前庭蚁闹,霜后阵鸿哀。元亮南窗今日傲,孙弘东阁几时开。平展青茵,野外茸茸软草;高张翠幄,庭前郁郁凉槐。

十一真

邪对正,假对真。獬豸对麒麟。韩卢对苏雁,陆橘对庄椿。韩五鬼,李三人。北魏对西秦。蝉鸣哀暮夏,莺啭怨残春。野烧焰腾红烁烁,溪流波皱碧粼粼。行无踪，居无庐，颂成酒德；动有时，藏有节，论著钱神。

哀对乐，富对贫。好友对嘉宾。弹琴对结绶，白日对青春。金翡翠，玉麒麟。虎爪对龙鳞。柳塘生细浪，花径起香尘。闲爱登山穿谢屐，醉思漉酒脱陶巾。雪冷霜严，倚槛松筠同傲岁；日迟风暖，满园花柳各争春。

香对火，炭对薪。日观对天津。禅心对道眼，野妇对宫嫔。仁无敌，德有邻。万石对千钧。滔滔三峡水，冉冉一溪冰。克国功名当画阁。子张言行贵书绅。笃志诗书，思入圣贤绝域；忘情官爵，羞沾名利纤尘。

十二文

家对国，武对文。四辅对三军。九经对三史，菊馥对兰芬。歌北鄙，咏南薰。迩听对遥闻。召公周太保，李广汉将军。闻化蜀民皆草偃，争权晋土已瓜分。巫峡夜深，猿啸苦哀巴地月；衡峰秋早，雁飞高贴楚天云。

欹对正，见对闻。偃武对修文。羊车对鹤驾，朝旭对晚曛。花有艳，竹成文。马燧对羊欣。山中梁宰相，树下汉将军。施帐解围嘉道韫，当垆沽酒叹文君。好景有期，北岭几枝梅似雪；丰年先兆，西郊千顷稼如云。

尧对舜，夏对殷。蔡惠对刘蕡。山明对水秀，五典对三坟。唐李杜，晋机云。事父对忠君。雨晴鸠唤妇，霜冷雁呼群。酒量洪深周仆射，诗才俊逸鲍参军。鸟翼长随，凤兮洵众禽长；狐威不假，虎也真百兽尊。

十三元

幽对显，寂对喧。柳岸对桃源。莺朋对燕友，早暮对寒暄。鱼跃沼，鹤乘轩。醉胆对吟魂。轻尘生范甑，积雪拥袁门。缕缕轻烟芳草渡，丝丝微雨杏花村。诣阙王通，献太平十二策；出关老子，著道德五千言。

儿对女，子对孙。药圃对花村。高楼对邃阁，赤豹对玄猿。妃子骑，夫人轩。旷野对平原。匏巴能鼓瑟，伯氏善吹埙。馥馥早梅思驿使，萋萋芳草怨王孙。秋夕月明，苏子黄冈游绝壁；春朝花发，石家金谷启芳园。

歌对舞，德对恩。犬马对鸡豚。龙池对凤沼，雨骤对云屯。刘向阁，李膺门。唳鹤对啼猿。柳摇春白昼，梅弄月黄昏。岁冷松筠皆有节，春喧桃李本无言。噪晚齐蝉，岁岁秋来泣恨；啼宵蜀鸟，年年春去伤魂。

十四寒

多对少，易对难。虎踞对龙蟠。龙舟对凤辇，白鹤对青鸾。风淅淅，露漙漙。绣毂对雕鞍。鱼游荷叶沼，鹭立蓼花滩。有酒阮貂奚用解，无鱼冯铗必须弹。丁固梦松，柯叶忽然生腹上；文郎画竹，枝梢倏尔长毫端。

寒对暑，湿对干。鲁隐对齐桓。寒毡对暖席，夜饮对晨餐。叔子带，仲由冠。郏鄏对邯郸。嘉禾忧夏旱，衰柳耐秋寒。杨柳绿遮元亮宅，杏花红映仲尼坛。江水流长，环绕似青罗带；海蟾轮满，澄明如白玉盘。

横对竖，窄对宽。黑志对弹丸。朱帘对画栋，彩槛对雕栏。春既老，夜将阑。百辟对千官。怀仁称足足，抱义美般般。好马君王曾市骨，食猪处士仅思肝。世仰双仙，元礼舟中携郭泰；人称连璧，夏侯车上并潘安。

十五删

兴对废，附对攀。露草对霜菅。歌廉对借寇，习孔对希颜。山垒垒，水潺潺。奉璧对探镮。礼由公旦作，诗本仲尼删。驴困客方经灞水，鸡鸣人已出函关。几夜霜飞，已有苍鸿辞北塞；数朝雾暗，岂无玄豹隐南山。

犹对尚，侈对悭。雾髻对烟鬟。莺啼对鹊噪，独鹤对双鹇。黄牛峡，金马山。结草对衔环。昆山惟玉集，合浦有珠还。阮籍旧能为眼白，老莱新爱着衣斑。栖迟避世人，草衣木食；窈窕倾城女，云鬓花颜。

姚对宋，柳对颜。赏善对惩奸。愁中对梦里，巧慧对痴顽。孔北海，谢东山。使越对征蛮。淫声闻濮上，离曲听阳关。骁将袍披仁贵白，小儿衣着老莱斑。茅舍无人，难却尘埃生榻上；竹亭有客，尚留风月在窗间。

一先

晴对雨，地对天。天地对山川。山川对草木，赤壁对青田。郏鄏鼎，武城弦。木笔对苔钱。金城三月柳，玉井九秋莲。何处春朝风景好，谁家秋夜月华圆。珠缀花梢，千点蔷薇香露；练横树杪，几丝杨柳残烟。

前对后，后对先。众丑对孤妍。莺簧对蝶板，虎穴对龙渊。击石磬，观韦编。鼠目对鸢肩。春园花柳地，秋沼芰荷天。白羽频挥闲客坐,乌纱半坠醉翁眠。野店几家,羊角风摇沽酒旆;长川一带,鸭头波泛卖鱼船。

离对坎,震对乾。一日对千年。尧天对舜日,蜀水对秦川。苏武节,郑虔毡。涧壑对林泉。挥戈能退日,持管莫窥天。寒食芳辰花烂熳,中秋佳节月婵娟。梦里荣华,飘忽枕中之客;壶中日月,安闲市上之仙。

二萧

恭对慢,吝对骄。水远对山遥。松轩对竹槛,雪赋对风谣。乘五马,贯双雕。烛灭对香消。明蟾常彻夜,骤雨不终朝。楼阁天凉风飒飒,关河地隔雨潇潇。几点鹭鸶,日暮常飞红蓼岸;一双鸂鶒,春朝频泛绿杨桥。

开对落,暗对昭。赵瑟对虞韶。轺车对驿骑,锦绣对琼瑶。羞攘臂,懒折腰。范甑对颜瓢。寒天鸳帐酒,夜月凤台箫。舞女腰肢杨柳软,佳人颜貌海棠娇。豪客寻春,南陌草青香阵阵;闲人避暑,东堂蕉绿影摇摇。

班对马,董对晁。夏昼对春宵。雷声对电影,麦穗对禾苗。八千路,廿四桥。总角对垂髫。露桃匀嫩脸,风柳舞纤腰。贾谊赋成伤鹏鸟,周公诗就托鸱鸮。幽寺寻僧,逸兴岂知俄尔尽;长亭送客,离魂不觉黯然消。

三肴

风对雅,象对爻。巨蟒对长蛟。天文对地理,蟋蟀对蟏蛸。龙夭矫,虎咆哮。北学对东胶。筑台须垒土,成屋必诛茅。潘岳不忘秋兴赋,边韶常被昼眠嘲。抚养群黎，已见国家隆治；滋生万物，方知天地泰交。

蛇对虺，蜃对蛟。麟薮对鹊巢。风声对月色，麦穗对桑苞。何妥难，子云嘲。楚甸对商郊。五音惟耳听，万虑在心包。葛被汤征因仇饷，楚遭齐伐责包茅。高矣若天，洵是圣人大道；淡而如水，实为君子神交。

牛对马，犬对猫。旨酒对嘉肴。桃红对柳绿，竹叶对松梢。藜杖叟，布衣樵。北野对东郊。白驹形皎皎，黄鸟语交交。花圃春残无客到，柴门夜永有僧敲。墙畔佳人，飘扬竞把秋千舞；楼前公子，笑语争将蹴鞠抛。

四豪

琴对瑟，剑对刀。地迥对天高。峨冠对博带，紫绶对绯袍。煎异茗，酌香醪。虎兕对猿猱。武夫攻骑射，野妇务蚕缫。秋雨一川淇澳竹，春风两岸武陵桃。螺髻青浓，楼外晚山千仞；鸭头绿腻，溪中春水半篙。

刑对赏，贬对褒。破斧对征袍。梧桐对橘柚，枳棘对蓬蒿。雷焕剑，吕虔刀。橄榄对葡萄。一椽书舍小，百尺酒楼高。李白能诗时秉笔，刘伶爱酒每餔糟。礼别尊卑，拱北众星常灿灿；势分高下，朝东万水自滔滔。

瓜对果，李对桃。犬子对羊羔。春分对夏至，谷水对山涛。双凤翼，九牛毛。主逸对臣劳。水流无限阔，山耸有余高。雨打村童新牧笠，尘生边将旧征袍。俊士居官，荣引鹓鸿之序；忠臣报国，誓殚犬马之劳。

五歌

山对水，海对河。雪竹对烟萝。新欢对旧恨，痛饮对高歌。琴再抚，剑重磨。媚柳对枯荷。荷盘从雨洗，柳线任风搓。饮酒岂知欹醉帽，观棋不觉烂樵柯。山寺清幽，直踞千寻云岭；江楼宏敞，遥临万顷烟波。

繁对简，少对多。里咏对途歌。宦情对旅况，银鹿对铜驼。刺史鸭，将军鹅。玉律对金科。古堤垂亸柳，曲沼长新荷。命驾吕因思叔夜，引车蔺为避廉颇。千尺水帘，今古无人能手卷；一轮月镜，乾坤何匠用功磨。

霜对露，浪对波。径菊对池荷。酒阑对歌罢，日暖对风和。梁父咏，楚狂歌。放鹤对观鹅。史才推永叔，刀笔仰萧何。种橘犹嫌千树少，寄梅谁信一枝多。林下风生，黄发村童推牧笠；江头日出，皓眉溪叟晒渔蓑。

六麻

松对柏，缕对麻。蚁阵对蜂衙。赪鳞对白鹭，冻雀对昏鸦。白堕酒，碧沉茶。品笛对吹笳。秋凉梧堕叶，春暖杏开花。雨长苔痕侵壁砌，月移梅影上窗纱。飒飒秋风，度城头之筚篥；迟迟晚照，动江上之琵琶。

优对劣，凸对凹。翠竹对黄花。松杉对杞梓，菽麦对桑麻。山不断，水无涯。煮酒对烹茶。鱼游池面水，鹭立岸头沙。百亩风翻陶令秫，一畦雨熟邵平瓜。闲捧竹根，饮李白一壶之酒；偶擎桐叶，啜卢仝七碗之茶。

吴对楚，蜀对巴。落日对流霞。酒钱对诗债，柏叶对松花。驰驿骑，泛仙槎。碧玉对丹砂。设桥偏送笋，开道竟还瓜。楚国大夫沉汨水，洛阳才子谪长沙。书箧琴囊，乃士流活计；药炉茶鼎，实闲客生涯。

七阳

高对下，短对长。柳影对花香。词人对赋客，五帝对三王。深院落，小池塘。晚眺对晨妆。绛霄唐帝殿，绿野晋公堂。寒集谢庄衣上雪，秋添潘岳鬓边霜。人浴兰汤，事不忘于端午；客斟菊酒，兴常记于重阳。

尧对舜，禹对汤。晋宋对隋唐。奇花对异卉，夏日对秋霜。八叉手，九回肠。地久对天长。一堤杨柳绿，三径菊花黄。闻鼓塞兵方战斗，听钟宫女正梳妆。春饮方归，纱帽半淹邻舍酒；早朝初退，衮衣微惹御炉香。

荀对孟，老对庄。亸柳对垂杨。仙宫对梵宇，小阁对长廊。风月窟，水云乡。蟋蟀对螳螂。暖烟香霭霭，寒烛影煌煌。伍子欲酬渔父剑，韩生尝窃贾公香。三月韶光，常忆花明柳媚；一年好景，难忘橘绿橙黄。

八庚

深对浅，重对轻。有影对无声。蜂腰对蝶翅，宿醉对馀酲。天北缺，日东生。独卧对同行。寒冰三尺厚，秋月十分明。万卷书容闲客览，一樽酒待故人倾。心侈唐玄，厌看霓裳之曲；意骄陈主，饱闻玉树之赓。

虚对实，送对迎。后甲对先庚。鼓琴对舍瑟，搏虎对骑鲸。金匼匝，玉瑽琤。玉宇对金茎。花间双粉蝶，柳内几黄莺。贫里每甘藜藿味，醉中厌听管弦声。肠断秋闺，凉吹已侵重被冷；梦惊晓枕，残蟾犹照半窗明。

渔对猎，钓对耕。玉振对金声。雉城对雁塞，柳袅对葵倾。吹玉笛，弄银笙。阮杖对桓筝。墨呼松处士，纸号楮先生。露浥好花潘岳县，风搓细柳亚夫营。抚动琴弦，遽觉座中风雨至；哦成诗句，应知窗外鬼神惊。

九青

红对紫，白对青。渔火对禅灯。唐诗对汉史，释典对仙经。龟曳尾，鹤梳翎。月榭对风亭。一轮秋夜月，几点晓天星。晋士只知山简醉，楚人谁识屈原醒。绣倦佳人，慵把鸳鸯文作枕；吮毫画者，思将孔雀写为屏。

行对坐，醉对醒。佩紫对纡青。棋枰对笔架，雨雪对雷霆。狂蛱蝶，小蜻蜓。水岸对沙汀。天台孙绰赋，剑阁孟阳铭。传信子卿千里雁，照书车胤一囊萤。冉冉白云，夜半高遮千里月；澄澄碧水，宵中寒映一天星。

书对史，传对经。鹦鹉对鹡鸰。黄茅对白荻，绿草对青萍。风绕铎，雨淋铃。水阁对山亭。渚莲千朵白，岸柳两行青。汉代宫中生秀柞，尧时阶畔长祥蓂。一枰决胜，棋子分黑白；半幅通灵，画色间丹青。

十蒸

新对旧，降对升。白犬对苍鹰。葛巾对藜杖，涧水对池冰。张兔网，挂鱼罾。燕雀对鹏鹍。炉中煎药火，窗下读书灯。织锦逐梭成舞凤，画屏误笔作飞蝇。宴客刘公，座上满斟三雅爵；迎仙汉帝，宫中高插九光灯。

儒对士，佛对僧。面友对心朋。春残对夏老，夜寝对晨兴。千里马，九霄鹏。霞蔚对云蒸。寒堆阴岭雪，春泮水池冰。亚父愤生撞玉斗，周公誓死作金縢。将军元晖，莫怪人讥为饿虎；侍中卢昶，难逃世号作饥鹰。

规对矩，墨对绳。独步对同登。吟哦对讽咏，访友对寻僧。风绕屋，水襄陵。紫鹄对苍鹰。鸟寒惊夜月，鱼暖上春冰。扬子口中飞白凤，何郎鼻上集青蝇。巨鲤跃池，翻几重之密藻；颠猿饮涧，挂百尺之垂藤。

十一尤

荣对辱，喜对忧。夜宴对春游。燕关对楚水，蜀犬对吴牛。茶敌睡，酒消愁。青眼对白头。马迁修史记，孔子作春秋。适兴子猷常泛棹，思归王粲强登楼。窗下佳人，妆罢重将金插鬓；筵前舞妓，曲终还要锦缠头。

唇对齿，角对头。策马对骑牛。毫尖对笔底，绮阁对雕楼。杨柳岸，荻芦洲。语燕对啼鸠。客乘金络马，人泛木兰舟。绿野耕夫春举耜，碧池渔父晚垂钩。波浪千层，喜见蛟龙得水；云霄万里，惊看雕鹗横秋。

庵对寺，殿对楼。酒艇对渔舟。金龙对彩凤，豮豕对童牛。王郎帽，苏子裘。四季对三秋。峰峦扶地秀，江汉接天流。一湾绿水渔村小，万里青山佛寺幽。龙马呈河，羲皇阐微而画卦；神龟出洛，禹王取法以陈畴。

十二侵

眉对目，口对心。锦瑟对瑶琴。晓耕对寒钓，晚笛对秋砧。松郁郁，竹森森。闵损对曾参。秦王亲击缶，虞帝自挥琴。三献卞和尝泣玉，四知杨震固辞金。寂寂秋朝，庭叶因霜摧嫩色；沉沉春夜，砌花随月转清阴。

前对后，古对今。野兽对山禽。犍牛对牝马，水浅对山深。曾点瑟，戴逵琴。璞玉对浑金。艳红花弄色，浓绿柳敷阴。不雨汤王方剪爪，有风楚子正披襟。书生惜壮岁韶华，寸阴尺璧；游子爱良宵光景，一刻千金。

丝对竹，剑对琴。素志对丹心。千愁对一醉，虎啸对龙吟。子罕玉，不疑金。往古对来今。天寒邹吹律，岁旱傅为霖。渠说子规为帝魄，侬知孔雀是家禽。屈子沉江，处处舟中争系粽；牛郎渡渚，家家台上竞穿针。

十三覃

千对百，两对三。地北对天南。佛堂对仙洞，道院对禅庵。山泼黛，水浮蓝。雪岭对云潭。凤飞方翙翙，虎视已眈眈。窗下书生时讽咏，筵前酒客日耽酣。白草满郊，秋日牧征人之马；绿桑盈亩，春时供农妇之蚕。

将对欲，可对堪。德被对恩覃。权衡对尺度，雪寺对云庵。安邑枣，洞庭柑。不愧对无惭。魏征能直谏，王衍善清谈。紫梨摘去从山北，丹荔传来自海南。攘鸡非君子所为，但当月一；养狙是山公之智，止用朝三。

中对外，北对南。贝母对宜男。移山对浚井，谏苦对言甘。千取百，二为三。魏尚对周堪。海门翻夕浪，山市拥晴岚。新缔直投公子纻，旧交犹脱馆人骖。文达淹通，已咏冰兮寒过水；永和博雅，可知青者胜于蓝。

十四盐

悲对乐，爱对嫌。玉兔对银蟾。醉侯对诗史，眼底对眉尖。风飘飘，雨绵绵。李苦对瓜甜。画堂施锦帐，酒市舞青帘。横槊赋诗传孟德，引壶酌酒尚陶潜。两曜迭明，日东生而月西出；五行式序，水下润而火上炎。

如对似，减对添。绣幕对朱帘。探珠对献玉，鹭立对鱼潜。玉屑饭，水晶盐。手剑对腰镰。燕巢依邃阁，蛛网挂虚檐。夺槊至三唐敬德，弈棋第一晋王恬。南浦客归，湛湛春波千顷净；西楼人悄，弯弯夜月一钩纤。

逢对遇，仰对瞻。市井对闾阎。投簪对结绶，握发对掀髯。张绣幕，卷珠帘。石碏对江淹。宵征方肃肃，夜饮已厌厌。心褊小人长戚戚，礼多君子屡谦谦。美刺殊文，备三百五篇诗咏；吉凶异画，变六十四卦爻占。

十五咸

清对浊，苦对咸。一启对三缄。烟蓑对雨笠，月榜对风帆。莺睍睆，燕呢喃。柳杞对松杉。情深悲素扇，泪痛湿青衫。汉室既能分四姓，周朝何用叛三监。破的而探牛心，豪矜王济；竖竿以挂犊鼻，贫笑阮咸。

能对否，圣对贤。卫瓘对浑瑊。雀罗对鱼网，翠巘对苍岩。红罗帐，白布衫。笔格对书函。蕊香蜂竞采，泥软燕争衔。凶孽誓清闻祖逖，王家能乂有巫咸。溪叟新居，渔舍清幽临水岸；山僧久隐，梵宫寂寞倚云岩。

冠对带，帽对衫。议鲠对言谗。行舟对御马，俗弊对民岩。鼠且硕，兔多毚。史册对书缄。塞城闻奏角，江浦认归帆。河水一源形瀰瀰，泰山万仞势岩岩。郑为武公，赋缁衣而美德；周因巷伯，歌贝锦以伤谗。